E. E. Knight, né en 1965 à La Crosse, Wisconsin (États-Unis), est un auteur de science-fiction et de Fantasy. Il a grandi à Stillwater, Minnesota, et vit maintenant à Chicago avec sa femme. Il enseigne l'écriture de genre à l'université d'Harper. Pour en savoir plus, nous vous invitons à visiter son site : **www.vampjac.com** (en anglais).

Du même auteur, chez Milady :

L'Âge du feu :
1. *Dragon*
2. *La Vengeance du dragon*
3. *Dragon Banni*
4. *L'Attaque du dragon*

www.milady.fr

E.E. Knight

L'Attaque du dragon

L'Âge du feu – 4

Traduit de l'anglais (États-Unis) par Jean-Baptiste Bernet

Milady

Milady est un label des éditions Bragelonne

Titre original : *Dragon Strike – Book Four of the Age of Fire*

Illustration de couverture :
© Paul Youll

Carte :
Chuck Lukacs et Eric Frisch

ISBN : 978-2-8112-0270-5

Bragelonne – Milady
35, rue de la Bienfaisance – 75008 Paris

E-mail : info@milady.fr
Site Internet : www.milady.fr

À Edward Andrew Jones,
un thane à la lame sanglante et à la flamme prodigieuse.

1. L'île des Dragons 2. La chute de Wistala 3. Le Lavadôme 4. Le gambit de la reine rouge
5. Naf et les rebelles 6. AuRon découvre le monde d'En-Bas
7. Wistala et les sœurs du feu défendent le défilé 8. Un combat désespéré contre les rokbs
9. La naissance de l'alliance d'Hypat... une fin heureuse ?

Livre I

S'adapter

Accorde une faveur à une génération d'hominidés,
et leur engeance sera deux fois plus exigeante…
et trois fois plus ingrate.

AuRel le bronze.

Chapitre premier

AuRon fils d'AuRel, le dragon sans écailles de l'île de Glace, observait ses fils qui clignaient des yeux dans la lumière cuivrée d'un éclatant printemps nordique.

AuRon avait appris que pendant l'hiver l'île était en permanence recouverte d'une neige qui tombait en vagues successives de nuages bas et gris comme l'acier. Les étés étaient tour à tour brumeux ou pluvieux, à l'exception d'une courte et merveilleuse embellie, juste après le solstice. Tout ceci était rattrapé par le printemps et l'automne qui, s'ils prenaient leur temps pour arriver, ne manquaient jamais ensuite de s'attarder grâce aux courants chauds de l'océan.

Le printemps était venu accompagné, comme pour se faire pardonner, de fleurs sauvages qui poussaient sur les minces bandes de terre entre les éperons de granit où venaient mourir les vents. Leurs corolles jaunes, bleues ou blanches étaient dressées, aussi éclatantes que le soleil, le ciel et la mer. Chose incroyable, des insectes voletaient et bourdonnaient déjà d'une fleur à l'autre. Ils restaient à basse altitude pour éviter le vent, là où le soleil réchauffait la terre noire et changeait la neige fondue en fange.

AuRon ne quittait pas ses fils des yeux, et les épaisses collerettes qui protégeaient ses cœurs frémirent de fierté. Dans quelques mois, ils cracheraient leurs premières flammes et deviendraient alors des draques. Ausurath était un peu plus lourd que son frère : son arrière-train recouvert d'écailles rouges était massif et c'était un excellent sauteur qui n'avait de cesse de bondir sur son frère. Aumoahk avait en guise de narine droite une longue et étrange fente sombre qui se détachait sur ses écailles dorées, souvenir d'une violente rixe avec son frère.

Au cours de leur première incursion dans le monde d'En-Haut il leur avait parlé du vent, des ombres et du trajet du soleil. Pour la deuxième, ils furent accompagnés de Natasatch, sa compagne, et des deux sœurs des dragonnets. Elles luisaient toutes deux du même éclat vert que leur mère. Des cinq œufs d'AuRon et Natasatch étaient sortis quatre dragonnets ; le cinquième œuf, malheureusement, n'émit jamais ne serait-ce qu'un faible battement de cœur et finit par dépérir. Natasatch le brûla avec gravité tandis que les autres commençaient à s'agiter.

L'excitation causée par les excursions à la surface mit un frein aux combats entre les deux dragonnets. Traditionnellement, les mâles s'affrontaient à mort dès leur sortie de l'œuf, poussés par de furieux instincts, mais les deux adultes étaient parvenus à préserver gorges et pattes.

Quand ils eurent compris que la survie de tous dépendrait peut-être d'une seule paire d'oreilles ou de narines de plus, ils se contentèrent d'une inimitié presque joueuse. Sous terre, les deux mâles luttaient, se mordaient, échangeaient de petits cris de guerre grêles et se volaient poissons et morceaux de mouton grâce à des diversions dignes de celles de leur arrière-grand-père, le destructeur d'armées ; ils chassaient leurs sœurs jusqu'au fond de la grotte puis s'effondraient de fatigue, leurs petites dents serrées sur la patte de l'autre. Plus d'une fois la famille se rassembla pour dîner avec, dans l'air, l'odeur du sang des deux dragonnets… Il était ensuite temps de lécher les plaies et d'enseigner les leçons.

Tout ceci était épuisant.

AuRon fut soulagé de constater qu'à la surface, au beau milieu des espaces écrasant du monde d'En-Haut, les deux dragonnets se serraient l'un contre l'autre, queue contre queue, et observaient les alentours, pétrifiés de terreur.

L'effet de surprise s'estompa bientôt. Les dragonnets, avec une énergie et une curiosité bien de leur âge, oublièrent leur peur du vaste ciel et des horizons lointains. Pour AuRon, les ennuis ne faisaient que commencer. Il lui fallut bien des réprimandes pour les garder près de lui tandis qu'il tentait de leur enseigner tout du gibier, des lieux où il broutait, buvait, comment suivre sa piste… Difficile d'avoir leur attention quand un grand lièvre aux pattes blanches bondissait à leur approche, tout en oreilles et arrière-train bondissant.

AuRon, qui serrait les épaules de l'un entre ses dents recouvertes de ses lèvres et ramenait l'autre dans le droit chemin avec sa queue – celle-ci avait repoussé, mais restait désormais raide –, enviait sa compagne. Les petites femelles se pressaient contre le ventre de leur mère et écoutaient attentivement. Quand elles agissaient, elles coopéraient. Ses fils bondissaient derrière la première abeille venue et faisaient preuve d'autant de bon sens que des mulots.

Pour leur troisième sortie, AuRon décida qu'il était temps pour eux d'apprendre une vraie leçon.

Cette fois-ci, il alla tout d'abord vérifier le travail de Zan le nain marchand avant de lâcher les dragonnets dans le monde d'En-Haut. Ce représentant de la Compagnie – un vieux nain du Nord plutôt grognon et qu'on confondait facilement avec une souche recouverte de poils – était en route vers le nord pour une saison de chasse et de dépouillage. Il avait éclaté de rire quand AuRon lui avait décrit ce qu'il lui demandait de fabriquer. Puis avait ensuite accompli sa tâche avec tout le sérieux que l'on pouvait attendre d'un nain, en échange d'un sac rempli des écailles perdues par Natasatch pendant l'hiver.

— J'préférerais chasser les bêtes avec mère et les sœurs, maugréa Ausurath.

— Regarde ton frère approcher. Tu vois, il reste sous le vent par rapport au camp.

AuRon dut réprimer un *prrum* tandis qu'il observait son fils.

Aumoahk humait l'air autour du campement factice. Quand le dragonnet respirait, sa narine fendue semblait cligner à l'attention d'AuRon.

Le dragon regardait son fils renifler, tendre l'oreille puis sortir à découvert pour monter en zigzag vers le camp. Les écailles d'Aumoahk luiraient davantage s'il mangeait les morceaux de métal apportés par le nain avec le même appétit que les quelques pièces du maigre trésor d'AuRon, mais il était plus circonspect que son enthousiaste frère.

Aumoahk trouva les trois mannequins postés en cercle autour des pierres d'un feu de camp imaginaire. Ils avaient en guise de lances des rames posées sur leurs « épaules » faites de décombres de constructions humaines calcinées et de filets de pêche pourris. Aumoahk s'emballa : il glapit un petit cri de guerre et chargea le mannequin le plus proche.

Un rugissement tonitruant s'échappa des rochers qui surplombaient le « campement ».

AuRon déploya ses ailes et descendit en planant vers le camp où Aumoahk faisait mine de se battre contre un loup. C'était Crocdebois, un petit-fils de son vieil ami

Fortnoir. Lui et sa compagne bondissaient vers l'avant avant de s'écarter et mordillaient les flancs du tout jeune draque : ils se relayaient pour attaquer leur adversaire de front, là où il était le plus dangereux.

Aumoahk émit un gargouillis ; les loups glapirent et détalèrent pour éviter le crachat imminent.

Le draque cracha de colère et vida sa poche à feu encore inoffensive sur quelque innocente fougère. Une odeur âcre et sulfureuse flotta dans l'air.

— Tu n'as pas vu la sentinelle, dit AuRon.

Il se posa et désigna tant bien que mal celle-ci avec sa queue. La petite taille de cette dernière et le resserrement disgracieux dans ses chairs à l'endroit où le moignon faisait place à sa nouvelle queue lui semblait repoussant, mais cela n'avait pas l'air de déranger Natasatch.

Des yeux et des oreilles de loup dépassèrent d'un schiste bleu aux angles acérés.

— Que t'ai-je dit au sujet de tes flammes ? Tu auras faim ce soir si ta poche à feu est vide, et bien plus encore quand tu ne mangeras rien de ce que tes sœurs auront rapporté.

— T'avais dit qu'endormis par terre, ils seraient vulnérables, dit le draque.

Il jetait des regards noirs aux loups.

— Je t'avais également dit qu'ils pouvaient avoir des chiens, répondit AuRon. Les hommes se servent si peu de leur nez et de leurs oreilles qu'ils ne sont finalement pas très différents de ces mannequins. C'est pour cela qu'ils voyagent avec des chiens. Des chiens que le moindre effluve de dragon tire du sommeil le plus profond.

— Les loups, c'est pas comme des chiens ! protesta Aumoahk. C'est pas juste de prendre des loups.

— Non, les loups sont plus intelligents, ils n'ont pas besoin des humains pour penser à leur place. Si tu peux prendre un loup par surprise, tu n'auras jamais aucun problème avec les chiens.

Un cri résonna dans la vallée. Il était étrange d'entendre un loup hurler dans la vive lumière du matin. Ausurath prit le cri comme un signal et bondit sur l'un des mannequins. D'un coup de patte, il projeta au pied de la colline un seau qui faisait office de tête.

AuRon dressa l'oreille; il ne faudrait pas oublier d'envoyer Ausurath récupérer l'ustensile plus tard.

« Des nouvelles! des nouvelles! Écoutez-moi, bons louuuups! » entendit-il.

— Les garnes sont sans doute encore en train de se battre, dit AuRon. Il leur suffit de construire un cairn pour commencer à se quereller.

Il avait invité quelques familles de garnes qui vivaient sur la côte déchiquetée au nord-ouest de l'Océan Intérieur à s'installer sur l'île. Ils pouvaient y exploiter des gisements ou élever leurs troupeaux en toute sécurité, et assuraient la protection des dragons en échange des minerais sans grande valeur que l'on trouvait sur l'île. Ils n'étaient pas aussi intelligents que les elfes ou industrieux que les nains, mais il était plus facile de traiter avec eux qu'avec les autres hominidés.

Il regarda vers le sommet de la colline, où Natasatch surveillait Istach et Varatheela, qui elles-mêmes traquaient des chèvres. Lorsqu'elle chassait, Varatheela remuait la queue comme le faisait Wistala, la propre sœur d'AuRon. Istach était de nature plus calme et réservée, peut-être à cause des étranges bandes sombres sur ses écailles vertes. Les deux mâles répétaient inlassablement une comptine de dragonnet qu'ils avaient entendu réciter par leur mère quand leurs parents les croyaient endormis.

Une dragonnelle aux milles raies
Peut s'attendre à larmes verser.
Ses prétendants seront nombreux
Mais nul compagnon parmi eux.

Mais Istach leur rendait la monnaie de leur pièce. Elle aimait emboîter les écailles des queues de ses frères pendant que ceux-ci étaient endormis. Quand ils se réveillaient, c'était avec force piaillements stridents tandis qu'ils se pinçaient ou arrachaient leurs écailles.

Il soupira. Il était le seul survivant des six dragons de sa famille. À moins que son frère, estropié au cours d'un duel de dragonnets, vive encore... même si ses cœurs ne méritaient certes pas de battre. Il avait vendu les siens aux nains.

Ô, Tala, le monde était dur, qu'on soit un dragon ou une chèvre.

Natasatch leva elle aussi la tête. Elle comprenait assez le langage des loups pour reconnaître un cri d'alarme.

— Ô, bon louuuups ! Des intrus sur l'île, pistes et traces sur le flanc du levant, sous le vent, jusqu'à la clairière brûlée et les grottes des fjords. Transmettez la nouvelle à Longfeu, ô, bons louuuups !

Crocdebois sauta sur un rocher à la surface lisse – celui-ci rappela à AuRon une tortue de mer qu'il avait connue jadis – et commença à répéter l'information.

— Ne te donne pas cette peine, intervint AuRon. J'ai entendu. Remercie ta meute, mon ami. Je volerai vers le nord jusqu'à la Pointe d'Herbe et te ramènerai un élan dès que j'en aurai l'occasion.

La compagne de Crocdebois regarda le loup, les yeux brillant de fierté. Ils étaient tous deux jeunes, mais avaient déjà fondé leur propre meute. Les fraîchement nommés

Chasseurs des Brumes disposaient d'un territoire presque aussi vaste que la forêt dans laquelle ils étaient nés. Pas d'hommes ici pour prendre les loups dans des pièges cruels et clouer leur peau sur la porte d'une grange ou le poteau d'une clôture.

Natasatch et ses filles les rejoignirent. Tandis que les dragonnets échangeaient des histoires puis que les deux mâles recommençaient à se battre, AuRon répéta à sa compagne les détails qu'elle avait manqués. Les loups réitérèrent à la demande de celle-ci leur mise en garde afin de lui permettre d'améliorer sa connaissance de leur langage.

— Tu vois, les loups valent bien quelques chèvres et moutons, et plus encore, dit AuRon.

— Je n'ai jamais dit le contraire, mon amour. Rappelle-toi, ces paroles sont de Ouistrela. Elle déteste le poisson et tout ce qui a une coquille ; elle pleurniche et peste quand elle voit disparaître la moindre bouchée de viande rouge. Elle en veut aux loups, et elle t'en veut de les avoir amenés ici.

Ouistrela était une courageuse et vénérable dragonnelle. Sa furie avait contribué à libérer l'île de Glace du sorcier éleveur de dragons. Pourtant, maintenant qu'elle n'avait plus d'ennemis à combattre, elle cherchait querelle à la moindre occasion et AuRon avait compris depuis longtemps que quelque chose dans sa peau lisse la dégoûtait.

— Je vais voir de quoi il s'agit, dit AuRon.

— On t'aidera à combattre les envahisseurs, papa ! glapit Ausurath.

Istach approuva d'un raclement de *griffs*.

— Un combat, voilà bien la dernière chose que je souhaite, répondit AuRon.

— Sois prudent, AuRon, dit Natasatch.

Sa compagne n'employait son nom que quand elle devenait sérieuse. Le reste du temps, elle l'appelait « mon amour » quand elle était d'humeur joueuse ou « mon seigneur » avec force frémissements de narines quand il devenait aussi pompeux qu'impérieux et se lançait dans des tirades sur les principes familiaux.

— Un dragon sans écailles apprend vite à ne jamais cesser de l'être, répondit AuRon.

Il pressa son museau contre la *griff* fermée derrière la mâchoire de sa compagne puis tapota d'une *sii* le nez de chacun de ses dragonnets. Ils échangèrent de brefs mais affectueux *prrums*.

AuRon s'élança dans les airs et aperçut en premier Zan le nain marchand. Ce dernier longeait la côte dans un bateau à rames ouvert emmené par un équipage de garnes. Le nain avait l'exclusivité de la chasse aux castors et aux hermines qui vivaient dans les forêts de la vallée marécageuse au centre de l'île. En échange il effectuait diverses tâches et portait quelques messages. AuRon soupçonnait certains dragons de l'île de troquer leurs vieilles écailles contre quelques pièces ou des morceaux de fer, mais cela ne regardait qu'eux.

Zan déclara qu'il n'avait vu aucun intrus et demanda à AuRon de ne pas réduire en cendres son bateau ou ses rameurs par erreur.

Le dragon se dirigea ensuite vers l'est et trouva le loup de un an tout au plus qui avait transmis l'avertissement. Grâce à ses indications, il retrouva la sœur de Crocdebois : celle qui avait découvert la piste des intrus.

La femelle ne fut que trop heureuse de cesser de chercher des écureuils pour trotter à son côté et le guider, oreilles et queue dressées à l'idée de faire une bonne chasse.

Il les trouva dans les grottes jadis investies par les hommes qui montaient les dragons. Il les pista tout d'abord à l'odeur, puis grâce aux bruits des pierres déplacées et aux cris.

Ainsi, ils cherchaient un trésor et non à se venger. Il avait déjà à une ou deux reprises fait des rencontres désagréables avec des hommes venus de la côte barbare qui avaient traversé des mers redoutables pour venger frère ou père. Encore mieux : pas d'odeur de chien. Il était déjà assez difficile de s'occuper des hominidés sans avoir leurs bêtes grondantes suspendues à sa gorge ou à son bas-ventre.

Tant mieux. Des chasseurs de trésors accordaient davantage de valeur à leur peau.

Ils avaient dressé quelques pièges dans les premières grottes pour les prévenir de l'arrivée d'un ennemi, des morceaux de ferraille accrochés à des cordes conçus pour tournoyer et s'entrechoquer comme des carillons et disposés dans les tunnels les plus bas de plafond, là où un dragon pourrait les toucher avec son dos.

Mais AuRon n'était pas pressé. Il était davantage intrigué qu'indigné par cette intrusion. Il parcourut les grottes avec mille précautions, comme si le Dragonneur lui-même l'attendait à chaque coude.

Il entendit de faibles tapotements et raclements, et entra dans ce qui avait autrefois été les bains. Ils n'étaient plus alimentés, même si quelques flaques d'eau saumâtre se remplissaient à chaque pluie ; elles étaient recouvertes d'une fine couche de mousse luisante et de lichen.

Ils avaient laissé des empreintes. Un petit groupe, moins de dix.

Il découvrit à l'autre bout des bains une sorte d'appareil en bois tout en ressorts et fils avec en son milieu un horrible javelot barbelé ; le tout était actionné par un déclencheur installé sur une cheville. Intéressant. S'il marchait sur ce déclencheur, cela abaisserait une cheville, libérant une corde, qui, supposa-t-il, lancerait cet affreux projectile.

Il fallait que les dragonnets voient ça. Cet engin était assez intelligemment conçu pour être l'œuvre des nains de la Compagnie.

Les intrus s'affairaient dans l'ancien réfectoire des dragonniers, qu'il était probablement possible de confondre avec une salle du trône, car les pierres étaient taillées avec art et le bout de la salle était surélevé : l'endroit où jouaient autrefois les musiciens.

Pour entrer, il dut d'abord décrocher une nouvelle paire de chaînes prévues pour libérer plusieurs dizaines de fins disques métalliques. Aucun d'entre eux ne sentait le poison. Il les glissa derrière ses oreilles. Les dragonnets auraient leur ration de métal, ce soir-là.

Il avança très lentement sa tête dans la salle, tapi dans l'ombre.

La scène était éclairée par deux bougies et une lanterne.

Les étrangers forçaient des portes rouillées. Celles-ci s'ouvraient autrefois sur les conduits par lesquels la nourriture remontait des cuisines. Un nain plutôt crasseux semblait tout juste sorti des vieilles fosses d'aisance.

AuRon les dénombra rapidement : trois humains, deux elfes, et le nain qui se grattait avec un vieux pied de chaise. Ils étaient tous bien équipés pour le combat ou l'escalade, avec un attirail et des armes assorties, d'allure terrible. L'un des elfes était une femelle plutôt attirante, pour autant qu'il puisse en juger, et le long lierre noir qui lui tenait lieu de chevelure était de la même couleur que les plumes du corbeau perché avec majesté sur son épaule.

— Il y a quelque chose qui bloque. Une trappe ! s'écria une voix depuis le conduit. C'est aussi gras que de la peau de saucisse là-dedans. Pas moyen de trouver une prise.

Ils avaient déniché la vieille plate-forme des cuisines. Il était étonnant qu'un dragonnet avide de métaux ne s'y soit pas glissé pour la dévorer quand tous les couteaux et broches avaient pour leur part disparu. Bien sûr, elle était trop grosse, et il aurait fallu la casser pour en faire des bouchées. Ça n'en valait pas la peine.

— Enfin ! Je vous l'avais dit ! s'écria l'elfe au corbeau. Nous avons perdu notre temps dans cette halle brûlée. La chambre forte est là-dessous.

Son semblable ne fit pas attention à elle, absorbé qu'il était par un livre taché.

Ainsi, ils s'exprimaient en parl. Bien. AuRon avait oublié le peu d'hypate qu'il avait appris, et la gorge d'un dragon n'était pas faite pour les grognements de ces langues barbares du nord.

— La chambre forte du sorcier ! s'exclama le nain. Mais pourquoi cette plate-forme est-elle si petite et d'aspect si peu robuste ? L'or, c'est lourd.

— Et donc encore plus difficile à piller, rétorqua l'un des hommes.

Il portait une barbe taillée de près et ses dents étaient noires. AuRon pensa que quelques bons bains de bouche avec du sable fin après chaque repas seraient bénéfiques aussi bien pour son haleine que sa santé.

Il réprima un reniflement méprisant. Ils ne trouveraient dans les cuisines que des tas de charbon et des squelettes de rats. Ne pouvaient-ils donc pas poursuivre des chimères ailleurs que sur son île ? Il ferait mieux de les mettre en garde avant que Ouistrela sente leur présence.

— Puis-je vous aider ? demanda-t-il en parl.

— Yii ! Yii ! glapit l'elfe mâle. Un dragon !

Des feuilles de papier volèrent en tous sens tandis qu'il se réfugiait derrière un promontoire qui accueillait autrefois les barriques de bière.

— C'est Ombre le noir, il est de retour ! croassa le corbeau en langue des oiseaux. Prenez garde, il est féroce !

— Non, c'est AuRon le gris, plongé dans les ombres de cette grotte, répondit AuRon dans le même langage.

L'elfe à la chevelure de lierre se figea, la tête penchée.

— Sortez-moi d'ici ! cria une voix depuis le fond du puits de l'ancien monte-plats.

Le nain brandit un grand bouclier sur lequel était fixée une tête de lance et dont les bords étaient hérissés de pointes. Il recouvrait presque entièrement son propriétaire, à l'exception d'une pique au sommet de son heaume qui dépassait. Les humains, emmenés par l'individu massif à la barbe taillée et aux dents noires, levèrent lances et épées. L'un d'entre eux arborait un bouclier rond recouvert d'écailles de dragon vertes. AuRon sentit sa poche à feu battre.

— Déployez-vous ! Cette créature ne peut pas nous brûler tous à la fois ! s'écria l'homme à la courte barbe.

Il leva une épée noire comme du charbon, mais dont le tranchant de la lame était en argent étincelant.

Les explorateurs s'écartèrent les uns des autres.

— Je n'ai pas envie de tuer qui que ce soit, dit AuRon.

— Les dragons usent de leur langue pour mentir et tromper ! cria le nain, qui avançait petit à petit, abrité derrière son bouclier.

AuRon entendit des cliquètements de l'autre côté du bouclier et se demanda quel genre de mécanisme le nain était en train d'armer. Il jugea plus prudent de se baisser derrière un pilier tombé à terre.

— Vais-je donc mourir dans ce trou ? À l'aide ! cria la voix depuis le puits. Hissez-moi, pour l'amour de Barbevent !

— Au fond, c'est un lâche, comme tous ceux de son espèce, dit l'homme aux dents noires. Il se terre dans l'ombre.

AuRon leva la tête.

— Nous allons faire un peu de lumière et… (Il se déroba et une flèche elfe rebondit contre sa crête. Une seconde plus tôt, elle se serait enfoncée dans son œil.)… de la chaleur, allai-je dire, termina AuRon.

AuRon risqua un regard furtif. Le nain et les hommes continuaient à avancer d'un pilier à une table renversée ou un tas de vieilles poteries, circonspects, craignant toujours ses flammes.

— Fyerbin, va inspecter ce passage ! dit la voix au fond du puits tandis que les autres progressaient toujours. Fyerbin, gratte ce mur ! Fyerbin, va ramper dans ce puits. Je suis toujours le premier, et c'est toujours moi qui finis au fond du trou. Tu entends, Demilune ? *Au fond du trou !*

— Chut ! siffla l'elfe au corbeau. Ghastmath, cesse d'avancer. Écoutons ce que le dragon a à dire.

— Jamais !

Le nain frappa le sol d'un pied chaussé de fer. AuRon ne distinguait plus dans sa barbe qu'une très faible lueur rougeâtre : c'était un nain très pauvre, à moins qu'il ait lavé en grande partie la mousse lumineuse que la plupart des nains entretenaient.

— Fyerbin-sept-orteils, grâce à ce garne à la frontière ghioze. Fyerbin, dont tout le monde a oublié la carcasse au fond de ce trou gelé. Que se passe-t-il là-haut ? demanda la voix du fond du puits.

Les hommes semblaient s'armer de courage pour donner l'assaut et le nain fit quelques pas de côté pour se rapprocher du mur du réfectoire, le dos contre la pierre, le bouclier et sa pointe dirigés vers le dragon.

— Peut-être pourriez-vous me dire ce que vous cherchez ? demanda AuRon.

Il traversa à toute allure le fond du réfectoire et cracha au passage un rideau de feu. Les flammes se rassemblèrent en flaques et brûlèrent, même sur ce sol rendu glissant par la boue.

— Le Wyrr a vidé son feu ! s'écria le nain. Nous le tenons !

— Nous avons maintenant l'avantage, dit l'homme aux dents noires.

Il bondit entre deux flaques enflammées tout en faisant tournoyer élégamment son épée bordée d'argent.

— Quelqu'un pourrait-il le retenir avant qu'il se fasse mal ? demanda AuRon, qui se dirigea à reculons vers la voûte de l'entrée.

— Ghastmath ! lança l'elfe. Écoutons le dragon.

Ghastmath, l'homme aux dents noires, semblait s'en moquer, mais le nain avait quelque chose à ajouter :

— Va dire ceci à mes défunts oncles, tout ça parce que notre bon roi Brisecroc a écouté Wistala l'Oracle... (AuRon se figea, sous le choc.) Elle l'a rendu fou, poursuivit le nain. Ne l'écoutez pas !

— Répète ce que tu viens de dire, nain, dit AuRon en direction de la petite excroissance de métal formée par le bouclier et le heaume.

Ghastmath le guerrier, le visage et la lame de son épée baignés par la lueur rouge des flammes, s'élança en poussant un cri. La pointe de son épée plongea dans la poitrine d'AuRon...

AuRon riposta en balançant la tête vers le bas. Il glissa sous l'épaulière de l'homme la petite corne qui surmontait son museau – une excroissance que les dragonnets utilisaient pour briser la coquille de leur œuf et perdaient d'ordinaire dans la semaine qui suivait leur éclosion – et le projeta à travers la pièce. L'épée rebondit sur le sol, imprégnée de l'odeur du sang de dragon.

« Clac ! »

Un projectile qui ressemblait à une ancre de bateau miniature et à laquelle était accrochée une corde jaillit du bouclier du nain. AuRon se pressa contre le sol.

— Cette bête bouge aussi vite que le vieux Gan lui-même !

Le nain ajouta à cela quelques imprécations qu'AuRon se rappelait avoir entendues dans la bouche de ceux de ses semblables qui déplaçaient les tours mobiles.

La corde tomba sur son dos. AuRon leva une *saa* et s'en saisit. Le nain tripota quelque mécanisme derrière son bouclier.

AuRon tira d'un coup sec sur la corde ; le nain vola à travers le réfectoire et atterrit à ses pieds. Le dragon n'était pas encore assez grand pour soulever un nain revêtu de métal d'une seule patte, surtout si ce dernier décidait de se débattre. Il décida donc d'appuyer ses deux *sii* sur son dos.

Il entendit des articulations craquer.

Le nain grogna et réussit presque à se redresser. Les nains étaient considérés comme les plus robustes des hominidés, mais celui-ci était vraiment fort comme un bœuf.

— Pourrions-nous mettre un terme à cette joute ridicule ? demanda AuRon ; il esquiva au même moment une nouvelle flèche qui se dirigeait droit sur son œil.

— Ssssst ! siffla l'archer elfe.

Ghastmath se retourna ; il se tenait les côtes.

— Qu'attends-tu ?

AuRon n'aurait su dire s'il s'adressait à lui, ou à l'un de ses hommes qui s'abritaient prudemment derrière des piliers.

Le nain dégaina une courte lame. AuRon pesa de tout son poids jusqu'à ce qu'il la lâche avec un hoquet.

— C'est AuRon le gris, celui qui a tué le maître Wyrm, le sorcier de l'île de Glace, caqueta le corbeau à l'oreille de l'elfe. Il tient parole. Les nains du col d'Iwensi lui ont jadis fait confiance pour veiller sur leur transport de fonds.

— Oui, dragon, parlons, dit l'elfe. Rengainez vos armes ! Queuedechat, baisse cet arc.

— Et tirez Fyerbin de ce trou puant ! cria la voix au fond du puits.

L'elfe s'avança ; son corbeau préféra voleter vers le plafond.

— Je m'appelle Demilune. Je ne suis en rien habilitée à parlementer, mais je suis disposée à partager tout ce que nous trouverons avec toi.

— Les visiteurs qui n'ont pas été invités sur notre île peuvent arranger les choses en faisant des excuses.

L'elfe mit un genou en terre, écarta les bras et s'inclina.

— Les oiseaux nous avaient dit qu'aucun dragon ne vivait dans ces grottes. Nous espérions que notre venue sur l'île passerait inaperçue, dit-elle tandis que ses compagnons aidaient Ghastmath à se relever.

— Que recherchez-vous ? demanda AuRon, qui laissa le nain se redresser. De l'or ? Le fruit des vieilles mines thortes ? Les joyaux de Krakenoor, que vous auriez emportés dans un grand sac ?

Les hommes s'agitèrent et regardèrent l'elfe. Le nain, dont le bras droit pendait de manière étrange, frappa violemment celui-ci contre un pilier, ce qui le remit en place avec un craquement sonore.

— *Pogt*, grogna le nain. Cette créature souille jusqu'à l'air lui-même. Je veux partir loin de cette puanteur de dragon.

— Il n'y a jamais eu beaucoup d'or ici, poursuivit AuRon sans cesser de lécher la plaie sur sa poitrine. Le vieux maître Wyrm ne voulait ni gloire, ni fortune. Il a dépensé la plus grande partie de ce qu'il a volé pour acheter les services de ses alliés ou construire ses tours. Des dragons sont venus fouiner dans ces cavernes, en dépit des sinistres souvenirs de notre esclavage. Vous savez, rien de tel qu'une gueule pleine d'or pour avoir des écailles en bonne santé.

— Je vous avais dit que tout était parti à Juutfod, dans la poche de cette Gettel, là-bas, dans sa maudite tour. Elle est aussi riche que les dix rois, j'en mettrais ma main au feu, dit Ghastmath.

Il ramassa son épée avec un regard circonspect en direction d'AuRon.

— Je serais pas fâché de retourner là-bas sain et sauf, le plus tôt sera le mieux, grommela le nain. Cette mine est épuisée.

— Ghastmath, rends-toi utile et mets un peu de ton baume sur la blessure du dragon.

— La gaspiller pour un dragon ? s'écria Ghastmath.

Il se releva avec une grimace imperceptible.

— Je te remercie, mais je m'en occuperai moi-même, dit AuRon.

— Si tu crains d'être empoisonné, Ghastmath en mettra un peu sur sa langue avant.

Qu'importe la blessure.

— Si vous voulez obtenir ma permission pour explorer ces grottes, découvrir des lieux d'aisance abandonnés, de vieux ateliers de tissage, des placards à charcuterie, puis quitter cette île sur un bateau qui n'aura pas été réduit en cendres, vous devrez payer un… (Comment les nains de la Compagnie appelaient-ils cela ?)… un droit.

— Pouvons-nous en connaître la nature avant d'accepter ?

— Une information, c'est tout. J'aimerais que le nain me raconte une histoire, à cause d'un nom qu'il a prononcé.

— C'est entendu, répondit Demilune.

Le nain croisa les bras et lâcha un pet. L'écho fit tressaillir le corbeau sur son perchoir.

— C'est la seule histoire qu'un dragon entendra de ma part. Courte et nauséabonde.

AuRon bâilla.

— Ce qui pourrait tout aussi bien décrire le reste de vos misérables vies si quelques-unes des dragonnelles venaient à découvrir votre présence ici. Elles gardent encore rancune pour les dizaines d'œufs qui leur ont été dérobés. Elles aiment aussi chasser en groupe. Quel genre de gibier feriez-vous donc ? (Ghastmath changea de position comme pour se préparer à attaquer de nouveau.) Lève cette épée et j'arracherai le bras qui la tient, le prévint AuRon.

L'elfe tournoya sur elle-même. Son corps sembla partir dans deux directions à la fois. Sa jambe passa derrière les chevilles de Ghastmath tandis qu'un bras ferme arrivait dans l'autre sens pour le frapper en pleine poitrine.

Ghastmath heurta le sol crasseux avec le fracas d'un plat jeté à terre.

— Nous parlementons, imbécile, siffla l'elfe.

— Tu es rapide, dit AuRon. Heureusement, ton esprit l'est tout autant que tes réflexes.

Elle ne releva pas le compliment.

— Demande au nain de raconter son histoire, AuRon fils d'AuRel.

AuRon fit un effort pour avoir l'air indifférent.

— J'aimerais en savoir davantage sur cet oracle. Voilà des années que je n'ai pas entendu d'histoires au sujet de dragons qui ne vivent pas ici.

L'elfe éclata de rire.

— Oh, celle-ci n'est pas difficile à raconter. Elle retrace l'humiliation subie par les nains de la Roue de Feu et les guerres barbares. J'en ai moi-même entendu quelques passages à l'*Auberge du Dragon Vert*, près du pont d'Ondée, de la bouche même de l'aubergiste. Il connaissait Wistala, c'est d'ailleurs toujours le cas.

Après avoir entendu cette histoire – diverses anecdotes et épisodes si insensés qu'AuRon se demanda si les humains ne l'avaient pas inventée de toutes pièces dans le but de se divertir –, il était dans un tel état d'excitation qu'il fit ses adieux au petit groupe et faillit marcher tout droit sur le piège au javelot sur le chemin du retour.

Wistala. Sa sœur.

Vivante, après toutes ces années. En tout cas, il l'espérait. Elle semblait s'être fait de puissants ennemis.

L'île de Glace pourrait accueillir un autre dragon, pourvu qu'il aime le poisson et les fruits de mer. Comment avait-elle pu survivre si longtemps au milieu des hommes et des nains ? S'il en croyait cette histoire, elle avait maté tout à la fois les nains de la Roue de Feu et le Dragonneur.

Ce qui lui rappela quelque chose… Il prit le piège pour jouer avec et décrocha les carillons métalliques pour Natasatch et les dragonnets. Ils feraient une délicieuse gourmandise, le jour où tous fêteraient la première chasse de ses filles.

AuRon aurait du mal à les quitter, même pour peu de temps. Il devrait demander à Ouistrela de surveiller la grotte.

Le dragon se prépara pour un long vol avec une courte visite à la Pointe d'Herbe. Il ne trouva pas d'élan pour les loups, mais il réussit toutefois à happer un cerf qui pataugeait dans un bourbier créé par le dégel.

Natasatch accepta sa décision de quitter l'île pour rechercher sa sœur. Elle n'avait pas oublié que quand elle avait entendu sa voix de dragon adulte pour la première fois, AuRon appelait Wistala dans cet horrible poulailler au mur duquel elle-même était enchaînée.

— Un dragon ressent toujours le besoin de voler au loin quand ses dragonnets commencent à sortir à la surface, dit-elle. Même si je trouve étrange que tu accordes autant de dévouement à ce souvenir.

— C'est sans doute parce que nous avons été séparés si jeunes. Si nous avions grandi normalement, je serais peut-être parti, je l'aurais laissée à son antre et son terrain de chasse. Mais si elle vit toujours, je dois lui dire qu'il existe un endroit où les dragons vivent en sécurité.

— Et où le climat est abominable, ajouta Natasatch. Je l'accueillerai avec joie dans cette petite grotte, mon amour. Je suis sûre qu'elle aura bien des choses à enseigner à nos dragonnets, si elle a survécu toutes ces années dans le monde d'En-Haut.

— Merci, mon amour.

— Puisque tes ailes brûlent de t'emporter à la chasse au dragon, puis-je te demander quelque chose ?

— Bien entendu.

— De l'or. Nos dragonnets en ont besoin pour que leurs écailles poussent bien. Les minerais que nous extrayons des filons de la montagne à coups de griffes ne font qu'apaiser leur faim de métaux sans beaucoup renforcer leurs écailles. Celles d'Aumoahk sont un peu tordues autour de son museau… c'est mauvais signe. Je pourrais casser celles de Varatheela d'une griffe. Il doit bien exister des endroits où tu pourrais trouver des pièces.

— Je détesterais me battre ou voler pour ça. Peut-être pourrais-je en gagner, comme je l'ai fait avec les nains.

— J'espère que tu penseras à tes dragonnets quand tu interrogeras ta conscience.

— Ne nous disputons pas alors que nous nous séparons. Je reviendrai avec de l'or, que je trouve Wistala ou non. Je te le promets.

— Je connais quelques dragonnelles qui seront ravies d'entendre que tu es parti. Ça laissera plus de moutons pour elles.

Chapitre 2

La piste est froide, pensa Wistala. *Pogt.*

Auron – ou plutôt AuRon, c'était un dragon adulte désormais – n'avait de cesse de disparaître dès qu'elle se rapprochait de lui comme un mirage dans le désert.

Le guide garne avait beau être catégorique, cela ne ressemblait pas à la caverne d'une légende vivante. Les bruits de ses pas semblaient se pourchasser dans les recoins de la grotte : rien d'autre que l'obscurité.

Au premier abord, elle trouva que la caverne avait un plafond un peu bas pour un dragon, surtout s'il était aussi vieux et imposant que NooMoahk. AuRon avait toujours été plutôt petit, peut-être la trouvait-il confortable.

L'air vieux et stérile la déprima. Tant d'épuisants voyages qui s'étaient tous terminés de la même façon…

Était-ce la fin d'une longue chasse ?

Sa quête lui avait fait perdre des années – non, pas perdre. Découvrir de nouvelles civilisations, de nouvelles cultures, tout cela rivalisait avec le plaisir d'une pleine bouchée d'or, et on en profitait bien plus longtemps – toutes passées à recueillir dans les royaumes de l'est les légendes dont AuRon était le héros.

On aurait dit que chaque chute d'eau, chaque caverne racontait l'histoire d'un dragon à la couleur changeante qui était tour à tour esprit gardien, berger d'âmes ou guide dans l'au-delà.

Elle n'aimait pas l'est. En dépit des croyances populaires sur la place qu'occupaient les dragons dans l'ordre naturel, les relations chez les hominidés entre les dominants et les dominés avaient quelque chose d'abject que quiconque habitué aux cours d'Hypat ne pouvait trouver que révoltant. Elle était consternée par les décapitations continuelles qu'ordonnaient les puissants : elle vit un homme mis à mort en quelques secondes pour avoir fait trébucher par accident le cheval d'un guerrier. Des prêtres assis les jambes croisées s'exprimaient par métaphores, entourés de bâtonnets d'encens à l'odeur de crottes de rat rôties ; ils clamaient que la vie était une illusion et la mort une porte bénie vers une réalité supérieure, voire même une nouvelle vie dans laquelle tous seraient des dragons.

Facile pour les prêtres de dire cela. Personne n'osait les exécuter.

Si les peuples du vaste est lui jetaient des pièces et lui marmonnaient des prières dans des langues inconnues, il lui fallait se réfugier sur les montagnes les plus inaccessibles pour être tranquille et elle comprit pourquoi on y trouvait si peu de dragons. Tout ceci lui fut expliqué avec force chaînes et cordes quand des chasseurs la piégèrent près d'une source chaude où elle s'était arrêtée quelques jours pour se baigner et se débarrasser de la vermine rouge.

Heureusement pour elle, les chasseurs n'avaient jamais rencontré de dragon qui sache passer une chaîne autour d'un rocher : ils auraient pu être aussi nombreux qu'ils le voulaient à tirer, ils n'auraient réussi qu'à briser leur entrave.

Elle laissa la vie sauve à l'un des chasseurs, même si elle lui arracha d'un coup de dent les deux doigts qu'il utilisait pour tirer à l'arc afin de l'encourager à changer de profession. De riches seigneurs, lui expliqua-t-il en échange de sa miséricorde, étaient convaincus que les os de dragon pilés mélangés à du sang de dragon pour en faire une soupe leur rendraient jeunesse et vigueur. Chaque seigneur de guerre vieillissant dans des jardins remplis de concubines recherchait ce remède.

Trois pointes de flèches étaient encore enfoncées profondément dans son épaule en souvenir de ce traquenard et les écailles de sa clavicule étaient arrachées à l'endroit où les hominidés avaient plongé leur crochet en fer. Elle se moquait de ce trou – elle n'avait jamais été considérée comme une belle dragonnelle, son cou et sa queue étaient trop épais pour cela – mais les pointes lui faisaient mal quand elle levait la *sii* droite au-dessus de son épaule.

Alors qu'elle parcourait les terres désertiques du sud, elle rencontra une caravane de marchands coiffés de turbans blancs qui voyageait sous la protection d'un étendard ghioze : un masque doré avec des serpents en guise de cheveux. En échange de quelques écailles elle put entendre la légende d'un roi-guerrier dragon à la peau lisse, silencieux et invisible comme la brume, la terreur des jungles du sud… et à la tête de hordes de garnes féroces.

Wistala mentit : elle prétendit vouloir se venger du dragon à la peau lisse, et remplaça dans son histoire son frère cuivré par AuRon pour ne pas inventer de détails qui la piégeraient.

Ils proposèrent de l'aider à le retrouver.

Elle consulta leurs cartes, suivit leurs indications, et trouva facilement les montagnes au nord de la jungle.

Wistala ne vit pas de terribles hordes de garnes armés de torches. Elle trouva en revanche des huttes tressées qui firent place petit à petit à des constructions plus massives en bois et en brique, des jardins remplis de verdure et de pots et des troncs de pins décorés et peints pour obtenir des formes fascinantes. D'appétissants troupeaux de bétail aux longs poils et de moutons à la toison épaissie par un hiver passé dans les montagnes déambulaient entre les enclos, les abris improvisés grâce à des arbres tordus dont les branches étaient attachées ensemble, les meules de foin et le fourrage amassé sur des plates-formes de bois. Elle vit également des tas de laine.

De toute évidence, elle arrivait en pleine saison de tonte.

Trouver un endroit où se poser à l'extérieur des portes de la plus grosse colonie garne sans pour autant broyer des plantations de melons s'avéra ardu. Elle se décida pour la lisière d'un verger, et les porteurs d'eau descendirent la pente à toute allure en direction de leur village.

Les garnes l'aidèrent, en fin de compte. Leurs chefs discutèrent et se querellèrent pendant deux levers de lune cette nuit-là ; ils hurlèrent, montrèrent les dents, l'un d'eux jeta son bâton à terre de dégoût… mais elle ne vit pas les combats au couteau ou les violents coups de tête auxquels les histoires sur la légendaire sauvagerie des garnes l'avaient préparée.

Et, encore mieux, pas de décapitations.

Elle décida qu'elle inclurait dans son journal un paragraphe sur cette contrée, si d'aventure elle revenait à Thallia pour raconter son histoire à un scribe à la plume preste.

Le peu qu'elle parvint à comprendre de leurs cris lui apprit qu'ils refusaient qu'un dragon règne de nouveau sur eux… même si tous convenaient des avantages d'en avoir un dans la région. Le dernier avait repoussé une invasion venue du sud et fait fuir les rebuts d'elfes des contreforts arides du nord, terrifiés par une bête effroyable, le « vengerog ». Elle parla à plusieurs garnes qui avaient servi leur « seigneur dragon » : dépourvu d'écailles, gris avec de discrètes bandes plus foncées, quand il ne prenait pas la couleur des plantes sur lesquelles il s'allongeait. Il avait abandonné son trône pour partir avec une jolie petite humaine à la peau bronze – étonnante, cette façon qu'avaient les hominidés d'employer les couleurs des écailles de dragon pour décrire leurs propres nuances de brun – dont les origines étaient floues. Certains disaient qu'elle venait du sud, d'autres de l'ouest, et d'autres encore du nord. Il était revenu six saisons auparavant, marqué, la queue raccourcie et rosâtre, pour récupérer quelques trésors personnels qu'il avait laissés là. Son séjour avait été bref : une nuit de festin, et une journée pour admirer une parade militaire. Il avait promis de revenir, ainsi si elle souhaitait profiter de leur hospitalité jusqu'à cet heureux jour…

Ils la conduisirent finalement le long d'une route bordée de pylônes devant une grande ouverture dans le flanc de la montagne : une immense caverne qui ressemblait à une bouche grande ouverte avec, en guise de dents mal alignées, des bâtiments en ruine. De grandes cascades de roches descendaient du plafond de la grotte, recouvertes par les briques des constructions ravagées qui lui évoquaient des débris de vaisselle. S'il n'y avait pas d'ours, elle vit en revanche de nombreuses chauves-souris. Le guide la gratifia des récits du vieil Uldam au temps de sa splendeur, quand les auriges garnes décoraient les moyeux de leurs roues avec les couronnes des rois humains.

Les garnes avaient dégagé un large chemin qui s'avançait là où la grotte rétrécissait puis descendait, un peu à la manière de la gorge d'un dragon. On pouvait facilement confondre les bâtiments avec de gigantesques crocs.

— La plus grande des cités… jadis, dit son guide. (Il s'était présenté avec fierté comme le seizième fils d'Unrush Uthvhe-Rinsrick, et s'exprimait dans un parl tolérable.) Quand le monde du jour et de la nuit traitaient ensemble. Avant les garnes. Avant les promesses d'Anklamere qui ne firent qu'apporter la mort.

Tandis qu'ils circulaient entre des amas d'adobes, Wistala, qui traquait secrets et histoires comme d'autres pourchassent l'or le plus fin, les hominidés femelles ou les vins rares, écoutait attentivement ce mélange de légendes et de folklore. Anklamere était chez quelques peuples une sorte de démon ; il avait jadis régné sur les terres qui allaient des royaumes de l'est à la cité d'Hypat, là ou le Falnges se jetait dans l'Océan Intérieur. On disait qu'il avait même un temps contrôlé jusqu'au monde d'En-Bas. Wistala aurait préféré entendre parler de NooMoahk, mais le garne déclara que celui-ci était mort alors que lui-même tétait encore sa mère, et que son nom avait mauvaise réputation car le dragon avait coutume, sur la fin de sa vie, d'oublier ses vieilles promesses, de voler du bétail ou de tuer gratuitement.

Des dizaines de guerriers garnes gardaient maintenant les tunnels, l'entrée de la caverne et un grand puits que Wistala et son guide durent franchir avec au-dessus de leur tête des pots remplis de graisse enflammée. Les garnes accueillirent l'arrivée d'un dragon avec un mélange de consternation bruyante et de respectueuses révérences.

Le guide lui expliqua qu'il s'agissait des lames de feu. Ils avaient remporté des victoires à l'époque d'AuRon, puis remplacé leurs membres âgés ou blessés par les plus grands et les plus forts de chaque clan. Ils vivaient désormais près de la caverne du dragon sacré.

Les guerriers abattirent un grand nombre de bœufs tandis que leurs chefs racontaient à Wistala les splendides chasses qu'ils faisaient dans les jungles du sud. Leurs ennemis au sud et à l'est, les Ghiozes, craignaient les dragons : elle n'aurait qu'à apparaître dans le ciel et ils décamperaient. En échange, les garnes façonneraient des tasses et des urnes qu'ils rempliraient du sang et du ris de leur gibier… ou de leurs ennemis.

Beaucoup des lames de feu arboraient des blessures récentes, refermées avec des os d'oiseau en guise d'agrafes. Sur leurs heaumes et leurs boucliers, des entailles et des coups fraîchement assenés brillaient sur le métal assombri par l'usure. Quoi qu'il se soit passé, ils ne s'en vantaient pas.

Elle inspecta le puits du regard, puis à l'oreille.

— Vos ennemis remontent-ils par ce trou ?

— C'était autrefois un grand puits, mais les démènes ont détourné le cours d'eau qui l'alimentait et NooMoahk ne l'a jamais rétabli.

Les démènes ? Elle avait déjà entendu les nains parler de ces derniers. De curieux hominidés protégés par de la corne qui se terraient dans les recoins les plus sombres du monde et vénéraient de mystérieuses et étincelantes divinités : des dieux qui exigeaient des sacrifices.

— Les lames de feu ont livré un rude combat contre des Ghiozes, les tailleurs de pierre, expliqua son guide. Ils cherchaient l'éclat de soleil.

— Qu'est-ce donc ?

Le nom lui évoquait bien quelque chose, mais elle n'arrivait pas à se souvenir.

— Tu verras dans un instant. C'était jadis le cœur de notre ancien empire. Il a été volé il y a bien longtemps. NooMoahk nous l'a restitué après la chute d'Anklamere.

Wistala vit d'autres garnes d'allure imposante qui se prélassaient, mangeaient ou s'affrontaient. Ceux qui montaient la garde ressemblaient à des montagnes de muscles et de cuir clouté appuyés sur de lourdes haches.

— Les lames de feu, annonça son guide. Les gardiens de l'éclat de soleil.

À son passage, ils s'agitèrent et l'observèrent avec stupéfaction.

— Les sorciers disaient vrai ! Un nouveau gardien est arrivé !

— L'ancien antre, expliqua le garne volubile. C'est ici que NooMoahk plaça l'éclat de soleil après l'avoir pris dans la tour d'Anklamere. C'est également ici qu'AuRon conseilla à notre roi de construire plutôt que de guerroyer. C'est dans cette lumière que mon mentor m'a enseigné les langues des races assujetties. Une merveille des deux mondes. Tu pourrais peut-être devenir sa gardienne.

Un arc de lumière brillait au centre d'une estrade circulaire entourée de ce qui ressemblait à de grandes dents. Ce n'était pas un prisme qui renvoyait la lueur des torches. Les reflets bougeaient, dansaient, comme vivants.

Elle devrait raconter ceci aux bibliothécaires de Thallia. Une relique d'Anklamere pourrait les intéresser suffisamment pour qu'ils envoient des érudits afin de l'étudier… si on parvenait à persuader les garnes de laisser des « races assujetties » pénétrer en terre sacrée.

Peut-être pourrait-elle parvenir à un accord avec ces derniers.

— Je vais me reposer. Je peux vous remercier de votre hospitalité avec bien plus que des paroles de gratitude.

Les peuples de l'est lui avaient offert des pièces pour avoir seulement respiré en leur présence pendant qu'ils priaient. Elle en avait maintenant une belle collection dans la doublure du fin harnais qui lui permettait de transporter ses notes, ses cartes et les comptes-rendus de ses voyages qu'elle comptait céder à la grande bibliothèque de Thallia.

Wistala renifla : les odeurs de dragon étaient persistantes, et un léger fumet subsistait encore, l'acidité, le goût d'un dragon mâle. Mais était-ce Au...

Elle se figea et écarquilla les yeux. Elle venait d'apercevoir dans un recoin des étagères de pierre et de bois chargées de livres, d'étuis à parchemin et de boîtes, éclairées par des cristaux semblables à ceux trouvés dans les ruines de Yari-Tab quoique bien plus lumineux.

Elle délaissa l'éclat de soleil et se dirigea droit vers les étagères.

Des papiers moisissaient sur le sol en tas, quand ils n'étaient pas rassemblés en liasses éparses. Elle défroissa une feuille roulée en boule.

— Des langues oubliées et bizarres, mais les images sont peut-être intéressantes, dit son guide.

Sur le papier, l'encre passée était estompée par une salissure. Les garnes s'étaient essuyé le derrière avec des pages arrachées à des livres anciens.

Elle ramassa un volume à la reliure de cuir sans même sentir un élancement dans son épaule quand elle tendit la patte, l'ouvrit, et regarda la première page. Un étrange symbole y était imprimé, trois triangles équilatéraux superposés sur un quatrième aux traits plus épais : Ondée, son sauveur, lui avait enseigné quelques notions de géométrie. Sa gorge se serra quand elle repensa à lui.

On s'était donné beaucoup de mal pour rassembler et marquer ces livres.

Tomes et tombes ! Et ces garnes qui s'essuyaient les fesses avec ! C'était à la fois drôle et tragique.

Elle avait étudié l'histoire des bibliothécaires dans les archives hypates, et identifia ainsi ce symbole. Il s'agissait du sceau d'Anklamere.

Wistala n'avait peut-être pas retrouvé son frère, mais elle avait découvert la quasi légendaire bibliothèque d'Anklamere.

La piste d'AuRon ne pouvait pas être plus froide. Mais peut-être reviendrait-il chercher quelques livres ?

— Je pense que je vais rester ici quelque temps, si tu n'y vois pas d'objection. Une saison, peut-être ? Dis-moi, comment sont les hivers ici ?

Son guide se frappa le ventre et le poitrail. Wistala n'avait guère fréquenté les garnes jusque-là, mais elle supposa qu'il était satisfait. Elle espérait seulement qu'il ne lui demanderait pas de partir à la chasse au vengerog, quelle que soit cette créature. De la nourriture, du repos et un peu de calme pour étudier cette bibliothèque étaient fort bienvenus.

— J'ai quelques requêtes afin de rendre notre collaboration d'autant plus agréable, ajouta-t-elle. Tout d'abord, personne ne touche à la bibliothèque. Ensuite, vos guerriers se débarrassent de leurs immondices ailleurs que dans ce filet d'eau, dans le coin, car je n'aime guère boire des eaux d'égout. Et, pour finir (elle faisait de son mieux pour cesser de saliver, ce qui brouillait son parl), parle-moi du gibier que l'on trouve dans la jungle.

L'effet de l'éclat de soleil était si subtil que Wistala l'attribua tout d'abord à sa propre imagination. Ou à la lumière de la pierre, qui lui permettait de lire plus facilement.

Elle avait apporté quelques volumes sur l'imposant dais pour avoir un meilleur éclairage – et lever les feuilles devant une source de lumière assez forte pour distinguer les symboles tracés à l'encre légère au bord des triangles, une sorte de catégorisation – et elle se rendit compte qu'elle comprenait mieux les mots ainsi. Des langues lues pour la dernière fois des années auparavant dans la bibliothèque d'Ondée semblaient couler avec fluidité, elle s'imaginait même comprendre encore mieux les écrits des scribes.

Awa, le philosophe nain qu'elle n'avait jamais trop aimé à cause de ses métaphores complexes et de son écriture décousue, remonta dans son estime quand elle le lut à la lumière de l'éclat de soleil. Pourtant, quand elle revint sur un passage qui l'interpellait, à la lueur des lampes de la bibliothèque, il lui sembla de nouveau lourd et obtus.

Wistala devait pourtant veiller à ne pas s'endormir près du cristal. Quand cela se produisait, elle faisait des rêves sinistres et troublants ; elle se réveillait comme d'un cauchemar, les cœurs battant. Mais, elle se sentait pleine de vie pendant le reste de la journée qui suivait ces mauvais rêves, habitée par toute l'énergie d'un intrépide dragonnet.

Elle tenta d'en savoir davantage sur l'histoire de ce cristal auprès des garnes, mais pour eux il était seulement « plus grand que de la grande magie ».

— L'étoile de la tour est tombée sur terre. D'elle est venue la maîtrise du feu pour faire les roues, les lames et des cordes d'arc, et les *umazehs* ont connu la gloire, expliqua Vank, son interlocuteur. (Le garne avait trouvé un morceau de vieille étoffe tissée de fils rouges et dorés qu'il avait noué autour de son crâne et de son cou pour afficher son statut.) Anklamere nous l'a alors volée et s'en est servi pour asservir les auriges, poursuivit-il. Il l'a placée au sommet de sa tour et l'a laissé luire jusqu'à ce qu'elle rivalise avec le Vagabond Vert, là-haut, dans les cieux.

La conversation du garne ennuyait Wistala et lui faisait perdre patience. Elle regrettait les discours pleins de vivacité d'Ondée, les plaisanteries de Bradeloque ou les lamentations de ce dernier au sujet de sa pauvreté.

Vank essaya de lui attribuer un serviteur pour nettoyer ses écailles et ses dents. C'était un vieux garne aux jambes arquées nommé Harf, un ancien esclave des Ghiozes qui s'était échappé. Il prétendait avoir été au service de dragons qui vivaient dans les montagnes au-delà des plaines de Bant. Des centaines de dragons, un puissant empire... Wistala n'avait jamais rencontré un tel menteur. Elle avait déjà survolé les chaînes de montagnes qui s'étendaient à l'ouest de l'Océan Intérieur pour vérifier des rumeurs qui s'étaient avérées au sujet de quelques créatures qui ressemblaient plus à des oiseaux qu'à des dragons.

Bien entendu, pour un garne, toutes les grandes créatures volantes étaient probablement des dragons. Pourtant, celui-ci avait inventé de tels détails ! Des tunnels, une société entière de dragons terrés comme des lapins au cœur d'une montagne. Il avait peut-être compris que de telles histoires rehaussaient son prestige auprès de ses pairs.

Wistala avait appris bien longtemps auparavant comment récurer ses propres écailles et se nettoyer les dents en utilisant le sable des rivières. Elle laissa néanmoins Harf installer une tente et une couche devant sa porte et lui donna comme consigne d'empêcher les autres garnes de souiller d'autres écrits.

Une délégation d'anciens de la tribu vint la visiter. Ils rendirent hommage au cristal et demandèrent à Wistala ce qu'elle avait vu au cours de ses chasses. Ils semblaient tout particulièrement préoccupés par la rivière à l'ouest, qui constituait une frontière informelle entre leurs terres et une province des Ghiozes. Ces derniers avaient traversé le cours d'eau et « creusaient des trous » dans quelques-unes des collines aux pins, une dentelure verte sur l'horizon visible depuis l'entrée de la caverne envahie de ruines.

Quelques cavaliers ghiozes s'étaient même aventurés au pied des collines de la chaîne de montagnes garne. Ils avaient été chassés par des volées de lances, de flèches et de pierres. Mais les lames de feu qui avaient assisté aux guerres du sud, à l'époque d'AuRon, craignaient leur retour.

Un ennemi blessé pouvait toujours revenir; son fantôme, jamais, proclama une lame de feu.

Wistala comprenait les craintes des garnes. Elle avait grandi dans les contrées humaines de l'ancien empire hypate. Les Ghiozes qui vivaient de l'autre côté des montagnes, tout d'abord de modestes partenaires commerciaux sur les flots de la Mer Ensoleillée, étaient depuis devenus des rivaux. Leur terrible reine était retenue de son côté des montagnes par quelques puissants thanes installés dans les cols et par la traditionnelle amitié des elfes et des nains qui vivaient sur leurs propres terres et avec qui les hommes avaient partagé jadis les victoires d'Hypat.

Et pourtant les interrogations de Wistala firent place à l'inquiétude. Elle supposait que les morceaux de choix et les saucisses goûteuses étaient là pour l'inciter à rester. Les garnes lui apportaient même des bouts de chaînes, des clous, le fer de vieilles marmites ainsi que du minerai d'or et d'argent, qui était certes plein d'aspérités, mais des plus satisfaisants une fois mêlé à sa salive pour mieux descendre le long de son gosier. Les garnes appelaient ceci « le tribut de NooMoahk ».

Elle avait déjà vu une guerre, et c'était bien assez pour elle. Pourtant, elle souffrait d'imaginer tous ces livres irremplaçables déchirés puis utilisés pour allumer des feux de camp ou pour nettoyer les fesses de ces créatures. Elle pouvait presque entendre Ondée pleurer quand elle pensait à ce carnage perpétré par des garnes ignorants ou une armée d'envahisseurs sans scrupules.

Cette nuit-là, elle s'endormit au beau milieu de ces ouvrages et, pour trouver le sommeil, elle compta de vieux parchemins comme d'autres dragons comptent d'appétissants et sautillants moutons.

Le lendemain, Wistala fut réveillée par une délégation de lames de feu menée par Vank, et au son d'un tambour qui lui rappela les sonnettes des serpents du désert. Exaspérée, elle fut tentée de tous les balayer d'un coup de queue.

— Déesse aux écailles vertes, commença Vank. (Il fit claquer ses lèvres pour humecter un peu sa bouche sèche.) Les Ghiozes ont traversé la rivière. Ils ont abattu des arbres dans nos bois de l'est peuplés de sangliers et de singes rouges afin de dresser une palissade.

Wistala ne fut pas étonnée qu'il évoque ainsi ses deux plats garnes préférés. Vank était vaniteux mais pas stupide. Il arborait d'ailleurs une toute nouvelle ceinture en or et des anneaux d'argent.

— J'espère que tu ne veux pas que je me batte contre eux.

— Non, gardienne, non. Horblikklak, le chef de marche des lames de feu, a seulement l'intention de faire une démonstration de force puis de leur demander de parlementer.

Wistala fouilla dans sa mémoire. Les lames de feu étaient sous les ordres de trois commandants. Le chef de marche s'occupait de l'organisation au jour le jour et de l'entraînement des guerriers. Le chef de bataille, un vieillard courbé avec un étendard pris sur le champ de bataille en guise de canne, les dirigeait au cours des combats. Le jeune chef, quant à lui, choisissait des mâles garnes aptes à devenir des lames de feu, se chargeait de leur fournir un équipement et apprenait auprès des deux autres. C'était un système ancien, hérité de l'âge d'or des garnes, à l'époque où un chef commandait des dizaines de milliers de guerriers, représentés par des fragments de crânes sur des cartes en relief dans des bacs de sable fin… et non quelques centaines de garnes tapis dans des ruines.

Horblikklak, dont le nom signifiait « l'éclair de montagne » en garne, s'avança, aussi leste et flamboyant qu'un crapaud des hauteurs, autant dire pas du tout.

— Dis au dragon…, commença-t-il.

— Je comprends mieux votre langue maintenant, interrompit Wistala. (La maîtrise de leur langage lui était venue rapidement, comme si elle l'avait appris dans l'œuf.) Tu peux me parler directement.

Quelques garnes se permirent de petits toussotements en entendant son accent, mais tous l'avaient comprise.

— Nous, on parle aux tailleurs de pierre, aux Ghiozes, dit Horblikklak. Toi, tu voles à distance et tu observes. Quand on donne le signal avec la bannière, tu viens vers nous et tu voles en cercle, pour qu'ils voient qu'on dit la vérité et qu'il y a vraiment un dragon.

— Et diras-tu la vérité sur le refus du dragon de prendre part aux affrontements ?

— Il est sans doute préférable de taire certaines vérités, dit Vank, qui se curait une oreille crasseuse et examinait avec attention de plafond de la caverne.

— Si vous vous lancez dans une bataille, ne vous attendez pas que je vienne vous secourir. Je n'ai aucun différend avec ces hommes.

Vank fit mine de creuser l'air avec l'un de ses longs bras mais Wistala ne comprit pas le sens de ce geste.

— Un dragon les intimidera. Le fuyard, Harf, dit que les Ghiozes ont peur des dragons. Ils peuvent démolir des cités entières.

Fables et flammes! De toute évidence, ces garnes appréciaient les bons menteurs. Après tout, un peu d'exercice ne lui ferait pas de mal, aussi bien pour ses ailes que pour ses yeux. Elle avait passé trop de temps à lire.

— Je suis d'accord. Convenons d'un signal, et ainsi de suite.

Il fallut plusieurs jours pour organiser une rencontre avec les Ghiozes, et un orage de printemps la retarda encore. Les deux camps convinrent de se retrouver près d'un tas de rochers séculaire qui, d'après les garnes, avait été une carrière au temps de la gloire de Krag. Les Ghiozes affirmèrent pour leur part qu'il était l'œuvre de leur peuple et déterrèrent même de vieux outils marqués de leur sceau. Horblikklak trouva ces derniers étonnamment épargnés par la rouille et la décomposition.

Vank raconta à Wistala l'histoire des rencontres entre garnes et Ghiozes. La première avait eu lieu des générations auparavant, en pleine forêt, par-delà le fleuve qui, si ses cartes étaient correctes, traversait tout Hypat pour se déverser dans l'Océan Intérieur. À cette époque, cette forêt était à mi-chemin entre les territoires garnes et ceux des Ghiozes. Il fut décidé que les garnes pourraient y couper du bois et l'emporter de l'autre côté du fleuve. Un deuxième conseil de paix avait été organisé deux générations plus tôt sur les berges ghiozes, la nouvelle frontière, à la suite d'une sanglante altercation entre des bûcherons humains et des chasseurs garnes. Le suivant eut lieu du côté garne, quand les Ghiozes revendiquèrent le droit d'utiliser le fleuve pour transporter du bois vers leur province à l'est des Montagnes Rouges. À l'époque, la plupart des lames de feu étaient à peine assez jeunes pour courir nus derrière des scarabées. Cette fois-ci les Ghiozes s'étaient attribué un vaste territoire de ce côté du fleuve et le nouveau point « médian » se trouvait quasiment au seuil du royaume du grand Krag.

Wistala découvrit l'étendard des lames de feu, une haute construction de bois qui lui évoqua le mât d'un bateau. Il fallait quatre garnes pour la transporter d'un point à un autre et deux pour pousser la lourde base dotée de roues sur laquelle elle était posée pendant ses déplacements. Un assortiment de crânes, de boucliers brisés, de poignées d'épées, d'écailles de dragon noires sur lesquelles étaient tracés à la craie des idéogrammes et de longs chapelets de vertèbres qui ressemblaient aux guirlandes de lys qu'Ondée suspendait pour le solstice d'hiver s'entrechoquaient dans le vent. Des cordes au sommet de l'assemblage permettaient aux garnes d'accrocher des fanions afin de prévenir ceux qui étaient trop loin pour entendre les ordres. Vank montra du doigt un morceau de *griff* bronze qu'AuRon leur avait donné après l'avoir probablement perdu au cours de la grande et victorieuse bataille – qu'ils lui racontèrent, une fois de plus… – au cours de laquelle ils brûlèrent les machines de guerre dans la jungle du sud.

Wistala sentit sa gorge se serrer quand elle toucha ce vestige de son frère.

Horblikklak lui montra comment ils balanceraient l'étendard de droite à gauche comme un arbre secoué par le vent quand ils voudraient qu'elle monte dans le ciel puis vole en cercle.

Le jour de la rencontre, Wistala ne put s'empêcher de survoler le camp ghioze avant l'aube. Elle en savait assez sur l'histoire de ce peuple pour craindre que les lames de feu se précipitent dans quelque piège. La palissade des Ghiozes était un bel ouvrage, judicieusement dressée sur une petite hauteur au bord d'un ruisseau marécageux et tortueux. Elle se laissa porter par la douce brise de printemps au-dessus du camp sans oser battre des ailes et sentit la fumée de charbon. Le bruit des haches sur le bois et celui des marteaux à l'œuvre ne cessait jamais, pas même la nuit. Les Ghiozes avaient abattu des arbres, enfoncé des pieux acérés dans le bois et construit des machines de guerre. Elles n'étaient pas comparables aux mastodontes bâtis par les nains, mais Wistala soupçonnait ces engins d'êtres tout aussi dangereux. Elle voyait partout de la terre retournée : les Ghiozes avaient creusé des fosses ou des tranchées pour repousser une charge garne.

Les Ghiozes semblaient se battre à la manière des nains.

Elle regagna le camp des lames de feu et prit des forces grâce à du boudin noir que les garnes avaient préparé à son intention et quelques morceaux de peau craquante, restes du festin de la veille. Ils avaient également laissé un tas d'os et de tendons, mais elle devait éviter de se remplir la panse si elle avait l'intention de passer un long moment dans les airs.

« Si tu veux décharger quelque chose sur tes ennemis, préfère les flammes à ce qui sort de ton autre extrémité », avait coutume de dire mère.

Wistala gravit un amoncellement de rochers au sommet duquel elle eut une bonne vue sur les terres qui séparaient le camp des lames de feu et sur le site où aurait lieu la rencontre, à un demi-horizon de là. Les cimes des arbres se balançaient dans la vallée en contrebas. Celle-ci s'étendait jusqu'à la palissade du camp ghioze, au loin. Et au milieu de toute cette verdure, la vieille carrière faisait comme une balafre blanchâtre.

Elle s'allongea pour une sieste en gardant un œil ouvert. Elle avait perfectionné cet art au cours de ses voyages dans les étendues infinies de l'est. Des cornes de chasse résonnèrent, guère plus fortes à cette distance que les chants d'oiseaux du bois voisin : les deux camps se rapprochaient l'un de l'autre. Des messagers reprirent le signal : de longs et sonores cris de cygne qui relayaient la nouvelle d'une rencontre pacifique.

Elle s'élança dans les airs.

Wistala avait bien fait de ne pas manger tous ces restes. L'anxiété lui tordait l'estomac. Elle espérait que les garnes ne s'emporteraient pas et ne commenceraient pas à se battre, persuadés qu'elle viendrait les aider. Et si les Ghiozes décidaient de lancer une rapide attaque... ils disposaient selon les lames de feu de solides cavaliers, la garde rouge, qui patrouillaient le long des frontières est.

Mais quel genre de dragon était-elle donc pour tellement redouter une bataille ? Elle s'était jadis montrée assez féroce pour venger le massacre de sa famille et défier les nains de lui envoyer leurs harpons lestés. Désormais elle sentait ses *griffs* trembler à l'idée de quelques flèches tirées dans une forêt reculée.

Soit. Elle serait la seule à percevoir la différence entre courage authentique et affectation, et elle n'avait jamais eu de difficulté à garder un secret.

Elle n'avait rien contre l'idée de jeter un coup d'œil à la forêt. Sur ces terres bien alimentées en eau, à l'ouest des montagnes, les arbres étaient hauts, droits et robustes. Elle piqua du nez et inspecta le lit de cours d'eau réduits par des barrages de castors à une série de bassins qui lui évoquaient des joyaux bleus reliés par une chaînette. Les garnes – ou la foudre pendant la saison sèche – avaient brûlé la forêt par endroits et ouvert des clairières entre des bosquets d'arbres plus anciens. Ces dernières abritaient une multitude d'oiseaux et de gibier à sabots. Des hardes de cerfs coururent se réfugier comme un déluge de pelage brun vers un enchevêtrement de branches quand elle les survola. Elle sentit une odeur de baies et aperçut les traînées boueuses laissées par des cochons occupés à retourner la terre à la recherche de glands ou de tendres racines.

Rien d'étonnant à ce que les garnes tiennent à cette forêt.

Elle se promit de chasser les cochons dans ces bois dès que possible. Elle devrait probablement examiner de près les pistes, trouver un endroit où se tapir et tirer parti du vent et de la rosée pour dissimuler son odeur. Les cochons n'étaient pas des bêtes faciles à attraper, mais leur chair abondante et goûteuse valait bien tous les efforts du monde.

Et encore la plainte des cornes garnes !

Elle prit de l'altitude, affolée à l'idée qu'ils se soient lancés dans une bataille… mais la rencontre semblait s'achever paisiblement. Les lames de feu chantaient tandis qu'ils s'éloignaient du lieu de l'entrevue. Ils agitaient tant leurs bannières que les étendards ressemblaient à des géants qui les accompagnaient dans leur marche en dansant.

Ils se dispersèrent en plusieurs taches vertes.

—Ça aurait pas pu mieux se passer, déclara Vank quand elle se posa pour s'enquérir de la situation. On leur a dit de retourner de leur côté du fleuve, que s'ils ne le faisaient pas, il y aurait un bain de sang et une guerre qui durerait tant qu'un seul de leurs hommes oserait poser le pied dans nos bois.

— C'est comme ça qu'il faut traiter les hommes, intervint un guerrier. (Il frappa du poing son petit boulier rond et bordé d'encoches conçues pour bloquer les lames d'épées.) Comme des chiens ! Ils sont féroces, mais dès que vient le moment de se battre, ils déguerpissent la queue entre les jambes !

— Ouais ! approuva un de ses compagnons.

— Et ? demanda Wistala, sans tenir compte de cette interruption.

Vank exécuta une petite danse sans pour autant bouger les pieds, les bras d'un côté, puis de l'autre.

— Ils ont accepté de se replier ! C'est la vérité ! Leurs chercheurs d'or s'étaient trompés. « Nous ne tirerons aucun profit de cette mine », ont-ils dit. (Vank dut recourir au parl pour les citer avec exactitude.) Aucun profit ! Aucun profit ! Le profit, voilà la seule chose qui fait bouger les Ghiozes. Les hommes vont partir. Ils ont promis de rappeler leurs chasseurs et de lever le camp. Ce soir !

Seul Horblikklak semblait abattu.

— C'est trop facile ! grogna-t-il. (Le garne dépêcha davantage de flancs-gardes ; il pointa du doigt ou agita la main pour les mettre en position.) Trop de sourires. Trop de promesses.

— Je vois, répondit Wistala, qui déploya ses ailes.

Elle devrait peut-être faire un dernier survol des lames de feu quand ces derniers s'enfonceraient dans la partie la plus touffue de la forêt.

— À d'autres ! coupa Horblikklak. Un tas de rocher trop gros dans un chariot aux essieux épais, recouvert d'un prélart et gardé, tout ça au milieu du camp. Aucun profit, mes fesses, oui !

Chapitre 3

— Tyr, tu as remporté une nouvelle victoire, annonça le messager de la garde draque, les flancs gonflés.

La peau de son dos était enflée et craquelée, là où ses ailes sortiraient bientôt.

Le dragon cuivré, RuGaard Tyr du Lavadôme, imperator des Fumées de l'En-Bas, des routes terrestres et aquatiques, ensoleillées et ténébreuses, des Trois Lignées, des Sept Collines, le grand gardien de l'œuf et du dragonnet, de l'écaille et du chant, d'un héritage flamboyant et d'un futur ailé, comme aimait à l'appeler cette poche à feu boursouflée de NoSohoth, s'étendit sur une petite projection rocheuse qui dominait la vieille arène au sol recouvert de sable. Il congédia les deux esclaves garnes qui avaient jusque-là astiqué ses dents.

La projection, jadis employée pour attacher les cordes et les poulies dont les esclaves avaient besoin pour soulever les dépouilles des vaincus – en théorie, on pouvait interrompre un duel à tout moment, mais certains dragons mettaient un point d'honneur à mourir plutôt qu'à capituler – était en cours de modification afin de convenir à un Tyr. Sous la direction de NoSohoth, des esclaves artisans avaient poli et façonné la pierre et gravaient lentement de plaisants motifs semblables à des *laudis* afin de rappeler ses triomphes de Bant, d'Anaéa, et sa victoire contre le Dragonneur.

Le cuivré aimait tenir conseil dans la vieille arène. C'était bien sûr à cet endroit qu'il avait tué le Dragonneur, mais le souvenir des rugissements de triomphe des dragons tandis que leurs cavaliers tombaient lui était bien plus agréable. La grotte était assez vaste pour accueillir des dizaines de dragons. Et ces derniers n'avaient plus à grimper jusqu'aux jardins au sommet du rocher impérial pour demander une audience... ni les quelques esclaves libres qui, de temps à autre, faisaient de même.

Il avait interdit les duels comme moyen de régler les différends. Car seuls les plus riches pouvaient engager le meilleur duelliste Skotl. Les plus pauvres étaient obligés de se battre eux-mêmes et se faisaient bien souvent tuer.

Le cuivré avait pris part à un duel dès sa sortie de l'œuf et n'en était pas ressorti indemne. Sa *sii* gauche, estropiée, lui conférait une démarche un peu étrange et une stature dissymétrique à cause de son épaule droite surdéveloppée.

Désormais, les dragons étaient censés faire part de leurs différends aux dirigeants des Sept Collines. S'ils ne parvenaient pas à un accord amiable entre eux, ils venaient le voir et plaidaient leur cause. Il avait passé de nombreuses journées harassantes à les écouter et à décider qui satisfaire ou à déterminer les torts de chacun.

Bien sûr, des duels avaient encore lieu en secret, par-delà le cercle d'eau qui entourait le Lavadôme. Il s'assurait néanmoins que sa compagne n'invite pas de duellistes réputés aux festins donnés au sommet du rocher impérial.

Par égard pour la dignité de son rang, il avait fait installer deux perchoirs dorés de chaque côté de son rocher. Des *griffarans* vivement colorés aux plumes lissées et aux serres aiguisées scrutaient tels des rapaces l'arène en contrebas. Ils étaient certes plus petits que des dragons, mais aussi plus rapides. Leur bec pouvait rompre le cou d'un de ses semblables et leur serre transpercer des écailles. Les *griffarans* pouvaient voler dans des espaces confinés qu'un dragon, avec son poids et ses grandes ailes, ne pouvait rêver d'atteindre : comme, par exemple, les tunnels dans lesquels coulaient les rivières et qui permettaient de voyager rapidement dans le monde d'En-Bas ou bien encore les failles dans les montagnes qui menaient à la surface, près du Lavadôme.

Le cuivré adressa un hochement de tête bienveillant au messager de la garde draque.

— J'ai gagné ? demanda-t-il. Il me semble pourtant avoir bien peu conquis ce matin, si ce n'est une carapace de tortue remplie de kerne chaud.

Cette saillie provoqua les rires polis de membres vénérables des trois familles qui paressaient tout autour de l'arène. Certains, comme CuBellereth, le dragon d'un rouge un peu terne, étaient des fouineurs qui aimaient raconter dans leurs collines des anecdotes sur la cour impériale. D'autres, CoTathanagar le bleu par exemple, s'employaient à briguer la moindre position et à mettre constamment en avant les membres de leur famille pour qu'ils occupent telle ou telle fonction.

Heureusement, des dragons qu'il respectait et à qui il faisait confiance se tenaient non loin. Il se disait que de bonnes nouvelles seraient bientôt annoncées. NoSohoth s'assurait d'ailleurs que les messagers porteurs d'heureuses missives les clament haut et fort devant une assemblée. Les mauvaises nouvelles passaient par les esclaves et arrivaient dans l'antichambre des appartements du cuivré.

Ce dernier éructa pendant que le messager faisait son rapport. Il n'avait rien mangé d'autre depuis la veille au soir que du boudin rempli de kerne et celui-ci passait mal. Le cuivré ne raffolait pas du goût de ces graines, mais elles étaient très bénéfiques aux dragons qui vivaient longtemps sous terre. D'ordinaire elles aidaient à la digestion : le bœuf à la chair la plus coriace et filandreuse descendait toujours mieux suivi par un gruau de kerne chaud. Étrange.

Du poison ? Ses cuisiniers, esclaves comme dragons, l'avaient goûté sous ses yeux, et avaient aussi assisté le cuivré tout le long du repas pour empêcher que les plats soient renversés et finissent sur un tas de déchets.

Le messager annonçait une nouvelle victoire contre les démènes. Paskinix, le roi démène, avait demandé un « arrangement eu égard à l'évolution de la situation ».

Le cuivré fit claquer ses dents avec bonne humeur. NoSohoth avait probablement dicté la formulation au messager. Car Paskinix, vieux, irascible et aussi coriace qu'une tique nichée entre deux écailles, se serait exprimé bien plus directement. C'était un guerrier rusé, un formidable adversaire qui, même vaincu, parvenait à donner à une capitulation l'allure d'une revendication.

— L'ancien passage du nord-ouest est ouvert, poursuivit le messager. La rumeur de l'arrivée, votre armée aérienne a couru dans le tunnel de l'Étoile tandis que celle-ci volait pour écraser vos ennemis. Les filles du feu explorent en ce moment des contrées que les dragons avaient perdues depuis longtemps.

NoSohoth chuchota, hocha la tête, et le messager se mit à rugir les bonnes nouvelles. Ce cri féroce suscita grognements et battements de pieds approbateurs qui semblaient eux-mêmes appeler un hochement de tête de la part du Tyr.

Parfait, pensa le cuivré. Quand il avait pris connaissance de la taille du tunnel de l'Étoile, il avait demandé à HeBellereth s'il pensait qu'il était judicieux d'avoir recours à l'armée aérienne. Les dragons pouvaient facilement porter les esclaves humains d'élite, et ces derniers pouvaient combattre à dos de dragon.

— Des prisonniers ? demanda le cuivré.

— Dix séries de griffes, peut-être plus, et deux de leurs généraux. L'un de ces derniers est blessé et va probablement mourir.

— Qu'on les amène dans le Lavadôme. Paskinix devra gravir le rocher impérial s'il veut les récupérer.

— HeBellereth les a envoyés après moi dans leurs bateaux en forme de coque, sous les becs et les griffes des *griffarans*. Ils doivent en ce moment atteindre le cercle d'eau.

— Je te remercie de ce compte-rendu si complet, dit le cuivré, et le messager se gonfla d'orgueil.

— Des prisonniers si importants et si dangereux doivent être surveillés de près, déclara NoFhyriticus, un anklène gris et sans écailles qui faisait office de médecin de cour. Les démènes ont déjà capitulé par le passé dans le seul but d'introduire des espions ou des assassins dans le Lavadôme.

Le cuivré aimait avoir ce dragon à ses côtés car, s'il parlait rarement, c'était toujours pour émettre des jugements sensés.

— Peut-être que mon neveu Sulam…, commença CoTathanagar.

— J'irai moi-même à leur rencontre, interrompit le cuivré, qui s'étira.

Un peu d'exercice calmerait peut-être son estomac. Le festin de la veille avait été des plus copieux, trois bouvillons avaient permis de commémorer le jour où le Tyr FeHazathant avait mis un terme aux guerres civiles et rétabli la paix dans le Lavadôme. Le kerne agirait alors comme une force irrésistible qui se heurterait à une masse fixe de cuir grillé. Sa compagne, Nilrasha, reine du rocher impérial, trouvait peu raffiné son choix de peaux rôties, alors même qu'il aurait dû réclamer de l'aloyau, plus digne d'un Tyr.

— Des abats tout juste bons pour les esclaves et ceux qui mendient à l'entrée des grottes, avait-elle dit, même quand il lui eut expliqué que le goût lui rappelait les années qu'il avait passées dans les cavernes de la garde draque.

Nilrasha lui semblait une reine déplorable par certains aspects, mais elle disait toujours ce qu'elle pensait. Rares étaient ceux qui pouvaient en dire autant sur le rocher impérial. Le cuivré considérait Tighlia, la reine du Tyr FeHazathant, comme un modèle – dans son comportement en public, tout du moins. Elle était certes défunte, mais restait vivante dans les mémoires au même titre que son révéré compagnon. Nilrasha se préoccupait davantage du lustre de son rang que de ses devoirs.

Mais les esclaves l'adoraient. Ils l'appelaient « reine Ora » à cause d'un vieux surnom que les garnes lui avaient donné au cours des batailles de Bant. Il signifiait « chanceuse ». Elle aimait gratifier de trente jours de repos ou envoyer dans des protectorats ensoleillés les esclaves qui faisaient preuve d'un jugement avisé ou de savoir-faire ; une chanson agréable suffisait même parfois. Elle laissait son compagnon châtier ceux qui enfreignaient la loi.

Il fut tout d'abord sceptique, mais il dut admettre que les esclaves travaillaient mieux quand ils avaient l'espoir d'être récompensés. D'aucuns maintenaient pourtant que les esclaves redoublaient d'efforts quand on les menaçait simplement de servir de dîner. Mais la reine accordait également ses faveurs à des esclaves qui ne lui appartenaient pas, et un tel comportement suscitait force grognements au sein de la Cour.

Il l'admirait, finalement : elle était la seule de tout le Lavadôme à n'être jamais venue se plaindre auprès de lui.

Le statut de Tyr lui rappelait la cave infestée de serpents dans laquelle il avait rencontré les chauves-souris, trois séries de griffes et trois années auparavant. Quand on brisait la colonne vertébrale d'un de ces reptiles, un autre rampait en silence pour frapper dans le dos.

Il était un jeune Tyr, il le savait, un compromis entre les différentes factions parce qu'il était arrivé dans le Lavadôme en héros des *griffarans*, un étranger pour toutes les lignées. Son rôle dans le soulèvement contre les chevaucheurs de dragons quatre ans auparavant lui avait permis d'entrer dans la légende du Lavadôme. Les seigneurs dragons des collines minées par les cavernes pensaient qu'il serait influençable, lui qui avait pratiquement des morceaux de coquille encore collés à ses écailles. En privé, son œil blessé et sa patte atrophiée suscitaient la pitié, le mépris : certains le traitaient même d'infirme ou employaient le surnom qu'on lui donnait dans la garde draque, « la chauve-souris ».

Pourtant, le vieux Tyr FeHazathant avait eu suffisamment confiance en lui pour lui accorder sa bénédiction avant de mourir. C'est en tout cas ce qu'on lui avait dit.

C'était le pire aspect de la vie de Tyr : ne pas pouvoir se fier aux paroles des autres.

Raison pour laquelle il se rendit lui-même à la rencontre des prisonniers démènes.

Il se mit en route avec quelques courtisans et sa garde de *griffarans*. Ils formaient un impressionnant cortège avec leur Tyr en tête. L'un des avantages des écailles cuivrées, c'était leur aspect changeant. Elles semblaient couleur de sang à la lumière diffuse des lampes à suif, tandis qu'à l'intérieur du vaste espace souterrain du Lavadôme, sous l'éclairage plus vif des rivières de roche en fusion qui s'écoulaient le long des étranges murs de cette grande bulle de cristal, elles rougeoyaient comme des braises… une fois bien polies avec une brosse aux brins d'acier souple et un chiffon par ses esclaves personnels, bien entendu.

— Quittes-tu le rocher impérial, mon amour ? demanda Nilrasha, sa compagne, qui venait de se poser.

Elle était sans doute encore plus rutilante, plus belle que quand ses ailes s'étaient déployées pour la première fois. Chacune de ses écailles était taillée et polie, et celles qui entouraient ses yeux étaient discrètement peintes et gravées. Elle se trouvait jusque-là dans les jardins au sommet du rocher et les *griffarans* qui volaient en cercle avaient attiré son attention.

— Seulement pour me rendre au cercle d'eau. Je ne suis pas assez sorti ces derniers temps. J'ai besoin d'exercice. Ma digestion…

— Je ressens la même chose, répondit-elle. Nous sommes liés. Je pensais justement que nager un peu me ferait du bien. Mais faut-il vraiment que la moitié de la Cour nous suive ?

— Nous allons voir des prisonniers. C'est une curiosité.

S'il s'était senti bien, cette marche aurait été une agréable promenade, tout particulièrement avec sa superbe compagne à ses côtés ; elle dont les bavardages enjoués et les mouvements d'aile ou de queue faisaient oublier la démarche claudicante du cuivré.

Le Lavadôme brûlait d'une lueur triomphale ce jour-là alors qu'au nord les coulées rougeoyantes de roche en fusion descendaient le long du cristal transparent, une vaste bulle qui avait donné naissance à cet endroit en des temps immémoriaux. Le sommet du dôme donnait sur la caldeira du volcan et laissait ainsi passer des rayons de soleil comme glacés. Plus merveilleux encore : le dôme divisait et dirigeait la chaleur des coulées de lave afin que la bulle tout entière soit agréablement réchauffée. D'ordinaire, la vue était meilleure au sud, mais les coulées changeaient parfois d'itinéraire.

Pourtant, au lieu d'apprécier sa compagne et la vue, le cuivré souffrait d'aigreurs d'estomac. Tandis qu'il franchissait les crêtes déchiquetées de la colline des Skotl et que, tout naturellement, les dragons, petits et grands, sortirent de leurs trous, attirés par les plumes vives des gardes *griffarans* qui décrivaient inlassablement de grands huit au-dessus de sa tête pour annoncer sa venue.

Le cuivré boitillait sur trois pattes. Sa *sii* avant gauche n'était pas aussi inutile qu'elle l'avait été jadis. Nilrasha s'était remémoré des coutumes qu'elle avait apprises dragonnette, quand elle s'occupait de sœurs du feu âgées et marquées par les combats et qu'en échange du réconfort prodigué, elle avait reçu quelques connaissances. Elle s'était affairée sur la patte infirme, l'avait massée et harcelée avec force coups de dent et de langue jusqu'à ce qu'il éprouve… pas vraiment une sensation tactile, plutôt une sorte de chaleur. Il pouvait désormais la tendre et la bloquer de manière à se reposer dessus, un peu comme un esclave fatigué s'appuie sur un râteau ou un piquet.

Il aimait pouvoir s'arrêter çà et là et apprécier la vue pour donner à sa bonne *sii* l'occasion de se reposer, appuyé sur sa patte désormais pas si inutile que ça.

— Grand Tyr RuGaard ! beugla un dragon bleu et plutôt grassouillet au cours d'une halte. (Il renversa au passage deux draques femelles qui avaient escaladé un rocher pour admirer le cortège.) Mes esclaves me volent, et aucun ne veut confesser son crime. Je demande l'autorisation d'en dévorer quelques-uns à titre d'exemple pour les autres.

RuGaard se moquait comme de sa première écaille de ce qu'il advenait aux entrailles des esclaves qu'il ne connaissait pas, mais ces derniers étaient rares dans le Lavadôme. La plupart des nains préféraient se laisser mourir de faim plutôt que de travailler pour des dragons, les garnes se battaient entre eux et on devait en limiter le nombre au sein d'une même maison ou nommer un chef pour contenir les autres, qui tuait ou estropiait alors un bon tiers des serviteurs chaque année à force de les battre… quant aux elfes, autant tenter de capturer un nuage pour en faire un animal de compagnie. Les démènes ne se reproduisaient quasiment pas en captivité. Ce qui ne laissait plus que les humains. Il fallait être attentif à les nourrir, les abreuver et les abriter pour éviter qu'ils tombent comme des mouches.

— Que volent-ils ?

— De la nourriture, bien entendu.

— Les hommes volent, c'est ainsi. Estime-toi heureux que les tiens s'y prennent si mal.

— Tyr, mon frère, il est assis sur mon cou ! lança une dragonnette verte plutôt petite pour une Skotl. Dites-lui d'arrêter.

Un dragonnet plus gros aux écailles argentées hérissées leva un œil vers les *griffarans* au-dessus de lui comme s'il songeait à bondir.

— Mords ou griffe tout ce que tu peux atteindre et ne t'arrête que quand il décampera, répondit le cuivré. Laisse-lui assez de cicatrices et tu seras invitée à rejoindre les filles du feu dès que tu auras craché tes premières flammes.

— C'est vrai ? demanda la dragonnette.

— Bien sûr, dit Nilrasha. Je garderai l'œil sur toi, euh… jeune espoir.

— Merci, glorieuse reine ! lança la dragonnette qui gonfla la poitrine et dressa le cou.

— *À ce propos, as-tu passé en revue les recrues de cette année ?* demanda mentalement le cuivré à sa compagne tandis qu'ils se remettaient en route.

Par tradition, la compagne du Tyr commandait les filles du feu, de jeunes dragonnelles qui apprenaient à garder les puits, les entrées et les passages de la myriade de tunnels qui entouraient le Lavadôme. Celles qui ne prenaient pas compagnon poursuivaient souvent leur service et devenaient sœurs du feu, des guerrières assermentées à vie, l'unité la plus respectée du Lavadôme, célébrée sur chaque colline. Nilrasha n'en parlait jamais, mais quelques-unes des sœurs du feu les plus âgées lui avaient tourné le dos, car elle avait rompu ses vœux pour s'accoupler. Le cuivré préférait éviter de mettre le museau dans les affaires des femelles et risquer de s'y brûler.

— *Ne parlons pas de ça maintenant*, lui répondit-elle de la même manière.

Certains dragons se prosternèrent, d'autres inclinèrent seulement le bout du museau et quelques-uns se rapprochèrent les uns des autres : les Skotl n'étaient pas très doués pour le langage mental et ils échangèrent des propos sur leur Tyr tandis que celui-ci les dépassait de sa démarche rendue bancale par sa patte atrophiée.

Un éclair vert traversa les champs et dispersa au passage un troupeau de moutons d'allure maladive qui broutaient d'épais lichens. La procession s'arrêta de nouveau.

— Tyr, l'implora une jeune dragonnelle. (Elle se jeta à ses pieds, le cou complètement tourné afin d'exposer les cœurs secondaires qui battaient sous son menton.) Je m'appelle Yefkoa. Mes parents veulent m'accoupler contre mon gré à… à SoRolatan.

Le cuivré connaissait ce dernier. SoRolatan était un cuivré lui aussi, quoique d'une couleur plus vive, moins proche de celle du sang. Il avait été protecteur à la frontière sud de l'empire puis avait fait fortune grâce à l'extraction de minerai nécessaire aux dragons – et dont ils étaient à vrai dire dépendants – afin que leurs écailles poussent sainement. Selon la rumeur, il fréquentait déjà une ou deux dragonnelles aux mœurs légères. Il voulait plusieurs compagnes à présent ?

— SoRolatan a une compagne, n'est-ce pas, ma chère ? demanda le cuivré.

— Oui, mais stérile, pauvre créature, répondit Nilrasha. La fille du vieux protecteur des Six Crêtes, rappelle-toi.

Elle regardait avec colère la frêle dragonnelle dont les ailes tout récemment déployées semblaient encore humides.

Le cuivré était pratiquement un dragonnet quand il était arrivé dans le Lavadôme, mais il n'avait jamais développé le goût pour la politique, l'intrigue et les ragots débridés dont faisaient preuve la plupart des dragons nés en ces lieux. Il goûta l'air près de la joue de sa compagne pour la remercier de son exposé détaillé.

— Je suppose que tu as quelqu'un d'autre en tête ? demanda le cuivré.

Yefkoa était une jeune et svelte dragonnelle aux ailes séduisantes, même repliées et sagement rangées. Il comprenait l'intérêt que lui portait SoRolatan. Le cuivré était accouplé, pas mort.

— Non Tyr, je…

Elle ne quittait pas Nilrasha des yeux comme si elle craignait de se faire mordre.

— Parle, lui ordonna le cuivré.

— Je veux voler. À l'air libre, sous un vrai soleil.

Le cuivré se demanda si elle était l'un de ces dragons adeptes du retour à la nature. Elle n'avait manifestement jamais été confrontée à des carreaux d'arbalète ou des machines de guerre.

Elle semblait cependant en bonne santé et taillée pour prendre l'air, pour autant qu'il puisse en juger.

— Voler, hein ? Es-tu rapide ?

— Très rapide ! répondit-elle. Regardez !

Elle bondit lestement sur un rocher et ouvrit ses ailes – tous les regards des mâles étaient rivés sur elle – et s'élança dans les airs. Elle prit rapidement de l'altitude puis descendit en vol plané et décrivit une boucle, utilisant sa queue comme balancier. Le reflet de la roche en fusion donnait à ses jeunes écailles l'aspect de météores tandis qu'elle faisait le tour du rocher impérial puis revenait.

Le cuivré aurait aimé voler ainsi. L'articulation artificielle de son aile lui permettait de rester dans les airs et de manœuvrer, mais il n'était pas un voltigeur.

Par chance, le vent qu'elle souleva quand elle se posa sécha ses yeux.

— *Les* Skotl. *Tout dans les muscles, rien dans la tête*, pensa Nilrasha. *Ne fais pas quelque chose d'imprudent à cause d'une jolie paire d'ailes. SoRolatan est un dragon important, et influent.*

Le langage mental était une chose étrange. Plus deux dragons sont proches, meilleure est leur connexion. Parfois Nilrasha anticipait ses pensées, mais elle était plus douée pour garder les siennes secrètes. Chaque fois qu'il la sondait pour, par exemple, découvrir quelque chose au sujet de sa première compagne, Halaflora…

« Ah, le passé est le passé. Tu es Tyr, tu dois songer au futur, même s'il est obscur. »

— Cite-moi tous les protectorats, la race hominidée qui prédomine dans chacun, la denrée principale qu'ils produisent pour l'empire. Tu m'impressionneras vraiment si tu peux également me nommer leur protecteur, dit le cuivré.

— Euh…, commença-t-elle. (La façon dont elle arrangea ses ailes fit battre plus vite les cœurs du cuivré.) Bant, des garnes en majorité, produit de la viande – pardon, des moutons – et du grain, son protecteur est… NiThonius. Extrême-Anaéa, des humains, produit du kerne, son protecteur est… est… Ru… non, CuPinnatax…

— *Si tu as l'intention d'écouter ça jusqu'au bout, je vais aller prendre un bain dans la rivière*, lui dit en pensée Nilrasha, mais elle ne bougea pas pour ne pas l'abandonner devant tous les regards.

— Tu pourrais être utile à l'armée aérienne, interrompit le cuivré alors que la dragonnelle expliquait que Sablejaune, au sud-ouest, ne produisait que de rares épices et herbes et quelques joyaux donnés à contrecœur par les rebuts d'elfes en échange de viande de cheval. Mais n'oublie pas : ne vole sauf urgence qu'à la nuit tombée ou par-dessus les montagnes contrôlées par les *griffarans*. Nous ne sommes pas encore prêts pour la surface.

— Mais SoRolatan, et le trésor qu'il a promis à ma famille ?

— Je veillerai à ce qu'ils reçoivent une compensation… dans la limite du raisonnable.

— *Tu t'es fait un ennemi aujourd'hui*, dit Nilrasha.

— *Et aussi une amie. Elle est jeune… elle sera là plus longtemps.*

— *Les jeunes dragonnelles oublient les faveurs comme les nuages perdent leurs eaux*, répliqua-t-elle. *Les vieux dragons du genre de SoRolatan gardent leur rancœur comme les nains la lumière dans leur barbe.*

L'armée aérienne comptait dans ses rangs plusieurs dragons castrés, des survivants du règne aussi bref que brutal de SiMevolant et de ses sympathisants humains menés par le Dragonneur. S'ils étaient incapables d'engendrer des héritiers, ils apprécieraient tout de même la compagnie de la dragonnelle. Et si d'aventure elle venait à trouver un jeune voltigeur encore intact et orné de *laudis* qui lui fredonne sa chanson et parvienne à voler à son rythme pour lui faire la cour… eh bien, quelques générations d'œufs héritiers de leur don pour le vol feraient tout autant de bien à l'empire.

Et si SoRolatan faisait trop de grabuge, il demanderait à HeBellereth d'envoyer l'escadron de l'armée aérienne chargé de surveiller le dôme pour un entraînement d'endurance au-dessus de la colline du dragon. Il fallait bien que les dragons volants soulagent leurs intestins de temps à autre.

Il envoya un message à HeBellereth et la dragonnelle nettoya presque entièrement sa *sii* valide à coups de langue. Elle était si reconnaissante qu'elle bouillonnait littéralement, comme jadis le bassin d'un des prédécesseurs du cuivré.

Si les spectateurs se prirent à marmonner, ils veillèrent à ce que leur Tyr ne les entende pas.

Nilrasha se mit en route en direction du cercle d'eau.

Un second messager aperçut ses *griffarans* et les guida vers le débarcadère sur lequel étaient retenus les prisonniers démènes.

Pour le cuivré, les démènes étaient les plus étranges des hominidés. Ils semblaient assemblés avec divers morceaux d'autres créatures collés ensemble au moyen de cette pierre liquide employée par les nains et imitée par les humains. Leurs épaules et leur échine lui rappelaient ces crevettes dont la carapace abritait une chair délicieuse. Leurs doigts étaient longs, puissants, leurs orteils faits pour creuser et s'agripper. Leurs grands yeux étrangement disposés clignaient lentement de chaque côté de leur tête recouverte de plaques et de cornes. Leurs jambes longues, noueuses, lui rappelaient celles des grenouilles ou des crapauds ; quand ils s'asseyaient, ils les repliaient contre leurs flancs comme un dragon le faisait de ses ailes. Quand un démène assis fermait les yeux, il était très facile de le confondre avec une stalagmite. Ce qui était exactement le but recherché, supposait-il. Les démènes parvenaient à se glisser dans des fissures qui semblaient inaccessibles à un serpent. Ils se déplaçaient vite mais se dispersaient sans ordre sous le coup de la panique. Selon les rapports qu'il avait entendus ou fait parvenir aux anklènes pour que ceux-ci les consignent, c'était là leur seule faiblesse au combat. Il les avait assez souvent vus travailler dans le Lavadôme pour savoir qu'ils pouvaient faire preuve de cruauté, tout particulièrement envers les représentants des autres races placés sous leur supervision.

Ces spécimens, privés de leurs filets, de leurs lances à pointe de cristal et des pierres de fronde qui se brisaient en fragments vicieux à l'intérieur d'une blessure, semblaient avoir sérieusement pâti de leurs aventures. Les démènes étaient d'ordinaire des créatures plutôt maigres, même comparés à des elfes, mais ceux-ci étaient émaciés comme des tiges de kerne en pleine sécheresse.

Ils étaient accroupis, couverts de boue, imprégnés par l'odeur de la rivière, enchaînés, attachés ou entravés avec des poids au fond des bateaux. La moitié d'entre eux était encore dans les embarcations, et l'autre avec Sricsrac, ce sinistre marchand d'esclave. Ce dernier avait perdu depuis longtemps son nom de dragon : une histoire de duel, avait expliqué Nilrasha. C'était un cuivré lui aussi, mais d'une teinte plus bronze qui rappelait au Tyr son propre père.

Posséder des esclaves ne dérangeait personne, mais autant laisser à d'autres le soin de les trouver, les évaluer et les sélectionner.

Sricsrac inclina la tête pour attirer l'attention de son Tyr.

Les prisonniers de guerre étaient la propriété du Tyr ; même si, par tradition, ils étaient rapidement vendus et permettaient ainsi de gonfler le trésor de la lignée impériale. D'importantes sommes étaient ajoutées ou soustraites au trésor, le tout sous la supervision de NoSohoth. Son gésier aurique était en permanence rempli de pièces sonnantes qui y étaient digérées puis changées en écailles. Si une bouchée par-ci, par-là permettait à un serviteur si efficace de rester loyal à la lignée, le cuivré était disposé à y renoncer.

Pauvres esclaves. Cela avait dû être terrible pour eux de traverser enchaînés le cercle d'eau en sachant que leur seul avenir serait un labeur sans fin. Même avec ces splendides traînées de feu au-dessus de la tête, ce sort n'était guère enviable.

Les eaux du cercle baissaient, bordées de boue et de sable. La saison sèche était sûrement en train de prendre fin dans le monde d'En-Haut. Depuis son service à Anaéa, il en gardait le souvenir d'une période assez chaotique. Les hommes perdaient toujours un peu la tête à cette époque de l'année, peut-être à cause de la chaleur et de la soif.

La fille du feu responsable des captifs s'inclina.

— Voici les prisonniers venus des trous les plus profonds du tunnel de l'Étoile. On a finalement trouvé leur repaire dans une grotte trop étroite pour les dragons. Votre sœur les a vaincus en recrutant des nains.

Ces derniers avaient sûrement été ravis de cette affaire : se faire payer pour aider à l'annihilation de leurs ennemis les plus acharnés…

Dans cette partie du monde d'En-Bas, le tunnel de l'Étoile était aux démènes ce que le Lavadôme était pour les dragons : voilà du moins ce qu'on lui avait dit. Le dégager avait pris plusieurs années ; l'empire y avait perdu des dizaines de dragons et encore plus de dragonnelles. Chaque fois qu'ils avaient cru l'avoir conquis, les démènes avaient ouvert quelque nouveau passage et les avaient attaqués par surprise.

— Et ce n'est qu'un avant-goût, dit la fille du feu. Vous voyez là leurs chefs. Les autres arrivent, ils sont peut-être un millier.

Un millier ! Il entendit Sricsrac réprimer un glapissement avide. Un chiffre important pour le monde d'En-Bas, qui était bien souvent aussi inhospitalier qu'un désert aride ou un sommet glacé. Bien sûr, le tunnel de l'Étoile disposait de nombreuses sorties vers la surface. Au sein de son escorte, quelques-uns se léchèrent les babines. Il y aurait probablement des blessés et des malades à dévorer. Chaque colline avait ses propres recettes de clan pour préparer un démène. La chair fine de leurs jambes fondait pratiquement dans le beurre.

Paskinix, rien d'étonnant à ce que tu sois enfin disposé à négocier. Il semblerait que je détienne la plus grande partie de ton armée. Pendant les heures les plus sombres de sa jeunesse, dans les grottes infestées de reptiles, il avait appris que la meilleure façon de tuer un serpent était de lui broyer la tête. Peu importait la puissance de son corps, sans tête il n'était rien d'autre qu'un aliment.

L'empire s'était emparé du corps des démènes : et la tête se demandait sans aucun doute que faire toute seule. Le prix à payer avait été terrible mais les dragons possédaient désormais, dans le monde d'En-Bas, un territoire aussi vaste que jadis celui d'Anklamere. Ils n'auraient plus à se soucier des attaques sur les routes marchandes et les draques affectés aux postes de garde seraient libérés de leurs fonctions.

Le monde d'En-Haut, doux et mûr sous le soleil comme les fruits sucrés que l'empire faisait venir sous terre pour les esclaves et le bétail, excitait son imagination.

Il longea le rang des prisonniers. Ils étaient désarmés, abattus par la défaite, et seules les décorations qui ornaient leurs carapaces révélaient encore leur appartenance à une race de féroces guerriers. Des fragments d'os, d'écailles de dragon et de ce qui ressemblait à des crânes de nains ou des crocs de garnes étaient sertis ou passés dans les plaques de corne qui protégeaient leurs épaules. Certains avaient peint leurs cicatrices, d'autres avaient rempli une cavité oculaire vide ou remplacé une oreille arrachée par un bec de petit *griffaran*. Mais les apparences pouvaient s'avérer trompeuses. Ces démènes étaient des chefs de guerre qui avaient affronté des dragons cracheurs de feu cent fois plus lourds qu'eux et les avaient tenus en respect pendant des *années*.

Quel dommage d'envoyer de tels spécimens s'occuper du bétail ou nettoyer des excréments de dragons.

Il était maintenant temps d'annoncer un grand festin pour célébrer cette victoire. NoSohoth lui adressa un regard appuyé et se lécha discrètement les babines. Les organes de démène – tout particulièrement le foie et les reins – aiguisaient la vue et l'esprit.

Le cuivré se retourna pour faire face à la procession et s'éclaircit la voix, en proie à une certaine léthargie. Ils n'apprécieraient pas son discours, mais il était préférable d'en finir le plus vite possible. Il pourrait alors trouver un endroit confortable sur la berge et s'y endormir.

Son premier mot se transforma en un sursaut sidéré. Les yeux s'écarquillèrent et il entendit quelques hoquets. Avant qu'il comprenne ce qui venait de se passer, il sentit des plumes lui frôler le dos et un hurlement démène retentit le long de la berge.

Deux *griffarans* s'élevèrent dans les airs. Le premier tenait dans ses serres la tête et le bras d'un démène et le second une jambe. Un éclat de cristal aux bords déchiquetés, long et légèrement incurvé, tomba en tournoyant. Il se brisa en éclats tranchants quand il toucha le sol derrière la mauvaise *sii* du cuivré.

Au-dessus de sa tête, le démène fut brutalement déchiré en deux parties.

Les autres *griffarans* de la garde descendirent et frappèrent de leurs ailes les démènes pour les forcer à se coucher dans la boue ou au fond des bateaux.

Le cuivré se rendit compte que, vue de derrière, sa patte estropiée dévoilait une cible tentante juste au-dessous de l'épaule. Pour une telle lame, un chemin qui menait droit à son cœur.

Il devrait s'assurer que ce qui restait de l'arme soit confié à Rayg pour qu'il l'étudie. L'homme, un esclave à l'esprit scientifique, aux dons rares, et éduqué par les nains de surcroît, la trouverait peut-être digne d'intérêt… surtout si elle avait réussi à passer inaperçue lors d'une fouille.

Bien au chaud dans le rocher impérial, il avait oublié les leçons apprises quand il était dragonnet puis draque. Le pauvre vieux NeStirrath aurait eu quelques paroles bien senties à lui assener. Sous le coup de la colère – contre lui, principalement – il se retourna face à ses ennemis et sentit le *foua* battre dans sa poche à feu, poussé par un flot d'adrénaline.

Il cracha et une pellicule huileuse vint éclabousser la boue. Une vieille blessure héritée d'un combat contre des démènes voleurs d'œufs avait privé sa poche à feu de ce qui permettait à son *foua* de s'enflammer. Il parvenait sans trop de difficulté à vomir une petite boule de feu, mais les flammes que crachait le commun des dragons lui étaient aussi interdites que les acrobaties aériennes.

Ce spécimen avait été à deux doigts de briser une pointe de cristal dans le cœur de sa poitrine. Son destin n'était pas d'affronter les démènes ce jour-là.

L'embarras d'avoir ainsi fait long feu calma sa colère plus sûrement que n'importe quelle prédiction.

— Pas encore complètement vaincus, on dirait, dit-il aux démènes en sombrelangue. Je suis sûr que Paskinix paierait le prix fort pour vous récupérer.

Il tourna la tête – qu'il levait haut, hors de portée des hominidés – vers l'assemblée des dragons.

— Je trouve tout de même curieux que Paskinix n'ait pas été pris avec ses chefs, poursuivit-il toujours en sombrelangue. J'espère que si les sœurs du feu sacrifiaient leur vie pour défendre le dernier bastion du Lavadôme, je serais à leurs côtés jusqu'au bout.

— Si je puis me permettre…, commença Sricsrac.

— Non, tu ne peux pas, répliqua le cuivré pour l'empêcher d'annoncer une somme qui aurait impressionné NoSohoth lui-même. Ce ne sont pas des voleurs d'écailles qui se seraient faufilés dans le tunnel du Vent. Ce sont les guerriers les plus redoutables que l'empire ait jamais affrontés. (Son esprit était embrumé et sa langue épaisse. Autant expulser les mots pendant qu'il en était encore capable.) C'est en tant que Tyr que je vous parle maintenant. Les démènes doivent être conduits au rocher impérial et installés à côté, dans le creux ouest. Mettez la viande de cheval ailleurs. Je veux qu'ils marchent, et non qu'ils traînent des chaînes, c'est compris ? Et que les plus jeunes dragonnets assistent à leur passage afin qu'ils contemplent des exemples de bravoure et d'honneur, et qu'ils leur rendent hommage en bons dragons de l'empire. Deviendront-ils des esclaves ou non ? Eh bien, attendons de voir ce que Paskinix va dire. Je vous demande maintenant de m'excuser.

Le cuivré se précipita si vite vers un tas de rochers sur la berge que ses gardes qui volaient au-dessus de lui durent descendre en piqué pour le rattraper. C'est là qu'il vomit les restes de son déjeuner avant de s'écrouler.

— Dites à Rayg… empoisonné, parvint-il à dire avant que les ténèbres l'engloutissent tandis que les *griffarans* alarmés voletaient en tous sens.

Chapitre 4

Le cuivré s'éveilla, regarda autour de lui les somptueuses tapisseries qui recouvraient les parois de cette caverne. Des fils d'or et d'argent décuplaient la lumière émise par les lampes. L'arôme apaisant de l'oliban s'immisça dans ses narines. Il accueillit volontiers cette visite parfumée.

Deux paires d'yeux rouges luisaient et clignaient dans les ombres du plafond.

— Nilrasha ? demanda-t-il d'une voix râpeuse.

Il chercha l'esprit de sa compagne.

— Elle tient cour dans les jardins, répondit une voix humaine. Désirez-vous un peu d'eau ?

Le cuivré cligna des yeux pour dissiper le brouillard et vit Rayg Capedesable. S'il était né humain, Rayg avait l'esprit aussi affûté que n'importe quel anklène. Six années auparavant, il avait épousé la camériste du cuivré, une jeune fille pleine de vie mais pratiquement muette nommée Rhéa. La famille Capedesable vivait sous le soleil, près de la sortie sud, et le cuivré laissait Rayg les rejoindre chaque fois qu'il n'avait pas besoin de lui pour ses projets… chose rare.

Le cuivré avait toujours l'intention de le libérer pour de bon, mais chaque fois une nouvelle tâche se présentait que seul Rayg pouvait mener à bien.

Rayg souhaitait voir sa famille installée à l'extérieur du Lavadôme dans le confort et l'aisance. Maintenant que ses enfants étaient assez âgés pour se rendre utiles, l'un d'entre eux avait l'habitude de l'assister dans son atelier situé sous les nids des *griffarans*, où travaillaient également quelques garnes habiles et un nain étrange qui se rasait le crâne et la barbe. Quand le cuivré l'avait interrogé au sujet de ce dernier, Rayg avait expliqué que le nain avait été irrémédiablement déshonoré et travaillait désormais afin d'envoyer une somme décente aux siens sous forme d'écailles de dragon.

— Comment suis-je revenu ici ?

— Vous étiez en plein délire. Vous ne vous en souvenez pas ?

Le cuivré sonda sa mémoire. Il se rappelait avoir passé en revue les démènes, puis vomi son déjeuner. Il avait également rêvé qu'il marchait dans Bant et que des lions l'observaient tout le long du trajet, puis qu'il nageait, nageait dans une eau qui passait tour à tour du chaud au froid.

Il entendit des voix de dragon de l'autre côté du rideau de perles qui séparait sa chambre du reste de ses appartements : l'annexe réservée à la toilette avec son ruisselet et ses bassins jumeaux, sa galerie privée qui s'ouvrait sur le Lavadôme et le petit couloir des trophées qui menait à la cour. Ces appartements étaient exigus et n'auraient probablement pas rempli la saillie sur laquelle il était né, mais il était plus facile de se détendre entouré par de réconfortantes parois de pierre et d'étroits coudes où les ennemis ne pouvaient pas s'amasser, où il était possible d'être pris par surprise.

— Ai-je été longtemps malade ?

— Trois illuminations, répondit Rayg, qui faisait allusion aux rayons de soleil ou de lune réfractés par le sommet du Lavadôme.

Probablement un jour et une nuit dans le monde d'En-Haut. Quand les dragons de l'En-Haut s'adaptaient assez facilement à un rythme calqué sur celui du soleil, ceux du Lavadôme alternaient longues et courtes périodes de sommeil et d'activité selon l'humeur et les circonstances. Les anklènes s'en tenaient à un système fondé sur la relève de la garde *griffaran*, toutes les douze heures naines.

— Fais entrer NoSohoth, ordonna le cuivré, la tête levée. (Il se sentait fatigué, mais remarquablement lucide.) Je crois que je l'entends dans le couloir des trophées.

À son entrée NoSohoth saupoudra d'une autre *sii* de cristaux d'oliban le brasero et en inspecta l'arôme. Il poussa un grognement satisfait et s'avança courbé dans la chambre à coucher.

— Mon Tyr…

— … est réveillé, termina le cuivré pour couper court aux diverses manifestations de joie devant son rétablissement. (Il sentait la tension de NoSohoth, et ce malgré l'arôme si puissant qu'il pouvait presque le voir.) Que se passe-t-il ? Nilrasha est malade ?

— Non, mon Tyr. Mais beaucoup le sont.

— Une épidémie ?

— Intoxication alimentaire, dit Rayg. C'est le kerne de cette année.

Le kerne était plus nutritif quand il était frais, ainsi, à l'arrivée de la nouvelle récolte, la plupart des celliers et des entrepôts des dragons envoyaient les plus vieux grains afin de nourrir le bétail ou pour faire du gruau pour les esclaves. Les mères de dragonnets le mélangeaient avec du sang ou roulaient des entrailles dans du kerne pilé avant d'enflammer cette bouillie afin que leur progéniture grandisse et devienne forte.

— Du mauvais kerne ?

CuPinnatax avait fait preuve de négligence. Le cuivré l'avait nommé protecteur d'Anaéa parce qu'il semblait être un dragon intelligent… quoique paresseux. Le grand-père de CuPinnatax, FeLissarath, en avait été le protecteur pendant de nombreuses années sous l'ancien Tyr. Le cuivré avait lui-même servi là-bas avant que certains événements dans le Lavadôme bouleversent complètement le cours de sa vie.

—On ne peut le sentir au goût ou à l'odeur ni le voir, mon Tyr, répondit NoSohoth.

Cela dit, c'est lui qui avait proposé CuPinnatax pour le poste de protecteur.

—Je l'ai observé sous une lentille de nain, dit Rayg. (Pour un humain qui parlait un draquine crédible, il s'embarrassait peu des manières de cour.) J'ai vu une sorte de rouille, un organisme brunâtre semblable à une spore. Il ne semble pas rendre le kerne moins sain ou le changer d'une façon que je puisse déceler, mais une fois introduit dans le système digestif, il se développe, se putréfie. Il affecte à peine le bétail, les moutons ou les cochons : des gaz, des ballonnements, mais tout cela semble passer en un jour. Il rend malade et tue les poulets, et, en ce qui concerne les dragons, il emporte apparemment les jeunes et les infirmes.

—Emporte ? demanda le cuivré. Combien ?

NoSohoth eut l'air soudain incroyablement intéressé par une nouvelle tapisserie sur la paroi de la chambre. Le cuivré le vit ajouter adroitement de l'oliban dans le brasero.

—C'est grave, Tyr, répondit Rayg.

Même un dragon pouvait interpréter l'expression de son visage.

L'esprit du cuivré semblait s'être divisé et filer dans deux directions à la fois. Une part de lui remontait le temps et tentait de se rappeler tout ce que FeLissarath lui avait enseigné sur le kerne. Une culture qui ne dépendait que d'une grande quantité de soleil et de pluie quand elle mûrissait. Anaéa, avec sa terre riche et son climat de haute altitude, était idéale pour l'un comme pour l'autre, même si parfois une mauvaise année ou trop de pluie donnait un kerne rachitique ou pourrissant. FeLissarath n'avait jamais mentionné une rouille qui rendrait les dragons malades.

—Prépare-toi, mon Tyr, dit NoSohoth. La plus grande partie des dragonnets est gravement malade. Quatre quatorzaines ont déjà péri... à notre connaissance. Les plus jeunes draques meurent aussi, mais dans de moindres proportions. En ce qui concerne les dragons plus âgés, tout semble dépendre de leur appétit. Ce sont malheureusement ceux en meilleure santé, les plus gros mangeurs, qui tombent.

—Où est ma compagne ?

—Elle vient de rentrer d'une visite des collines qui ont perdu des dragonnets. Elle ressort immédiatement.

Nilrasha avait peut-être ses défauts, elle appréciait les privilèges d'une reine davantage que ses devoirs, mais on pouvait compter sur elle en temps de crise. Néanmoins il devait se manifester : le plus tôt serait le mieux.

—La plupart des dragons semblent affectés comme vous l'avez été. Ils vomissent leur dîner ou le rejettent par l'autre côté et ont de la fièvre.

Les idées du cuivré s'éclaircirent.

—Que personne ne mange ne serait-ce qu'une bouchée de kerne. NoSohoth, je veux que tous les dragons en bonne santé de la roche aillent dans les collines aider les parents des dragonnets. Les parents malades ne doivent pas s'occuper de leurs petits. Rayg, que faire ?

— Je ne suis pas apothicaire, et surtout pas pour les dragons, répondit l'humain. D'ordinaire, l'ingestion de liquides est bénéfique, quelle que soit la maladie ou la blessure.

— Ils ne perdront connaissance que plus vite. Les dragons inconscients vont s'étrangler, râla le cuivré.

Ce Rayg aimait vraiment creuser des tunnels dans le vide.

— Bien entendu, si vous les introduisez par la gueule.

— Et par quel autre moyen sont-ils supposés ingérer des liquides ? demanda NoSohoth en roulant les yeux.

— J'ai vu l'un de mes maîtres maintenir une vache à la mâchoire brisée en vie grâce à des injections dans le… le derrière, disons.

— Peux-tu faire ceci, et l'enseigner à NoFhyriticus le gris et quelques esclaves ?

— Je peux facilement fabriquer des canules. Des os creux feront l'affaire. Des vessies de mouton ou de vache pour le fluide : pour les dragons adultes vous aurez besoin de peaux de bœuf ou de cochon entières. Quant au liquide, hmm… (Rayg murmura quelques mots dans ce que le cuivré supposait être du nain, avant de revenir au draquine.) Rien de trop sophistiqué. De l'eau avec une infime dose de sel. Le tout relié avec du boyau. Je peux faire tout le travail dans vos cuisines.

— Fabrique huit de ces instruments. Un pour la roche, sept pour les autres collines.

Rayg s'inclina brièvement. Perdait-il un peu ses cheveux ? Le cuivré détestait l'idée qu'un esclave aussi précieux puisse vieillir. Il devrait s'assurer que Rayg passe ses années de déclin dans un protectorat agréable entouré de sa famille.

À condition qu'il puisse se passer un jour de lui.

— Dans ce cas, puis-je disposer ? demanda Rayg.

— Bien sûr. NoSohoth, va l'aider. Si mère Kyrithia elle-même doit nettoyer des vessies, assure-toi qu'elle le fasse.

Mère Kyrithia dirigeait les cuisines de la lignée impériale, tenant déjà ce rôle avant l'arrivée au pouvoir de l'ancien Tyr FeHazathant, et on s'inclinait devant elle ou lui cédait davantage qu'au cuivré. Elle était capable de donner au lézard des rochers le plus filandreux le goût d'une tendre pièce de veau.

Et voilà que son esprit vagabondait encore, partait dans deux directions.

NoSohoth s'attarda.

— Et les dragons âgés ?

— Nous ferons ce que nous pourrons pour eux, mais ce sont les dragonnets dont nous devons nous occuper.

— Une dernière chose, mon Tyr, dit NoSohoth, le regard levé vers le plafond où étaient suspendues des chauves-souris.

— Oui ?

NoSohoth glissa sa tête le long de celle du cuivré et baissa la voix jusqu'à chuchoter.

— À l'heure actuelle, c'est une tragédie. Pleure les morts avec leur famille et tu auras leur amour et leur respect ; tes relations avec les collines du Lavadôme seront restaurées, aussi bonnes qu'elles l'étaient après ta victoire contre le Dragonneur et les parasites. Envoie cet humain, son appareil, ses potions, et il ne fait aucun doute que quelques dragonnets mourront malgré tout. Soudain, te voilà responsable de leur mort. Le dilemme de l'apothicaire.

NoSohoth préconisait toujours l'inaction.

Le cuivré n'avait reçu de ses parents qu'un seul enseignement une fois jeté au bas de la saillie par le Rat

Gris : il devait tâcher de triompher de l'adversité. Pour une raison ou une autre, celui-ci l'avait davantage marqué que toutes les leçons apprises dans les grottes de la garde draque ou que les impressionnantes connaissances des anklènes. Il préférait affronter cette maudite rouille plutôt que d'affecter le chagrin.

— Qu'ils me haïssent. Mais une poignée de dragonnets sauvés vaudra davantage sur le long terme. Nous sommes assez peu comme ça.

— Mon Tyr…

— Fais de ton mieux, NoSohoth. Je vais peut-être te confier la responsabilité du commerce du kerne et ce dès maintenant, si un fardeau de plus ne te dérange pas.

NoSohoth agita les *griffs* sous le coup de l'émotion.

— Ne parle pas de fardeau ! Tout ce que j'ai à donner appartient à l'empire et à mon Tyr. Celui qui accomplit sa tâche avec mérite…

— Trouve un anklène de confiance et à l'esprit scientifique pour examiner les trains de kerne à leur arrivée. Oh, et veille à ce que Rayg montre cette rouille à l'apothicaire.

Il devait interrompre NoSohoth, ou celui-ci continuerait jusqu'à ce que leurs écailles aient toutes été remplacées par une nouvelle série.

Penser aux pièces d'or qui changeraient de *sii* pendant la recherche d'un dragon pour ce poste aiderait peut-être les idées de NoSohoth à prendre un tour moins sinistre.

— Sage décision, mon Tyr, dit le dragon.

— Maintenant, va aider Rayg dans les cuisines, veux-tu ? Il va avoir besoin d'esclaves intelligents et habitués à travailler près des dragons. Commence par les caméristes.

— Oui, mon Tyr.

— Dis à ma compagne que je serai très bientôt à ses côtés.

— Oui, mon Tyr.

Une fois NoSohoth parti, le cuivré leva le regard vers les yeux rouges tapis dans les ténèbres au-dessus de lui.

— Girie. Grince. Un long vol vous attend.

Les chauves-souris se laissèrent tomber, planèrent et atterrirent chacune sur une de ses ailes, près de l'épaule. Elles tapotèrent et enfoncèrent le museau dans les muscles de son cou d'une manière qu'un spectateur aurait pensé affectueuse s'il avait ignoré qu'elles recherchaient en vérité une veine.

Le cuivré avait fait la rencontre d'une famille de chauves-souris plus grandes que la moyenne alors qu'il était encore un dragonnet. Elles aimaient le sang, celui des dragons par-dessus tout. S'il les enivrait et leur faisait perdre tout bon sens il les rendait aussi absolument énormes.

Le cuivré les avait adoptées, à moins que ce soit le contraire, comme une lamproie aux dents acérées adopte un saumon. Elles étaient devenues ses plus loyaux sujets... même si elles étaient aussi les plus sales et les plus paresseux. Il avait dû par obligation leur faire passer l'habitude de souiller sa chambre à coucher. Nilrasha n'aurait pas toléré les crottes de chauve-souris.

— Un petit supplément, s'y vous plaît ?

— Pas encore. Je veux que vous gardiez les idées claires, prévint-il.

Elles ne ressemblaient presque plus à des chauves-souris. Le cuivré ne savait pas vraiment ce qui s'était produit mais tous, de Rayg aux anklènes, avaient une théorie. Les chauves-souris de la première génération nourrie au sang de dragon devinrent inhabituellement grandes et fortes, la fine fleur de leur espèce, et vécurent longtemps. Les deuxième et troisième générations connurent quelques étranges... changements. Ce que Rayg appela du nom étrange de « mutations ». Girie et Grince, un frère et une sœur, les premiers représentants de la quatrième génération de chauves-souris, ne s'étaient quasiment nourris que de sang de dragon au cours de leur croissance, ils étaient devenus d'imposantes brutes au museau épais et aux longs crocs ; leurs arcades étaient saillantes et recouvertes de corne, leur peau écailleuse et leurs pattes semblaient presque être des griffes de dragon. L'un des anklènes alla jusqu'à les appeler des « gargouilles », une espèce qui, pensait-on, s'était éteinte mille ans auparavant en même temps que son créateur, le sorcier Anklamere. Elles ne se suspendaient presque plus la tête en bas sauf pour dormir profondément et préféraient se percher à la manière des *griffarans* quand elles étaient éveillées.

Girie était plus maligne que Grince, et celui-ci tourna donc le museau vers elle.

— Vous savez vous rendre à Anaéa, n'est-ce pas ? Vous m'avez accompagné quand CuPinnatax a été intronisé protecteur.

— La route de l'ouest, le lac, le pont, oui... ouiiii, répondit Girie. (Elle passa la langue sur ses crocs.) Un voyage qui donne faim.

— Et vous pourrez vous servir dans un moment. Une fois à Anaéa, observez le kerne. Inspectez les champs, tout particulièrement la récolte qui sort en ce moment. Vous savez bien entendu ce qu'est le kerne ?

— Les grandes tiges vertes, oui, ouiiii, répondit Girie.

Grince hocha la tête.

— Y a des oiseaux, des souris et des scarabées entre les tiges, bons à croquer.

— Croquez autant que vous voudrez, dit le cuivré, mais observez les cultures. Regardez si l'on fait quoi que ce soit au kerne, surtout quand il mûrit. Si l'on met quelque chose dessus, que ce soit avant ou après la récolte. Je dépêcherai davantage de vos semblables pour jouer les messagers. Girie, envoie Grince si c'est important. Il vole vite.

— Oui, ouiii, approuva Grince. Qui vole le plus vite ? C'est moi.

— Maintenant, vous pouvez me prendre du sang.

Ni l'un ni l'autre n'était particulièrement intelligent, mais ils étaient assez rusés et suivaient des ordres énoncés clairement. Les chauves-souris avaient malheureusement en grande partie perdu la salive anesthésiante qui rendait les morsures des premières générations presque agréables grâce à l'engourdissement qu'elles procuraient, mais les plaies qu'elles ouvraient guérissaient toujours vite et proprement. Le cuivré grimaça quand elles ouvrirent sa peau. Il fallait bien cela pour avoir des yeux et des oreilles qui lui soient fidèles, même si les dragons du Lavadôme considéraient les chauves-souris comme de la vermine et que ses « gargouilles » leur faisaient froid dans le dos.

Mais même ceux qui brûlaient en secret leurs nids admettaient que les énormes chauves-souris avaient aidé à libérer le Lavadôme des parasites.

Les chauves-souris tétèrent avec force rots et éructations puis se reposèrent brièvement avant de prendre leur envol. Le cuivré passa la tête par l'entrée de sa galerie, les regarda disparaître en direction du tunnel ouest ; il se dirigea ensuite vers les jardins.

Il se sentait épuisé et il n'avait pourtant parcouru que quelques mètres.

Personne ne remarquerait une pâleur un peu plus prononcée. Après tout, il avait été malade.

Après une longue et lente ascension – il n'aurait pu aller plus vite – il trouva Nilrasha qui tenait cour de façon informelle tout autour de la fosse aux repas. La fosse, théâtre d'innombrables festins, était une tranchée peu profonde en forme d'arc avec des escaliers qui menaient aux cuisines, d'où montaient d'ordinaire les esclaves chargés de plats. Pendant les banquets formels, un défilé ininterrompu de morceaux de choix, de ragoûts, de carrés d'agneau et de quartiers de bœuf ponctué de temps à autre par un pigeonneau sur une broche passait sous les dragons de la lignée impériale. Ce jour-là, seuls deux esclaves avec dans les bras des plats de viande froide et des champignons sautés traversaient la fosse, sans doute parce que Nilrasha trouvait impoli de recevoir sans offrir quelque chose, ne serait-ce qu'une attention.

Au milieu du passage se trouvait un fossé sablonneux réservé d'ordinaire aux dragonnets de la lignée impériale. Il avait accueilli bien des mêlées et des jeux, la meilleure partie des dîners selon le cuivré. Désormais, le fossé n'abritait plus qu'un unique cadavre vert couché sur le flanc.

Toute l'assemblée des dragons se tut à son approche et observa en silence la dragonnette morte.

Le cuivré inspira profondément. Sa compagne était entourée d'une compagnie qu'il n'appréciait guère.

LaDibar, l'un des plus vénérables anklènes, se tenait à la place d'honneur, à gauche de Nilrasha, là où arrivaient les plats les plus frais. Dans sa jeunesse, on avait proclamé que ce doré était un génie, un prodige, un dragon à l'esprit et au discernement rares. Le cuivré ne le contestait pas, mais s'il avait un esprit d'une telle qualité, il n'avait jamais rien fait de très utile avec.

Il vit en face de Nilrasha un jeune et beau couple de Skotl presque identiques. Lui était rouge et elle, bien sûr, verte, mais leurs museaux étaient très similaires. SiHazathant et Regalia étaient haut placés dans la lignée impériale ; les plus mystiques affirmaient qu'ils étaient SiDrakkon et Tighlia réincarnés. Personne ne contestait qu'ils fussent apparentés par cousinage à SiDrakkon ; quand ils étaient nés, leur père avait déjà péri bravement au cours de la bataille contre les dragonniers. Leur venue au monde fit cependant parler d'elle : ils sortirent d'un étrange œuf double dans lequel ils partageaient un unique sac vitellin, et tous deux étaient en conséquence plutôt petits. Quand au cours du combat qui suivit son éclosion SiHazathant perdait contre son frère, Regalia lutta à ses côtés et ils vainquirent ensemble.

Ils étaient depuis inséparables. Regalia servait aux côtés de son frère dans la garde draque grâce à une dispense spéciale obtenue sous le règne de SiDrakkon : SiHazathant aurait sinon rejoint les filles du feu. La situation n'était pas aussi délicate que certains l'avaient prédit. Elle se montra l'égale des draques, et fit preuve du calme propre aux dragonnelles. Ils étaient tous deux inhabituellement graves pour des dragons de leur âge, comme s'ils portaient le poids de quelque deuil inexprimé.

La troisième dragonnelle était une femelle Wyrr, sans compagnon, nommée Essea. Le cuivré ne discernait chez elle aucune capacité ou talent particulier sinon celui d'être une imbécile colporteuse de ragots, mais elle faisait partie de la lignée impériale et c'était l'amie et la confidente de Nilrasha. Le reste de la lignée considérait sa compagne de haut à cause de ses origines modestes – Nilrasha venait des taudis de la colline du buveur de lait – et tâchaient de la blesser à la première occasion. Le cuivré remerciait intérieurement Essea pour sa gentillesse sans faille. Elle avait aidé Nilrasha à acquérir un minimum de bonnes manières et apprendre la langue de la Cour.

En un sens, sa compagne et lui étaient tous les deux des intrus au sein d'une lignée dont ils étaient pourtant les meneurs. Il avait été adopté au sommet de la famille impériale par le Tyr FeHazathant après avoir sauvé une couvée d'œufs de *griffaran*. Nilrasha s'était accouplée avec lui après la chute des monteurs de dragons et du Dragonneur et avait pris le titre de reine. Ils étaient plus populaires dans n'importe quelle colline qu'au sein de leurs propres cavernes.

Ceci expliquait pourquoi les jardins étaient vides alors que Nilrasha portait le deuil de la dragonnette.

— Je suis heureuse de te voir en bonne santé, mon Tyr, dit Regalia, et tous à l'exception de Nilrasha approuvèrent d'un *prrum*.

Le cuivré baissa les yeux vers la petite dragonnette morte au milieu du fossé. Une Skotl, mais très petite, même pour un dragonnet. Sa mâchoire, la façon dont ses *griffs* étaient dressées…

— Elle s'appelait Tilfia, annonça Nilrasha à voix basse, comme elle le faisait quand ça n'allait pas. Je ne connaissais pas son nom.

Le cuivré sentit comme un petit coup derrière le sternum. Malgré toute la force et le bagout qu'il admirait, elle avait parfois la voix de la draque fatiguée et abattue qui s'était extraite d'un cours d'eau de Bant après la défaite contre les Ghiozes.

— La dragonnette qui se plaignait de son frère qui s'asseyait sur elle, dit le cuivré.

— J'aurais dû me souvenir de son nom, murmura Nilrasha.

— Tu ne peux pas espérer connaître tous les dragonnets, dit Essea qui pressa sa queue contre celle de son amie.

— Tighlia les connaissait, répondit Nilrasha.

À ce nom le regard de Regalia s'illumina. FeHazathant et Tighlia, un Wyrr et une Skotl, s'étaient accouplés et avaient mis un terme aux guerres civiles qui avaient presque vidé le Lavadôme, et les anklènes avaient suggéré à FeHazathant de prendre le nom de Tyr, un titre royal issu de la légende des dragons et qui remontait au temps de la Cime d'Argent, voire plus loin encore.

— Nous préférons t'avoir pour reine, Tighlia était une vraie mégère. Et une traditionaliste.

Nilrasha dégagea violemment sa queue de celle d'Essea.

— Tighlia m'a regardée remporter un mouton entier au trois-sauts quand j'étais dragonnette et m'a invitée en personne à rejoindre les filles du feu. Elle n'oubliait jamais un nom. Moi, je suis même incapable de les apprendre.

— Combien en avons-nous perdus avec cette épidémie ? demanda le cuivré.

— Huit dragons. Les Wyrr semblent être les plus gravement touchés, répondit LaDibar. Quatorze dragonnets et une draque. Dans la colline anklène, nous avons également perdu Gubiez.

— Rayg dit que la cause de tout ceci est un parasite brun sur le dernier train de kerne.

— Pff, quel novice ! lâcha LaDibar. Peut-être de la viande gâtée, mais une maladie qui attaque le kerne n'affecterait pas un dragon. Ce sont deux entités complètement différentes, la première s'alimente de soleil et l'autre de viande. Penser que… bah ! Peut-être un poison… mais personne n'a mentionné d'odeur ou de goût.

— La pleurer ainsi accable tout le monde, dit SiHazathant. Assez de lamentations. Nous ne sommes pas ses parents. Finissons-en.

Il ouvrit grand la gueule et se baissa vers le petit corps.

— Ne la touche pas ! rugit Nilrasha. (Regalia enroula son cou sous celui de son frère.) J'ai dit qu'elle irait chez les filles du feu et c'est ce qu'elle fera. Ses os reposeront sur le cairn et dans une génération ou deux une jeune dragonnette fera peut-être un talisman d'une de ses écailles. Pour moi, elle est morte au combat.

— Au combat ? s'exclama LaDibar. Quel combat ? Il n'y a rien eu de tel ! Quelle idée !

— Ne sois pas si sec, tu en deviens cassant, dit Nilrasha. Quelqu'un a altéré le kerne pour nous empoisonner.

— Des dragons traités comme des parasites ? s'exclama Regalia. Comme des chauves-souris… euh… je veux dire de la vermine.

Ses yeux brillaient encore plus que quand Tighlia avait été évoquée.

Le cuivré aurait ri s'il ne s'était pas entraîné à ne pas laisser paraître ses émotions en public. Regalia était raisonnable. Nilrasha avait plus d'instinct, ou bien elle lisait seulement les soupçons à demi formés qui flottaient dans son propre esprit.

— Quelle idée ! Est-ce si étrange qu'une intoxication alimentaire d'origine naturelle emporte les plus faibles ? lança LaDibar. Cet humain fanfaronne encore. Il met quelques mots de nain les uns à la suite des autres et tout le monde le considère comme un savant. Za !

— LaDibar, si tu es tellement certain que Rayg se trompe, n'hésite pas à manger cette dragonnette, dit le cuivré. Nous l'avons pleurée. Finissons-en.

Nilrasha inspira et jeta un regard à Essea. Celle-ci pinça les lèvres et rentra légèrement la tête entre ses épaules, un signal pour enjoindre la dragonnelle à garder le silence et prêter attention.

— Une coutume barbare, déclara LaDibar après une pause suffisamment longue pour que le cuivré le soupçonne d'avoir cherché un moyen de refuser tout en conservant sa dignité. Nous ne mangeons ni les draques, ni les dragons, pourquoi dévorer les dragonnets ?

— Très bien, répondit le cuivré. SiHazathant a faim et il a déjà proposé d'accomplir cette tâche. Ainsi guidé par les paroles de l'un de nos jeunes anklènes les plus respectés je suis sûr qu'il n'a rien à craindre, et si quelque chose venait à lui arriver… eh bien, la clémence de Regalia n'est-elle pas légendaire ?

Regalia fit descendre ses *griffs*. Ce n'était pas exactement un raclement de mise en garde mais son frère ferma cependant les narines et écarta la tête de la dragonnette.

— Oui, dit LaDibar. En de telles circonstances, je pense qu'il est judicieux d'« étudier ses précautions et d'étudier avec précaution », comme nous le disons dans le temple quand nous sondons l'inconnu. Quoi qu'il arrive, les souhaits de notre reine doivent être respectés.

Il inclina docilement la tête vers Nilrasha.

Cette dernière ramassa la dragonnette dans sa gueule et pendant un terrible raclement de *griffs* le cuivré craignit que de tristesse elle avale elle-même le corps, mais elle se dirigea simplement vers le grand escalier.

— Je serai pendant quelque temps auprès du cairn des filles du feu à me recueillir, dit-elle.

Elle prononça avec difficulté ces mots du coin la gueule.

Sa coterie s'inclina profondément pour saluer son départ. Essea se redressa pendant un moment comme pour la suivre, puis se ravisa. Elle voulait peut-être seulement discuter avec les autres de l'étrange comportement de la reine.

Nilrasha se recueillit pendant plusieurs illuminations. Deux autres vieux dragons périrent. La manière étrange et inversée suggérée par Rayg pour injecter des liquides permit aux dragonnets malades de se rétablir, aidés en cela par la vigueur de leur jeune sang, à l'exception d'une pauvre âme qui respirait à peine quand Rayg s'occupa d'elle.

En son for intérieur, le cuivré attribuait à Rayg plus d'une quatorzaine de vies sauvées contre ce dragonnet qui était de toute façon perdu. Il devait songer à une récompense adéquate… sans pour autant priver le Lavadôme des services de Rayg, bien entendu. La perspective d'avoir son propre siège – en or ! – dans la salle du trône n'impressionna pas l'excentrique humain. Il répondait d'un haussement d'épaules à la majorité des idées que le cuivré proposa pour le récompenser.

Le cuivré le soupçonnait de choisir ce geste dans le seul but de le dégoûter. La faculté qu'avaient les humains de disloquer en apparence leurs épaules lui retournait l'estomac.

Quand la crise fut passée et après bien du travail et des expérimentations, Rayg découvrit que laver ou bouillir le kerne ne chassait pas l'étrange rouille, mais que le cuire dans une poêle sans matière grasse la rendait inoffensive : mais le kerne devenait aussi quasiment impossible à digérer.

Le cuivré trouvait Nilrasha moins avide de courbettes et plus attentive aux dragonnets du Lavadôme.

Était-ce une résolution passagère ou un réel changement ? Il n'aurait pu le dire.

Il aimait la voir si concernée par les dragonnets. C'était une part de son devoir de reine. Il aurait voulu qu'elle considère cela comme bien plus qu'un devoir : des petits à eux l'auraient tant réjoui.

Jusque-là ils n'avaient pas réussi à avoir des œufs, mais leurs blessures de guerre combinées leur interdisaient peut-être d'engendrer une couvée.

S'ils y parvenaient, il tenterait quelque chose de nouveau avec les mâles, il trouverait un moyen de les séparer jusqu'à ce qu'ils comprennent. Nilrasha et lui donneraient l'exemple. D'autres suivraient peut-être. Les femelles du Lavadôme surpassaient les mâles en nombre à raison de deux pour un. Il en avait toujours été ainsi, mais cela devait-il pour autant être le cas à jamais ? Avec un millier de mâles en plus, les autres dragons ne seraient pas tant imbus d'eux-mêmes. Il pourrait établir de véritables colonies dans d'autres parties du monde d'En-Bas… le tunnel de l'Étoile, par exemple. Les dragons pourraient regarder de nouveau vers la surface et cesser de se tapir, terrorisés, dans le monde d'En-Bas.

Il en avait parlé à Rethothanna longtemps auparavant. Elle était son anklène préférée. Elle avait achevé la première – et jusqu'à présent la seule – histoire du Lavadôme. C'était comme le chant d'une vie, mais horriblement long et compliqué. Il était impossible de l'écouter en entier en une seule fois, et il avait pourtant de la patience pour les histoires.

—Oui, d'autres ont eu la même idée avant toi. À l'époque d'Anklamere cela fut bien entendu imposé à nos ancêtres, mais les dragons n'étaient alors guère plus que des esclaves.

» Le Tyr FeHazathant, gloire à son nom, eut le même dessein au tout début de son règne. Le Lavadôme en fut de nouveau déchiré. EmLar et ses partisans du retour à la nature quittèrent complètement le monde d'En-Bas et se rendirent à la surface.

Il sonda NoSohoth sur la question et vit la tête du vieux courtisan plonger comme si ses cœurs s'étaient arrêtés. Le cuivré décida qu'il franchirait ce gouffre quand il se sentirait plus assuré. Pour l'instant, il attendait des nouvelles d'Anaéa. Il envoya un message à cet imbécile de protecteur pour lui demander un rapport sur le kerne vicié et de surveiller la prochaine récolte avec des précautions accrues. Il exigea également des détails complets sur les derniers plants : avaient-ils été semés dans un endroit inhabituel ; une anomalie climatique ou une infestation avaient-elles posé un problème aux anaéens ?

Le cuivré en doutait. Le plateau d'Anaéa, haut perché, jouissait d'un climat doux et ensoleillé tout au long de l'année : frais comme dans une grotte pendant la nuit et d'un éclat purifiant au cours de la journée.

Il guettait avant tout Girie et Grince. Trois autres chauves-souris de quatrième génération grandissaient vite – Nilrasha offrait régulièrement son sang, cela l'aidait à dormir, disait-elle – mais elles étaient encore en train d'apprendre à connaître les collines du Lavadôme et les antres des principaux dragons.

Une inquiétude surpassait toutes les autres : qu'adviendrait-il quand même leurs réserves de vieux kerne seraient épuisées ? Une maladie longue et débilitante, puis la folie.

Étrangement, personne n'en parlait au sein du Lavadôme. En tout cas il n'avait rien entendu.

Chapitre 5

Quand, des années plus tard, Wistala y penserait, ce dernier été de paix et de calme isolement qui se prolongea jusqu'à l'automne serait plus agréable dans ses souvenirs qu'il l'avait été en réalité.

Sur le moment elle n'en pouvait plus des garnes et de leurs innombrables fêtes. Ils célébraient l'arrivée à maturité des veaux nés dans l'année, des enfants nés pendant l'hiver et qui avaient survécu pour faire leurs premiers pas et prononcer leurs premiers mots, la récolte des fruits et des cultures, l'extraction du miel d'automne, les petites femelles devenues de jeunes vierges et les jeunes mâles qui brandissaient leur première vraie lance de guerrier. Les festivités étaient tonitruantes, pleines de vie, colorées, musicales et ainsi de suite, mais pour Wistala elles se ressemblaient toutes et elle préférait le calme de la bibliothèque de NooMoahk à ces foules bondissantes.

Mais même la bibliothèque finit par l'exaspérer. Elle ne lisait pas assez vite pour espérer l'explorer entièrement et chaque parchemin déchiffré ne faisait qu'augmenter sa frustration.

Son humeur était due au cristal, décida-t-elle finalement.

Wistala se méfiait de lui. Le cristal était merveilleux pour éclairer ses lectures et il était fascinant de regarder à l'intérieur car le plus petit mouvement de tête donnait naissance à de nouvelles images : Wistala crut parfois voir des dragons, d'autres fois une grande tour pas tout à fait circulaire et plate comme une enclume à son sommet. Il lui faisait parfois douter de son esprit et de sa volonté.

Elle avait bien évidemment entendu et lu les histoires de voyageurs restés trop longtemps seuls et qui étaient devenus fous. Elle se demanda tout d'abord si son esprit était en faute. Le cristal, quoique plus petit qu'un troll, lui rappelait celui qu'elle avait affronté sur le pont d'Ondée. Cette façon de se pencher en avant comme s'il l'examinait, observait ce qu'elle faisait par-dessus son épaule à la manière d'Auron quand celui-ci reniflait pour savoir si elle dissimulait sous sa *sii* un morceau de viande juteux ou seulement une vieille limace séchée.

Elle le heurta – accidentellement, se dit-elle – alors qu'elle se retournait, mais il ne se brisa pas, ne tomba pas. La lumière se mit à tournoyer à l'intérieur, de haut en bas, d'un côté puis de l'autre, dans ses profondeurs puis vers la surface, jusqu'à ce que le centre du cristal semble encore plus lointain que l'horizon sur les plaines infinies qu'elle avait traversées au cours de son périple vers l'est.

Cette nuit-là, des rêves hantés par la mort de père, des chiens à la gueule ensanglantée accrochés à ses flancs, la tirèrent de son sommeil, encore plus nerveuse et épuisée que quand elle s'était couchée.

Elle décida de partir. La chasse était bonne et les garnes fabriquaient des colliers d'anneaux de cuivre afin qu'elle les mange – de nouvelles écailles, plus robustes, remplaçaient sa cuirasse usée par les voyages – mais manger des buffles d'eau et des cerfs des forêts n'allait pas l'aider à retrouver son frère.

Il devait ranger la bibliothèque. Elle pourrait rapporter quelques-uns des volumes les plus anciens et les plus intéressants à la grande bibliothèque hypate de Thallia comme preuve du curieux héritage laissé par les garnes des montagnes. Le reste pourrait voyager avec les marchandises. Selon elle, les garnes se sépareraient de leurs papiers, de leurs peaux et de leurs tablettes sans trop de difficulté. Quant à ces curieux joyaux, tellement semblables à ceux que Yari-Tab lui avait montrés dans les ruines de Décombre si longtemps auparavant, une éternité lui semblait-il… les garnes veillaient à ce qu'ils restent au sec et les époussetaient. Elle essaierait d'en prendre un seul à la dérobade et de voir s'il fonctionnait encore une fois ôté de son socle dans la pierre.

—*Je vais partir!* lança-t-elle en pensée au cristal tandis qu'elle comptait les livres qu'elle avait choisis.

Elle s'imagina qu'il lui répondait.

Elle bâilla et quand elle se retourna de nouveau vers les livres sélectionnés… les volumes avaient disparu !

Elle renifla, tendit l'oreille, scruta l'obscurité à la recherche d'un ennemi. L'avait-on volée pendant qu'elle avait le dos tourné ?

Elle se pressa vers les rayonnages. Les volumes qu'elle avait sélectionnés étaient à leur place habituelle, sur les étagères. Celui qui les avait reposés les avait même arrangés afin que leurs titres soient lus plus facilement. Un étui à parchemin qu'elle avait trouvé plus bas sur une étagère avait retrouvé sa place attitrée au milieu des autres.

Étranges, ces voleurs qui restituaient les biens mieux rangés que quand ils les avaient trouvés.

Les cœurs battant – elle n'aurait su dire pourquoi – elle reprit l'étui à parchemin. Elle reconstitua ensuite méticuleusement la collection de recueils qu'elle avait l'intention de prendre avec elle.

Elle mangea une cuisse de bœuf qu'elle avait pendue au sec et au frais près du plafond de la grotte et s'installa pour faire un somme. Elle entoura instinctivement de son corps sa sélection d'écrits comme le font souvent les dragons de leurs trésors et reposa sa mâchoire contre le bout de sa crête, à l'extrémité de sa queue.

— Cette fois, tu ne les auras pas, lança-t-elle au cristal tandis qu'elle s'assoupissait, un œil ouvert.

Dormir d'un œil n'était pas aussi réparateur qu'un sommeil profond : on ne rêvait pas, quoique parfois vos pensées chantaient pour vous.

Et si tu les prends, je partirai sans eux. Tu verras.

Quand Wistala s'éveilla, elle fut cette fois nettement moins surprise de constater que les livres avaient disparu. Elle avançait à pas de loup vers la bibliothèque pour voir s'ils avaient été reposés à leur place quand elle fut frappée par une sensation des plus étranges avant même de savoir pourquoi. Puis elle comprit : elle vit un lambeau de chair de bœuf par terre. Il était sans doute tombé de sa gueule à un moment ou un autre… pourtant elle n'était pas allée dans la bibliothèque entre son en-cas et sa sieste. Aurait-elle…

Le fracas assourdissant des gongs retentit et se répercuta jusque dans sa grotte. « Alerte ! », « Alerte ! », « ALERTE ! » hurlèrent des voix distantes et déformées à l'entrée de la caverne. « Un dragon approche ! »

Un dragon ? Cela pouvait-il être AuRon ? Pourquoi donnaient-ils l'alarme dans ce cas ?

Elle remonta en se faufilant dans le vieux puits, passa devant les gardes. Ceux-ci, inexplicablement, jetaient des bûches supplémentaires dans les feux qui chauffaient les huiles prévues pour être versées dans le puits en prévision du retour des démènes. Elle déboucha dans l'ancienne cité, à l'entrée de l'immense caverne.

La faible lueur violacée qui soulignait toute juste les contours des tours suspendues sur le seuil de la grotte lui apprit que l'aube se levait à peine. L'entrée de la caverne donnait sur le sud et la matinée semblait belle. À cette période de l'année le soleil éclairerait directement la grotte au cours de sa montée.

Un moment idéal pour attaquer. Les garnes devraient affronter à la fois le soleil et les ennemis.

Des flammes dansaient à l'entrée de la caverne, sur l'une des tours suspendues semblables à des crocs – la plus longue, encore intacte, dans laquelle les garnes avaient posté une petite garde d'archers car on y avait un bon point de vue sur la longue route qui zigzaguait dans la montagne – Wistala aperçut un éclair d'écailles blanches au milieu des flammes.

Blanches? Elle avait rencontré un dragon blanc au cours de sa quête quasiment vaine pour trouver ses semblables. Une reine des dragons, âgée et imposante. Elle vit le dragon descendre en vol plané, frapper quelque chose avec sa queue et s'élever vigoureusement tandis qu'une dragonnelle plongeait et lâchait un rideau de flammes à l'entrée de la caverne.

Deux! Elle aurait pu se charger d'un dragon. Elle connaissait les ruines d'Uldam, savait où déployer ses ailes et où les rabattre, où se trouvaient les ombres les plus profondes et où tomberaient les rayons du soleil. Elle aurait eu l'avantage… mais deux!

Un, puis deux, puis une dizaine de lames de feu se précipitèrent à la rescousse de leurs camarades.

Les cornes de guerre ne résonnaient plus dans la caverne. Elle vit les compagnes et les petits – ou l'engeance, les enfants… comment les appelait-on, déjà? – des lames de feu qui fuyaient les bâtiments les moins touchés pour se réfugier dans des grottes ou des puits. Les plus vieux sortaient de leurs habitations, appuyés sur les épaules de jeunes à la tête et à la nuque encore recouvertes de duvet en lieu et place d'une vraie crinière de garne. Ils avaient à la main des arcs et de grossières imitations d'arbalètes et de propulseurs nains.

— Qu'est-ce que t'attends ? lui cria un guerrier qui courait, une lance dans chaque main ; les boucles de la lanière défaite de son casque tintaient.

— De voir, répondit-elle. (*Menteuse. C'est parce que tu détestes te battre. Seuls les corbeaux sont gagnants.*) Vous autres, restez ici, ordonna-t-elle dans leur langue aux lames de feu qui se rassemblaient. Bloquez le tunnel du mieux que vous le pourrez. Vos amis auront peut-être besoin d'un endroit où battre en retraite. Je veux juste pouvoir m'y glisser, près du plafond.

Un des garnes aux poils gris opina du chef et aboya à l'attention des autres. Ils avaient de grandes barriques à portée de main remplies de graisse pour les chaudrons et d'hydromel pour les guerriers : ils pouvaient commencer par les faire rouler.

Peut-être que simplement se montrer suffirait à chasser les dragons. Il fallait être très brave pour oser attaquer une femelle dans sa caverne. Et si elle avait des petits à défendre, et un compagnon qui attendait tapi dans l'ombre pour les attaquer par-derrière dès qu'ils s'en prendraient à elle ?

Elle s'élança dans les airs, implacable, le bout des ailes frémissant. Où était donc passée cette dragonnelle qui affrontait de gigantesques trolls sur le pont d'Ondée ou défiait les machines de guerre des nains de la Roue de Feu ?

Au sud, un halo jaune s'élevait de l'horizon. Le soleil éclairerait bientôt la caverne.

Elle tourna sur elle-même, s'accrocha au plafond de la grotte et enroula sa queue autour de l'extrémité supérieure de l'un des piliers de pierre. La roche, riche en stries et failles, offrait de bonnes prises à ses griffes. Elle devait être forte aujourd'hui.

La verte cracha une longue traînée de flammes qui se dispersa çà et là au milieu des ruines extérieures, vides pour la plupart. Les lames de feu gardaient leurs moutons, leurs chèvres et le bétail malade près d'eux, dans ces taudis dépourvus de toits. Elle avait sûrement vu bouger et avait vomi son feu.

Wistala décida que la dragonnelle n'était pas une très bonne combattante, inexpérimentée tout du moins. Elle avait craché ses flammes trop haut ; celles-ci, dispersées en gouttelettes, avaient perdu la plus grande partie de leur efficacité. On pouvait procéder ainsi si on avait l'intention de brûler un champ et donner une leçon à des colons un peu envahissants. Mais des garnes au combat qui avaient le temps de voir le feu tomber et des seuils ou des alcôves où s'abriter ne seraient pas très affectés par une telle démonstration. En outre, les réserves d'un dragon n'étaient pas infinies. Si sa poche à feu n'était pas déjà vide avec ce premier jet qui brûlait encore en flaques le long de la route d'entrée, elle devait en être très près.

Le dragon blanc faisait preuve de beaucoup plus d'efficacité que sa compagne ou sœur ou alliée ou quoi qu'elle soit pour lui. Wistala supposait qu'il s'agissait d'un mâle ; elle était pratiquement sûre d'avoir vu des cornes saillir de sa crête. Il plongea, inclina son corps pour ne pas montrer ses écailles à ses ennemis, les terrorisa avec des battements d'ailes et des coups de queue puis descendit en rugissant. Il repoussa les garnes qui venaient des remparts de chaque côté de la grande route.

Le blanc savait comment les hominidés se battent.

Il s'était débarrassé de la menace la plus dangereuse avec son premier jet de flammes : la tour de garde suspendue au plafond de la caverne. Il pouvait maintenant terroriser les lames de feu sans avoir à s'inquiéter des pierres ou des javelots venus d'en-haut.

Le blanc rusé et l'idiote verte. Si elle parvenait à surprendre le blanc rusé et l'abattre avant qu'il ait compris qu'elle s'était lancée dans la bataille, elle pourrait ensuite se charger de l'idiote verte.

Un serpent ondulait sur la route à l'extérieur de la grotte, aussi sombre qu'une vipère et déterminée qu'une vague de fourmis. Des hommes à cheval portant des étendards à intervalles réguliers, un rouge suivi d'un argenté lui-même suivi d'un violet, ce troisième plus haut que les autres ; une quatrième bannière fermait la marche, vert celui-ci, et d'allure plutôt abattue. Ils devaient être très nombreux, au moins mille, pour occuper une telle longueur de route. Wistala entendait le claquement régulier des sabots sur les vieux pavés envahis par les herbes.

Le soleil montait, comme impatient de mieux distinguer l'affrontement.

Ramper au plafond lui prendrait trop de temps. Elle alterna courts vols planés et périodes de repos en une succession de tonneaux sans quitter les ténèbres qui régnaient au sommet de la grotte de Krag. Les deux dragons harcelaient les garnes désorganisés ; leurs proies ne se rassemblaient que pour être dispersées de nouveau par l'un des plongeons du blanc.

Ils devaient savoir qu'un dragon rôdait dans les parages, mais ni l'un ni l'autre ne semblait très vigilant. À ainsi détruire et chasser les garnes, ils se laissaient peut-être emporter par l'excitation, ou bien ils devaient supposer que si elle ne s'était pas encore montrée, elle ne le ferait jamais. Pensaient-ils que Wistala était un mâle rugissant qui annonçait sa venue à un demi-horizon du champ de bataille ?

Le blanc rusé vit des archers reculer vers le fond de la grotte. Il avait sûrement décidé qu'il les affronterait dans les airs en dépit des flèches plantées dans son cou et ses pattes. Les arcs garnes étaient plus efficaces pour abattre des cerfs que des dragons. Si les garnes fabriquaient des armes relativement convenables et des cordes robustes avec du boyau de couguar, les pointes et les hampes de leurs flèches n'étaient pas aussi affûtées ou droites que celles des elfes ou des carreaux nains ; elles perdaient rapidement de la vitesse quand elles étaient tirées vers le haut. Le blanc rusé se glissa derrière eux, malgré les flèches, et battit brièvement des ailes au-dessus d'une maison à trois étages en ruine pour précipiter toit et cheminée sur les garnes rassemblés sur la route en contrebas.

Wistala sut que c'était le moment. Elle plongea, les ailes repliées tel un faucon ; à chaque mètre parcouru dans la vaste caverne elle prenait inexorablement de la vitesse.

Elle frappa de plein fouet le blanc rusé à la naissance de son cou. Être épaisse et musclée avait ses avantages : il se tordit comme l'un de ces arcs garnes incurvés et fut projeté contre une maison de l'autre côté de la route ; des écailles blanches voltigèrent puis tombèrent tels des flocons de neige.

Ah !

Wistala ouvrit les ailes et se tourna vers la dragonnelle ; elle dut résister à l'envie de contempler son œuvre et vit seulement Horblikklak du coin de l'œil. Celui-ci avait réussi à conserver ses archers et quelques autres garnes en formation. Ils envoyèrent des hastaires vers le dragon blanc empêtré sous les décombres.

Des flèches sifflèrent et la frappèrent. Par chance, elles ne s'enfoncèrent guère plus qu'une puce adulte. Imbéciles, tirer ainsi sur leur alliée !

Wistala s'éleva en direction de l'idiote verte, qui flottait dans les airs à l'entrée de la caverne comme accrochée à des fils. Wistala battit vigoureusement des ailes et se précipita sur elle comme un javelot de nain.

L'idiote verte la vit arriver. Elle vit volte-face et s'enfuit, poursuivie par Wistala qui volait à toute allure.

L'idiote fit, probablement par accident, la seule chose qui pouvait la sauver : elle monta presque à la verticale une fois sortie de la grotte. Elle était plus finement bâtie que Wistala et la dragonnelle plus massive ne put imiter exactement l'angle de son ascension. Elle lui arracha seulement un morceau de queue et vira sur l'aile pour voir les cavaliers en contrebas.

Ils avaient presque atteint les pylônes sur lesquels étaient gravés de fiers visages garnes et qui renfermaient des trophées de guerre dans de petites niches scellées. Wistala se demanda comment cracher ses flammes au mieux.

Une troisième silhouette de dragon se détacha du soleil. *Trois !* Ils avaient gardé un renfort au cas où elle apparaîtrait. Le soleil était trop lumineux pour qu'elle distingue grand-chose, seulement qu'il était grand, massif au niveau de l'arrière-train : probablement un mâle.

Elle fit demi-tour en direction de la caverne. Un combat en plein air serait difficile, surtout si l'idiote se joignait à cet inconnu.

Elle cracha ses flammes quand elle survola la tête de la colonne et les cavaliers se dispersèrent… enfin, la plupart d'entre eux. Les hennissements des chevaux suivirent dans son sillage les deux colonnes de fumée jumelles. Pauvres bêtes ! Elles n'avaient pas choisi de livrer cette bataille.

Elle sentit des flèches lui piquer les ailes et terminer leur course dans son flanc et risqua un regard en arrière. La colonne de cavaliers s'était divisée afin de contourner les flaques de feu. Les archers avaient mis pied à terre et tiraient depuis les… quel était ce terme militaire, déjà ? C'est ça, les *flancs*. Un nain qui avait commencé dans la vie comme boucher avant de devenir général avait codifié la guerre dans un livre qui décrivait la longue et éprouvante guerre contre les chariotiers.

Étrange, cette façon qu'avait l'esprit de s'activer pendant une bataille. Une flèche dépassait de sa queue comme un levier. Elle ne l'avait même pas sentie.

Elle vola vers le plafond et se posa sur l'un des grands piliers ; ils étaient construits avec les citernes en terre et les tuyaux de plomb d'un puits qui avait jadis approvisionné en eau la citadelle royale, une fortification triangulaire construite sur de grands rochers taillés comme des défenses de mammouth. Sous les ordres de leur chef, les lames de feu s'étaient postés sur ce qui restait des créneaux ; de longues glissières graissées descendaient des deux tours encore debout. De jeunes et forts garnes se tenaient prêts à pousser des rochers sur les glissières qui pouvaient être orientées et inclinées pour mieux viser ceux qui se trouvaient sous les murailles.

Les cavaliers déferlèrent dans la caverne et les deux colonnes en formèrent trois. La plus importante prit directement la large route qui menait à la citadelle. Les claquements des sabots résonnaient dans la grotte comme le rugissement d'une cascade et les rayons du soleil étincelaient sur leurs heaumes polis, leurs boucliers et les fers de leurs lances.

Pas assez de garnes. Pas assez. Peut-être se contenteraient-ils de piller les ruines. Sauf qu'il n'y avait rien à piller. Seulement des briques cassées et des toits envahis par les chauves-souris.

Le troisième dragon apparut de nouveau ; il portait un cylindre qui ressemblait à un tronc d'arbre scié. Elle ne parvenait pas à le voir clairement : seulement sa silhouette découpée sur le soleil. Il battit vigoureusement des ailes, prit un peu d'altitude, et elle le vit enfin.

Un rouge cuivré que l'on aurait pu qualifier d'orangé, des rayures noires, six cornes de bonne taille…

DharSii!

Elle le connaissait. Ils s'étaient brièvement rencontrés des années auparavant dans la vallée de Sadda, quand Wistala était à la recherche d'autres dragons. Elle n'avait trouvé qu'une poignée de spécimens plutôt indolents, confortablement installés et indifférents à ce qui se passait à l'extérieur de leur vallée embrumée.

Ses pensées, qui quelques secondes auparavant couraient en tous sens comme des dragonnets, se calmèrent, s'estompèrent comme l'encre sur les vieux manuscrits dans la grotte de NooMoahk.

DharSii transportait une lourde colonne de pierre, l'une de celles qui flanquaient la route près de l'entrée de la cité. Il battit une fois encore des ailes, la gueule marquée par l'effort, puis plongea vers la citadelle.

Elle bondit de son perchoir et l'imita, les ailes juste assez ouvertes pour diriger sa chute. S'il l'avait vue, il n'en laissait rien paraître. Au lieu de cela, il lâcha son fardeau qui fondit comme une flèche colossale vers l'une des tours. Wistala parvint de justesse à percuter la pierre quand elle passa sous le dragon.

Des flèches s'envolèrent et rebondirent sur les deux dragons sans faire plus de dommages que les fleurs jetées aux jeunes garnes à la fin de leur cérémonie d'accouplement.

Le pilier tournoya et manqua le sommet de la tour, où il aurait réduit les garnes et leur glissière en une masse sanglante. Il heurta le mur en contrebas et projeta des gravats sur la cité et la route d'entrée. L'air était saturé de poussière.

Les deux dragons effectuèrent chacun une boucle.

DharSii la regardait, gueule béante, sans presque bouger les ailes. Il se posa sur une terrasse occupée par des rangées de jardinières envahies par les mauvaises herbes. Sa poitrine se soulevait de manière saccadée tandis qu'il reprenait son souffle.

Wistala regagna le plafond de la grotte.

Certains cavaliers pourchassaient leurs proies dans les vieilles rues et ruelles comme ils l'auraient fait de lapins et sautaient par-dessus les obstacles avec des cris sauvages.

Les garnes déguerpissaient de leurs remparts. Elle supposa qu'ils se précipitaient vers quelque trou maintenant que le mur de la citadelle était abattu. La cité possédait un certain nombre de vieux souterrains creusés pour évacuer les ordures ou emmagasiner de l'eau. Ils fuyaient peut-être vers un abri secret.

Le blanc rusé s'était réfugié dans un coin, près de l'entrée. Des traînées de sang dessinaient de sombres rayures sur ses flancs encore plus nettes que celles, naturelles, de DharSii. Il ne semblait pas impatient de se jeter de nouveau dans la bataille. L'idiote verte, quant à elle, avait disparu. Elle était peut-être en train de tremper le bout de sa queue dans l'eau glacée d'un torrent de montagne.

Wistala devait retarder les cavaliers. Elle se maîtrisa. Plus qu'un effort et elle pourrait regagner le fond de la caverne.

DharSii poussa un cri quand elle s'envola, mais impossible de savoir s'il s'adressait à elle ou appelait le blanc.

La tête de la colonne céda à la confusion quand elle lui fondit dessus à grands coups d'ailes. Chariots et chevaux quittaient le groupe…

Une présence derrière elle, qui arrivait vite… sans doute DharSii.

Elle vira légèrement pour rester hors de portée, inspira afin de mieux contracter sa poche à feu…

« Iiiiiii ! Iiiiii ! Iiiiii ! »

Des étincelles, de la fumée, des cliquetis… quelle était donc cette diablerie ?

Trois projectiles semblables aux javelots surdimensionnés des nains volaient vers elle. Ils ne décrivaient pas un arc comme le font les flèches, mais tournoyaient à la manière d'un écureuil joueur le long d'une branche. Ils traînaient derrière eux de la fumée et des cordes auxquelles étaient attachés de sinistres crochets barbelés.

— Descend ! rugit DharSii.

Il la frappa au niveau de l'arrière-train.

Pourquoi l'avait-il prévenue, elle l'ignorait. Elle heurta quelques vieux toits et fit voler du chaume moisi comme les aigrettes d'un pissenlit.

Les projectiles passèrent avec force bruit et étincelles juste au-dessus de sa tête ; leurs queues couvertes de barbillons et de crochets dansaient une folle gigue dans leur sillage.

Elle vira vers le fond de la caverne pour fuir dans son antre, de crainte qu'une autre monstruosité volante lui soit envoyée.

DharSii se débattait, empêtré dans l'une de ces choses et soulevait poussière et débris au milieu d'une ancienne place.

Wistala assista à un horrible spectacle dans les rues en contrebas quand les guerriers humains découvrirent une masure qui abritait des femelles lames de feu et leurs bébés. Les hominidés devaient vraiment aimer tuer pour tuer : il n'y avait aucun autre moyen d'expliquer cette scène sanglante.

Elle regagna le fond de la caverne et le tunnel qui menait au puits et à la bibliothèque. Seuls restaient quelques guerriers âgés qui calmaient les compagnes effrayées et les petits en pleurs.

— La cité est perdue, leur dit-elle. S'il existe un tunnel secret par lequel vous pourriez fuir, vous devriez l'emprunter maintenant. Je peux les retarder ici quelques instants. Ensuite, ils viendront.

Un garne grisonnant et manchot se mit à lancer des ordres. La plupart obéirent mais une femelle ou deux coururent dans les ruines. Était-ce pour y chercher leurs compagnons, parce qu'elles pensaient pouvoir s'échapper par les décombres ou les toits ? Wistala l'ignorait.

Elle s'assit près du dernier mur, à demi bâti, et tâcha de ne pas prêter attention aux cris et au fracas qui retentissaient dans la vaste caverne. Et toujours, toujours ce rugissement de cascade des sabots.

Le dos d'un dragon glissait entre les ruines, les griffes de ses ailes fièrement dressées. DharSii gravit un bâtiment effondré et s'installa entre deux imposantes cheminées. Son museau, son cou et son épaule saignaient, mais pas abondamment, et un pan de l'une de ses ailes pendait, découpé en lambeaux. Il avait bien plus souffert qu'elle de ces terribles projectiles.

Il se rapprocha à portée de voix d'un dragon.

— Wistala, je crois me rappeler, dit-il.

— DharSii de la vallée de Sadda. Comment se portent ta tante et tous les autres ?

Ses narines frémirent. Il trouvait peut-être cet échange d'amabilités amusant.

— Les mêmes. Comme toujours.

Il avança doucement de quelques pas supplémentaires.

Il avait une boucle d'oreille supplémentaire, enfin... pas exactement une boucle, plutôt un pendant lisse et ondulé fait de ce qui ressemblait à l'or blanc le plus rare... et en avait l'odeur !

Il remarqua son regard et baissa les *griffs* juste assez pour cacher ce bijou... mais n'était-ce que cela ? Avait-il une signification pour ces hommes sanguinaires ?

— Tu ferais mieux de partir, dit DharSii. La bataille est perdue. Les Ghiozes ont à faire dans ces grottes, puis ils partiront. Tu pourras revenir dans un jour ou deux.

— Mon antre est derrière moi. Si l'un d'entre eux souhaite venir me la disputer, je l'attends avec impatience.

DharSii prit une grande inspiration à contrecœur. En un éclair, il se jeta en avant et s'abattit sur Wistala ; il ne la mordit pas et tenta plutôt de la plaquer sur le monticule de gravats qui bloquait une partie du passage. Ou peut-être essayait-il de la traîner hors du chemin.

Il était terriblement fort, mais Wistala disposait d'un bon nombre de prises pour ses pattes et sa queue ; en outre, si son corps trapu ne serait jamais qualifié d'élégant, ceux qui s'y étaient mesurés devaient admettre qu'il était puissant. Elle le fit tomber si violemment que la pierre trembla sous la puissance du choc ; elle recula un peu plus derrière le monticule.

L'odeur de sang, de dragon – mâle ! *mâle !* MÂLE ! – l'effrayait et l'excitait à la fois.

— Croyais-tu que je parlais à la légère ? demanda-t-elle.

— Bien sûr que non, dit-il.

— Tu pourrais peut-être convaincre tes amis de partir.

— Ce sont des garnes. À peine des hominidés. Comment peux-tu te soucier d'eux ?

Elle haletait ; davantage que l'air dans ses poumons, c'était le ton haineux du dragon qui lui donnait des forces. DharSii était le genre de dragon qu'elle pouvait haïr autant qu'admirer.

— Même les garnes ont leurs charmes si tu apprends à les connaître.

— J'en doute. Comment ont-ils fait pour acheter ta loyauté ? Je n'ai vu dans ces montagnes que des morceaux de cuivre.

— Ils n'ont rien fait. Je suis loyale à ma conception du bien et du mal.

— S'il y a quelque chose de mal ici, c'est que des dragons s'affrontent entre eux pour une querelle d'hominidés. Tu as blessé mes compagnons, et tu n'as presque rien subi en retour. Tu peux quitter cette caverne en ayant l'assurance d'avoir chèrement défendu ces décombres.

— Je pourrais en dire autant pour vous. Vous avez tous les trois essayé, et perdu deux dragons. Seul un imbécile voudrait encore me défier après ça. Tu peux battre en retraite et garder ton honneur intact.

— J'ai dit à la reine rouge que je viderais ces grottes quand le prix qu'elle m'a proposé m'a convenu, et je le ferai.

— Tu viens de dire qu'elles n'étaient rien d'autre que des décombres. D'après toi, que veut faire ta reine rouge avec des ruines ?

— Pour autant que je sache, elle aime seulement organiser des parades et des fêtes quand ses troupes ont remporté une victoire. Tu connais les humains. Ils aiment se réjouir et célébrer les actes accomplis par d'autres, qu'il s'agisse des armées à l'extérieur de leurs édifices ou de quelque chien poisseux dans une arène, juste sous leur nez.

— Un choix d'image intéressant. Pour moi, tu ne vaux pas mieux qu'un chien bien dressé.

— C'est une question de point de vue. Je suis certainement plus riche, et j'ai mon indépendance.

— Pour l'instant. Jusqu'à ce que la reine rouge décide de t'enchaîner à sa porte.

DharSii renifla.

— Qu'elle essaie. Je suis trop prudent pour ça, et elle a trop besoin de moi et de mes dragons pour prendre ce risque.

— Alors tu mourras quand elle trouvera un adversaire plus fort qu'elle.

— Je changerai simplement de camp. Les factions les plus fortes veulent toujours acquérir plus de pouvoir. Elles paient un peu moins que les désespérées, mais il est toujours plus agréable de gagner. (Il jeta un coup d'œil à son aile déchirée.) Moins dangereux, aussi, mais ce genre de choses ne semble pas entrer en ligne de compte pour toi. Je vais avoir beaucoup de travail ce soir avec du fil de chanvre et une aiguille.

— Une belle victoire, pour que ces horribles cavaliers embrochent des enfants hurlant.

— Tu n'as vu grand-chose de ce monde si de tels comportements te surprennent. Il n'y a rien de mieux à attendre des garnes ou des humains.

Il se baissa, orienta ses ailes pour dévier d'éventuels coups, les griffes de ses ailes dressées, prêtes à se refermer sur un cou ou une queue, puis avança, légèrement penché sur la droite, paré à frapper avec sa queue.

— Je te laisse une dernière chance de faire preuve de ce bon sens que j'ai cru déceler en toi il y a tant d'années quand tu as quitté la vallée de Sadda, reprit-il.

Wistala sentit sa collerette se dresser.

— Ne parle pas de dernière chance à une dragonnelle dont la mâchoire et les pattes sont encore intactes.

Il se jeta en avant.

Elle recula en inondant le mur de flammes. Il franchit le rideau embrasé comme si celui-ci n'était rien d'autre qu'une brume hivernale.

— Tu crois que la douleur va me faire renoncer ? demanda-t-il. Je suis un dragon. La douleur me rend seulement plus déterminé.

— Je n'ai jamais douté de tes attributs de dragon, mais ils sont quelque peu roussis.

Wistala pourrait livrer un dernier combat à l'entrée du tunnel qui menait à la bibliothèque. Elle y aurait de la place pour se défendre tandis que DharSii devrait lutter à la verticale. Il affronterait à la fois Wistala et la gravité.

Elle se demandait pourquoi il ne rugissait pas. D'après son expérience limitée, les dragons mâles étaient bruyants quand ils se battaient, surtout lorsqu'ils étaient en proie à la douleur. DharSii gardait un souffle mesuré et frappait, frappait encore. Elle n'avait jamais senti des coups d'une telle puissance. Ils semblaient assenés par un troll des montagnes endurci par une vie passée à grimper. Il frappait, ne mordait pas, et avançait à coups de museau et de queue ; à chaque impact elle entendait ses propres écailles se briser.

Il la rossait. Il ne s'approchait jamais, ne l'agrippait jamais, ce qui lui aurait laissé une chance de le griffer ou de le mordre. Elle parvint à s'accrocher à sa crête, mais se retrouva avec une griffe arrachée et une *sii* ensanglantée quand il recula brusquement.

— Abandonne ! dit-il d'une voix étrangement calme. Déclare forfait ! Déclare-le, bon sang, déclare-le !

— Jamais ! parvint-elle à répondre.

Elle se demanda au nom des six cieux pourquoi elle devait tellement « déclarer » sa défaite.

La carapace du nez de DharSii était fendue et de guingois ; du coup, son museau semblait tordu. Si elle n'avait pas été si meurtrie et éraflée elle aurait peut-être ri.

Elle sentit que sa queue avait atteint le vide derrière elle. Il l'avait amenée tout au bord du puits…

Elle frappa de sa queue l'un des chaudrons remplis d'huile brûlante. Celui-ci fut libéré de ses chaînes et une pluie d'huile tomba sur DharSii. Le liquide siffla quand il s'abattit sur son flanc et le dragon recula à toute vitesse.

Wistala y vit une occasion. Elle s'élança vers l'avant et glissa au passage sur l'huile répandue par terre, qui avait perdu la plus grande partie de sa chaleur à la seconde où elle avait touché la pierre.

Les deux dragons se dressèrent sur leurs pattes de derrière, s'empoignèrent, échangèrent des coups de dents. Wistala s'était toujours considérée comme forte, et pendant un instant elle eut le dessus…

Mais une de ses *saa* glissa.

L'huile avait peut-être refroidi, mais le sol était désormais traître. DharSii poussa. Elle entendait sa respiration haletante dans son oreille, sentait son souffle sur son cou tandis qu'ils luttaient, les *griffs* du dragon prises dans les siennes. Elle chercha une prise avec sa queue mais ne rencontra que le vide…

Wistala bascula.

Elle tomba en poussant un glapissement. Au moment où elle entendait DharSii souffler quelque chose – « non », peut-être – son propre cri terrorisé noya la voix du dragon.

La dragonnelle tenta d'ouvrir ses ailes, une réaction instinctive, mais même si le gouffre était large, il ne l'était pas assez. Elle entendit quelque chose se briser, ressentit un choc suivi d'un claquement. Wistala comprit qu'une de ses ailes s'était cassée et battait follement l'air tandis qu'elle tombait… mais l'autre était toujours ouverte et transformait sa chute en une vrille infernale qui lui rappelait celle de ces graines à une pale dans les forêts du nord d'Hypat.

Elle rebondit contre la paroi et poursuivit sa chute. Un réflexe maintenait ouverte son aile intacte.

Elle vivait le moment le plus terrifiant de son existence.

Plus tard, elle se demanderait combien de temps avait duré sa chute. Une éternité lui semblait-il, un jour entier… Mais cela n'avait pas dû prendre plus de quelques secondes, car lorsqu'elle heurta finalement le sol, elle distinguait encore un cercle de lumière au-dessus d'elle, plus gros qu'une étoile, mais bien plus petit que la lune.

Elle remarqua une bosse sur le contour du cercle. Une irrégularité naturelle, l'un des chaudrons remplis d'huile, ou DharSii ?

Elle avait atterri sur quelque chose de spongieux. La claque mouillée l'avait choquée. Elle sentait tout autour d'elle une humidité pénétrante.

Elle resta sonnée quelques instants, allongée là à regarder le cercle de lumière, avec cette odeur humide de moisi dans les narines, celle d'une barrique remplie d'eau des marais de l'année précédente, à la fois répugnante et réconfortante… réconfortante parce qu'un dragon à l'article de la mort aurait eu des choses plus importantes en tête que de l'eau croupie. Elle n'était donc pas mourante.

De tous les dragons qui auraient pu venir ici… affronter AuRon ne l'aurait pas bouleversée davantage. Bien sûr, il restait très peu de dragons ; elle avait suffisamment cherché une fois que ses ailes étaient sorties. L'huile brûlante lui laisserait-il des marques ?

Elle prit alors conscience que sa première pensée après sa chute fut pour le dragon qu'elle venait de combattre. Alors même qu'elle aurait dû examiner ses propres blessures afin de déterminer s'il ne s'agissait pas des dernières.

Elle rit, comme Ondée lorsqu'il s'amusait des caprices de mule du vieux Stog. C'était un bruit complètement incongru pour un dragon, mais le rire contagieux des elfes poussait ceux qui l'avaient entendu à l'imiter.

Elle fit un effort pour s'éclaircir les idées et se balança d'un pied sur l'autre pour inspecter ses pattes et sa queue. Elle ressentait une douleur aiguë dans son aile blessée, comme une lance qui tournoyait à toute vitesse, s'enfonçait dans le muscle de son épaule et l'obligeait à fermer les yeux. Son aile était plus qu'à demi repliée et pendait selon un angle étrange. Elle avait aussi mal au côté gauche quand elle respirait, mais elle ignorait si cela avait un rapport avec son aile. Ondée avait autrefois dessiné pour le plaisir des croquis des muscles de Wistala et remarqué que tout le corps d'un dragon pivotait autour de la jointure de se ailes.

Curieusement, la douleur la plus intense était causée par la flèche plantée dans sa queue. Bien sûr, la chair percée était devenue très sensible. Par chance, les deux extrémités de la flèche étaient visibles. Elle brisa la hampe du côté de l'empennage puis arracha la pointe en la tirant vers l'avant.

Une nouvelle douleur encore plus intense lui fit monter les larmes aux yeux. Elle recracha la pointe de la flèche. Belle fabrication, le métal était bien fondu et dégageait une odeur saine. Elle l'avala.

Fouillis et tournis ! elle avait des problèmes plus importants. Elle cligna des yeux et tâcha de se reprendre.

Les garnes avaient dit quelque chose au sujet de ce trou : il aurait été un puits autrefois… Ce qui la laissait songeuse. Là, tout en bas, se trouvait un vieil escalier, non pas un ouvrage de maçonnerie, mais des marches creusées directement dans la pierre et qui montaient en spirale, si larges qu'un dragon adulte pouvait les emprunter. Elles devaient s'arrêter plus haut, car Wistala était sûre qu'elles n'allaient pas jusqu'aux défenses garnes, au sommet du trou.

La logique laborieusement apprise auprès d'Ondée lui soufflait que cet escalier avait donc été construit par quelqu'un qui ne souhaitait pas particulièrement accéder à la surface.

La grotte dans laquelle elle était tombée s'élargissait à sa base comme une cloche ; elle était envahie par des plantes qui ressemblaient à des champignons. La boue était saturée d'eau. Wistala sentait que celle-ci coulait, elle devait donc circuler. La dragonnelle se dressa, les pattes un peu tremblantes, et inspecta les alentours. Il lui semblait distinguer plus haut une sorte de protubérance, une saillie.

Elle pouvait l'atteindre en se dressant sur ses pattes de derrière. Elle déplaça une de ses *saa* et entendit un craquement inquiétant, mais découvrit après inspection qu'elle avait seulement brisé une cage thoracique pourrie recouverte de boue et de mousse. Elle dégagea un crâne avec sa queue, le souleva et le leva au niveau de ses yeux.

Il avait semblait-il appartenu à un garne et, à en juger par l'arcade sourcilière prononcée, la mâchoire proéminente et les incisives particulièrement longues, probablement un mâle imposant. Il était tombé ou avait été tué ailleurs pour être jeté ici, là où la puanteur n'avait dérangé que l'obscurité et où il avait nourri les champignons.

Elle renifla ces derniers, tout particulièrement les chapeaux écrasés qui avaient amorti sa chute. Une seconde épaisseur de végétation recouvrait le sol du puits, de grandes feuilles allongées assez spongieuses pour qu'un garne y dorme. Plantes et champignons semblaient relativement comestibles si elle avait été d'humeur à manger des végétaux. Elle sentit aussi l'odeur des traînées de limaces et se retrouva l'espace d'un instant dans sa caverne en compagnie d'Auron, Jizara et sa mère qui les surveillait depuis la saillie. Ce souvenir la détendit. Elle aurait volontiers fait une sieste.

Non !

La moisissure des champignons lui emplissait les narines mais une autre odeur, plus diffuse, venait d'en-haut ; elle ne parvenait pas vraiment à l'identifier, et savait seulement qu'elle était animale. Wistala dressa d'abord le cou, éprouva la force de ses pattes et de sa queue, puis se leva et inspecta la protubérance.

L'escalier s'arrêtait au niveau de la saillie, et elle devina l'existence d'un tunnel grâce à un courant d'air. Après cette brève interruption, les marches reprenaient leur ascension.

Si elle voulait regagner la surface, elle aurait besoin de toutes ses forces.

Elle découvrit d'où venait l'eau, une fissure en grande partie bouchée dans la paroi. Elle lapa, lapa encore ; à chaque gorgée ses idées devenaient plus claires. L'eau était pure, propre, et heureusement fraîche. Elle avait même un léger goût minéral qui lui plut énormément. Une vraie eau de dragon. Rien d'étonnant à ce que les champignons soient en pleine santé !

Elle grimpa prudemment les marches jusqu'à la saillie et passa la tête dans le tunnel. Toujours cette légère odeur animale.

« Bêêêêêê ! »

Elle reconnut le bêlement d'une chèvre. Que faisait donc cet animal ici, sous terre ? Elle avança un peu plus la tête. Le tunnel lui semblait naturel : il était incurvé, montait légèrement et rétrécissait, un peu comme le cou d'un dragon. La chèvre paraissait blessée et traînait une de ses pattes de derrière. Était-elle tombée dans le puits et avait-elle survécu grâce à un atterrissage miraculeux sur l'une de ces feuilles spongieuses ?

Pauvre bête. Elle pourrait mettre un terme à ses souffrances et faire un bon repas au passage. Exactement ce dont elle avait besoin pour se hisser dans le puits.

La chèvre s'enfuit du mieux qu'elle put ; Wistala fit deux rapides enjambées à sa suite, ouvrit la…

Un claquement.

Une sensation étrange. Déconcertante. Ses sens l'abandonnèrent un instant. Elle avait l'impression d'être suspendue, nulle part dans le temps ou l'espace, seulement consciente d'avoir reçu ce qui lui sembla être un grand coup dans son dos.

Son menton frappa violemment le sol. Elle percevait des mouvements tout autour d'elle. Une odeur d'ozone, comme après la foudre, et elle fut soudain avec Auron qui, pour lui faire oublier les éclairs, l'incitait à recueillir sur sa langue des gouttes de pluie.

Des hurlements et des voix stridentes comme des cris d'oiseaux résonnèrent tout autour d'elle. Cela ressemblait à un dialecte dérivé du draquine entrecoupé de gloussements, ululements et croassements, un grand rassemblement de créatures ailées disparates.

Elle reconnut un nom de dragon : NooMoahk.

— *Mizz ! Grouk* grand trou d'Anklamere, *bakka* tranquille, *ptuck !* Largue-dragon, *yak ?*

— *Yak! Cluc-gloug!* On *braaak* NooMoahk! *Chukku-na.*

— *Nip! Nip! Dulg mak* NooMoahk, on a une dragonnelle!

— *Nie-hruss,* demeuré.

Leurs mouvements, pour ses yeux incapables de faire le point, se résumaient à une danse de silhouettes fantomatiques. Étrangement, Wistala était plutôt calme. On avait fixé quelque chose sur son museau. Elle sentait une odeur chaude de métal fondu. Elle se souvint de ces histoires dans lesquelles on tuait des dragons en leur versant du plomb brûlant dans les narines et d'autres horribles pitreries d'hominidés, mais elle se sentait étonnamment insouciante à l'idée qu'une telle chose puisse lui arriver.

Un de ses yeux y vit clair de nouveau et elle distingua une large bande de cuir cloutée et renforcée par de gros rivets fixés sur son museau.

Elle aperçut aussi une silhouette recourbée, presque pliée en deux, recouverte d'un assortiment de plaques étranges et de pointes. Wistala vit sous le métal une chair replète à l'inquiétante bonne santé et des yeux violets plus éclatants que n'importe quelle fleur sauvage. L'être s'appuyait sur un bâton recourbé hérissé de ce qui semblait être des dents de dragonnet.

Elle entendit un cliquetis venu d'en haut et leva un œil. Une vaste caverne, une fausse paroi détachée…

Un piège. Elle y avait plongé la tête la première.

Elle distinguait vaguement d'autres hominidés dans l'obscurité, moins tordus que le premier mais cependant voûtés. Leurs jambes, qui remontaient et saillaient sur les côtés, ressemblaient davantage à des pattes d'araignées qu'à des membres d'hominidés. Ils couraient çà et là chargés de cordes ou de chaînes.

— Tu parles avec Paskinix, dragon, dit la créature. (Pendant un instant, Wistala fut incapable de déterminer quelle langue elle parlait.) J'ai vécu quatre générations, dragon, quatre ! poursuivit-il dans un draquine correct mais dépourvu d'inflexions. (Il arracha un morceau de cuisse à la chèvre avec des dents semblables à des rochers brisés.) J'attendais de jouer un nouveau tour à NooMoahk. Tu ne t'attendais point à la projection graissée et à la faille maquillée quand tu es descendue dans le puits, pas vrai ? Eh, c'est une aile que t'a coûtée ton imprudence. Ton Tyr pensait qu'il se faufilerait par la porte de derrière après s'être cogné sur celle de devant, c'est ça ?

Wistala n'aurait pas pu répondre si elle l'avait voulu : la lanière serrait trop son museau pour cela. Elle se demanda lequel des dragons de DharSii se faisait appeler « Tyr »... n'était-ce pas un titre ancien venu des légendes de la Cime d'Argent ? Le draquine de cette créature était curieux. Il ne savait pas accentuer et ordonner les mots correctement ou bien il avait appris quelque dialecte, une forme archaïque.

Cet individu qui, décida Wistala, était un démène – c'était assurément un hominidé, quoique bizarre, et certainement pas un nain – se redressa en s'aidant de sa canne couverte de dents.

— Oui, vous m'avez éconduit de mes jardins et de mes ruisseaux pour me cantonner dans ce recoin oublié des couches supérieures de l'obscurité. (Il commença à s'agiter et l'éclaboussa de sang de chèvre à force de gesticulations.) Échanger des morceaux de verre contre de la viande de chèvre quand autrefois je dînais de jeunes *griffarans* à la chair tendre. Fini les bains au soufre pour Paskinix, un cadeau de tes sœurs ! Et ton Tyr, qui joue au grand seigneur et demande que j'aille négocier. Soit ! Je lui ferai savoir que moi aussi, dans ce jeu, j'ai une pièce à miser, n'en doute pas.

Il scruta son aile intacte de bas en haut tandis que des démènes y attachaient des cordes. Un de leurs semblables fit quelque chose d'abominable au niveau de son arrière-train et hoqueta quelques mots.

— Pas d'œufs, hein ? Mauvais pour nous, déclara Paskinix.

Wistala trouva la force d'avaler la salive qui s'accumulait dans sa gueule et se sentit un peu mieux sur le plan physique du moins… mais pire, bien pire mentalement. Emprisonnée par des démènes qui nourrissaient une rancœur contre des dragons dont elle ignorait tout…

Elle entendit un grincement et une sorte de sculpture de métal équipée de roues comme un chariot – mais complètement à l'envers, car les roues étaient sur le dessus et tournaient, aussi inutiles que les pattes d'une tortue renversée – fut traînée à sa hauteur par les démènes. L'un d'entre eux, vêtu de cuir à l'odeur graisseuse et de gants épais, leva une sorte de lance étincelante s'achevant sur deux fers et…

« Bzzzzzz ! »

Son corps tout entier bondit malgré elle et tira sur ses entraves désormais serrées. Elle perdit peu à peu connaissance – une sensation plutôt agréable – tandis que le vieux démène continuait à caqueter.

Chapitre 6

Sans le pont, AuRon n'aurait jamais trouvé cet endroit. Il avait voyagé de nuit et s'était reposé dans des criques rocailleuses et inaccessibles donnant sur l'Océan Intérieur. Il espérait ne pas mettre trop longtemps à trouver cette auberge. Les vents d'automne avaient commencé à souffler et les tempêtes viendraient bientôt du nord-ouest, des rafales chargées de neige fondue se ruaient sur les côtes comme furieuses d'avoir dû traverser toute cette eau.

Il avait commencé par remonter la mauvaise rivière. Quand il avait atteint un confluent sans voir de pont et exploré les deux affluents pour trouver seulement de vieilles ruines sous lesquelles il avait autrefois campé avec un ami nain mort depuis, il avait compris qu'il faisait fausse route.

Il avait exploré plus au sud et survolé une vaste embouchure qu'il fut incapable pendant quelque temps de distinguer de l'Océan Intérieur à proprement parler. Elle rétrécissait ensuite pour devenir un véritable cours d'eau, quoique très large. Il avait trouvé le pont juste avant l'aube ; c'était un édifice massif avec une travée renforcée en son milieu. Il se rappelait vaguement l'avoir emprunté au cours de ses voyages dans le chariot de Djer.

Cela ressemblait au genre d'endroit que les humains fréquentaient, il remonta donc un peu la rivière et trouva une falaise inhospitalière avec une belle étendue de sable en contrebas. La rivière était basse en cette saison, mais il était tout de même possible de faire de bonnes pêches dans les plans d'eau et les herbes aquatiques grouillaient de dytiques. Il n'avait pas mangé d'insectes d'eau douce depuis des années, et il s'amusa un peu avant de s'installer pour une courte sieste.

AuRon se réveilla dans l'après-midi. C'était une agréable journée d'automne et l'air semblait l'appeler. Il s'envola, monta haut dans le ciel et se dirigea vers le pont. Une fois arrivé, il suivit la route du nord et atteignit ce que l'on pouvait avec indulgence qualifier de ville au bord d'une vaste étendue de champs et de pâturages ; il vit une forêt à l'ouest et, au nord, ce qui ressemblait à des carrières, près d'un croisement.

AuRon inspecta tout d'abord la plus petite des enclaves ; il vola en cercle, de plus en plus bas pour éviter d'alarmer les habitants avec une descente trop rapide.

Il vit pourtant de jeunes garçons pousser le bétail et les cochons dans la forêt et disperser les moutons au milieu des haies. *Imbéciles!* S'il était venu pour s'en prendre à leurs bêtes, il n'aurait pas traîné ainsi.

Les yeux de dragon avaient leur utilité : il distingua une enseigne devant l'auberge, comme l'avait promis l'étrange assortiment d'hominidés : un dragon vert, cela ne faisait aucun doute, même si l'emblème était plutôt stylisé.

AuRon trouva une clairière accueillante à l'herbe broutée de près, d'où il apercevait le sommet du toit de l'auberge. Il s'y installa pour attendre. Les bois étaient suffisamment éloignés pour qu'il voie arriver les flèches de loin, si d'aventure les hommes lui tiraient dessus et qu'ils possédaient des arcs assez puissants pour l'atteindre dans ce pré. Derrière, une colline nue protégeait ses arrières.

Quelques garçons, les fils des bergers probablement, se glissaient d'arbre en arbre avec ce qu'ils pensaient être une grande discrétion et une connaissance approfondie des bois. Un été à courir avec les loups du nord leur aurait été bénéfique. AuRon assista à un échange de coups de poing entre peut-être quatre d'entre eux et le perdant repartit chez lui en courant… à moins qu'il ait été dépêché avec un message.

Des chiens aboyaient inlassablement sous le vent par rapport à AuRon. Il ne pouvait rien faire pour son odeur. Si les chiens ne l'appréciaient pas, tant pis pour eux.

La prairie était imprégnée d'appétissantes odeurs de cheval et de bétail… mais il attendrait.

Quand les habitants se montrèrent enfin, il comprit la raison de leur retard. Ils arrivaient en nombre, s'arrêtant, puis repartant sans cesser de discuter à chaque arrêt. Le groupe s'amenuisait au fur et à mesure qu'il avançait dans la clairière. Une grande humaine à la belle chevelure – selon les critères humains – et visiblement plus qu'apte à nourrir ses petits à en juger par la façon dont sa longue robe tombait, se tenait à côté d'une silhouette emmaillotée dans des couvertures et coiffée d'un chapeau de velours lourd et mou. Cette dernière était couchée sur une civière portée par deux hommes d'allure robuste.

—Je m'appelle Lada, dragon. Pouvons-nous approcher sans risque ? demanda la femme.

Elle s'exprimait en parl et articulait soigneusement chaque syllabe. La silhouette emmitouflée sembla trouver sa prononciation amusante, car elle laissa échapper un ricanement plutôt râpeux.

—Je suis venu discuter, dit AuRon. Parlementer. S'il vous plaît.

Celle qui se prénommait Lada fit un geste de la main droite dans le vide et tous s'avancèrent. Les deux porteurs ne cessaient de jeter des regards en arrière vers ceux qui traînaient près de l'auberge ou au milieu de la clairière. Un chien du coin se précipita dans la trouée, laissa échapper un effroyable aboiement et revint auprès de ses humains, la queue entre les jambes.

La meute de Fortnoir aurait bien ri devant un tel comportement.

Ils se rapprochèrent un peu, à une distance que les humains trouvaient pratique pour converser.

L'emmitouflé leva la tête.

— Voilà que j'attendais le mauvais dragon. J'espérais la verte, et c'est le gris qui se montre.

AuRon reconnut le visage sous le chapeau, surtout à cause du bandeau sur l'œil. Les bords du chapeau recouvraient des cheveux semblables à des branchettes de bouleau. C'était Œilnoisette l'elfe, sa ravisseuse et sa sauveuse. Elle l'avait libéré, mais il s'était heureusement acquitté de cette dette depuis longtemps, ce qui avait eu pour conséquences la chute des dragonniers de l'île de Glace et son accouplement avec Natasatch. Le sorcier qui avait organisé et orchestré cette guerre contre les autres hominidés lui avait dit jadis que les elfes étaient comme l'écorce des peupliers : arrachez une couche de complots vous en trouverez une nouvelle dessous.

— Wistala. Elle s'appelle Wistala.

— Je sais. C'est une amie, ici, et nous attendons tous son retour.

— Pourquoi donc ?

— Ses conseils seraient des plus précieux, répondit Œilnoisette.

— Alors vous ne savez pas où elle est.

— J'ai bien peur qu'elle se soit rendue vers l'est, à ta recherche, AuRon, dit l'humaine nommée Lada. Elle est partie depuis des années. Mais elle a toujours été vagabonde.

— Navré de l'apprendre, répondit AuRon. Ne pouvais-tu pas lui dire que tu m'avais envoyé sur…

Un jappement vint l'interrompre puis le chien détala de nouveau. Il s'était cette fois rapproché un peu avant d'aboyer, puis il avait décidé d'écourter ses mises en garde.

— Je ne l'ai pas vue depuis la sinistre époque des monteurs de dragons, répondit Œilnoisette. Je te remercie d'ailleurs d'avoir mis un terme à leurs agissements et d'avoir libéré les dragons du joug qu'ils leur avaient imposé.

L'elfe avait consacré de nombreuses années à l'étude des dragons. AuRon pensait qu'elle était l'une des rares hominidées à vraiment comprendre les siens ; mieux encore, à les apprécier.

— Tu es souffrante ? demanda-t-il.

— Je sens davantage qu'autrefois les vents d'hiver. Crois-tu que nous pourrions continuer cette conversation à l'intérieur ?

— Disposes-tu d'une grange à proximité ?

— Mieux que ça. Une auberge. Son propriétaire est lui aussi un bon ami de Wistala. Il est là-bas, dans la foule, avec sa femme. Tu pourras sans difficulté passer la tête par la porte de derrière.

Si cette proposition avait été faite par n'importe quel autre hominidé qu'un nain du Diadème, AuRon se serait attendu à un piège… Mais il n'avait jamais eu à regretter d'accorder sa confiance à Œilnoisette. Elle non plus, apparemment. Il se fierait une fois de plus à elle.

Le chien aboya encore, caché derrière le groupe d'humains le plus proche.

—Je n'ai rien contre. Pourrait-on attacher cet imbécile de chien ?

La grande femme, Lada, fit un signe aux hommes qui se trouvaient derrière elle et un garçon partit chercher l'animal.

Le groupe se mit en marche et se dirigea vers l'auberge. Les porteurs finirent par écœurer AuRon et il fit asseoir Œilnoisette sur son épaule qui s'agrippa à son simple harnais de voyage. Celui-ci avait été fabriqué par Djer le marchand : il y avait ajouté des anneaux fixés par des bandes de fer afin d'y accrocher des paquets ou des sacs identiques à ceux que les mules portaient. Œilnoisette semblait avoir des problèmes avec ses jambes, qu'elle gardait soigneusement emmaillotées dans leurs couvertures.

—Cela me rappelle d'heureux souvenirs, dit-elle dans son draquine érudit, mais dépourvu d'accent. Cela fait bien, bien longtemps que je n'avais pas chevauché à dos de dragon.

—Je volerais bien, mais j'ai peur que tu tombes, répliqua AuRon.

—Oui, j'aurais besoin d'une selle.

—Plus jamais de selle pour moi.

—Je comprends ton point de vue, mais il est plus joyeux, le voyage que l'on partage.

AuRon fut tenté de lui répondre que cela dépendait de qui portait la selle, mais il tint sa langue.

Ils avancèrent sur un chemin entre les pins – AuRon leva le cou et le tordit en arrière pour éviter que les branches giflent l'elfe –, traversèrent le lit d'un ruisseau asséché et arrivèrent face à l'arrière de l'auberge. AuRon sentait de tentantes odeurs de bétail ; mieux encore : de la viande rôtie ; et aussi de la fumée, de la poix, des chevaux, des déjections humaines, de la paille, et toutes ces odeurs qui accompagnent les habitations hominidées.

Il retira les aiguilles de pin prises dans sa crête et ses cornes pendant que les autres entraient à l'intérieur. Un homme large avec un tablier de cuir ouvrit la partie supérieure de la porte de derrière. Sa chevelure était striée de gris et il arborait une moustache tombante.

— Bienvenue à l'*Auberge du Dragon Vert*, cracheur de feu, annonça l'homme.

Il ne semblait pas effrayé le moins du monde par ce dragon qui passait la tête par sa porte et, tel un trophée vivant, embrassait la vaste pièce du regard. À vrai dire, il avait même l'air satisfait.

— Elle est à moi, et arbore fièrement sur son enseigne la marque de Wistala. Les amis du véritable dragon vert, et ma pensionnaire elfe disent que c'est ton cas, sont aussi les miens, et ceux de ma famille.

AuRon appréciait les manières de l'aubergiste. Il lui faisait penser à Varl, son vieil ami barbare, avec qui il partageait la même complicité chaleureuse, le même regard enthousiaste. Si tous les hommes pouvaient parler ainsi aux dragons !

L'aubergiste dit quelque chose au sujet de grandes quantités de nourriture qui seraient prêtes au coucher du soleil, mais AuRon n'avait pas besoin d'explications. Son nez lui annonçait que du bœuf cuisait en ragoût, du mouton rôtissait et, mieux que tout… des saucisses ! Cela faisait des années qu'il n'avait pas mangé une bonne saucisse enrobée de graisse. Ses yeux roulèrent presque dans leurs orbites à cette pensée. Puis l'homme demanda ce qu'il pouvait lui rapporter des cuisines.

— Des saucisses ! répondit AuRon. Autant que tu peux.

— Ah, voilà un dragon comme je les aime. As-tu déjà goûté une breitwurst ? Farcie d'ail, de foie écrasé et d'oignon ? Et, pour ceux qui aiment, de gingembre.

La salle commune était confortablement surchargée, comme l'aimaient les humains. Tout, des volets en passant par les meubles, était en bois robuste, soigneusement poncé et légèrement noirci par la fumée. Des… comment les appelait-on, déjà ? Oui, des chats le regardaient fixement, installés dans le coin surchauffé entre l'âtre et le tas de bois sec ou sur le manteau de la cheminée. Entre les chaises qui entouraient le comptoir, il vit un grand plat rond qui ressemblait à un bouclier de barbare rempli de coquilles de noix. Un chat grattait les coquilles et reniflait le monticule avec méfiance.

Œilnoisette s'assit sur une chaise près du feu et prit une longue pipe blanche semblable à celles que les marins fumaient quand ils se mettaient à l'aise.

Elle leva son œil brillant sur AuRon.

— Je ne fumais jamais. Une très mauvaise habitude. Mais je trouve ça réconfortant, maintenant que je vois arriver mes dernières saisons. Ellememe, qui vit là-bas, dans la grande maison, est une excellente herboriste et pourtant son mélange ne soulage pas la moitié de mes douleurs.

Œilnoisette tira sur sa pipe et souffla un épais nuage d'une fumée à l'odeur doucereuse.

Lada, debout près de la porte, sourit. AuRon ne connaissait pas assez les expressions hominidées pour faire la différence entre contentement et nostalgie.

— Que pouvez-vous me dire au sujet de ma sœur ? Comment est-elle arrivée ici ? Quand l'avez-vous vue pour la dernière fois ?

— C'est une longue histoire, dragon, répondit l'aubergiste.

— Elle est partie il y a des années, avant les guerres des monteurs de dragons, dit Lada.

— Pour autant que nous le sachions, elle est déjà revenue et se trouve peut-être chez les bibliothécaires de Thallia, ajouta Œilnoisette.

— Pas sans être passée ici, intervint l'aubergiste.

— Sa vieille grotte est inhabitée, à l'exception de quelques crécerelles et d'autres créatures du même genre, dit Lada. Peut-être a-t-elle laissé un signe ou des instructions que nous n'avons pas su déchiffrer ou même reconnaître.

— Je sais qu'elle est partie chercher son frère, déclara l'aubergiste.

— Je suis son frère. Je suis AuRon, autrefois Auron. Brièvement connu sous le nom de NooShoahk sur l'île de Glace.

— Alors c'est vrai, dit l'aubergiste.

— Tous les tiens ont connu de curieux destins, ajouta Œilnoisette.

AuRon se demanda pourquoi elle avait utilisé le mot « tous ». L'elfe était en grande partie responsable de la mort de sa mère et de sa sœur à cause d'un pacte passé entre des mercenaires chasseurs d'œufs et de sinistres nains.

Mais elle l'avait sauvé d'une vie d'esclave et d'une mort probable sur l'île de Glace.

Wrimere le maître Wyrm, le sorcier de l'île de Glace, lui avait expliqué que les elfes tissaient mensonge et vérité pour en faire des fils invisibles avec lesquels ils manipulaient les autres espèces. AuRon n'en croyait rien : des elfes disséminés dans le monde entier pour y manipuler les autres créatures auraient les plus grandes difficultés à savoir qui mentait à qui et à propos de quoi. Pourtant les motivations d'Œilnoisette restaient un mystère. Il n'avait jamais compris pourquoi elle l'avait libéré ni pourquoi elle lui avait demandé de trouver l'île de Glace et de tuer le sorcier.

— Pourquoi attendez-vous Wistala ? demanda AuRon.

— Tu ne le croiras peut-être pas, mais c'était pour lui donner de tes nouvelles. J'ai appris ce qui est arrivé sur l'île de Glace, que tu as trouvé une compagne et ainsi de suite.

— Et comment l'as-tu su ?

— Ombre. C'est devenu un vrai dragon des mers ces deux dernières années.

AuRon n'était pas certain de vouloir que les événements de l'île de Glace soient connus de tous. Il opta pour le draquine.

— Tu voulais lui donner de mes nouvelles ?

— Oui. Je vous ai tous les deux crus morts à un moment ou à un autre. Je suis heureuse de m'être trompée. J'aimerais en savoir davantage sur vous deux. Je travaille sur mon dernier livre, et je doute d'en écrire le dernier mot avant que cette forme meure.

— Ainsi tu t'intéresses toujours aux dragons.

— Peu en savent autant que moi à leur sujet.

AuRon décida de poser la question qui lui brûlait les lèvres.

— Qu'est-il arrivé à tes jambes ?

— J'en ai perdu en grande partie l'usage. Je peux seulement me tenir debout. J'ai besoin d'aide pour marcher.

— J'en suis désolé. Un accident ?

— Non. (Elle tira sur sa pipe.) J'ai été torturée. Ces imbéciles de Ghiozes croient qu'on peut briser l'esprit d'un elfe en brisant son corps. Leur reine… on aurait pu croire que quelqu'un de son rang serait plus avisé.

AuRon se souvint de ses amis qui vivaient là-bas.

— Naf a permis qu'une telle chose se produise ?

— C'était sa faute. On m'a conduit devant la reine. Je vivais tranquillement dans les montagnes et elle avait besoin d'une experte en dragons. J'ai été trompée une fois. Ça n'arrivera plus.

— Naf… Naf ne…

— Bien sûr que non. Il m'a aidée à m'échapper. C'est un criminel maintenant. S'il vit toujours.

— Un criminel ! Mais c'est un de leurs grands commandeurs !

— Il a désobéi à la reine, ce qui a mis un terme à son ascension dans la hiérarchie ghioze.

— Où est Hieba ?

La petite fille qu'il avait vue devenir une femme et regarder Naf avec le même amour qu'elle avait autrefois pour lui.

Œilnoisette haussa les épaules.

— Avec Naf, j'espère. La reine rouge ne se montre pas plus clémente avec les représentantes de son sexe qu'avec les hommes.

— Où est-il en ce moment ?

AuRon se demanda s'il devait leur offrir refuge dans le nord. Pas sur son île, bien entendu – les hommes attiraient les ennuis comme les chiens les puces –, mais il pourrait les installer sur l'une des côtes les plus hospitalières des alentours. Des humains intelligents dans le port le plus proche pourraient s'avérer utiles, ne serait-ce que pour éviter à ceux qui se lançaient dans ces singulières chasses aux trésors de se faire dévorer.

— Quelque part à la frontière hypate. Je ne l'ai pas vu depuis qu'il m'a envoyée vers le nord en compagnie d'un cirque ambulant, il y a déjà un certain temps. J'ai néanmoins dans l'idée qu'ils ne seront pas longtemps en sécurité.

Quelque chose s'enfonça dans sa queue. AuRon sortit la tête de l'auberge et vit un petit garçon courir vers l'un des poulaillers où d'autres enfants tout aussi hirsutes le devançaient pour entrer dans les bois. Un bâton gisait près de sa queue.

Petit insolent. Eh bien, il aurait une histoire à raconter à sa famille autour du dîner.

Il revint – sa tête, tout du moins – dans la salle commune.

— Pourquoi ? Hypat le renvoie-t-elle ?

— La guerre va bientôt éclater entre Hypat et Ghioz. On peut sentir la tension monter tout le long de la frontière.

AuRon se moquait des humains et de leurs batailles comme de sa première dent perdue.

— Est-ce que la reine de Ghioz voulait en apprendre plus sur les dragons afin de les utiliser au combat ?

— Je le crois. C'est probablement le sorcier qui lui a donné cette idée. Il a fait tomber de nombreuses places fortes avec ses dragonniers et l'on raconte partout les récits de ses faits d'armes.

L'intérêt d'AuRon commençait à s'éveiller. Ces gens semblaient raisonnables, gentils même, et ils avaient été bons avec sa sœur. Œilnoisette avait été traitée avec cruauté, mais elle avait elle aussi commis des actes terribles par le passé : le monde avait sa façon de rééquilibrer les choses, tout comme un été chaud et sec était souvent suivi par un hiver particulièrement froid et humide.

Et quant à cette guerre entre Ghioz et Hypat… Si les deux puissances s'affaiblissaient mutuellement, elles auraient moins le loisir de s'en prendre aux dragons de l'île de Glace. Qu'elles s'entre-tuent le plus possible et bon débarras!

Comme souvent, ses dures pensées s'adoucirent au fur et à mesure que son esprit les travaillait, comme un loup ronge un os. Ces humains se satisfaisaient d'être amis avec les dragons et de laisser Wistala aller et venir comme bon lui semblait. Ils avaient même l'air d'honorer la mémoire de sa sœur. Les dragons gagneraient à compter davantage d'amis de cette sorte parmi les hominidés. La reine de Ghioz leur laissait-elle la même liberté?

—J'imagine que tu vas m'annoncer que les Ghiozes ont poussé Wistala à travailler pour eux et qu'ils l'emploient pour leur guerre.

—Je sais qu'ils disposent d'au moins trois dragons, dont une femelle. Je ne les ai pas vus d'assez près pour dire s'il s'agit de ta sœur ou non.

—Avec des monteurs et tout le reste?

—Non. Ils volent comme le doivent les dragons. Pourtant je me demande quelle emprise la reine rouge a sur eux.

—Elle est sans doute bien faible si elle a été obligée de solliciter tes connaissances afin de les dompter, répondit AuRon.

L'arrivée du dîner mit un terme à la discussion. L'aubergiste avait prévu des viandes chaudes ou froides, du pain, des fromages et différentes sortes de légumes en majorité écrasés et cuits ou pelés et gélifiés.

Il apporta un plat de saucisses toutes spécialement sélectionnées pour AuRon; certaines étaient chaudes, d'autres froides. Il parla des recettes, mélanges de viande et d'herbes, de chacune d'entre elles et ajouta que les œufs accompagnaient parfaitement les saucisses le matin. Elles se mariaient bien avec le pain à midi et pendant tout l'après-midi ; le soir, on pouvait les napper de fromage fondu.

AuRon en goûta quelques-unes et lui demanda de poursuivre son exposé.

L'aubergiste pria ensuite AuRon de goûter une sélection de saucisses préparées pour illustrer son propos et demanda que l'on cuise deux douzaines d'œufs afin que le dragon mange dans l'ordre adéquat. Si tous les humains s'étaient montrés aussi hospitaliers avec les siens, l'histoire du monde aurait peut-être été plus heureuse.

— Oh oui, j'ai préparé beaucoup des saucisses pour ta sœur, dit-il tandis qu'il remplissait des chopes pour ses hôtes. C'était une bonne amie. Si elle n'avait pas été là la nuit où les barbares ont attaqué, je ne sais pas ce que nous serions devenus. Des esclaves ou pire. Par chance, nous étions trop petits pour qu'on nous remarque pendant les guerres des dragonniers… j'ai d'ailleurs appris que c'est toi qui y as mis un terme. La route est de nouveau fréquentée avec tous ces gens qui fuient les troubles dans le sud. Seuls ceux qui ont de l'argent à dépenser vont aussi loin.

AuRon mangea de bon cœur, laissa poliment les meilleurs morceaux de rôti et de ragoût aux autres et dévora les restes pleins d'os. « Donne à ton estomac de quoi s'occuper », disait toujours mère.

Certains des plus jeunes humains se pincèrent le nez pour manger : AuRon savait que l'odeur des dragons était déplaisante pour ceux qui n'y étaient pas habitués, même si Varl prétendait qu'elle repoussait aussi les punaises de lits.

La grande femme en robe les reprit avant qu'AuRon ait pu penser à une plaisanterie. La salle en avait pourtant besoin avec toutes ces discussions sur la guerre et ceux qui la fuyaient, mais les facéties n'avaient jamais été son fort.

Seul l'aubergiste semblait s'amuser ; Lada était grave, Œilnoisette pensive et la famille de l'homme soucieuse.

—Ma sœur a-t-elle précisé d'une façon ou d'une autre quand elle comptait revenir ?

Lada soupira.

—Elle a dit qu'elle serait probablement partie pour un an ou plus. Nous en sommes à six. J'espère qu'il ne lui est rien arrivé.

—C'est une dragonnelle adulte. Elle a peut-être trouvé un compagnon, dit Œilnoisette. Le mâle qui combat pour les Ghiozes et mène leurs dragons est, me semble-t-il, un beau spécimen.

—J'aimerais visiter sa grotte, dit AuRon.

—Elle a laissé ses livres à Clochemousse, où nous en avons pris soin, annonça Lada.

—Elle lit ? demanda AuRon.

Il était pour le moins surprenant qu'ils aient tous deux appris à le faire.

—Wistala porte le titre de bibliothécaire, dit l'aubergiste. Voilà encore une sacrée histoire.

—Le titre ?

—C'est un grade hypate, répondit Œilnoisette. Les hypates raffolent de leurs divers titres, qu'ils soient militaires, religieux, judiciaires, académiques et, bien sûr, politiques. Tu peux obtenir un titre honorifique dans tous les domaines : du sport jusqu'à l'art.

AuRon se gratta le menton sur le manteau de la cheminée. De la salive mêlée de graisse à l'odeur de saucisse y avait coulé.

—Intéressant.

—C'était une astuce de mon père afin de protéger son domaine, expliqua Lada. D'une certaine façon, Wistala possède la plus grande partie de ces terres.

— On parlait même de la nommer thane, ajouta l'aubergiste. Le thane idéal d'après moi : celui qui n'est jamais là pour percevoir ses impôts.

La salle entière éclata de rire.

— Mon estomac bien rempli me réclame un peu de sommeil, dit AuRon. Merci pour tes saucisses, aubergiste.

— Mes amis m'appellent Jessup, répondit celui-ci.

— Quelqu'un pourrait-il m'aider à trouver cette grotte dont vous avez parlé ?

— Je connais le chemin, dit Lada.

— Sais-tu monter un dragon à cru ?

— Je devrais fermer les yeux pendant tout le trajet. Je n'aime pas beaucoup voler.

— Ça ne va pas nous aider pour trouver la grotte.

— Ce n'est pas un très long trajet à pied. J'ai l'habitude de marcher et ces bois ne sont plus dangereux.

Tous se dirent au revoir. Œilnoisette semblait absorbée par sa pipe et ne cessait de déplacer ses jambes toujours emmaillotées devant le feu.

Lada le conduisit le long de collines herbeuses. AuRon sentait des chevaux et du bétail mais ne vit que quelques-unes de ces bêtes qui détalaient ou se mettaient à tourner nerveusement en rond quand elles percevaient son odeur. Il entendait de temps à autre des claquements de sabots quand un troupeau de chevaux fuyait à son approche.

AuRon aimait l'odeur de Lada. Cela faisait longtemps qu'une femelle humaine n'avait pas chatouillé ses narines, pour ainsi dire. Ce parfum l'excitait ; il faudrait encore des centaines d'années avant qu'on le considère comme un vieux dragon et pourtant grâce à cette odeur il se sentait jeune, comme si ses ailes venaient tout juste de sortir.

— Ainsi cette robe indique que tu es quelqu'un d'important, dit-il pour faire la conversation. As-tu un titre, toi aussi ?

Pour parler, il devait rester près d'elle.

— Je me demande si elle reviendra, dit Lada, comme si elle n'avait même pas entendu sa question. On dirait que je perds toujours ceux que j'aime un an ou deux après avoir appris à les apprécier. Je suis une idiote, une véritable idiote.

— Ça ne peut pas être vrai, répondit AuRon. Ces gens t'admirent.

— Ils m'admirent parce qu'ils admiraient mon grand-père, un elfe à l'esprit aussi développé que son expérience et qui pourtant était toujours en quête de connaissances encore plus vastes.

Avec cette dernière phrase, elle avait atteint les limites du parl. Elle savait comment extraire toute la signification d'un mot et ce même avec une simple langue de commerce, quels que soient les défauts qu'elle s'imaginait.

— Donc tu es en partie elfe ?

— Oui.

— Alors dis-moi ce qu'Œilnoisette cache sous ce chapeau.

— Elle aime vraiment les dragons, tu sais.

Cette humaine était-elle donc incapable de répondre à une question simple ?

— Elle a trouvé des façons très diverses de l'exprimer, dit-il.

Ils marchèrent en silence le long de plantes à l'odeur sucrée, presque douceâtre, du « houblon » lui dit-elle. Son grand-père et Bradeloque, un parent elfe qui vivait désormais sur son domaine de Clochemousse, avaient conseillé à l'aubergiste d'accompagner l'hydromel sucré qu'il servait à ses clients d'un assortiment de bières brunes. AuRon écouta attentivement l'humaine et ne retint rien à l'exception de son odeur. Ils parvinrent au sommet d'une falaise qui offrait une bonne vue sur la baie éclairée par la lune. Seuls le faible murmure de l'eau et le léger vent d'automne venaient troubler ses pensées.

Wistala avait bien choisi son antre : abondance de nourriture, facile à défendre et l'eau n'était pas un problème. Bien sûr, la grotte se trouvait près des hominidés, mais ils semblaient s'entendre à merveille avec elle. Cela dit, d'après père, les faveurs accordées par une génération étaient souvent oubliées par la suivante.

— Que vas-tu faire ? demanda l'humaine.

Cette femme intriguait AuRon. Elle ressemblait tellement peu à Hieba, cette petite fille pleine de vie qu'il avait vue grandir. Les manières un peu tristes de Lada lui rappelaient sa mère quand elle était séparée trop longtemps de père.

Il se demanda si comparer un humain à l'un de ses parents déshonorait leur mémoire d'une façon ou d'une autre.

— Tu n'as pas décidé ? demanda-t-elle au bout d'un moment.

Il s'était encore perdu dans ses pensées. Soit, il allait lui donner une réponse aussi obscure que les siennes.

— Je vais faire un bon somme dans cette grotte. Demain matin, je pense que je plongerai pour voir si je peux trouver des gros crabes au fond de cette rivière. Le lit semble rocheux et sablonneux, c'est exactement ce qu'ils aiment. Je les échangerai ensuite avec l'aubergiste contre des œufs et des saucisses.

— Je voulais parler de ta sœur.

— Je n'ai pas encore décidé.

— Si tu la vois, dis-lui qu'elle nous manque. Nous nous faisons un peu de souci au sujet du col que la Roue de Feu surveillait jadis. Nous avons entendu dire que des éclaireurs et des marchands Pieds de Fer l'avaient traversé armés sans que ce qui reste de nains là-bas fasse grand-chose. Il faudra beaucoup de volonté pour rassembler le nord d'Hypat si d'aventure ils envoyaient davantage que des éclaireurs ou des marchands de chevaux, car nous n'aurons jamais d'aide du sud.

Les humains ne réglaient-ils donc jamais leurs problèmes eux-mêmes ? Rien d'étonnant à ce que les dragons de la Cime d'Argent en aient eu assez de combattre.

— Il est temps de nous dire adieu à moins que tu restes avec nous plusieurs jours, dit-elle. Je vais peut-être m'absenter. Une femme est sur le point d'accoucher dans les collines des bergers et le froid va apporter la maladie avec lui.

— Merci de m'avoir guidé. Cette marche m'a fait du bien. J'ai trop volé ces derniers temps.

Elle eut un demi-sourire.

— Puis-je toucher ton nez ? Ta peau est si différente de celle de ta sœur.

Il baissa la tête et sentit sa main descendre le long de son museau. Elle rit.

— Ta peau se ride !

— Des petits bourgeons en lieu et place d'écailles. Ils peuvent changer de couleur.

— J'avais remarqué, c'est fascinant. Adieu, AuRon. Reviens si tu veux d'autres saucisses, tu seras le bienvenu au même titre que ta sœur. Le feras-tu ?

Il décida de répondre à sa question.

— Tu peux dire à Œilnoisette que je pense aller discuter avec ces dragons alliés aux Ghiozes. Ils savent peut-être où est ma sœur. Leur reine a une vieille dette envers moi que je dois réclamer.

— Je t'aurais souhaité bon voyage, mais maintenant je sais que j'allumerai plutôt des bougies pour te guider au sein du doute et de l'ignorance.

AuRon s'éclaircit la voix.

— Des bougies. Est-ce que ça fonctionne ?

— J'en doute, mais c'est bon de le penser. Quelle horrible chose à dire pour une prêtresse.

— Je te rappellerai au bon souvenir de ma sœur. (Il inspira une dernière et profonde bouffée de son odeur.) À condition que je trouve davantage qu'une évocation.

Chapitre 7

Wistala ne parvenait pas à comprendre les ordres que Paskinix donnait à ses démènes aussi horribles que railleurs.

Ils l'avaient enfermée dans une grotte exiguë qu'ils ne se donnaient pas la peine de nettoyer. Ils lui apportaient de l'eau, un précieux seau à la fois, et elle leur en voulait pour chaque éclaboussure ou goutte répandue car ils ne lui en cédaient jamais assez pour étancher sa soif.

Les démènes étaient contrariés de devoir la maintenir en vie ; chaque bouchée de leur nourriture répugnante et moisie lui était livrée à contrecœur, pourtant ils ne semblaient pas décidés à la tuer.

Ces créatures la harcelaient de toutes les façons possibles : ils lui donnaient des coups de pied quand ils passaient près d'elle, jetaient leurs déjections visqueuses sur les cicatrices de ses flancs comme pour s'entraîner au tir et leurs gardes, à force de bruits incessants, ne la laissaient jamais dormir. Pourtant, ils ne lui infligeaient aucune véritable torture.

Ils souillèrent un morceau de bois creux semblable à du bambou, mais plus noueux, avec son sang, lui arrachèrent quelques écailles et coupèrent l'extrémité d'une griffe de *saa*. Il s'agissait, supposait-elle, de trophées ou de souvenirs. À cette idée, une pensée d'une ironie macabre lui traversa l'esprit : les dernières preuves de son existence pourraient bien décorer un terrier de démène.

Ils la tourmentaient, se moquaient de ses blessures, de sa situation, mais laissaient supposer qu'elle serait bientôt libre de revenir près des siens.

Les démènes étaient intelligents à leur façon un peu brutale. Ils inspectaient ses entraves à chaque relève et frappaient pour cela ses articulations avec les épaisses barres de fer qu'ils portaient en permanence. Wistala n'avait pas grand-chose à faire à part observer, et elle en conclut qu'ils utilisaient ces barres pour transmettre des signaux. Elle les voyait tapoter les parois, le sol du tunnel ou écouter de lointains martèlements puis échanger des grognements.

Elle soupçonnait le manque de nourriture d'être en partie responsable de leur humeur effroyable. Ils se disputaient constamment quand ils partageaient leurs aliments ; une tranche de champignon un peu plus épaisse pouvait entraîner force coups de tête et tirages d'épines.

Une nuit – un matin – qui aurait pu le savoir ? – peu après sa capture, elle fut réveillée par de nombreux coups frappés sur la pierre. Ses gardes, nerveux, se levèrent d'un bond et se mirent à crier. Deux d'entre eux ramassèrent de grosses lances avec de redoutables cannelures aux extrémités et les piquèrent dans son flanc.

— Je vous en prie, non ! parvint-elle à articuler du coin de la gueule.

Quelles horribles dernières paroles pour un dragon. *Oh, père...*

Mais ils ne les enfoncèrent pas ; ils tendirent l'oreille pendant que les pensées se bousculaient dans l'esprit de Wistala. Elle était enchaînée de telle manière qu'il lui était impossible d'écarter les lances avec sa queue ou son cou, et même ses ailes étaient entravées par deux chaînes qui passaient sous son ventre et remontaient vers l'aile blessée.

Blessée… cela lui ferait mal…

Un rugissement lointain – celui d'un dragon mâle, pas le moindre doute – parvint jusqu'à sa prison.

Après un moment atroce pendant lequel elle tenta de déterminer si les rugissements se rapprochaient ou s'éloignaient, puis une nouvelle série de coups, les deux démènes se détendirent.

D'autres coups encore et ils croisèrent les griffes, grognèrent et se glatirent au visage. Elle n'aurait pas voulu qu'un dragon se mouche ainsi devant son museau, c'était presque aussi repoussant que lorsque les humains essuyaient les parties les plus secrètes de leur anatomie.

Elle avait appris assez de leur langage pour deviner que quelque chose les satisfaisait au plus haut point. Paskinix fit son entrée en compagnie de quelques guerriers ; l'un d'entre eux était sérieusement brûlé au visage et aux mains. Quand Paskinix parlait, ses épines s'abaissaient et se balançaient comme des algues.

— Ton camarade est descendu dans le puits. Nous l'avons fait facilement reculer et aurions pu prendre sa tête, mais il a un sacré nez pour déceler les pièges.

Il ? Était-ce DharSii ?

— Le dragon orange avec des rayures noires ?

— Je n'ai pas bien vu ton jeune coq. Il a été bien poinçonné et il s'est réfugié dans la boue. Trop de lances dans le corps pour espérer remonter. Nous allons le laisser saigner et nous retournerons le frapper.

D'autres guerriers firent leur entrée et brandirent des armes ensanglantées sous son nez. Elle ferma les narines pour ne pas sentir l'odeur du sang de dragon.

— Il sera maintenant prêt à se plier à notre volonté, il le sera, dit Paskinix à ses soldats tandis qu'ils se jetaient les uns contre les autres et se sautaient par-dessus comme des grenouilles frénétiques, ne se tenant plus de joie.

Ne fête jamais ta victoire sur le corps d'un dragon encore en vie, pensa-t-elle. Elle avait pourtant du mal à garder espoir.

Pourquoi venait-il la chercher ? Pour l'achever, ou la sauver ? L'inciter à rejoindre son cirque volant et tuer non pas pour la nourriture ou l'honneur mais pour obéir aux ordres d'une reine hominidée avide ?

Elle le haït de nouveau à cette pensée. Qui fut suivie d'une d'autre, puis d'une autre, tout aussi haineuses.

Car elles étaient toutes pour lui.

Wistala tourna le dos aux manifestations de joie et fit semblant de dormir. Elle leva autant qu'elle put sa bonne aile comme pour occulter la lumière.

Elle tira sur ses liens comme jamais auparavant, elle les tordit sans se préoccuper des écailles arrachées ou du sang qui souillait le métal. Celui-ci pourrait lubrifier ses fers et lui permettre de libérer une *saa*. Si seulement elle parvenait à…

« Bzzzz ! »

De nouveau cette odeur de foudre ; son esprit se vida. Ses pensées étaient concises, claires, mais curieusement détachées.

S'endormir semblait tellement plus facile…

Quand elle s'éveilla – un instant, une heure, un jour plus tard ? – Paskinix se tenait devant son nez et agitait l'un de ses doigts. Ses épines pointaient dans sa direction, menaçantes comme des aiguillons de scorpion. L'étrange machine soufflait derrière lui.

— Tu seras libre quand ton Tyr décidera que le moment est venu et qu'il aura enfin maté ton orgueil.

Ils la foudroyèrent de nouveau pour l'aider à assimiler la leçon.

Perpétuellement affamée, elle commençait à accueillir volontiers le répit que lui apportaient les étincelles. Inutile de le leur dire.

— Demain, nous dînerons tous de viande de dragon ! promit Paskinix.

Les démènes frappèrent la pierre de leurs barres de fer en un bruyant éloge.

Wistala se demanda avec une certaine lassitude s'il parlait de la sienne ou de celle de DharSii.

Le jour suivant, les démènes apprirent ce qu'il advenait quand on considère comme mort un dragon qui respire encore. Peu après qu'elle eut fait un très frugal petit déjeuner, Paskinix arriva en trombe dans sa petite geôle et se mit à frapper les gardes qui n'avaient pourtant rien fait. Ils les envoyaient d'un côté puis de l'autre à grands coups de pied circulaires.

— Il a grimpé le long du puits ! Trois lances dans le corps et ce démon à écailles a réussi à grimper ! Pas le moindre signe des gardes que j'avais laissés ! Ils étaient trois, et tout ce qu'il en reste, c'est des empreintes sanglantes !

Il leva son bâton et lui assena quelques coups sur le cou. Il le jeta ensuite et s'accroupit, tourné contre la paroi. Ses épines montaient et descendaient, comme désorientées.

Les gardes lui tendirent un de leurs tubes creux pour l'inciter à se reprendre. Il l'ouvrit et une odeur douceâtre et acidulée, mélange de mélasse et de genévrier, commença à flotter dans le tunnel. Paskinix y porta les lèvres, manipula l'autre extrémité et Wistala entendit un bruit de succion. Il jeta ensuite le tube.

—C'était mon dessein de conduire mes gens à la grandeur, dit-il dans son curieux draquine, le dos toujours tourné. Tout est allé de travers pendant la guerre contre les nains. Je me pensais très intelligent, à vouloir que nous nous faufilions le long de la rivière. Nous avions fait une incursion dans le palais de Ghioz lui-même et pris de nombreuses richesses. Pourquoi ne pas faire la même chose avec les nains ? Eux et leurs maudits bateaux de guerre...

—La Roue de Feu ? demanda Wistala.

—Tu les connais ?

—Je les ai combattus moi aussi.

Wistala lui raconta brièvement son histoire : sa victoire sur le roi Brisecroc, les effroyables combats dont elle avait été témoin... Elle lui montra les blessures depuis longtemps guéries sur la peau de ses ailes. Paskinix laissa échapper des chuintements excités quand elle relata le massacre de la colonne naine envoyée en terre barbare.

Il replia sa main sous une plaque de carapace et se mit à creuser une fissure dans la paroi ; il tordait son bras cuirassé d'un côté puis de l'autre, élargissait peu à peu la lézarde et envoyait des fragments de roche en tous sens.

—J'aurais dû accepter l'offre de ton vieux Tyr. Pas ce béjaune avec ses satanés singes savants qui montent à dos de dragon, je parle de l'ancien Tyr. Son Impériale Contradiction. C'était une alliance.

—Tu ne l'as pas fait ?

—Non. J'ai voulu tenter ma chance, essayer de dominer le cristal du sorcier car la caverne de NooMoahk était vide. Je pensais qu'il me mènerait à la victoire, vois-tu. Mais quelqu'un avait donné du cœur aux garnes et ils se sont battus comme de beaux diables. Nous avons mis longtemps à lécher nos plaies après cette rossée. J'ai même cru un moment qu'un garne génial avait vu le jour et avait découvert les secrets du cristal, mais ils ne nous ont jamais suivis ici. Et puis, très vite, le tunnel de l'Étoile était rempli de dragons fous furieux sous les ordres de cette démone verte. Elle a pris le meilleur du Tyr et de sa compagne.

Autant essayer de reconstituer une chanson avec les deux derniers vers. Quoi qu'il en soit, le démène ne semblait plus d'humeur à la frapper.

— Puis-je dire quelque chose ?

— Me faire réconforter par un dragon ? Non.

Elle inspira prudemment.

— Tu pourrais me libérer. Je serais ton ambassadrice auprès du Tyr ou de ses dragons. Peut-être renouvellera-t-il l'offre de ses semblables.

— Bien entendu. Une des sœurs du feu du Tyr. Tu prendrais mes intérêts très à cœur, j'en suis sûr.

— Tu es intelligent, Paskinix, mais tu ne sais pas tout. Je ne sais rien de ce Tyr ou de ses dragons. Je suis tombée dans le monde d'En-Bas suite à une courte glissade et une longue chute.

Ses épines se dressèrent, retombèrent de nouveau.

— Bien essayé, sœur du feu. Bien joué. Tu m'as presque trompé avec cette langue habile.

Il se leva et partit d'un pas traînant.

Wistala sentait qu'elle maigrissait à cause du manque de nourriture et d'exercice et elle s'en réjouissait secrètement. Elle pourrait un jour faire glisser ses entraves.

Pour passer le temps, elle se perfectionna dans la pratique de la langue démène afin de réclamer avec insistance à ses gardes davantage d'eau ou le nettoyage des immondices qui recouvraient une des extrémités de sa niche. Ils lui jetèrent de la paille avec laquelle elle se frotta et s'essuya énergiquement. Plus elle travaillerait dur, plus elle maigrirait.

Mais les démènes connaissaient leur affaire. Elle ne pouvait gonfler que très peu ses articulations quand ils glissaient un doigt sous les liens pour les vérifier. Ils resserrèrent ses entraves.

Cette nuit-là elle pleura, pleura vraiment de dépit. Cette façon de réagir face à l'adversité était indigne d'un dragon. Mère lui aurait dit de cacher ses larmes et de trouver une solution.

Épuisée, Wistala sombra dans le sommeil. Elle se sentait pourtant mieux, plus lucide après cette crise de larmes. Maintenant qu'elle avait évacué sa frustration, elle pouvait se remettre à penser.

Elle fit plus tard le plus extraordinaire des rêves. DharSii y apparaissait, et la trame de ce songe lui fit bouillir le sang. Curieusement, le dragon ne cessait de lui enfoncer une *griff* juste au-dessus du cœur qui battait du côté droit de son cou.

Elle se réveilla face à face avec une monstruosité aux dents irrégulières. Cette chose ressemblait à une chauve-souris, mais elle était beaucoup plus grosse et son museau était recouvert de quelques écailles.

Elle lécha d'une longue langue ses babines ensanglantées.

Chose insensée, ce cauchemar se mit à parler :

— J'vais le leur dire, chuchota-t-elle dans un bon draquine. Merci pour le souper, gente dragonnelle. J'mourais de faim. Bonne chose que vous puiez le sang et la crotte, j'vous aurais jamais trouvée sinon.

L'horreur – cette immonde créature aux ailes griffues suspendue à son cou ! – la submergea. Elle laissa échapper un cri étouffé qui se répercuta dans les ténèbres aussi silencieuses qu'un tombeau.

— Quoi encore ? demanda l'un des démènes.

— J'ai… j'ai fait un mauvais rêve, dit-elle.

Elle se demanda si ce n'était pas le cas. Non, elle sentait son propre sang.

— Arrête de tirer sur les lanières, ordonna le démène. J'en ai assez de gaspiller du bon alcool et des ferments pour nettoyer tes plaies. Si jamais t'as des palpitations et que t'en péris, ça sera bien fait pour toi.

Pendant les deux cycles suivants ses rations se résumèrent à presque rien. Les démènes étaient trop occupés à se battre : l'un d'entre eux essaya même de couper un morceau de sa queue pour le manger.

La morsure de son cou guérissait si vite et si proprement qu'elle se demandait si elle n'avait pas rêvé toute la conversation avec la créature-chauve-souris. Peut-être était-ce un délire provoqué par le manque d'eau. Elle n'avait jamais eu si soif : quand elle était éveillée, l'eau occupait chacune de ses pensées.

Elle obéit à chaque ordre dans l'instant et multiplia les cajoleries serviles – « j'ai appris ma leçon, bien apprise, messires » – et obtint un seau d'eau supplémentaire. Elle venait de le vider quand résonna un martèlement de mauvais augure. Une barre, puis une autre, puis une autre encore reprirent les coups rapides et réguliers.

— C'est les dragons, ils arrivent ! lança un garde à l'un de ses compagnons.

— Prends la broche ! ordonna le responsable.

Les cœurs de Wistala se mirent à battre à tout rompre.

Elle jura, si d'aventure elle s'échappait de cet endroit, de mourir avant que quiconque l'enchaîne encore comme un misérable chien.

Ils coururent dans sa direction avec une de ces grandes lances cannelées.

Wistala ne les laissa pas s'en servir. Elle rabattit l'extrémité de l'arme avec son aile blessée au prix d'une atroce souffrance. L'aile céda de nouveau et la douleur de la blessure se rappela à son bon souvenir, deux fois plus intense.

Mais la force du coup leur avait arraché la lance des mains. Elle parvint à rouler pour se coucher en partie sur l'arme, un mouvement maladroit et presque involontaire.

Les démènes tiraient et tiraient encore pour dégager la lance.

—Allez chercher cette maudite machine ! glapit l'un d'entre eux. Foudroyez-la, au nom des ténèbres !

Gagner du temps. Elle sentait les coups de barre de fer pleuvoir mais s'en moquait. *Du temps ! du temps ! du temps !*

L'un des démènes la frappa légèrement et elle ressentit le choc de la foudre magique avant de l'entendre. Elle bondit.

Les démènes libérèrent leur lance.

Wistala entendit le sifflement du feu que l'on crache et crut distinguer des ombres qui dansaient au loin, dans le tunnel.

La pointe de la lance s'enfonça dans son flanc, juste sous son cœur principal.

—Attendez ! Mes sœurs arrivent ! dit Wistala dans leur langue. (Elle aurait voulu connaître le mot démène pour « se rendre ».) Un dragon fraîchement tué… et je vais assurément saigner un peu quand vous enfoncerez cette chose… Elles ne devraient pas avoir de mal à trouver quelques démènes qui empestent le sang de dragon. Je me demande ce qu'elles vont faire.

Ils écarquillèrent leurs grands yeux de grenouilles.

— Oh, laissons tomber, dit le plus grand des gardes. Si on tue un prisonnier, ils nous traqueront dans le plus profond des trous.

— Ouais. Les sœurs du feu vengent les leurs, approuva un de ses amis.

Cette fois-ci, Wistala était heureuse d'être prise pour une sœur du feu et ne fit rien pour les détromper.

— Non, tuez-la, dit l'un de ceux qui tenaient la lance. Ça fera un dragon de moins, et on pourra se cacher pour revenir plus tard et la manger une fois pour toutes.

— Un foie gros comme un bateau…, murmura un autre, la bave aux lèvres.

Wistala vit Paskinix en personne remonter le tunnel à grands bonds. Il frappait le sol chaque fois qu'il posait les pieds par terre.

— Ralliez-vous ! ralliez-vous ! ralliez-vous tous ! s'écria-t-il. Ne tuez pas la prisonnière. Nous avons besoin d'elle pour négocier. Mais par les tétons de votre mère, ralliez-vous !

— Nous rallier ? Comment ? demanda un garde.

— On est au pied du mur, approuva celui qui tenait la fourche foudroyante. On s'échappe !

Paskinix tituba, épuisé. Ses épines se découpaient devant les flammes.

— Sauvez la machine ! lança le démène qui tenait l'étincelante lance à deux pointes.

— Sauve ta vie, tas de bave, répliqua l'imposant démène. Trouve-toi un trou sombre et étroit !

Les démènes partirent avec la machine à roues qu'ils tiraient et poussaient et en traînant la grande lance derrière eux.

— Couards ! leur cria Paskinix.

Wistala le jeta à terre d'un douloureux coup d'aile.

Il se recroquevilla en position accroupie et se tourna cette fois encore face au mur.

— J'ai toujours cru que je serais tué dans mon sommeil par l'un de mes fils et non par un fétide dragon.

Wistala vit les flammes se refléter sur des écailles vertes. Deux draques sans ailes arrivèrent en courant et reniflèrent en quête de pistes. Une troisième bondit sur Paskinix qui ne fit rien pour se défendre. Ses épines ne bougèrent presque pas quand elle posa les griffes de ses *saa* sur son ventre.

Une femelle adulte guère plus vieille que Wistala mais à la huppe bien plus courte observa la scène. Wistala distingua d'autres têtes derrière la dragonnelle et entendit des martèlements frénétiques au loin.

— Flammes et drames, tu es dans un triste état, lui lança la dragonnelle en draquine, mais avec un accent étrange.

La chauve-souris grotesque était perchée sur sa tête, accrochée à ses *griffs* tel un collier tanné et velu. Wistala remarqua que les ailes de la dragonnelle étaient rayées de violet, jaune et blanc.

— À demi morte de faim et une aile brisée. Tu ferais mieux de le manger tout de suite pour avoir la force de sortir de ce trou humide.

— Il ne m'a pas tuée quand il en avait l'occasion, répondit Wistala. Je ferai de même.

Paskinix la regarda avec de grands yeux.

— J'ai faim, annonça la dragonnelle qui l'écrasait.

— Non, dit Wistala. S'il vous plaît, laissez-le en vie.

— Bon travail, Takea, la félicita l'inconnue aux ailes rayées. C'est ainsi qu'on immobilise un prisonnier.

Le démène n'a pas résisté, pensa Wistala, mais la draque semblait contente d'elle. Sa petite huppe se dressa.

— Merci, du bout du museau jusqu'à la queue, dit Wistala. Je suis Wistala Irelianova.

— Et moi Ayafeeia, commandante des sœurs du feu, répondit la dragonnelle peinte.

— Ayafeeia, merci.

— Elle appartient à la lignée impériale, une parente de la compagne du Tyr lui-même, l'aurais-tu oublié ? intervint la draque installée sur Paskinix.

— Je ne l'ai jamais su, répliqua Wistala. Dois-je m'incliner ?

La jeune draque baissa à moitié ses *griffs*.

— Ça ne…, gronda-t-elle.

— … sera pas nécessaire, la coupa la dragonnelle. À vrai dire, c'est moi qui vais m'incliner devant toi car tu es une visiteuse, et que je te suis reconnaissante de nous avoir aidés à capturer ce vil personnage. (Elle jeta un regard à la draque.) Takea, puisque c'est ton prisonnier, occupe-toi de lui.

La draque plissa les yeux, pensive.

— Démène, mets ce seau sur ta tête et attrape ma queue. Si tu la lâches ou que le seau tombe, je t'étripe.

Les épines de Paskinix frémirent, mais retombèrent.

— J'aimerais que vous le laissiez partir, dit Wistala. Il m'a épargnée.

— Et il a aussi épargné sur ta nourriture, je peux voir tes côtes.

— Ses guerriers mouraient de faim eux aussi, objecta Wistala, qui n'arrivait pas vraiment à croire qu'elle défendait son bourreau.

—As-tu déjà vu du mercure versé sur du verre? demanda Ayafeeia. (La draque emmena son prisonnier ; le seau cliquetait contre la carapace qui recouvrait la nuque du démène.) Moi oui, quand j'étais petite, dans la colline anklène. Cette créature est tout aussi tranquille, et deux fois plus insaisissable.

Ayafeeia fit un signe de la tête et une dragonnelle suivit Takea et Paskinix.

—Ne t'en fais pas pour lui. Peu importe son châtiment, ce vieux voleur d'œufs mérite de toute façon pire. Maintenant, l'étrangère, nous allons t'enlever ces chaînes, te nettoyer et nous occuper de cette aile. Veux-tu une jambe de démène rôtie? Nous en avons beaucoup ce matin. Un peu filandreuse comme viande, mais à la guerre comme à la guerre.

Elles parcoururent ce qui sembla à Wistala une distance interminable, même si la partie la plus rationnelle de son cerveau savait qu'il s'agissait d'une courte marche. Elle lui parut seulement deux fois plus longue à cause de deux pentes escarpées et de son aile qui la faisait souffrir à chaque pas malgré les cordes d'hominidé en chanvre doux que les draques avaient attachées pour la maintenir pliée. L'horrible créature-chauve-souris – ou l'une de ses semblables – allait et venait pour reconnaître le chemin et surveiller leurs arrières.

—Je suis tellement épuisé, se plaignit-elle.

—Tu auras ta ration, répondit Ayafeeia. Ramène-nous d'abord au tunnel de l'Étoile.

Wistala frissonna. Qu'une telle bête se faufile pour vous mordre était une chose, mais offrir soi-même son cou... Ayafeeia avait un tempérament aussi solide que ses écailles.

Elle semblait être une dragonnelle digne d'être admirée. Les quatre adultes et peut-être douze draques – ces dernières bougeaient tellement et avaient des odeurs si semblables dues, supposa-t-elle, à une alimentation unique, que Wistala n'était pas sûre de ne pas compter la même deux fois – obéissaient instantanément à ses ordres. Curieux spectacle que ces dragons sans aucun lien de parenté apparent qui se montraient aussi obéissants que des dragonnets sous l'œil vigilant de leur mère. Plus, même : les dragonnets aimaient tester les limites de leur génitrice et accomplir leurs méfaits dès que le grand œil se fermait.

Cette discipline était-elle l'œuvre de ce Tyr, ou aimaient-elles Ayafeeia comme une sorte de mère de substitution ?

Elles se montrèrent implacables avec Paskinix. Il ne pouvait marcher longtemps sans son bâton, et quand il faiblissait elles crachaient un *torf* sur son dos. Le démène endurait la douleur avec des grognements et des hoquets mais ne criait pas ; il dégageait une odeur de chair brûlée.

Wistala aurait voulu avoir une plus grande expérience des dragons. Les seuls qu'elle avait connus jusque-là étaient ceux de la vallée de Sadda, et…

Encore et toujours DharSii. *Chasse-le de ton esprit.*

Si seulement elle avait fait plus d'efforts pour découvrir qui étaient ces dragons à la solde des Ghiozes. Elle aurait peut-être pu aller à leur rencontre, leur parler, et tout ce combat aurait été évité.

Bien entendu, il y avait la dérangeante possibilité que ces « sœurs du feu » soient alliées aux Ghiozes par l'intermédiaire de leur Tyr. S'était-elle libérée de la broche pour tomber dans le feu ?

Ils parvinrent à un passage en pente qu'il leur faudrait escalader. Ayafeeia écouta la respiration de Wistala, ses battements de cœurs et ordonna une pause.

— Mais nous sommes pratiquement au-dessous du tunnel de l'Étoile, grommela une dragonnelle.

C'était la première fois que Wistala voyait quelqu'un s'opposer à Ayafeeia.

Ayafeeia écouta de nouveau la respiration de Wistala.

— L'étrangère a besoin de repos avant que nous grimpions. De plus, je sens de l'eau et je crois me rappeler qu'il y avait un ruisselet quelque part ici.

— Moi aussi, j'ai soif! croassa la créature-chauve-souris.

L'une des énergiques draques trouva le ruisselet et Ayafeeia aida Wistala à boire en premier. Celle-ci remarqua tout autour de la rigole des craquelures et des trous dans la pierre par lesquels s'écoulait l'eau : sur la paroi, le plafond, le sol. La mousse, d'une inhabituelle couleur rosâtre, éclairait la scène d'une lumière étrange. Wistala se sentit encore plus mal quand elle comprit de quoi il s'agissait.

Ayafeeia tint Paskinix à l'écart de ces craquelures et lui fit apporter de l'eau avec le seau qu'il portait jusque-là sur la tête.

Ils commencèrent à gravir la pente. Wistala se plaça derrière une Takea en plein effort qui tirait Paskinix comme un pêcheur l'aurait fait d'un poisson au bout de sa ligne.

— Rappelle-toi que je t'ai proposé d'être ton ambassadrice, chuchota-t-elle à Paskinix dans sa propre langue.

— Je m'en souviens, répondit de la même façon le roi démène. Tu auras pour toujours ma gratitude, mon amitié, ainsi que celles de mon peuple, si tu me sauves des griffes et des boules de feu de cette petite sorcière.

— Je glisse ! hurla Wistala qui donna un grand coup de tête sur la queue de Takea.

Paskinix bondit sur son cou qu'il entoura de ses jambes longues et fines, et tous deux roulèrent. Ils rebondirent sur la dragonnelle qui les suivait.

Wistala veilla à ce que sa queue absorbe la plus grande partie des chocs de leur courte chute, inutile cependant de l'annoncer à la cantonade.

— Mon aile ! Aaaah ! glapit-elle assez fort pour rendre un dragon sourd.

Paskinix déguerpit vers la lueur diffuse du ruisselet.

Deux draques se laissèrent glisser pour venir aider Wistala, mais celle-ci se roulait par terre et s'agitait tant qu'elles la regardèrent au lieu de chercher Paskinix. Le temps qu'une dragonnelle descende, il était parti.

— Attrapez-le ! rugit Takea.

— Il nous a filé entre les griffes ! dit Ayafeeia. Il est pire qu'une anguille.

Takea jeta un regard furieux à Wistala.

— Tu l'as aidé. Tu l'as laissé partir.

— Pas de ça tant que nous n'avons pas rejoint le tunnel de l'Étoile, ordonna Ayafeeia.

Wistala recommença l'ascension avec force gémissements ; ceux-ci lui demandèrent un peu des talents de comédienne qu'elle avait acquis au sein du cirque de Bradeloque.

Une fois l'ascension terminée, il lui fallut haleter un long moment avant de pouvoir appréhender le spectacle qui l'entourait.

Elle comprit pourquoi on l'appelait le tunnel de l'Étoile. C'était un vaste passage, vaguement triangulaire, large à sa base et étroit à son sommet. Ce dernier était parsemé de petites dentelures lumineuses, semblables à de longues séries d'astres.

Plus bas, la pierre était polie et taillée d'une manière qui évoquait pour Wistala un arbre dénudé à coups de hache, mais les segments étaient de la taille d'un grand plat. Elle se demandait quel genre d'outil pouvait découper ainsi la roche. Et quel bras pouvait tenir un tel outil.

— C'est la surface, quelques centaines de mètres plus haut, dit Ayafeeia.

La dragonnelle était restée près de Wistala pendant toute l'ascension et n'avait cessé de lui prodiguer des paroles réconfortantes.

— Il valait peut-être mieux que Paskinix s'enfuie, dit-elle. Si nous l'avions réduit en pièces comme il le mérite, cela n'aurait servi qu'à emplir de rancœur ce qui reste des démènes. En l'état actuel des choses, ils sont vaincus et ils le savent. La dernière chose dont ils auraient besoin, c'est d'un roi martyr pour rallumer en eux la flamme guerrière. Ce sont d'horribles hominidés… les pires d'une certaine manière. Ils rampent à tes pieds ou bien te sautent à la gorge.

— Qu'est-ce qui m'attend ? demanda Wistala.

— Ma mission est de te conduire jusqu'au Tyr. Nous avons perdu deux draques pour parvenir jusqu'à toi – nous pensions que tu étais une sœur du feu prisonnière, quelques-unes ont disparu dans ces trous obscurs – et le Tyr veut un rapport.

— Sa compagne apprendra comment l'étrangère a aidé Paskinix à s'échapper, dit Takea.

— Je pourrais te trouver un perchoir de garde, dit Ayafeeia en tournant la tête vers la draque. Cette petite voix te servirait à crier pour nous faire savoir que tu respires encore.

Wistala découvrit qu'elle aimait l'odeur d'autres dragons autour d'elle. C'était réconfortant, presque comme d'être de nouveau contre le ventre de mère. Elle voulait s'étirer, vraiment s'étirer dans une caverne vide et s'y endormir.

— Ne t'en fais pas pour le Tyr. C'est un bon dragon, dit Ayafeeia. Il n'est pas vraiment agréable à regarder – je ne devrais pas dire cela, mais tant pis –, il a l'air un peu stupide avec ce mauvais œil, mais son bon sens, quand il parle, te fait oublier son allure. Oh, et veille à t'incliner devant sa compagne et à la complimenter. C'est la gardienne de son règne.

Une dragonnelle jeta un regard à Ayafeeia et pencha la tête. Celle-ci fit claquer ses *griffs* ; ce n'était pas tant une mise en garde pour un potentiel combat qu'une expression de confiance : elle disait ce qu'elle voulait.

— Maintenant, retournons à nos esclaves et voyons comment attacher convenablement cette aile. J'ai vu trois quatorzaines d'ailes brisées dans ma vie et je sais une chose : tu retrouveras la voie des airs. Ça a l'air bien pire que ça l'est en réalité. Je préférerai toujours une fracture à un ligament sectionné.

Chapitre 8

AuRon savait se rendre dans les contrées au nord de Ghioz car il les avait déjà traversées. C'était là que, trois ans et une saison auparavant, il avait vu pour la dernière fois Hieba, son ancienne pupille humaine, et Naf le guerrier au rire facile, le compagnon de celle-ci.

Il rendit une brève visite aux nains de la Compagnie. Ceux-ci lui donnèrent à manger dans l'une de leurs grandes halles, nettement moins opulente que jadis et manifestement reconstruite après les dommages causés par les dragons pendant les guerres. Les nains racontèrent de vieilles histoires, ronchonnèrent copieusement au sujet d'un « embargo » ghioze – quoi que ce soit – et lui communiquèrent une information intéressante : ils disposaient d'un dragon messager. Balafre était un ancien combattant de l'île de Glace qui était venu frapper à la porte des nains pour visiter le lieu où un ami dragon était tombé au combat. Il trouva les nains disposés à laisser leur hostilité filer dans l'eau de la rivière et leur demanda s'ils savaient ce qu'il était advenu de son camarade. Les nains n'avaient pas de bonnes nouvelles – ils avaient achevé le dragon blessé – mais comme tous semblaient accommodants malgré le sang versé des deux côtés, les nains l'engagèrent comme courrier volant.

AuRon n'avait jamais rencontré Balafre, mais il félicita les nains pour avoir ainsi diversifié leurs activités, ce qui leur donna une excuse pour parler de l'effondrement de leurs routes commerçantes de l'est. Les Ghiozes avaient conclu une sorte d'alliance avec les Pieds de Fer et seules les caravanes ghiozes circulaient désormais entre les riches royaumes du grand est et Hypat ou le sud aride.

— Ils ont plus d'argent, ce qui leur assure plus d'alliés, ce qui leur rapporte encore plus d'argent, grommela l'un des associés.

AuRon laissa les nains ronchonner et s'envola vers le sud.

Il passa tout d'abord par le défilé dans lequel il avait vu Naf et Hieba pour la dernière fois.

L'endroit avait un peu changé. Ce qui avait autrefois été un chemin précaire serré contre le flanc des montagnes était désormais une route, ou ce qui y ressemblait, qui permettait à des chariots d'emprunter le défilé quand auparavant on ne pouvait le traverser qu'à pied. AuRon se demanda si la route de Fer des nains avait cessé d'acheminer les marchandises d'un côté des Montagnes Rouges à l'autre.

La tour isolée au sommet du défilé avec son bûcher sec sous une couverture de tissu, prêt à être allumé pour envoyer un signal, n'avait pas beaucoup changé.

Il se souvenait d'un parterre de fleurs, sans doute une touche personnelle de Hieba. Une nouvelle écurie avait pris la place des fleurs, et il y avait bien plus ; ce qui ressemblait à une réserve creusée dans la roche et une machine de guerre prête à envoyer ses projectiles sur la route d'Hypat.

La tour était maintenant flanquée d'un mur qui bloquait la nouvelle route ; on avait rassemblé du fer et du bois pour, semblait-il, installer une porte. De petits postes de garde secondaires, l'un plus haut sur la pente et l'autre plus bas, ressemblaient à des huttes de berger en pierre dont les positions avaient été choisies davantage pour la vue que le confort.

AuRon tourna pendant quelque temps autour de la tour ; il descendit en décrivant les mêmes grandes boucles qu'au-dessus du petit village qui abritait l'auberge de Wistala, comme il aimait à l'appeler.

Aucun signe de Naf, mais beaucoup de blasons sur des bannières de couleurs et de formes diverses et bien plus de chevaux que l'écurie pouvait en contenir.

Les hommes ne s'alarmèrent pas – ils ne cachèrent pas leurs chevaux, une précaution pourtant raisonnable – ni ne tentèrent de lui faire signe. AuRon n'avait aucune envie de converser. Ils pourraient lui ordonner de quitter Ghioz ou essayer de lui planter une flèche empoisonnée dans l'œil pendant qu'ils parlaient.

Naf avait évoqué plus d'une fois son rêve de libérer les siens du joug des Ghiozes. AuRon avait espéré sans y croire que l'humain avait conservé ce défilé afin de pouvoir au moins contempler sa patrie, mais il ne vit aucune trace de lui. Il serait certainement sorti et aurait annoncé sa présence s'il avait été là.

AuRon descendit le long du flanc est des montagnes pour s'enfoncer dans le Dairuss, le pays de Naf, et vola autour de la cité du Dôme Doré. Ses articulations le faisaient souffrir après cette longue journée passée à voler à haute altitude. Il vit au nord, en contrebas, le siège du gouvernement ghioze. La cité s'était apparemment développée en accueillant la population qui avait fui la guerre, de l'autre côté des montagnes. AuRon venait de décider qu'il avait assez volé pour la journée quand il crut distinguer un reflet sur des écailles vers l'est.

Cette forme qui se découpait sur un nuage, pas le moindre doute, c'était un dragon. Son cou et sa queue étaient trop longs pour qu'il s'agisse d'autre chose.

AuRon, grâce à sa peau sans écailles, pouvait voler comme une flèche quand il le souhaitait. Il décida d'intercepter ce dragon inconnu. Celui-ci semblait suivre la rivière qui longeait la frontière nord du Dairuss.

Le dragon progressait lentement, épuisé ou chargé d'un fardeau. Il se tourna tout d'abord un peu vers AuRon, comme désireux de précipiter la rencontre.

Le jour touchait à sa fin et AuRon avait le léger avantage d'avoir le soleil dans le dos. Il vit que le dragon inconnu était un rouge avec des rayures noires qui descendaient le long de ses flancs. Étrange couleur. Sa propre peau était rayée elle aussi.

Soudain, le dragon plongea. Quand il tourna sur lui-même AuRon vit qu'il portait une sorte de harnais, une version plus petite, plus simple du sien. S'il avait un cavalier il était gros, bien emmailloté et il s'agrippait à la selle et aux écailles de ses quatre membres.

L'inconnu se retourna sur le dos et son harnais tomba en tournoyant dans les arbres en contrebas. Ce n'était donc pas un cavalier mais une sorte de porte-marchandises comme ceux des mules ou des bêtes de somme. Pendant une seconde, AuRon piqua du nez pour suivre l'objet qui se déplaçait le plus vite… un réflexe naturel, mais dont le rayé tira parti. Libéré de son fardeau, il prit de l'altitude et AuRon se rendit vite compte que le rayé s'était placé devant le soleil aveuglant et qu'il avait l'avantage du vent et de l'altitude.

— Je ne veux pas me battre! hurla AuRon.

— Reste… en… dessous…, répondit l'inconnu, qui conservait son avantage maintenant qu'AuRon montait.

AuRon tenta presque de dépasser le dragon pour reprendre l'ascendant, mais la partie la plus prudente de son esprit le retint et le poussa à se laisser descendre paisiblement vers le paquet largué plus tôt. Pourquoi révéler à cet inconnu à quel point il pouvait monter vite?

— Pourrions-nous nous poser pour parler? lança AuRon.

Il se rapprocha et renouvela sa proposition.

— Toi d'abord, répliqua le rayé.

AuRon descendit en piqué et inclina son corps d'un côté puis de l'autre, un moyen rapide de descendre et qui lui permettait de conserver assez de vitesse s'il devait s'écarter pour éviter une attaque... et il pouvait ainsi garder un œil sur l'inconnu.

Le rayé l'imita et ils trouvèrent une clairière couverte de ronces, au milieu des bois. Les épines des buissons étaient épaisses; AuRon observa herbes et roseaux et supposa que la trouée était inondée au printemps. Ce jour-là cependant l'endroit était sec.

L'inconnu récupéra habilement son paquet dans les arbres serrés qui l'avaient recueilli au prix de quelques branches cassées. Il devait être très lourd. Le rayé l'attrapa pourtant avec une acrobatie et un petit coup de queue.

Un joli coup. AuRon ne voulait pas avoir l'air impressionné. Son instinct lui hurlait de se hérisser, de se faire respecter d'un mâle inconnu, mais il ne pouvait pas s'empêcher d'admirer une manœuvre aussi habile.

AuRon aplatit quelques ronces pour révéler un enchevêtrement de pistes. Les créatures qui vivaient ici avaient sans doute le cuir épais.

Le rayé lâcha son paquet près d'eux, dans les ronces, et se posa. Il chercha quelque chose derrière une de ses *griffs* et approcha avec un objet au coin de la gueule. Son geste attira l'attention d'AuRon sur sa boucle d'oreille en or. Le bijou ébranla AuRon. Il lui rappelait trop les anneaux dans lesquels les hommes du sorcier passaient leurs cordes.

— Je suis AuRon de l'île de Glace, dit AuRon, qui saluait ainsi comme le font les dragons étrangers, car c'était lui qui avait pris l'initiative d'intercepter le rayé.

Ses connaissances de l'étiquette draconique étaient tout sauf approfondies. Il baissa la tête.

— Je suis DharSii de la vallée de Sadda, répondit l'inconnu.

Avait-il baissé le museau ? Si c'était le cas, il n'avait esquissé guère plus qu'un infime mouvement.

AuRon s'étonna de son nom. Il signifiait « griffe preste » en draquine, mais il n'avait jamais entendu parler de dragons qui portaient des noms d'objets ou de supposées qualités. Il trouvait cela curieux.

Ce DharSii loucha un instant sur la corne de dragonnet qui se dressait toujours sur son museau, comme s'il n'en croyait pas ses yeux. Les dragons perdaient généralement celle-ci très vite après leur sortie de l'œuf, mais AuRon avait résisté aux démangeaisons, n'avait pas frotté la sienne contre la pierre et l'avait conservée. Elle lui avait sauvé la vie au cours du combat de dragonnets qui l'avait opposé à ses frères.

Elle était désormais trop petite pour tenir lieu d'arme et lui servait seulement de viseur pour tirer précisément de petites boules de feu dans le seul but d'amuser ses dragonnets.

— Je suis désolé si je t'ai inquiété en approchant, hasarda AuRon.

DharSii était d'une taille impressionnante. Ses écailles étaient épaisses, son regard perçant et attentif et ses superbes cornes dépassaient plus verticalement de sa crête que d'ordinaire chez les dragons, presque comme celles d'un bœuf. AuRon n'aurait pas voulu l'affronter.

— Un peu d'oliban pour nous aider à parler ? demanda DharSii après avoir tiré l'objet cylindrique de sa gueule. Il se dressa sur ses pattes de derrière, manipula le tube et versa quelques granules semblables à des cristaux dans une *sii* qu'il tendit à AuRon.

— Qu'est-ce ?

— Un distillat de bois rares du sud à l'arôme des plus apaisants. L'odeur est plus intense quand il est sous forme liquide mais on le conserve mieux en cristaux, même si l'effet est moindre. Un parfum extrêmement agréable, si tu n'en as jamais senti.

L'inconnu parlait très bien. AuRon se demandait ce que cachaient ces mots.

L'étranger porta un peu de son trésor aromatique à son nez et l'écrasa entre deux griffes. Il renifla doucement, satisfait.

— On en oublie même la fatigue de la journée, dit DharSii. Tu es sûr que tu n'en veux pas ? Ne t'en fais pas, cela ne te procure qu'une agréable sensation. Cela ne t'enivre pas comme le font les champignons velus ou l'herbe à souhaits.

AuRon se demanda s'il s'agissait là de quelque ruse.

— Non, je te remercie.

Le dragon rangea son tube.

— J'ai entendu parler de toi. Un dragon nommé Ombre m'a fait le récit du soulèvement contre les hommes qui élevaient des dragons. C'est un honneur de te rencontrer.

— Il aurait dû te dire que les dragonnelles ont fait la plus grande partie du travail, répondit AuRon, comme toujours gêné à l'idée qu'on parle de lui. Qu'est-ce que la vallée de Sadda ?

— L'endroit où vivent quelques-uns de mes cousins éloignés. Un lieu reculé, dans le nord, à l'est des Montagnes Rouges… connais-tu ces dernières ?

— On y affronte des vents glacés.

— J'ai affronté bien pire. Je viens de terminer une guerre pour les Ghiozes.

— Ils paient bien ? Vois-tu, mon île est pauvre en métaux.

— Je l'ai cru autrefois, mais le problème quand tu vends tes dents, tes ailes et tes écailles, c'est qu'ils appartiennent temporairement à un autre. J'ai décidé que, dorénavant, si je dois combattre, ce sera contre des adversaires que j'ai choisis.

— Sais-tu si une dragonnelle nommée Wistala a elle aussi été recrutée à un moment ou à un autre ?

Son interlocuteur se raidit, comme si AuRon avait tenté de le mordre.

— Wistala ?

Sa loquacité semblait l'avoir abandonné.

— On l'appelle parfois Tala, ajouta AuRon.

Quelque chose dans l'attitude du rouge incita AuRon à la prudence ; il décida qu'il valait mieux en révéler le moins possible pour le bien de tous. Ce DharSii ne savait pas qu'ils étaient frère et sœur, il l'aurait dit sinon.

— C'est une vieille alliée, je la connaissais avant la libération de l'île aux dragons… je pense qu'elle me croit mort depuis longtemps.

— J'ai de très mauvaises nouvelles pour toi. Elle est tombée au combat, il y a à peine un cycle de lune.

AuRon eut l'impression que son cœur avait sauté de sa poitrine et battait maintenant par terre, sur les épines.

—Je crains… je crains que les démènes l'aient tuée. Elle est tombée dans un gouffre. Je l'y ai suivie.

Il leva son aile et AuRon vit des écailles brisées, des plaies à peine refermées qui suintaient encore et des marques noires qui pouvaient être des brûlures.

AuRon ne trouvait pas ses mots.

Le rouge sembla le comprendre.

—Je ne peux t'offrir beaucoup d'espoir, seulement te dire que je n'ai pas vu son corps. Je ne suis pas absolument certain qu'elle soit morte. Je lui ai laissé un message pour lui demander de se rendre immédiatement dans la vallée de Sadda si elle venait à sortir de ce trou. Les circonstances, en l'occurrence une contre-attaque des garnes, m'ont forcé à quitter cet endroit.

AuRon tâcha d'imaginer ce qu'un autre dragon pourrait dire.

—Je suis désolé de l'apprendre. Nos chasses restent l'un de mes plus heureux souvenirs. C'était une dragonnelle intelligente.

—Tu admirais cela en elle, toi aussi ? A-t-elle songé à…

—Oh, nous n'avons jamais songé à nous accoupler, répondit AuRon.

—Pourquoi ? Ton absence d'écailles ? Elle était généreuse. Je doute qu'elle t'aurait repoussé pour cette raison. Elle se serait adaptée.

Ce rappel de la maxime de père – il lui avait dit de s'adapter aux circonstances nouvelles – le sidéra. Ce DharSii avait-il été proche de Wistala ? S'ils étaient accouplés, pourquoi ne le disait-il pas ? Il avait l'expression de celui qui a perdu sa compagne depuis que le nom de Wistala avait été prononcé.

—Je… j'ai déjà une compagne, dit AuRon.

DharSii avait l'esprit vif et il se dirait bientôt que si AuRon était accouplé aujourd'hui, cela ne signifiait pas qu'il avait toujours été un dragon irréprochable. Il n'en montra rien cependant.

— Je suis heureux de l'entendre. Avez-vous une couvée ?

— Notre première, ils viennent d'avoir un an.

— Mes compliments. (Il ne cessait de gratter le sol de la *sii*.) S'il n'y avait pas un tel vol jusqu'à la vallée de Sadda, je t'aurais offert l'hospitalité et présenté à ma famille. Ils raffolent des histoires de dragonnets.

— J'aimerais être présenté aux Ghiozes et avoir une chance de gagner moi aussi un harnais de pièces. Comme je te l'ai dit, notre île manque de métaux et nous avons des dragonnets.

Pour la première fois depuis que le nom de Wistala avait été évoqué DharSii le dévisagea d'un air pensif.

— Ce n'est pas… une autre tentative d'infiltration ?

— Que veux-tu dire ?

Les *griffs* de DharSii ne raclèrent pas vraiment ses écailles, mais elles s'abaissèrent sensiblement.

— Comme je te l'ai dit, c'est Ombre qui m'a raconté ton histoire. La reine rouge combat quand elle le doit, mais ce n'est pas une enragée. Ghioz est la puissance humaine en plein essor – tout le monde peut le voir – et j'ai ses faveurs. Je ne veux rien faire qui pourrait me faire perdre ma position.

— Je peux te laisser en dehors de tout cela. Dis-moi seulement où je peux la trouver, et je te remercierai ensuite pour m'avoir donné des nouvelles de ma… mon amie.

— Ça ne me coûtera qu'une demi-lune. Je pense te devoir quelque chose pour t'avoir donné de si mauvaises nouvelles. Les vents du nord n'en seront que plus terribles, mais j'ai traversé de pires tempêtes.

— Merci.

— Je te préviens, elle flaire la tromperie.

— Je te remercie de ta mise en garde mais elle est inutile.

— Miserais-tu ta tête là-dessus ?

Cette question sinistre le déconcerta. Eh bien, il ne voulait aucun mal à la reine des Ghiozes.

— Si cela doit apaiser ton esprit, oui, je mise ma tête là-dessus.

— Reposons-nous avant de partir vers le sud, annonça DharSii. Je dors d'ordinaire sur des bancs de sable, mais ce fouillis de ronces va nous protéger. Devons-nous nous relayer pour garder un œil ouvert ?

AuRon tourna sur lui-même comme un loup et se coucha.

— Je veillerai le premier pour réfléchir à la façon la plus digne de porter le deuil de mon amie.

— Sache qu'elle s'est montrée déterminée jusqu'au bout. (Puis, plus doucement :) Si seulement elle ne l'avait pas tant été !

DharSii le réveilla avant l'aube et tous deux partirent sur les pistes de la clairière. Ils trouvèrent des sangliers à la fourrure recouverte de croûtes. Les deux dragons suivirent chacun une extrémité d'une piste à travers les fourrés et parvinrent à rôtir l'une des plus grosses bêtes, mais leur embuscade ne fonctionna pas aussi bien qu'ils l'auraient souhaité car les autres se faufilèrent en grognant entre les racines. Ce sanglier rôti au feu de dragon fit cependant un excellent petit déjeuner une fois parfumé avec la fumée rosâtre des ronces.

Cette chasse couronnée de succès mêla à son admiration pour le dragon la joie d'avoir passé ce moment en sa compagnie. Il pouvait être loquace quand on lui parlait, mais préféra la contemplation silencieuse, puis le partage et la digestion de leur repas. Quelques mots sur les avantages qu'avait la viande d'une proie cuite dans sa peau sur celle d'une bête dépouillée et attendrie dans un arbre pendant un jour ou deux les satisfirent tous les deux.

Ils firent une seule halte pendant leur descente vers le sud et AuRon en profita pour interroger DharSii sur les détails de la bataille qui lui avait pris Wistala. Au fur et à mesure que le dragon parlait, un horrible soupçon se faisait de plus en plus présent dans son esprit : des montagnes au sud-ouest, une vaste caverne, de vieilles ruines, des garnes…

La reine des Ghiozes avait apparemment déclaré la guerre aux garnes qu'il avait jadis plus ou moins gouvernés. Mais pourquoi la reine avait-elle donc attaqué les vieilles ruines ? À moins que la poterie cassée et la poussière soient soudain devenues des denrées précieuses, il n'en voyait pas la raison. Une expédition meurtrière aurait été dirigée sur les villages garnes installés sur le versant sud des montagnes. Pour la bibliothèque de NooMoahk ? Pour cet étrange cristal que les garnes vénéraient ?

Il se demandait comment Wistala s'était retrouvée aux côtés de dragons mercenaires à massacrer des garnes qu'il savait aussi pacifiques que n'importe quel hominidé rencontré au cours de ses voyages. Wistala, avide de meurtres et de pillages ? Bien sûr, il avait beaucoup changé avec la maturité. Elle aussi, peut-être, et pas pour le mieux apparemment.

AuRon distingua des bateaux disséminés sur la rivière et des camps remplis de soldats.

— C'est la guerre ? demanda-t-il quand ils survolèrent des hommes qui marchaient de long en large dans une enceinte et des archers qui s'entraînaient sur des épouvantails.

— Bientôt, répondit DharSii.

— N'a-t-elle pas besoin de dragons pour sa guerre ?

— Oh, si. En l'occurrence ce sont les dragons qui sont fatigués de combattre.

Ils parvinrent à des contrées fertiles et riches en animaux d'élevage. DharSii lui montra des fours de brique, des carrières de calcaire, des docks et des entrepôts, des routes, des ponts et de petites villes soignées aux larges rues. Chacune avait en son centre un temple avec un dôme doré. Certains de ces derniers étaient immenses tandis que d'autres, aux croisements des routes les plus tranquilles, n'étaient pas plus gros qu'un œuf de dragon.

AuRon interrogea DharSii à leur sujet.

— C'est le siège du pouvoir du titulore local.

— Titulore ? cria AuRon pour couvrir le hurlement du vent, car il n'était pas sûr d'avoir bien entendu ce qui était de toute évidence un terme hominidé.

— C'est le mot ghioze. On le traduit en parl par « sous-roi », mais je trouve ça un peu maladroit. Je trouve plus facile de prononcer le terme ghioze.

— Ainsi, ce sont des sortes de rois miniatures ?

— Oh, même moi je ne suis pas sûr de comprendre. Viens, laisse-toi planer un instant. La reine accorde ou vend des titres, disons pour gérer un entrepôt ou décharger des bateaux ou même gouverner une province, et en retour les hominidés paient une dîme. Ceux dont les affaires sont prospères peuvent acheter d'autres titres. Les titres sont classés en fonction des pièces utilisées pour les acheter… cuivre, argent et or. Si tu possèdes un titre en or ou plus, tu es un Ghioze très important. Le titulore qui perd de l'argent et n'est plus capable de payer la dîme se voit révoquer ses titres. Il est possible pour un nain ayant réussi de posséder, disons, une quatorzaine de titres ou plus encore. Tout ceci est devenu horriblement complexe, surtout depuis que les gouverneurs des provinces ont la possibilité de délivrer des titres au nom de la reine à l'intérieur de leurs propres provinces, pour en partager ensuite le produit avec elle. C'est pour cette raison que les Ghiozes se développent ainsi. Ils cherchent toujours à établir de nouvelles provinces.

Où les hominidés trouvaient-ils le temps de donner naissance à tant de petits criards quand il leur fallait chaque jour faire face à de telles complexités ? Les bipèdes procédaient toujours de manière si étrange !

Ils laissèrent la rivière et suivirent un bras plus petit qui s'enfonçait dans les montagnes. AuRon devina leur destination, au loin. Il distinguait les contours de l'éperon d'une montagne dressé vers le ciel et divisé en deux pointes telle une *saa* à deux doigts.

Ils rencontrèrent en chemin de gigantesques volatiles. AuRon les reconnut. Il en avait vu quelques-uns, haut dans le ciel, au cours de ses explorations des jungles du sud, à l'époque où il était l'ami des garnes des Pics de Bisson.

— Des rokhs, dit DharSii. La dernière obsession de la reine. Elle les fait se multiplier aussi vite qu'elle le peut. Elle a appris une technique pour les apprivoiser dès la sortie de l'œuf.

AuRon pensait connaître la méthode en question mais ne dit rien.

Trois de ces volatiles montés par des hommes vêtus de fourrure s'approchèrent d'eux. Leurs selles et leurs rênes semblaient légères comparés à celles des dragonniers du sorcier qu'AuRon ne connaissait que trop bien. Leurs armes ressemblaient à des arbalètes de nains.

—Le danger ne vient pas des hommes, dit DharSii, mais de leurs becs et de leurs serres. Ils peuvent monter et voler plus vite qu'un dragon.

—Et plonger plus vite ? demanda AuRon.

DharSii lui fit un clin d'œil.

—Chut…

Les hommes jetèrent un bref regard sur DharSii et semblèrent s'en satisfaire. Ils firent grimper leurs montures et se contentèrent de les observer.

Les deux dragons approchèrent de la fin d'une longue chaîne des Montagnes Rouges. La ligne de faîte était plutôt curieuse, rocheuse et abrupte, avec de l'herbe à son sommet, tel un tapis vert qui se déroulait depuis les bois. Des arbres qui semblaient incroyablement hauts se dressaient dans une vallée envahie par la brume. Deux couches de nuages donnaient au paysage un aspect gris et éthéré.

—Ce sont les bois de la reine, tout autour de cet éperon, expliqua DharSii. Les plus grands arbres que tu aies jamais vus, d'immenses cylindres de bois plus hauts qu'un dragon n'est long. Et sans doute plus vieux.

AuRon remarqua une protubérance à l'extrémité des montagnes, avant qu'elles se divisent en trois pentes escarpées.

—C'est une montagne sculptée depuis des siècles. Un endroit ancien, très ancien. Les elfes et les nains se seraient fait la guerre pour elle il y a bien longtemps. Elle était censée représenter Dwar, le nain légendaire, dont le visage sortait d'un arbre, d'après l'une de leurs légendes. Ou alors l'arbre était l'œuvre des elfes, et la tête était censée être pendue à ses branches… mais je ne crois pas à cette version car la tête est disproportionnée. Anklamere en a ensuite pris possession et a décidé que le visage devrait être le sien. La plus grande partie de la barbe a alors disparu – tu peux voir qu'ils ont fait une sorte de labyrinthe plus bas, avec ses morceaux – et le front a été retaillé pour avoir l'air aussi noble que le sien. Maintenant que la reine rouge est au pouvoir, ils le retaillent encore pour lui donner une allure plus féminine.

— Où vit la reine ?

— Dans ces bâtiments creusés à l'arrière de la protubérance. Ça n'a pas l'air très impressionnant mais l'intérieur est somptueux. Un long chemin descend de l'arête vers son temple personnel et tu peux voir ses troupeaux sacrés dans leurs enclos. Nous allons nous diriger vers ce chemin. On y trouve aussi une sorte d'amphithéâtre dans lequel elle tient audience. J'y ai assisté une fois : elle n'a presque rien dit. Elle changeait seulement ses masques pour rendre ses verdicts.

AuRon aperçut ce qu'il supposa être l'amphithéâtre. Le palais lui-même, construit sur l'arrière du visage en travaux, était largement moins impressionnant que les galeries des nains du Diadème. Quelques petits trous, des fenêtres munies de barreaux, un balcon ou une galerie çà et là. L'endroit semblait froid et isolé ainsi perché au-dessus des arbres avec le vent et quelques oiseaux pour toute compagnie.

AuRon referma un peu ses ailes pour les vider et se rapprocha de nouveau de DharSii.

— Elle semble vivre loin de la ville. Comment s'appelle celle-ci, déjà ?

— Ghihar.

— Ghihar.

— Elle ne se mêle pas beaucoup à ses sujets. Elle est censée pouvoir rendre un homme aveugle grâce à sa beauté… ou sa laideur. Les versions diffèrent selon que tu t'adresses à un ami ou un ennemi de Ghioz. L'un des monteurs de rokhs dit qu'une femme enceinte ne peut pas regarder ne serait-ce que son ombre sans faire une fausse couche.

Ils se posèrent sur le tapis de verdure. AuRon sentit une odeur de mouton et commença à saliver. Voler décuplait toujours son appétit.

DharSii s'étira d'une façon étrange, très différente de celle qu'adoptaient d'ordinaire les dragons : comme un chat de l'auberge qui portait le nom de sa sœur, d'abord l'arrière-train puis les pattes de devant.

— Et maintenant ?

— Oh, un garde est en train d'envoyer un rapport à son capitaine, qui va le dire à l'un des serviteurs de la reine, qui en informera cette dernière. Elle doit être là. Elle a un palais d'hiver près de la côte et un palais d'été dans les hauteurs du Dairuss, mais elle ne s'y rend pratiquement jamais quand elle est occupée.

— Elle l'a beaucoup été récemment ?

— Oui, depuis que nous avons retrouvé ce cristal qui lui tenait à cœur.

AuRon frissonna, mais il n'aurait pas su dire pourquoi.

— Je crois que de la vermine s'est nichée entre mes ailes, dit DharSii. Puis-je ?

— Vas-y.

— Vicieuses créatures. Est-ce un problème pour toi ? Je n'ai jamais connu de gris.

— Comme je n'ai pas d'écailles derrière lesquelles elles pourraient se cacher, je m'en débarrasse facilement.

— Tu es chanceux.

— Parfois.

DharSii s'épouilla et tous deux restèrent silencieux.

Ils n'attendirent qu'un peu moins de une heure naine.

La reine rouge fit son entrée au son des trompettes. Elle sortit de son palais sur un char blanc tiré par deux chevaux de la même couleur. Un humain chétif montait l'une des bêtes et un autre se tenait à l'arrière du véhicule et déplaçait son poids d'un côté ou de l'autre dans les virages.

AuRon eut amplement le temps de l'observer tandis qu'elle approchait. Il comprit immédiatement pourquoi on la nommait ainsi : elle portait des atours du rouge le plus profond, accentué par un métal argenté. Ses vêtements lui rappelaient un peu les drapeaux qu'il avait vus épinglés sur le dos des cavaliers de l'est, même s'ils ressemblaient davantage à des fanions, dressés comme les plumes d'un paon en parade.

AuRon supposa que cet accoutrement faisait impression. Mais... pas de garde rapprochée, de serviteurs, même pas ne serait-ce qu'un courrier ou un héraut ?

— Pourquoi n'envoie-t-elle pas l'un de ses titulores pour donner des ordres à sa place ?

— Elle ne se fie à personne. Elle craint qu'on ne suive pas ses ordres. De plus les dragons la fascinent. Je pense qu'elle a envie de te rencontrer. Elle est particulièrement énergique depuis notre bataille au cœur du vieil Uldam, et heureuse que nous lui ayons rapporté ce cristal. Je suis sûr qu'il éclaire en ce moment sa collection de trésors.

— Ah.

— Ne la regarde pas en face. Elle porte plusieurs masques : un en soie, un autre en porcelaine par-dessus, et il y a celui en or qu'elle tient à la main. L'un des côtés de celui-ci fronce les sourcils et l'autre sourit. Tu ferais bien de veiller à ce qu'elle garde le côté souriant dirigé vers toi.

En la voyant approcher, AuRon se dit que ce voyage en valait la peine. Avoir la chance de rencontrer une si extraordinaire…

Extraordinaire quoi ?

— Est-elle humaine ?

— Elle en a la taille, même si elle possède un peu de la grâce des elfes. Elle n'est ni une naine, ni une garne, c'est certain.

Le char remontait le chemin au trot. La reine atteignit leur prairie et s'approcha d'eux comme un serpent, en tournant d'un côté, puis de l'autre. Les chevaux refusèrent de se tenir tranquilles en présence de dragons et l'humain miniature perché sur le char aida son jumeau à les retenir.

La reine fit un grand geste de la main et le tissu flottant de sa manche suivit celle-ci comme pour la rattraper. Elle descendit du char.

AuRon remarqua les pointes décoratives au centre des roues.

Il aurait pensé que la reine était un jeune homme svelte ou un elfe plutôt qu'une femme. Elle semblait bien maigre pour une femelle humaine. Celles qu'il avait connues avaient des formes pleines. DharSii n'avait pas exagéré au sujet des masques. Sa tête était enveloppée de soie et elle portait sur le visage un masque parfaitement blanc qui luisait comme la pleine lune.

Ses atours se dressaient toujours autour de ses épaules et pendaient comme si elle se déplaçait avec sa propre tente. Leur couleur rappelait à AuRon un homard bien cuit. Elle avait à la main un grand masque doré au bout d'un bâton d'ivoire ; elle le tenait devant son visage, le côté souriant vers tourné vers eux. Le faciès, d'allure masculine, évoquait surtout à AuRon un nain imberbe.

Curieux. Mais on lui avait toujours dit que les humains puissants avaient d'étranges caprices.

Les deux humains firent monter le chariot le long du chemin, loin des dragons.

AuRon ne pouvait s'empêcher d'être impressionné. La plupart des hominidés étaient terriblement timorés à proximité de dragons, à moins qu'au contraire ils surmontent leur crainte et se mettent à les toucher comme des bestiaux. La reine rouge se tenait à un bon cou de distance et levait la tête vers eux.

— DharSii, nous savions que tes promesses de ne plus jamais revenir avaient été dites sous le coup de la colère. Nous sommes ravie de te voir de retour.

DharSii baissa la tête.

— Grande reine.

AuRon jugea bon de l'imiter.

Le masque tourna et montra un bref instant son côté mécontent avant que le visage souriant contemple de nouveau les dragons.

— Tu as toujours mesuré tes paroles en notre présence. Nous te remercions de nous avoir libérée des obligations de la Cour et de nous faire prendre l'air. Nous as-tu amené un autre roi des cieux ?

— Un dragon renommé venu du nord à la recherche d'une de ses camarades. Il se nomme AuRon.

— Grande reine, je cherche en effet un autre dragon. Mais nous avons vous et moi une question à régler. Il y a des années, l'un de vos conseillers m'a promis des terres de vos provinces dairusses si j'accomplissais une mission contre le sorcier de l'île de Glace, le maître Wyrm. C'est ce que j'ai fait. Je viens réclamer la récompense de Hischhein.

DharSii sembla quelque peu étonné par son intervention.

— Félicitations, dragon, dit la reine. Nous sommes contente. Tu vas droit au but.

— J'aimerais savoir laquelle de ces requêtes tu satisferas en premier.

— En ce qui concerne ton camarade, tu as rencontré les deux tiers de nos serviteurs dragons. Imfamnia boude toujours dans les sources chaudes du versant ouest et lèche ses plaies. (Elle porta à sa bouche un porte-voix recourbé et en dirigea le pavillon derrière elle.) Pish, une coupe royale pour rincer notre bouche de toute cette poussière.

Le serviteur accourut avec un récipient de terre posé sur l'épaule et à la main une grosse coupe creusée dans une corne gravée. AuRon sentit une odeur de cuivre chaud et de sang.

Ce que contenait justement le réservoir recouvert de terre. Le liquide fuma dans l'air froid quand le serviteur le versa.

— Du sang de veau chaud, dit-elle. En veux-tu, AuRon ? Nous avons bien peur de ne pas pourvoir apporter plus d'une lapée de bienvenue.

— Je préfère quand il est encore à l'intérieur de son propriétaire, répondit AuRon.

— Ah, certes. Nous supposons qu'un estomac rempli à l'arrière permet de compenser le poids de ces ailes à l'avant.

Elle but à la coupe. AuRon remarqua que le récipient avait au niveau du rebord un petit bec en forme de cou d'oiseau que la reine pouvait glisser dans un trou de son masque. Le sang avait une douce odeur.

— Nous détestons pour notre part la sensation d'avoir l'estomac rempli. Cela nous fait beaucoup trop somnoler. La plus grande partie du système digestif se consacre à transformer la nourriture en sang. Nous nous épargnons ceci afin de pouvoir penser plus clairement.

—Notre grande reine a l'esprit scientifique, observa DharSii.

—Nous craignons d'avoir de mauvaises nouvelles, dragon. Les terres qu'Hischhein t'a promises étaient administrées par ton vieil ami dont le nom a depuis été rayé des parchemins de Ghioz et qui a été déclaré hors-la-loi. L'empire a récupéré ces terres. Pourtant, comme tu n'as rien à voir avec tout ceci, nous veillerons à ce que tu reçoives leur valeur en pièces, même si ces quelques pentes sans arbres n'ont peut-être pas la valeur que tu escomptais.

—Ça ne semble pas juste si l'on considère ce qui m'était promis.

—Nous craignons que le conseiller qui t'a fait cette promesse soit tombé en défaveur. Nous lui avions demandé de conclure une alliance avec le maître Wyrm et cet imbécile a envoyé un nain pour négocier, ce qui a eu pour conséquence d'en faire un ennemi. Nous l'avons chargé de maintenir la paix le long de nos frontières et de proposer notre aide à l'ancienne Hypat qui, pour notre malheur à tous, ne semble plus capable de maîtriser sa destinée, et nous avons eu la guerre et des foules de réfugiés – elfes, nains et humains – sans le sou. Pour finir, dragon, il t'a promis des terres et un titre impérial en échange de tes services.

—Rien de tout ceci n'est de ma faute.

—Nous satisferons ta requête, mais satisfais tout d'abord notre curiosité. Pourquoi un gris voudrait-il des pièces ?

AuRon s'inclina et tâcha de se remémorer comment les nains parlaient aux princes Pieds de Fer dans les steppes.

—Votre majesté est une spécialiste des dragons ?

—Une admiratrice enthousiaste, plutôt. Voles-tu bien ?

— J'ai remporté des courses et plus la distance est longue, plus je vais vite.

— Grande reine, chuchota DharSii.

— Grande reine, ajouta AuRon.

— Pas d'écailles pour t'alourdir.

— Vous êtes perspicace, grande reine.

— C'est peut-être l'absence d'écailles, mais tu as l'air affamé. Nous voyons tes côtes. Nous allons vous faire porter de la nourriture.

— Merci, grande reine, répondirent de concert les deux dragons.

La reine rouge éclata de rire.

— Nous aimerions sûrement vous entendre chanter, comme deux oiseaux. Justice te sera rendue, AuRon du nord. Ghioz est toujours prêt à se faire un nouvel ami. Oublions Hischhein et Naf le rebelle brûleur de dômes.

— Tant que les dettes du Ghioz ne sont pas oubliées en même temps que leurs noms.

Le masque accroché au manche d'ivoire tourna et tourna encore comme si la reine hésitait entre le visage courroucé et le souriant. Il s'arrêta finalement sur le sourire.

— Viens nous trouver demain matin. Nous pourrons peut-être te donner plus que ce que nos conseillers ont promis. DharSii, es-tu de retour pour la saison ?

— Non, grande reine. Je suis seulement venu accompagner AuRon.

— Alors nous te souhaitons de nouveau bon voyage.

DharSii la remercia et s'inclina encore.

La reine rouge, ses affaires terminées, fit demi-tour et monta en direction de son char.

La nourriture arriva, même si la reine n'avait pas semblé l'avoir demandée. Des garnes leur apportèrent à chacun un mouton dépouillé dans une brouette.

— Que penses-tu d'elle ? demanda DharSii une fois leur repas terminé.

— Elle est… différente, répondit AuRon, qui se demandait quel degré d'honnêteté il pouvait se permettre.

— Si tu as un peu de bon sens, ne la contrarie pas. Elle n'oublie ni ses amis, ni ses ennemis.

— J'espère pouvoir refuser de la servir.

— C'est ce que j'ai fait, dit DharSii.

Il regarda vers l'est, prit une grande inspiration, puis ouvrit ses ailes.

Le saut et le battement d'ailes ne vinrent pas. DharSii se retourna vers AuRon.

— Si je t'ai caché des choses, c'est uniquement parce que j'ai entendu ton nom et que je respecte tes actions. Je ne voulais pas être ton ennemi. J'espère que tu comprends qu'une fois ma parole donnée, je ne peux pas davantage la retirer que me couper en deux pour voler à la fois vers le nord et le sud.

— Si tu m'as menti pour m'amener ici…

— Oh, tu auras ton or. Bon vent, AuRon. J'espère que nous nous reverrons.

Il s'envola.

Chapitre 9

Le cuivré regardait les démènes se déplacer presque comme un seul hominidé d'un point à un autre au-dessous du monceau ouest : un amas de pierres au pied du rocher impérial.

Gigrix, le général des démènes, faisait « manœuvrer » ses troupes pour empêcher ses soldats de se battre entre eux par ennui. Le cuivré avait décidé d'observer ces exercices aux côtés de Gigrix quand il les avait vus se déplacer dans l'espace qui leur avait été attribué à l'ombre du rocher impérial, et il commença à poser des questions. Pourquoi, par exemple, tant de mouvements exigeaient-ils des guerriers qu'ils montent sur le dos de leurs camarades à la suite de quoi celui qui était en bas aidait l'autre à sauter plus haut et plus loin ?

Gigrix lui expliqua dans un draquine maladroit que dans les combats souterrains la maîtrise du plafond signifiait souvent la possession d'un tunnel.

— Un trou qui monte, c'est le seul moyen de vous échapper, vous autres. Aucun dragon ne crache du feu vers le haut.

— Tu as raison. « Rien ne brûle davantage que tes propres flammes », comme le disait toujours mon vieux maître de la garde draque.

— Nous, les démènes on... notre instinct naturel, c'est de descendre dans des fissures.

— J'aimerais voir fonctionner ces pièges et ces cordes que vous employez parfois contre les dragons et qui vous ont rendus si célèbres. Ces choses nous ont fait perdre trop des nôtres.

— Vous… vous voulez nous voir… piéger des dragons ? En vrai… vraiment ?

— J'ai vu des guerres à la surface mais n'ai connu les combats souterrains que par les rapports qui m'en ont été faits. Une démonstration de vos prouesses serait des plus captivantes. Bien entendu, aucun des deux camps ne devra être blessé au cours de l'exercice.

— Bien entendu !

— Gigrix, j'ai une proposition à te faire. Nous avons quelques difficultés à rencontrer Paskinix afin de négocier votre libération.

— Si vous comptez… les démènes ont de l'honneur, sire, comme les dragons.

— Non, rien de la sorte. Je pensais que tu pourrais peut-être envoyer un ou deux de tes soldats à sa recherche pour lui annoncer que j'aimerais avoir une discussion, de Tyr à roi, et régler ce conflit. Démènes et dragons ont déjà bien assez d'adversaires à la surface, nul besoin de nous battre entre nous ici.

Gigrix était aussi impénétrable qu'un *griffaran* avec ses yeux de grenouille, les plaques de sa tête qui glissaient les unes contre les autres et ses mandibules aux lèvres proéminentes, surtout quand tout ceci décidait de bouger en même temps. Ses épines se raidirent enfin.

— Marché conclu, si vous voulez donner des ordres. J'enverrai deux soldats.

Deux, c'était préférable, songea le cuivré. Ils pourraient parler entre eux.

— Il y a cet autre arrangement que je serai heureux de te proposer pour le confort de tes guerriers.

— Lequel ?

— Les dragons, je le sais, détestent être séparés longtemps de leur compagne et de leurs petits. J'imagine qu'il en va de même pour les démènes.

— Qu'est-ce que vous proposez ?

— Que ceux de ton peuple (il observa attentivement la réaction de Gigrix quand il prononça ce mot) qui souhaitent rendre visite et réconforter tes guerriers viennent vivre à distance raisonnable, de manière à pouvoir se rendre ici en un jour. Je ne peux autoriser tes guerriers à quitter leur secteur pour aller les voir, mais je permettrai la libre circulation des épouses et des petits qui le désirent. Ils pourront s'installer près du cercle d'eau tant qu'ils n'essaient pas de voler les œufs des *griffarans*. Qu'en dis-tu ?

— Je… je dois réfléchir.

— Fais donc. Il n'y a de toute évidence aucune urgence. C'est en tout cas ce que pense Paskinix. Je n'offre peut-être pas de garanties suffisantes pour sa sécurité. Pourrais-tu me conseiller à ce sujet ?

— Oui. Oui.

— Qu'il sache que nous nous rencontrons d'égal à égal, lui, roi des démènes, et moi, Tyr de l'empire des dragons. Pas d'humiliation, pas de vainqueur, pas de vaincu.

— Le Tyr est généreux. Moi, je suis général, et je dis qu'on est battus. Beaucoup battus. Il peut pas contester.

— Qu'il choisisse le lieu de la rencontre. Je demande seulement à être accompagné de ma garde et sa parole que nous nous retrouvons pour des pourparlers en bonne et due forme. Ni ruses, ni embuscades. Est-ce une exigence excessive ?

— Non. Le Tyr est courageux. Les derniers pourparlers qui ont fini en combat… c'étaient des lâches. J'y étais pas.

— Bien entendu. Tu es un guerrier, et tu as un honneur de guerrier. Tes soldats se sont rendus, et je mourrai avant de les voir maltraités ou que les termes de leur reddition soient bafoués. Je t'en fais la promesse, Gigrix.

— Vous nous traitez mieux que je pouvais le penser, ça prouve qu'on peut se fier à votre parole, Tyr.

— J'espère seulement que le moment viendra bientôt. Vois-tu des objections à ma proposition ?

— Ne… non !

— Mmm. Eh bien, peut-être qu'une partie de mon message s'est perdue en chemin. Tout ceci traîne depuis bien trop longtemps. Je n'ai qu'admiration pour la discipline et le moral de tes guerriers mais je déteste les voir confinés ainsi dans quelques mètres de trous miteux.

— Miteux ! Tyr, le Lavadôme est une merveille. Les trous sont propres, l'eau plus saine que d'habitude, elle est nettoyée par la vapeur. La pierre vivante qui coule sur le… le…

— Cristal.

— Ah ! Le cristal ! Une grande magie. Très dangereuse. Oui, derrière le cristal, c'est comme un pèlerinage de magma qui s'arrête jamais.

— Oui, oui. Soit, comme je le disais, d'excellents guerriers forcés à attendre ainsi… je t'ordonne cependant de leur occuper l'esprit avec des manœuvres et des entraînements. Comment avons-nous pu vous vaincre ? Nous aurions bien eu besoin d'une telle habileté au cours de notre échauffourée contre les nains près de la rivière chaude.

— Une bataille difficile, hein ? demanda Gigrix.

Ses épines se levaient et s'abaissaient.

—Oui. Les nains s'étaient réfugiés sur une pente au-dessus du cours d'eau fumant. Ils ont repoussé nos flammes avec des pierres et notre propre feu a coulé sur les sœurs du feu. Les nains étaient protégés par une muraille de boucliers.

—Ah! Le Tyr est avisé, mais moi, je sais comment affronter les nains dans cette situation. Vous aviez de l'eau pas loin. Il fallait une bonne triple pompe.

—Une triple pompe?

—Facile à construire, c'est seulement des tubes de cuivre de différentes tailles et quelques dos solides pour actionner les bras. Ça lance de l'eau plus loin que n'importe quel feu de dragon. J'ai vu une triple pompe abattre un mur. Des nains derrière des boucliers? Arrosez-les et ils tomberont comme des champignons. C'est à voir.

Gigrix semblait perdu dans ses pensées.

—Si les circonstances l'exigent et quand nous seront amis et non ennemis, peut-être demanderai-je ton aide pour une future bataille. Je te récompenserai avec des troupeaux de bétail et tu boiras du sang de dragon sur une montagne de têtes de nains.

—Du sang de dragon, mon Tyr?

—Tu n'en as jamais bu?

—Euh si… au combat… sur les corps, ce genre de choses…

—Et qu'en as-tu pensé?

—Je me suis senti un démène neuf. J'aurais pu prendre six épouses au lieu de trois.

—Les dragonniers de l'armée aérienne ne jurent plus que par le sang de dragon. Leurs compagnes et eux-mêmes en boivent régulièrement. Comme je le dis toujours, une petite saignée de temps à autre fait le plus grand bien à un dragon bien nourri. Ceux de leurs enfants qui en boivent une petite gorgée tous les sept jours deviennent particulièrement beaux et forts.

— Surprenant.

— Pourquoi ? J'ai entendu dire qu'à l'époque d'Anklamere le sang de dragon était employé comme fortifiant.

— Non, que vous le donniez. Je m'excuse.

— Eh bien, certains se sont tout d'abord opposés à cette idée, mais tout le monde s'y est fait. Être l'« hôte » d'un dîner des dragonniers et de leurs compagnes est devenu une sorte d'honneur. Aucun dragon n'est jamais obligé de donner son sang et les volontaires prêts à saigner un peu sont nombreux.

Gigrix fit claquer ses mandibules. Ces mâchoires des démènes, découpées en deux… c'était très troublant. Elles ressemblaient trop à des blessures.

— En veux-tu un peu ?

— Je… j'oserais pas.

— Viens, tu m'as été d'une grande aide aujourd'hui. Tu m'as laissé voir tes exercices, conseillé pour l'offre que je ferai à Paskinix… il est d'ailleurs peut-être mort et tes guerriers pourraient alors te nommer roi. Cela simplifierait les choses. Regarde, ton couteau semble relativement propre et l'un de ces seaux fera l'affaire.

— Pas le vôtre, Tyr ! s'écria le démène.

Il ramassa toutefois le seau.

— Allons, un peu de sang versé fait des amitiés durables, comme j'ai pu le découvrir, et je suis profondément fatigué de compter les démènes parmi mes ennemis au lieu de me réjouir de les avoir comme alliés. Donne-moi ceci.

Il prit le couteau petit et tranchant entre deux griffes et ouvrit une plaie au creux de sa *sii*.

Il n'avait pas enfoncé la lame assez profondément et dut presser sa patte pour que le sang continue à couler dans le seau.

Un petit groupe de démènes sales et fatigués se rassemblèrent pour observer l'étrange rituel.

Gigrix appela les autres et l'un d'entre eux apporta une louche terminée par un bol.

— De l'eau de feu fraîche ! s'émerveilla un démène.

C'était en tout cas ce que le cuivré crut entendre.

Gigrix remplit la louche et, en bon chef, offrit la première gorgée à sa « voix » : le démène qui hurlait les ordres et corrigeait les guerriers au cours de leurs manœuvres.

Puis ce fut le tour de Gigrix. Il se tenait droit, buvait et respirait profondément. Sur son dos, les épines se dressaient puis retombaient.

— Oui, mon Tyr, dit-il, et il donna la louche au plus massif de ses soldats. Il lécha d'une langue verdâtre les coins de ses mandibules puis chuchota quelques mots que le cuivré ne comprit pas.

— Quand je pense que certains voulaient faire une dernière charge au lieu de se rendre ! Et je suis là, à boire une boisson de roi.

— Une boisson de roi ? demanda le cuivré. Qu'en dites-vous, guerriers ? Gigrix ne ferait-il pas un bon roi ?

Pressés d'avoir la louche, les démènes sifflèrent entre leurs mandibules et poussèrent des ululements flûtés.

Le cuivré élargit la plaie d'un coup de dent pour faire couler le sang plus vite. Il s'était toujours considéré comme un piètre politicien. Mais tout s'apprenait… oui, tout s'apprenait.

Le cuivré, agréablement étourdi, regagna lentement le sommet du rocher impérial. Il s'arrêta à de nombreuses reprises pour parler à des dragons et des esclaves, écouter les nouvelles sans importance des cuisines ou de la crèche. Il félicita les esclaves pour les naissances de bébés ou les mariages de leur progéniture et rendit une rapide visite à un parent éloigné pour écouter quelques légers tapotements à l'intérieur d'œufs prometteurs. Il assura à la future mère qu'il n'avait jamais vu d'œufs aussi parfaitement formés. Cela augurait très certainement de grandes choses pour sa couvée.

Il remonta ensuite le long des jardins et escalada le puits qui menait à l'ancien réservoir où vivaient ses chauves-souris.

On lui avait raconté qu'au cours des guerres civiles le réservoir contenait de l'eau. Pendant le règne de FeHazathant, on avait mêlé à l'eau des cendres, des sels rares et d'autres nutriments pour arroser les jardins impériaux.

Le cuivré avait demandé que le réservoir soit vidé et que de nouveaux bassins soient construits pour les jardins. L'endroit accueillait désormais les chauves-souris.

Il progressait lentement dans l'étroit conduit à cause de sa mauvaise *sii*, mais heureusement l'ascension était courte. Il se retrouva vite parmi ses chauves-souris.

C'était l'élite, les descendants de celles qui l'avaient guidé quand il était un dragonnet. Chacune portait un petit anneau de métal à la patte qui indiquait qu'elle était une chauve-souris du Tyr. Tuer une de ces dernières – intentionnellement en tout cas – était un crime.

Elles étaient de toutes les tailles. Certaines, petites et prestes, se nourrissaient principalement des parasites qui se nichaient sous les écailles : bien des dragons seraient horrifiés s'ils savaient que des mammifères graisseux et répugnants leur rendaient service pendant leur sommeil. D'autres, de taille moyenne, mangeaient les mouches qui voletaient dans les abris des bêtes ou des esclaves, sans oublier les grosses brutes buveuses de sang. Et, bien sûr, il y avait les monstres, celles nourries depuis plusieurs générations au sang de dragon. Certaines d'entre elles, qui ne se perchaient plus la tête en bas, dormaient dans des fissures près du sol immonde.

Le cuivré fut soulagé de constater que celui-ci avait été récemment gratté. Les déjections de chauve-souris étaient particulièrement appréciées des herboristes anklènes qui s'en servaient pour leurs jardins.

— Aaahh ! C'est lui-même ! s'écria une chauve-souris quand il entra dans le réservoir.

— Ooohh, une petite gorgée ? J'meurs de faim ! glapit une autre.

— Non. Pas de sang cette fois-ci, répondit le cuivré.

Il descendit avec précaution vers le sol de la grotte pour ne pas glisser sur les immondices. Ses esclaves personnels devraient sinon brûler leurs chiffons.

— J'ai besoin de trois chauves-souris calmes, intelligentes, petites et en très bonne santé. La tâche que je propose demande beaucoup de vol et un bon sens de l'orientation souterrain, mais j'offre en récompense une place permanente dans les grottes de l'armée aérienne.

Des quatorzaines de volontaires se mirent à glapir. Deux bagarres éclatèrent. Il était difficile d'en choisir trois, mais il trouva deux frères qui se proclamaient descendants d'Enjor et une femelle qui semblait s'exprimer avec plus d'aisance que les autres.

— Tu es Ging, dit-il à la femelle. (Il regarda l'un des deux mâles.) Tu es Gang. Tu es Goule. (Il nomma ainsi le plus gros des mâles car sa fourrure était d'un gris spectral.) Vous trois, suivez-moi.

Il marcha et elles volèrent jusqu'au bord des jardins. Il baissa la tête vers les démènes assemblés en contrebas.

—Ce sont des démènes. Apprenez à connaître leurs bruits, leurs odeurs, leurs voix. Dans un jour ou deux, une paire de démènes va quitter ce groupe. Je veux que vous les suiviez. Le voyage durera probablement plusieurs jours. Quand ils trouveront un autre groupe et rencontreront un gros démène légèrement bleuâtre qui marche à l'aide d'un gros bâton, revenez et dites-moi où il se trouve.

Elles demandèrent comme d'habitude que faire si la faim les harcelait sur le trajet : il leur répondit de prendre une rapide lapée sur une sœur du feu endormie, il devait encore en rester dans le tunnel de l'Étoile, sans parler des démènes eux-mêmes.

—Vous pouvez boire un peu de mon sang. Un petit peu seulement, nourrir les démènes m'a déjà bien affaibli. Profitez-en pour nettoyer cette blessure.

Il avait découvert qu'il n'existait rien de tel que la salive de chauve-souris pour accélérer la cicatrisation. Nilrasha elle-même trouvait cela dégoûtant, mais elle ne pouvait en contester les résultats : les plaies guérissaient trois fois plus vite et ne laissaient que de minuscules cicatrices.

Le cuivré estimait avoir bien travaillé et annonça aux esclaves qu'il prendrait une cuisse de porc supplémentaire pour dîner, et peut-être même une deuxième coupe de ce vin qu'appréciait tant sa grand-mère adoptive, voire une troisième. Il avait besoin de refaire un peu de sang.

Pendant tout le temps qu'il passa cet après-midi en compagnie de NoSohoth, il eut beaucoup de mal à se concentrer sur les affaires des collines à cause des odeurs qui remontaient des cuisines. La voix monocorde de NoSohoth le berçait et il dut enfoncer les griffes de ses *saa* dans ses *sii* – une vieille astuce apprise dans la garde draque – pour rester éveillé.

Le dîner fut hélas ! gâché par l'une de ses esclaves, la femelle responsable des nettoyeurs. C'était une créature massive, aussi large que haute. Ses cheveux presque blancs étaient retenus par le fichu des gens du Tyr.

— Oh, sire. L'une de mes nettoyeuses a trouvé des choses étranges dans la chambre à coucher de votre sorcier. On a l'habitude de ses engins bizarres, mais ceux-là nous ont quand même intrigués.

Un jeune homme tout aussi large, un membre de sa famille, probablement, s'avança avec un paquet enroulé dans une couverture. Il le défit devant son Tyr.

Une corde, un maillet au bout d'une lanière, des gros clous, de la nourriture, des outres, des crochets et des chaussures à pointes avec une partie souple sur l'avant du pied pour une meilleure adhésion.

— Je sais reconnaître une évasion quand j'en vois une, dit la vieille femme.

— Tout ceci était… dans les appartements de Rayg ?

— Oui, sire. Entre deux planches, sous les nattes de son lit. C'était astucieux, mais elle a entendu tout ça bouger quand elle a déplacé le lit. Personne dira que mes filles ne nettoient pas à fond.

Le cuivré la remercia et lui dit de se servir dans le cellier du Tyr.

Il ne termina pas son repas avec le même appétit que quand il l'avait commencé.

Le cuivré invita peu après Rayg dans les jardins afin qu'ils aient une discussion en privé sous la lumière rouge de la coulée de lave. Les dragons et draques qui profitaient du jardin et de la lueur de plus en plus faible du disque de cristal lui firent de la place.

Le cuivré conduisit Rayg devant la fosse aux repas et lui montra les différents objets.

— Rayg, on a trouvé ceci dans tes appartements. Dis-moi ce que cela signifie.

— N'est-ce pas évident ? demanda Rayg dans son bon draquine.

— De fausses griffes, de la corde… c'est du matériel d'escalade.

— Vous avez remarqué à quel point certaines de ces choses sont vieilles.

— Eh bien…

Rayg souleva l'une des chaussures à pointes.

— Voyez cette rouille. Elle a des années.

— Tu organisais une évasion.

— J'avais mes raisons.

— Donne-les-moi. Ne me suis-je pas montré généreux ?

Rayg ne se comportait pas comme un voleur pris la main dans le sac par son maître dragon. Ils auraient tout aussi bien pu être en train de parler des bulbes des jardins.

— Je vous préfère aux barbares, bien entendu. Vous êtes juste. Vous avez été très bon avec ma famille. Ils sont prospères et heureux. Le temps que je peux passer avec eux est merveilleux. Pourtant, si un autre dragon venait à devenir Tyr… Ai-je besoin de le dire ?

— Je compte être Tyr pour encore bien des années.

Nul besoin d'évoquer les espérances de vie bien différentes d'un humain et d'un dragon.

— Un Tyr ne semble pas toujours avoir le choix. Vous êtes, je crois, le troisième depuis que je suis arrivé ici.

— Rayg, tu m'es d'une aide précieuse. Inestimable, même. Si tu devais t'échapper et mourir dans le tunnel du Vent, car je suppose que ce matériel est prévu pour grimper…

— Oh, non ! Ce n'est pas vous que je fuirai, RuGaard.

Qu'un esclave emploie le nom d'un dragon, et celui du Tyr par-dessus le marché… Le cuivré regarda autour de lui, mais si quelqu'un essayait d'écouter leur conversation, il était aussi discret que ses chauves-souris. L'emplacement réservé aux banquets était vide.

— Mmm… J'ordonnerai que l'on t'autorise à avoir l'équipement d'escalade dont tu as besoin, quel qu'il soit. Je dirai que c'est pour tes expériences. Il serait stupide de laisser ta vie dépendre de ces vieilleries mangées par la rouille.

— Merci, mon Tyr.

— Mais dis-moi une chose… Pourquoi restes-tu ?

— J'aime les dragons.

Le cuivré médita ces paroles. Étranges propos pour un esclave, aussi dorloté et privilégié soit-il.

— L'odeur ne te dérange pas ? Rester sous terre ?

— Oh, je m'y suis habitué avec les années. Vous n'êtes pas cruel. J'ai vécu avec des barbares quand j'étais très jeune. Les dragons ne sont pas sadiques avec ceux qui sont sous leur pouvoir. Ils ne se donnent pas du mal pour rabaisser leurs prisonniers et s'amuser.

— Tu n'as jamais peur que je perde mon calme et te dévore ? Je croyais que tous les esclaves, libres ou non, vivaient dans cette crainte.

— Pas particulièrement. Ce serait une mort rapide.

— Que veux-tu dire ?

— Avez-vous déjà vu un très vieux nain ?

— Quel est le rapport avec notre conversation ? demanda le cuivré, interloqué.

— J'y viens. Ils sont obligés de rester assis. Ils peuvent à peine lever un doigt, mais ils sont trop butés pour mourir. Certains se font pousser pendant un temps dans de petites charrettes à bras quand ils sont encore capables de parler et d'enseigner. Quand ils se font vraiment très vieux, ils sombrent dans le silence. On les nourrit et on les lave une fois par jour avec le même appareil, une sorte de pompe portative qui se porte dans le dos. Ils pourraient tout aussi bien être un plant de pomme de terre. Des rangées de statues dans la halle des anciens. (Il frissonna.) Des yeux, c'est tout, qui vous regardent au milieu de ce nid de cheveux et de barbe. Je crois que la mort vaut mieux.

— Tu n'es pas un nain.

— Personne ne vous reprochera de perdre votre temps à philosopher. Je veux seulement dire que je suis préoccupé par le déclin de l'inévitable vieillesse.

— Je veillerai à ce que quelques-uns de tes enfants soient autour de toi quand tu te feras vieux.

Le cuivré observa Rayg. Il savait que l'humain était adulte depuis au moins une quatorzaine d'années, mais il semblait toujours vigoureux et en bonne santé. Le dragon se demanda s'il n'avait pas une source secrète de sang de dragon, quelque chose qui lui permettait de garder cette allure juvénile.

Deux jeunes draques approchèrent tout en échangeant des regards, mais le cuivré les renvoya d'un geste.

— Encore des querelles à régler, dit le cuivré. (Il essayait de donner à son ton une bonne humeur qu'il était loin de ressentir. Rayg et ses histoires de déclin l'avaient déprimé.) On en viendrait presque à souhaiter le retour des duels.

— Mais vous détestez les duels.

— Oh, je suis seulement fatigué et je ne profite pas de mon vin. La nuit dernière, mon repas a été interrompu par deux dragons… peu importe leur nom, un anthracite et un bronze terne. L'anthracite a vendu du bétail, douze bêtes exactement, au bronze en échange de trois jeunes esclaves. Le temps que le bronze envoie les esclaves et récupère les bêtes, deux d'entre elles étaient tombées malades et avaient péri. L'anthracite a insisté pour que le bronze prenne les carcasses car elles peuvent toujours être mangées.

» Ni l'un ni l'autre ne parvenait à résoudre la situation, ils sont donc venus me voir. Le bronze voulait garder les dix bêtes mais ne donner que deux esclaves et l'anthracite souhaitait s'en tenir au marché originel.

— Qu'avez-vous fait ?

— J'ai dit à l'anthracite que si les bêtes mortes étaient si précieuses, il pouvait les garder et les remplacer par des spécimens vivants. Le bronze a déclaré qu'on lui donnerait deux autres bêtes malades ; il a insisté pour que l'anthracite lui rende un esclave et annoncé que tout autre arrangement serait une crapulerie. Ils m'en veulent désormais tous les deux. Unis par leur dégoût de mon jugement, ils ont fait après coup, semblerait-il, une très agréable partie de quilles à queue.

— Les nains tenaient des séances débats, dit Rayg quand il eut fini de rire. J'ai assisté à l'une d'entre elles… en partie. On m'a dit qu'elle avait duré quasiment toute la journée. Chaque faction était composée de plusieurs nains qui donnaient leur version des événements.

Le cuivré ignorait pourquoi mais parler à Rayg le calmait toujours, à moins que la purge fasse son effet et qu'il soit simplement habitué à cracher sa poche à feu – c'était une image – en présence de l'humain. Ces discussions lui donnaient toujours des idées. Peut-être que la façon de régler les conflits évoquée par Rayg pouvait être mise en pratique ici.

— Si nous en sommes à parler de tels problèmes, puis-je vous demander une faveur ?

— Bien entendu.

— Ces jumeaux, SiHazathant et Regalia… Ils donnent du sang de dragon à leurs esclaves enceintes pour engendrer des humains surpuissants. En petite quantité, c'est une bonne chose, mais une alimentation composée exclusivement de ce sang… les bébés sont mort-nés ou ne vivent pas longtemps, ce qui est probablement pour le mieux. Les mères sont extrêmement affligées par… les mutations. L'une d'entre elles s'est tuée. Pourriez-vous leur demander de cesser ces expériences ?

Les imbéciles. Certes, ce n'était pas très différent de ce que lui-même avait fait avec ses chauves-souris, mais celles-ci n'étaient à l'origine pas dangereuses et le sang de dragon les avait grandement améliorées. Les humains, en revanche, étaient et seraient toujours une menace.

Et toutes ces vieilles légendes sur le Dragonneur qui buvait le sang des dragons qu'il avait tués. Si ces deux inconscients engendraient par inadvertance une génération de dragonneurs…

Un affreux doute s'insinua à pas de loup dans son esprit. Et s'ils n'étaient pas inconscients ? S'ils essayaient vraiment de donner naissance à un autre dragonneur, ou deux, ou six, ou douze ? Il allait devoir surveiller les jumeaux et il avait déjà bien trop de dangers à guetter.

— J'y mettrai un terme.

Il congédia Rayg, qui repartit avec son matériel d'escalade. Et quand bien même, supposons que Rayg lui ait menti et qu'il s'évade ? Le cuivré lui devait tant… il devrait vraiment lui rendre sa liberté et le laisser profiter du soleil d'En-Haut.

Mais ce n'était pas à un jeune Tyr indulgent et sentimental de décider. Le Lavadôme avait besoin des talents de Rayg.

NoSohoth perturba sa digestion avec une nouvelle série de plaintes venues des protectorats du sud et du nord-est. Les Ghiozes volaient du bétail et des brigands attaquaient leurs alliés garnes au bout du monde.

Nilrasha rentra tard, de mauvaise humeur, fatiguée et les pattes endolories. Elle avait accompagné des filles du feu pour une marche d'entraînement rapide le long du cercle d'eau.

— Sur le chemin du retour, j'ai apporté quelques volailles aux six crêtes pour les offrir à SoRolatan. Il rumine toujours au sujet de cette dragonnelle que tu lui as pris sous le nez.

— En vol, il serait incapable de tenir son rythme, ce vieux lourdaud.

— J'ai cependant dû écouter son idiote de compagne piailler pendant que je m'efforçais de trouver de quoi louer un dragon qui a si peu à louer. Je l'ai abreuvé d'un flot continu de compliments pendant tout le repas pour qu'il me promette que ses dernières dragonnettes rejoindront les filles du feu.

— On dirait que tu fais ça depuis que tu es sortie de l'œuf.

Elle regarda dans le vide, au-delà de leur petite salle extérieure.

— Tu oublies, mon amour, que j'ai grandi sur la colline du buveur de lait. Il n'y a qu'un dragon riche là-bas – Sricsrac, cette punaise – et nous autres, nous nous disputions ses miettes. C'est la même chose : ils veulent ce que tu possèdes, mais les enjeux ont changé. Dans la colline, c'était une pelle rouillée ou un vieux poulet décharné. Ici, ce sont des chambres avec vue sur le dôme ou une part du commerce de l'oliban.

Le cuivré toucha du bout de sa queue celui de sa compagne.

— Tu es le rocher sur lequel repose mon règne.

— Cesse de le craqueler et je n'aurais plus besoin de passer tout mon temps à reboucher les fissures. (Elle le regarda comme si elle le voyait vraiment pour la première fois ce soir.) Mon Tyr, tu as l'air complètement exsangue ! Tu n'as pas encore nourri ces chauves-souris…

— Non, des démènes.

— Encore mieux.

— Leur général, Gigrix, avait déjà bu du sang de dragon. J'y ai vu une occasion.

— Tu vas perdre son respect. Un Tyr qui fait une telle chose…

Il lui parla des expériences des jumeaux sur les humains et de l'opinion de Rayg sur la question.

— Je parlerai à leurs esclaves, déclara-t-elle.

— Tu as même de l'influence sur ceux des jumeaux ?

— J'ai travaillé dur pour que tous les esclaves viennent me voir quand ils ont un problème. Ils connaissent mieux leurs maîtres que leur famille, tu sais.

— Moi qui pensais que tu les récompensais par pur bon cœur.

Le cuivré n'aurait su dire s'il était déçu, impressionné ou un mélange des deux.

Elle renifla avec mépris.

— Ce sont des outils, comme des griffes, comme une langue, comme un festin.

— Comme un accouplement ?

Il espérait à moitié qu'elle lui mente.

Elle pencha la tête.

— Pas le nôtre, mon amour.

Pendant que les esclaves débarrassaient le repas, il posa le cou en travers du sien. Nilrasha le chatouilla avec l'une de ses *griffs* et se mit à chanter.

C'était ses moments favoris. Il se sentait comme un dragonnet blotti contre sa mère – il imaginait en tout cas que c'était ce que devait ressentir un dragonnet. Il n'avait passé que si peu de temps avec la sienne...

Chapitre 10

Ils lui donnèrent un recoin confortable et à l'abri du vent qui ne méritait pas vraiment le nom de cave, mais offrait une belle vue sur les montagnes au sud, des fougères sur lesquelles se coucher et un brise-vent. L'endroit était imprégné d'une légère odeur de dragon, mais pas celle de DharSii. AuRon trouva sous les fougères une vieille écaille blanche zébrée de fissures jaunes et rouges.

Il paressa pendant une nuit et un jour. Deux garnes lui apportèrent une charrette remplie de jambons et de saucisses de formes et de parfums divers. Ils étaient vêtus de cuir renforcé aux genoux, aux épaules et aux coudes par des écailles de dragon, bien soignés, mais pieds nus.

— Encore ? lui demanda l'un d'entre eux dans un draquine intelligible, à défaut d'être intelligent.

AuRon ouvrit en deux l'une des saucisses, la renifla prudemment, l'inspecta avec sa langue puis prit une bouchée. Elle semblait saine.

— Ça ira pour le moment.

Il mangea frugalement, par précaution.

Il était agréable de se retrouver à cette altitude. Dans le nord, ce recoin aurait déjà été empli de glace et de neige. AuRon eut tout juste l'énergie de trouver un ruisseau d'eau fraîche pour boire et se baigner.

Quand il revint de son bain il entendit les garnes l'appeler ; ils soufflaient dans une corne et frappaient un anneau contre une barre de fer.

AuRon se faufila contre le vent et les prit par surprise. Il était bon de s'entraîner un peu, même si les garnes faisaient un tel vacarme que les surprendre n'avait pas été difficile.

— Allez, allez, mange ! Elle te verra bientôt.

Ils lui apportaient des abats cuits qui baignaient dans le beurre. AuRon n'avait pas mangé de ce dernier depuis des années, mais une fois encore il se força à grignoter poliment.

Un troisième hominidé, un humain cette fois-ci, les observait à distance. Il semblait trop massif pour être habitué à monter et descendre des montagnes. L'homme partit d'un pas tranquille dès qu'ils se mirent en route pour descendre de la crête.

Les garnes le conduisirent le long du flanc de colline recouvert d'échafaudages. Au bout du chemin se dressait une porte voûtée, au sommet d'escaliers en zigzag qui traversaient une sorte de jardin sauvage. La porte était trop étroite pour qu'un dragon l'emprunte, même si AuRon s'en serait senti capable si on lui avait donné un peu plus de beurre pour graisser le chambranle.

Les garnes lui firent plutôt descendre une route de graviers ; AuRon sentit une odeur de cheval. Une petite prairie entre l'oreille et la fossette de l'immense visage abritait une herbe verte et quelques chevaux, ceux qui tiraient le char de la reine ou leurs cousins.

Ses guides le firent pénétrer dans une sorte d'étable en pierre. Il trouva la reine rouge dans les écuries. Elle examinait le sabot de l'un de ses chevaux en compagnie d'un nain plus large que haut ; ce dernier arborait un épais tablier de cuir et une ceinture qui pendait sous le poids de ses outils. Les favoris du nain étaient imprégnés de la mousse la plus lumineuse qu'AuRon ait jamais vue mais le reste de sa barbe ne montrait aucune trace de poudre d'or ou autre ornement. Le nain ne devait se soucier que de disposer d'une lumière correcte pour son travail.

La reine rouge portait une sorte de cape en toile rouge qui rappela à AuRon ces petites coupes au bout de tiges que les hominidés utilisaient pour éteindre les chandelles. Elle ne portait cette fois-ci sur le visage qu'un léger foulard. AuRon fut comme cloué sur place par deux yeux d'un bleu saisissant lourdement soulignés de noir, ce qui ne faisait qu'attirer l'attention sur leur taille et leur éclat.

Elle chuchota quelque chose au nain qui hocha la tête.

La reine rouge regarda AuRon et les coins de ses yeux se plissèrent. Elle souriait, supposa-t-il.

— Prêter attention aux détails ne peut pas faire de mal.

— À votre service, grande reine, dit AuRon, qui se rappelait les tournures de DharSii.

Elle le conduisit plus en avant dans la montagne. Les couloirs étaient larges, hauts, aérés – AuRon reconnaissait le travail des nains quand il le voyait, même s'il n'y avait ici aucun des impressionnants ornements des galeries de la Compagnie.

— Les détails, AuRon, les détails. Bien évidemment, les apparences ne font pas tout. Mais le problème, c'est que nous ne pouvons pas être à six endroits à la fois.

Ils pénétrèrent dans une sorte de coupole au pied d'escaliers qui se séparaient en deux. Une fontaine bouillonnait entre les balustrades et un autre escalier descendait dans les profondeurs de la montagne. Une lumière douce et diffuse rentrait dans la salle par deux fentes jumelles creusées dans des conduits qu'AuRon pensait être les narines du visage.

— Veux-tu bien nous excuser un instant ? Tu veux peut-être admirer la fontaine ou t'y rafraîchir.

AuRon se contenta d'observer l'ouvrage des tailleurs de pierre. L'arrière de la fontaine était recouvert par une mosaïque de losanges parfaitement égaux. Ils étaient arrangés selon un schéma complexe : large en bas, la forme devenait de plus en plus étroite en remontant. AuRon ne voyait pas ce que la mosaïque pouvait représenter sinon une montagne extrêmement stylisée.

— Le croiras-tu ? Les garnes ont fait cela. C'est une relique du vieil Uldam. Oui, même les garnes ont pris possession de cette montagne. Ils ne l'ont heureusement pas gardée assez longtemps pour en modifier l'extérieur, car nous devrions sinon également enlever des crocs sur le visage.

Elle s'était changée et portait maintenant une robe longue, aussi sobre que ses atours précédents étaient élaborés. Trois broches d'argent, des triangles allongés, la maintenaient en place. Il avait raison. Sa mise était simple mais attirait l'attention sur sa tête. Un masque de cristal translucide taillé pour ressembler à… – oh, il ne savait pas vraiment – … de la glace ? cachait maintenant son visage. Un mince voile de soie noire avec quelques touches d'or recouvrait sa chevelure et son cou.

Elle avait à la main une version plus légère de son masque précédent. Celui-ci était couleur d'ivoire, avait l'apparence d'une dentelle rigide et complexe, avec toujours le même sourire d'un côté et la moue mécontente de l'autre.

— Rouge à l'extérieur, noir à l'intérieur, c'est aussi simple que cela.

AuRon regrettait la magie de ces yeux brillant et se demandait pourquoi la reine jouait ainsi à dissimuler ses traits. Bien sûr : si personne ne vous avait jamais vraiment vu, impossible de savoir si vous vieillissiez, si vous étiez malade ou non, voire même remplacé par quelqu'un d'autre. Au cours de son voyage dans l'est on lui avait raconté qu'un roi disposait de trois ou quatre appartements mobiles pour rendre une tentative d'assassinat plus difficile et qu'aucun de ses sujets ne sache si c'était le roi qui venait leur rendre visite ou l'un de ses subalternes.

— Croyez-vous à la simplicité, grande reine ?

— La vie est complexe pour nous. Les calculs que nous effectuons avant de faire un mouvement prennent parfois des jours ou des semaines, et nous devons ainsi rendre le reste de notre vie aussi dépouillé que possible. Mais nous devons pourtant nous montrer.

» Nous sommes contente que tu aies vu cette fontaine, AuRon. Nous nous arrêtons souvent devant pour nous remémorer la gloire et la déchéance des nations qui ont précédé Ghioz. Bâtir une civilisation est un travail long et éreintant. Nous avons érigé une cité de marbre poli là où il n'y avait que des huttes de paille et de boue.

— Êtes-vous une magicienne capable de changer l'air en pierre ?

— Pas ce genre de magicienne, non. Anklamere était un imposteur. Mais nous connaissons les secrets de la création. Toute création est un acte de la volonté et de l'esprit.

Elle lui fit descendre l'escalier pour rejoindre une autre galerie à l'intérieur du visage, bien plus éclairée que l'autre. Les pas de la reine sur les marches étaient si légers qu'AuRon se demandait s'il ne les imaginait pas. Celle-ci était, se dit-il, la bouche de la statue. Il ne distinguait pas grand-chose à cause des échafaudages et de la toile mais supposait que, sans tout cet équipement, la vue devait être impressionnante.

— Ces arbres, en bas, existent de toute évidence dans le monde physique. Mais notre conception de ces arbres n'est-elle pas flexible ? L'architecture de notre imagination, comme le disait ce nain. Ils s'appellent les bois de la reine, donc ces arbres nous appartiennent. Nous pouvons imaginer que ces arbres abritent du gibier ou qu'ils sont coupés et transformés en échafaudages pour faire une autre statue. L'audace recèle un immense pouvoir. Ta petite « île de Glace » – je crois qu'elle est nommée ainsi sur les cartes hypates. Nous pourrions très facilement l'appeler Aurontos et t'en nommer gouverneur. Le monde entier nous appartient dans notre imagination. La vie se charge petit à petit des détails.

AuRon se demanda si elle avait déjà vendu l'île à un aspirant titulore.

— Tous les dragons de mon île n'en seraient peut-être pas ravis, grande reine.

Apparemment, imiter les manières de DharSii ne pouvait pas faire de mal. Elle pencha la tête pour accepter le compliment.

— Oh, nous attendrons plus longtemps qu'eux. Nous pouvons nous permettre d'être patiente. Si aucune solution ne se présente, nous attendons simplement une génération ou deux. Ils oublient si vite.

— Les dragons vivent longtemps, répondit AuRon.

— Même ces arbres ne nous survivront pas, dragon. La reine rouge est éternelle.

— Vous transmettez votre titre à votre fille en même temps que vos croyances ?

— Rien d'aussi médiocre. Nous n'avons simplement aucune envie de mourir. Trop de choses sont encore à faire dans ce monde. Ton sorcier et les hommes comme lui tombent et laissent une œuvre à peine commencée.

— Ce n'était pas mon sorcier. Je déplore sa vie, pas sa mort.

Elle fit tourner son masque pour montrer le visage mécontent.

— Fais attention, AuRon fils d'AuRel. Si tu fais de nous ton ennemie, ce sera pour toujours.

— Était-il l'un de vos titulores, grande reine ?

— Non. Les hommes sont insensés. Nous ne sommes pas aussi stupide et savons reconnaître la valeur des elfes, des nains, et même des garnes. Nous sommes heureuse d'éradiquer de telles absurdités. Quand certains de ses dragonniers sont venus chercher refuge après sa chute, nous les avons accueillis, mais dès qu'ils ont commencé à prêcher ces sottises de destinée première de l'homme, nous leur avons fait couper la tête. Une moindre perte.

» Nous avons découvert que notre plus grand défi est de trouver les esprits de valeur qui seront nos titulores. Oh, ils sont nombreux à vouloir le titre, mais beaucoup moins le labeur qui l'accompagne. Et il y a ceux qui sont consciencieux mais requièrent de constantes instructions ou ceux qui sont trop aveuglés par les enseignements de leurs temples et ne font pas le nécessaire pour être efficaces.

— Comment évaluez-vous cette efficacité, grande reine ?

— Il n'y a qu'une mesure, dragon. Les pièces et les biens de valeur. Nous avons appris il y a longtemps que les hommes sont prêts à tout échanger contre des pièces : de belles paroles, des déclarations d'amour, des promesses de loyauté, de tristes histoires, des flatteries, des larmes – oui, ils offriraient tout, des rivières, des torrents, et tout ceci réuni ne pèse pas plus lourd que du brouillard comparé à un bœuf. C'est celui qui apporte un coffre rempli de pièces qui a la possibilité de s'élever.

— Vous devez avoir beaucoup de pièces.

— Nous ne sommes pas un dragon qui les accumule dans son trésor. Laisse-nous te donner un conseil, AuRon. Fais travailler ton or. Il est comme une graine. Plante-le dans le bon sol et il en poussera dix fois plus. Non, nous n'avons pas les grandes salles remplies de trésors que certains croient creusées sous cette montagne. Ce qui rentre sort de nouveau sous forme de petits présents pour ceux qui désirent nous rejoindre. Un homme vient nous voir et nous annonce qu'il souhaite s'établir comme éleveur de chevaux. Nous lui donnons quelques pièces pour acheter des poulinières et des terres. Bien sûr, nous n'en reverrons jamais certains, mais d'autres reviendront quelques années plus tard avec dix fois ce que nous leur avons donné. Nous offrons un titre. Nous les reverrons encore quand ils auront un fils qu'ils souhaiteraient capitaine de l'un de nos escadrons de cavalerie ou une fille qui pourrait être avantageusement mariée avec une dot plus importante. Pendant leur vie de labeur nous voyons notre or grossir au centuple ou plus encore.

— J'ai peur que les dragons ne soient pas très doués pour travailler avec tant de diligence.

— Mais ils peuvent parler à d'autres dragons. Tu pourrais nous aider avec certains d'entre eux, dit-elle, songeuse. Nous pensons que tu ne leur es pas familier.

— De qui s'agit-il ?

— Connais-tu bien le monde d'En-Bas ? Nous aimerions envoyer un émissaire dans le Lavadôme.

— Le Lavadôme ? J'ai déjà entendu ce mot. Je pensais qu'il s'agissait de l'interprétation naine d'un mythe garne.

— Oh, il est bien réel. Nous ne savons pas grand-chose du monde d'En-Bas, comme vous l'appelez, et nous n'avons pas décidé s'il profiterait à Ghioz de faire l'effort nécessaire pour en prendre le contrôle. Selon nos calculs nous avons bien peu à y gagner. Des tunnels uniquement remplis d'obscurité.

— Porter vos messages me rapportera des pièces ?

— Oui. Nous voudrions te présenter nos principaux titulores. Si tu veux bien nous accompagner à cette conférence…

» Tu as choisi le bon moment pour faire ton arrivée. Certains de mes alliés du nord sont descendus dans le sud pour passer la saison en notre compagnie et éviter le pire du froid et de la neige ; Ghioz va bientôt célébrer la mort et la renaissance du soleil, une occasion des plus remarquables, à notre avis.

AuRon la suivit dans des tunnels plus rustiques. Il sentait des odeurs de poulailler, de cuisine, d'épices, et d'autres plus nauséabondes.

Elle le conduisit dans un passage qui descendait de façon plutôt abrupte mais les pierres du sol étaient disposées de manière que les griffes ou les pieds aient facilement prise. Ils franchirent une large porte voûtée et AuRon se rendit compte qu'ils venaient de traverser la montagne et se trouvaient sous le grand visage et ses échafaudages. Il lui fallut baisser la tête pour passer sous certains.

Les arbres et les pierres avaient été arrangés et complétés par des toiles cirées de telle manière qu'AuRon pouvait à peine déterminer s'il était à l'extérieur ou non. Les parcelles rocheuses et les gros morceaux de ce qui avait jadis été la barbe du nain ressemblaient à des murs, les grands troncs à des piliers et les branches enchevêtrées à un toit. Mais il voyait également des mares et des ruisseaux, des parterres de fleurs et des fougères, et même des fruits à l'odeur sucrée disséminés sur le sol de la vaste arène. Les rochers avaient été taillés pour offrir des sièges grossiers et des escaliers.

AuRon pensait l'endroit capable d'accueillir des centaines ou même des milliers de personnes, mais ils n'étaient pour l'instant que quelques quatorzaines rassemblés en petits groupes de trois ou cinq.

— Merci de retarder vos affaires jusqu'à demain. Nous apprécions votre patience, annonça la reine rouge en parl.

AuRon passa en revue les visages. Des humains, pour la plupart, même s'il vit quelques elfes dont les boucles ressemblaient à des algues séchées, des feuilles jaunies et, pour l'un d'entre eux, une cascade de graines de citrouille. Il remarqua aussi des nains au visage voilé, leur barbe éclairée par de la mousse qui faisait scintiller poudre d'or et pierres précieuses – ils étaient vraisemblablement très riches. Cinq garnes étaient accroupis ensemble sur une seule pierre et dévoraient un panier de pommes pour patienter.

Le groupe qui semblait le plus important était composé d'hommes aux cheveux sombres, aux fines moustaches, aux barbes bien taillées et ornées de perles. AuRon reconnut leurs habits. Des Pieds de Fer issus de diverses tribus.

Il se rappelait qu'on les décrivait comme très dangereux pour les malheureux qui vivaient dans leur voisinage pendant les rares périodes au cours desquelles ils ne s'affrontaient pas entre eux pour des prés ou des routes migratoires.

Un nain particulièrement replet s'appuyait sur une canne épaisse et noueuse. Quelque chose dans sa posture réveilla de vieux souvenirs. Comment s'appelait ce voleur qui avait tenté de le faire accuser à sa place ? Oui, Sekyw.

Qu'il ait maintenant trouvé une place au sein de la cour de la reine rouge était pour le moins intéressant.

— Reste près de l'entrée pour l'instant, AuRon. Nous devons subir quelques cérémonies et civilités. De tels rituels ont leur utilité mais deviennent épuisants multipliés au centuple.

AuRon la regarda monter sur une tribune basse. Tous les participants de la conférence firent la queue pour la saluer et lui parler. Une partie de leur protocole impliquait de plonger les mains dans une cuvette remplie d'eau et de les sécher avec un linge blanc avant d'étreindre celles de la reine. AuRon n'avait rien d'autre à faire qu'observer et il remarqua qu'elle serrait les deux mains pour certains, une seule pour d'autres et croisait parfois les bras afin que sa main droite rencontre la gauche de son interlocuteur et vice versa.

Les Pieds de Fer touchaient simplement de leur front l'ourlet de sa robe.

Ils parlèrent. La reine rouge semblait capable de converser dans plusieurs langues. Elle ne parlait jamais très longtemps. Quand une querelle éclatait, elle faisait immédiatement taire l'assemblée.

Des serviteurs humains et garnes apportèrent boissons et nourriture.

Elle lui fit finalement signe d'approcher.

— Voici AuRon, un prince dragon du nord, annonça-t-elle. Nous pensons qu'il sera pour nous un émissaire approprié à envoyer parmi les dragons du Lavadôme.

— Je crois avoir connu ce dragon quand il n'était encore qu'un draque sans ailes, ma reine, dit Sekyw. Nous avons traversé ensemble les plaines dans les tours mobiles. Je sais qu'il est digne de confiance. (Le nain lui lança un regard coupable.) Il a rendu de grands services aux nains pendant les combats. Il est loyal envers ses amis, très loyal.

— Ghioz cherche des amis partout, dit la reine.

Les Pieds de Fer dirent quelque chose dans une langue qu'AuRon ne connaissait pas mais il reconnut le mot parl pour « dragon ».

— Oui, oui, tout le monde a besoin de dragons pour accomplir son but. C'est là toute la difficulté. Ils sont si rares, ceux qui agissent avec intelligence tout du moins. Rappelez-vous la stupidité des dragons habitués aux ordres des humains, la rapidité avec laquelle ils ont péri une fois livrés à eux-mêmes pendant la conquête de l'archipel de Chushmereamae. Nous vous avons envoyé des rokhs pour les reconnaissances et vous devrez vous en contenter.

» Alors, AuRon, qu'en dis-tu ? Nous t'offrons un titre, si tu veux le prendre. Tes fonctions seront légères et tu découvriras que notre amitié vaut le triple de la somme dérisoire que nous demandons en retour.

— C'est une île bien pauvre, grande reine. Elle n'a presque rien à offrir à part du poisson et de la viande de phoque.

— Et des dragons. Intelligents, puissants, ailés, ils sont les plus utiles des alliés.

— Vous rejoindre ? Je ne peux prendre une décision d'une telle importance sans consulter mes semblables. Mes petits ont cependant besoin de pièces, et vite s'ils veulent devenir de solides dragons.

— Tu découvriras que nous sommes un commissaire généreux. Nous avons besoin d'un messager afin de l'envoyer auprès de tes semblables dans le Lavadôme et leur proposer notre amitié. En raison de bévues et de malentendus, nous nous sommes affrontés sur les collines de Sloai ainsi qu'à Bant. Nous pensions envoyer un autre émissaire, mais son passé au sein du Lavadôme pourrait être préjudiciable à nos intentions. Ils t'écouteraient sans préjugés, toi, un dragon inconnu.

— Quel serait votre message, grande reine ?

— Le plus amical qui soit. Nous souhaitons instaurer un dialogue entre les deux mondes, l'En-Haut et l'En-Bas, afin de régler nos désaccords sans effusion de sang.

— Et vos conditions ?

— Nous voulons qu'un dragon du Lavadôme soit ambassadeur au sein de notre cour, qu'un ambassadeur de Ghioz s'installe dans le Lavadôme, ainsi que l'instauration d'un réseau de communications, dans un sens comme dans l'autre. Tu recevras une rançon de pièces d'or pur.

— Une rançon ?

— Connais-tu nos poids et nos mesures ?

— Hélas ! non.

— C'est à peu près le poids d'un taureau adulte.

— C'est une somme considérable, en effet.

— Ces termes te semblent-ils satisfaisants ?

— Ma mission pourrait échouer. J'aimerais dans cette éventualité obtenir une compensation.

— Tu recevrais un quart de la somme, dans ce cas.

— Je ne connais pas vos coutumes, grande reine. Comment concluez-vous un marché ?

— Nous utilisons des sceaux et inscrivons diverses choses sur du papier mais tout ceci vaut autant qu'une parole, et tu as déjà la nôtre.

AuRon avait décidé qu'au pire, rencontrer d'autres dragons serait bénéfique. Il espérait qu'il ne restait pas dans ce Lavadôme des vestiges de l'armada du sorcier plein de rancœur contre celui qui avait fait tomber leur maître.

— Alors vous avez également la mienne.

— Nous sommes toujours heureuse de trouver un accord.

— Pourriez-vous répondre à une autre question ? demanda AuRon.

Le masque tournoya et fronça brièvement les sourcils avant que le côté souriant revienne. AuRon y vit une incitation à aller droit au but.

— Nous avons d'autres affaires à régler aujourd'hui, mais tu as notre attention.

— L'amie que j'ai perdue... DharSii a parlé d'elle. Combien de temps est-elle restée au service de Ghioz ? Quel était son rôle, son but ?

— Une amie ? Un autre dragon ?

— Oui.

— C'est un malentendu. Elle n'a jamais été à notre service. Elle était, nous le craignons, une amie des garnes et protégeait un très grand trésor. Elle représentait un obstacle pour nos desseins et nous avons dû nous débarrasser d'elle. DharSii l'appréciait beaucoup et lui a donné toutes les chances possibles d'éviter la destruction.

— Elle a combattu contre DharSii, pas à ses côtés ?

— C'est ainsi que nous l'avons compris. Nous regrettons que cette confrontation ne se soit pas conclue de manière plus heureuse. Selon DharSii, elle était un dragon de valeur.

Après toutes ces années. S'il était venu dans l'est quelques mois plus tôt... Pourquoi ces maudits chasseurs de trésors n'avaient-ils pas profité des premiers vents chauds du printemps ?

Disparue, la dernière représentante de son ancienne famille. Les dragons ne pouvaient-ils donc pas rester à l'écart des querelles entre hominidés ? Mais ces derniers rassemblaient l'or comme les fourmis des fruits tombés à terre, et les dragons avaient besoin de cet or. Et le voilà, lui, AuRon, de nouveau mêlé à leurs affaires.

DharSii avait peut-être raison au sujet des Ghiozes. Ils sont puissants, et un arbre doit savoir ployer s'il veut garder ses branches intactes.

Il avait toujours une famille à laquelle penser, une nouvelle famille. Ils devaient passer en premier.

— Cela change-t-il quelque chose ? demanda la reine. Tu peux revenir sur ta décision. Nous n'avons aucune envie de confier une telle mission à des ailes réticentes.

— Je suis désolé que les choses se soient déroulées ainsi, répondit AuRon, mais j'ai toujours besoin de cet or. Le plus tôt sera le mieux.

— Excellent. Retourne près de la fontaine, à l'intérieur, et nous te donnerons des instructions supplémentaires, ainsi qu'un petit présent.

AuRon attendait près de la fontaine, perdu dans ses pensées. Le désir manifeste qu'avait la reine d'entretenir de bonnes relations avec son île pourrait après tout tourner à son avantage. Elle semblait être une souveraine avisée, et une personne capable de rassembler différentes tribus de Pieds de Fer devait être une diplomate de talent.

La nuit tombait à l'extérieur et les serviteurs allumèrent quelques lampes. Les escaliers semblaient vous mener aux ténèbres et aux doutes mais le débit de l'eau demeurait constant. Même le martèlement des tailleurs de pierre, au loin, finit par cesser.

La reine rouge réapparut ; elle se déplaçait lentement mais avec assurance.

— Une longue journée. Nous avons demandé que de la nourriture te soit apportée aux portes des écuries afin que tu puisses manger avant de t'envoler, à moins que tu préfères dormir et partir dans la matinée.

— Merci, grande reine.

— Nous avons un message assez simple en parl. Le lis-tu ?

— Oui.

Elle lui tendit un étui à parchemin accroché au bout d'une très longue chaîne. Le fermoir était suffisamment gros pour que des griffes de dragon puissent l'actionner. AuRon sortit le message et le lut. C'était une offre simple et amicale pour un échange d'ambassadeurs entre Ghioz et le Lavadôme afin d'éviter de futurs conflits entre les mondes d'En-Haut et d'En-Bas. Trois sceaux – le premier en or, le deuxième en argent et le troisième en cire rouge – ponctuaient le message.

— Tu auras également besoin d'un insigne pour afficher ton rang, dit-elle après avoir replacé le message dans son étui. Tu porteras ceci pour montrer que tu as notre confiance.

Elle fit un geste et les garnes vêtus de cuir apparurent. L'un d'entre eux portait un pendentif en cristal suspendu à une chaîne longue et fine. AuRon les examina tous deux attentivement. Ils semblaient inoffensifs. Le cristal était d'une clarté inhabituelle avec une nuance légèrement laiteuse sur un de ses côtés. Il ne ressemblait pas à un diamant.

— Veux-tu le porter autour de ton cou ? Quand il était un émissaire, DharSii l'arborait à l'oreille.

— Le cou me convient.

Les garnes le mirent en place tandis que la reine lui montrait une carte. Il la questionna au sujet de certaines marques.

—Ainsi, ce pont au fond d'une caverne remplie de gorges me conduira là-bas, grande reine ?

—Nous pensons qu'il existe d'autres chemins, mais il est préférable que tu empruntes celui-ci. C'est le plus sûr et il est bien gardé, ainsi ton arrivée ne sera pas une surprise. Nous connaissons l'existence d'une autre entrée à Bant mais trop de sang a été versé là-bas. Un message venu de Bant rappellerait à tous ces tristes événements.

La reine rouge vint se placer devant lui pour admirer le pendentif.

—Cela nous semble bien. Nous avions correctement deviné la longueur. (Elle leva le masque souriant devant son visage.) Tu es un dragon courageux, AuRon.

—Je pourrais dire la même chose à votre sujet. Une reine qui converse avec un dragon sans crainte et sans gardes tout autour…

—Oh, oui, nous supposons que tu pourrais nous envelopper de flammes, si tu étais assez fou pour faire une telle chose. Mais rappelle-toi, nous avons bien trop de travail pour faire une chose aussi inutile que mourir.

Livre II

Improviser

Le destin combat aux côtés de celui qui s'est bien préparé.

Irelia Antialovna

Chapitre 11

Wistala, son énergie retrouvée grâce à un estomac bien rempli et l'esprit avide de distractions pour oublier les souffrances de la guérison, en apprit beaucoup sur ces « sœurs du feu » et les dragons qu'elles protégeaient tandis qu'elles voyageaient de poste en poste.

Selon ses bienfaitrices, il existait trois lignées de dragons. Les Skotl étaient reconnus comme les meilleurs combattants car ils étaient généralement les plus gros et leurs écailles les plus épaisses. Ils étaient également les plus nombreux, de justesse, mais ils se montraient assez souples pour considérer n'importe quel dragon un tant soit peu imposant comme un Skotl à titre honoraire, quelle que soit sa lignée, et l'on ne pouvait donc pas se fier à leurs décomptes. Les anklènes étaient les plus intelligents car ils avaient autrefois été des proches serviteurs d'Anklamere, qui avait gardé et élevé des dragons comme ces derniers le faisaient maintenant avec les autres races pour en faire des esclaves. Les anklènes étaient le groupe le moins nombreux et le plus fermé. Les Wyrr se considéraient comme le mortier qui maintenait les deux autres ensemble. Ils étaient renommés pour leur calme, leur jugement et leur talent pour chanter, conter et prédire.

Toutes les sœurs du feu appréciaient apparemment leur Tyr et même si personne ne savait qui étaient ses parents car il était orphelin depuis son plus jeune âge, chaque lignée semblait persuadée qu'il était des leurs. Les anklènes invoquaient son arcade caractéristique et sa crête classique comme preuves de l'intelligence de leur lignée, les Skotl tonnaient qu'une telle hardiesse malgré des blessures de guerre ne pouvait être que la conséquence d'une parenté Skotl et les Wyrr louaient l'amitié qu'il inspirait aux dragons mais également aux chauves-souris et aux esclaves.

— Celui qui l'a précédé était si mauvais qu'il semble trois fois meilleur qu'il l'est en réalité, dit Ayafeeia quand elles se retrouvèrent seules après un dîner.

Un garde draque venait de leur communiquer le dernier ordre du Tyr : Paskinix devait être informé qu'une part importante de son armée attendait dans le Lavadôme qu'il vienne la réclamer.

— Il a toujours ce qu'il veut, poursuivit la dragonnelle. Il en fait simplement un usage plus intelligent que la plupart.

L'ironie de sa situation l'amusait. Elle aurait par-dessus tout voulu qu'Ondée soit encore en vie pour rentrer dans son domaine et tout lui raconter. Elle s'était épuisée à voler depuis le nord gelé jusqu'au sud le long de l'épine dorsale du monde, elle avait fouillé les frontières d'Hypat, les plaines sans fin de l'est pour trouver d'autres dragons, puis AuRon.

Tous ces horizons qui avaient défilé sous ses ailes, toutes ces journées éreintantes, ces nuits douloureuses, gâchées. Enfin, non, pas vraiment. Acquérir une connaissance plus vaste du monde ne saurait être qualifié de perte de temps. Mais il n'avait fallu qu'un faux pas et une chute dans le monde d'En-Bas pour qu'elle rencontre davantage de ses semblables qu'elle n'aurait jamais pu l'imaginer.

Et cette draque, Takea, menaçait de lui ravir ce nouveau trésor.

—Le Tyr doit savoir que tu as aidé Paskinix à s'échapper, disait-elle à la moindre occasion.

—Et il le saura, intervenait Ayafeeia. Mais pas de ta bouche, de la mienne. Tout ce dont je suis sûre, c'est qu'une dragonnelle épuisée, affamée et blessée est tombée au cours d'une ascension difficile.

L'épuisement de Wistala fut guéri par du repos, sa faim par deux repas quotidiens – pour distinguer le jour de la nuit, il fallait rejoindre l'une des ouvertures – et ses blessures par des esclaves garnes qui installèrent une attelle sur sa fracture et utilisèrent une forge à charbon pour la sceller.

—C'est horrible au début, comme si quelque chose tirait sur ton aile. Très perturbant, dit Ayafeeia. Tu as l'impression que la démangeaison va te rendre folle si tu ne trouves rien d'autre à faire.

Wistala la prit au mot et tenta de s'occuper l'esprit.

—Qui a construit le tunnel de l'Étoile ? demanda-t-elle pendant un repas. Les nains ?

—Ça ne ressemble pas à un ouvrage de nains, répondit l'une des sœurs du feu anklènes. C'est trop sec pour des démènes, quant aux garnes… Ils sont à l'aise sous terre mais préfèrent la surface. Cette forme triangulaire, bien qu'étant une structure saine, fait perdre beaucoup de place à toutes les créatures qui ne sont pas de la taille d'un dragon.

—Mais aucune de nos légendes ne dit que les dragons l'ont construit, intervint Ayafeeia.

—Ces proportions sont idéales pour les trolls. Ils sont plutôt triangulaires. De plus, ils sont si étranges qu'il est facile de les penser sortis du monde d'En-Bas, dit Wistala.

— Des trolls ! s'écria Ayafeeia. Où ? Je les croyais disparus.

— On en trouve encore dans le nord, malheureusement.

— Des trolls ! Ils sont supposés être très forts, ajouta une sœur du feu.

— Il vaut mieux s'envoler et les brûler.

— Ils se glissent dans les fissures comme des araignées. Ils ne connaissent pas la peur. Mais si vous les brûlez bien sur l'arrière-train – leurs poumons sont dans leur dos – vous les tuerez, expliqua Wistala.

— Comment sais-tu tout cela ? demanda Takea.

— J'ai aidé à en tuer un, puis j'ai survécu à l'attaque d'un autre. Il m'a sauté dessus pendant que je volais au milieu des montagnes.

Takea ferma ses narines et quelques dragonnelles échangèrent des chuchotements. L'anklène la regarda fixement.

— Tu as une grande expérience du monde d'En-Haut, dit Ayafeeia.

— J'ai voyagé toute ma vie. C'est Hypat que je connais le mieux, mais je suis montée jusqu'aux steppes glacées, j'ai vu la vallée de Sadda, les royaumes de l'est et une partie de l'Océan Intérieur.

— Personne ne peut survivre à tant de voyages ! s'exclama l'anklène. Comment as-tu fait pour ne jamais être chassée ?

— En ne leur donnant aucune raison de le faire. Je n'attaque pas les pâturages ou les enclos, et si je dois avoir pour cela faim pendant une semaine, j'ai faim. On peut toujours se débrouiller avec des blaireaux et des putois. Ils sont dégoûtants mais faciles à repérer à l'odeur.

La traversée du tunnel de l'Étoile se prolongea pendant plusieurs jours. Il lui sembla à un moment s'arrêter devant une paroi abrupte dans laquelle était creusé un nouveau tunnel, plus petit et plus grossier, creusé de façon à retrouver ensuite l'ancien. Cet obstacle fut bientôt suivi par un autre, qui demandait une courte escalade.

— Le monde d'En-Bas a changé depuis que le tunnel a été creusé, affirma l'anklène. Tu peux voir que les démènes ont creusé des galeries pour relier une partie du tunnel à l'autre.

— C'est ici que se sont déroulés les combats les plus terribles. Chaque colline y a perdu une draque ou une dragonnelle, dit Ayafeeia. (Elle lui montra des trous dérobés remplis de fers de lance brisés et des creux par lesquels on avait jadis lancé des javelots ou des lames tourbillonnantes.) Un jour, nous construirons un monument ici, à l'Entaille Sanglante.

Wistala en voyait déjà un, en quelque sorte : un tas de têtes de démènes. Elle cessa de les compter quand elle comprit qu'il y en avait des milliers.

Les démènes n'avaient pas construit que des parois et des pièges dans le tunnel de l'Étoile. Wistala vit de petites mares dans lesquelles ils entreposaient le poisson et les créatures à écailles, des enclos pour les animaux d'élevage sous des plates-formes qui permettaient de distribuer du fourrage par des trous et même des fumoirs pour conserver la nourriture.

— Celui-ci était rempli d'hommes tout desséchés, comme s'ils étaient morts depuis longtemps. Les démènes aiment leur viande fumée très sèche, lui expliqua une sœur du feu.

— Nous avons chassé les démènes de leurs rivières souterraines. Ils ont construit la majorité de ces améliorations récemment pour tenter de se nourrir. Les derniers démènes doivent avoir très faim en ce moment.

— Je crois qu'ils se mangent entre eux, dit Takea. Les draques qui ont exploré les fissures y ont trouvé des démènes morts. Ils étaient toujours de petite taille et chétifs ; leurs chairs étaient découpées, leurs entrailles et leurs cerveaux avaient été enlevés.

— Quelle honte ! s'exclama une autre fille du feu. Le foie de démène cousu dans leur propre peau et bouilli avec leur cervelle est une des recettes favorites des Wyrr.

Les autres approuvèrent à grand renfort de léchages de babines. Wistala n'aimait pas l'idée que les dragons se comportent comme des rats ou des corneilles sur un champ de bataille. Cependant, après avoir été forcée de se contenter de rations réduites, elle eut tout de même l'eau à la bouche et fut obligée comme les autres de contenir l'afflux de salive avec sa langue.

Quand toutes les sœurs du feu – à l'exception d'une sentinelle – furent endormies, museau contre flanc ou ventre contre dos, Ayafeeia vint la trouver.

— Viens. Je veux voir comment ton aile évolue, dit-elle doucement.

Wistala la suivit dans une section plus large du tunnel de l'Étoile où s'étaient accumulés feuilles mortes et débris tombés de la surface, ce qui offrait un doux lit aux champignons et à la mousse.

Ayafeeia cueillit deux champignons et les mangea.

— De la nourriture de nain, je le sais, mais ils te nettoient les intestins. Essaie d'ouvrir cette aile, si tu le peux.

Wistala découvrit qu'elle le pouvait, au prix d'une douleur certaine. Ayafeeia lui fit lever l'aile, la baisser puis exécuter un mouvement circulaire.

— Tu voleras de nouveau. Même si ton aile ne guérit pas complètement, nous ferons faire une attelle plus légère. Notre propre Tyr utilise un appareillage qui maintient une tension adéquate au niveau de son articulation. Veille cependant à ouvrir tes ailes en grand dès que tu en as l'occasion, plusieurs fois par jour. Une petite – très petite – contrainte sur ton aile l'aidera à être plus robuste.

— Je craignais…

— N'en fais rien. Je sais que c'est une réaction instinctive, que les oiseaux à une aile font des proies faciles, et que tu la serres contre ton flanc pour dissimuler ta blessure.

— Merci.

— Il y a autre chose. Je voulais te parler.

— Oui ?

— Je me demandais ce que tu prévoyais pour l'avenir, maintenant que tu as repris un peu de tes forces.

— Je vais continuer à chercher mon frère. Je ne sais pas où il est parti, mais si je retourne auprès des bibliothécaires d'Hypat peut-être auront-ils des nouvelles. J'ai demandé à mes amis là-bas de consigner tout ce qu'ils entendront sur les dragons.

— Ah.

— Tu es déçue ?

— Je suis une dragonnelle franche, Wistala, c'est la raison pour laquelle je ne suis jamais beaucoup montée en grade ni n'ai obtenu les faveurs de la lignée impériale. La politique, je n'ai pas ça en moi. J'espérais que tu ferais profiter le Lavadôme et l'empire de tes talents et de tes connaissances. Pour les tiens. Nous sommes l'ultime espoir des dragons. Une grande voyageuse comme toi doit le savoir.

— Continue. Je vais tâcher de t'écouter sans préjugés.

— Je ne suis pas une spécialiste du monde d'En-Haut, Wistala, mais j'ai l'impression que les dragons y sont finis.

Plusieurs groupes d'adeptes du retour à la surface nous ont quittés pour vivre dans la nature, comme le doivent les dragons et ainsi de suite, mais nous n'avons plus jamais entendu parler d'eux ou de leurs petits.

» L'unique groupe de dragons que nous ayons rencontré là-haut était… le seul mot qui me vienne à l'esprit est « esclaves ». Ils étaient des esclaves pour les hommes, des dragonniers qui ont brièvement occupé le Lavadôme pour l'annexer à leur empire. C'est une histoire pleine de cruauté avec une fin sanglante, si d'aventure tu voulais l'écouter.

— Un autre jour, peut-être, quand j'aurai les cœurs mieux accrochés, mais je te crois sur parole. Où veux-tu donc en venir ?

— Je crois que notre espèce est en train de disparaître.

Wistala ne pouvait pas la contredire. Elle avait vu si peu de dragons dans sa vie. Ces sœurs du feu étaient plus nombreuses que tous ceux qu'elle avait vus jusque-là réunis.

— Peut-être. Ta vision de la surface est fidèle à la réalité. Il n'y a pas beaucoup de dragons là-haut.

— Les dragons ont besoin de toi. Si le Lavadôme veut survivre, ton aide sera inestimable.

— Mais que représente le Lavadôme pour moi ?

— C'est, je crois, ton foyer originel.

— *Quoi ?*

— Tu as sans doute remarqué que notre draquine est très similaire.

— Peut-être, mais je n'ai pas conversé avec beaucoup de dragons.

— J'ai rencontré certains des dragons qui étaient auparavant les esclaves des dragonniers. Ils sont lents, stupides, et leur façon de parler est des plus étranges. Je dois la moitié du temps leur demander de répéter ce qu'ils viennent de dire. Je n'ai aucun problème pour te comprendre. À dire vrai, je te comprends même mieux que certains anklènes, et je les ai côtoyés toute ma vie. Je ne peux m'empêcher de penser que nous sommes parentes.

— Comment est-ce possible ?

— Que sais-tu de tes parents, de tes grands-parents ?

— Très peu de chose. AuRon en sait davantage, car père lui parlait parfois de sa chanson et mère ajoutait quelques détails. Je sais que ma grand-mère maternelle se nommait Irelia.

— Un nom anklène, c'est incontestable. Ta mère était-elle intelligente ?

— Oui, je la définirais ainsi. Père louait sans cesse son don pour les langues.

— Wistala, tu es, je le crois, issue d'une de ces lignées de renégats. Certains détestaient passer la plus grande partie de leur vie sous terre. D'autres s'opposaient à l'esclavage – ils comparaient même ceci à l'assujettissement des dragons par Anklamere, peux-tu croire un tel sophisme ? – et quittèrent donc le Lavadôme. Ces départs firent des heureux – davantage de nourriture pour le reste d'entre nous et les voraces *griffarans*. Wistala, je veux simplement te dire que tu es de retour chez toi. Que vas-tu faire ?

Wistala se sentait aussi désorientée qu'après sa chute dans le puits.

— Je... j'ai besoin de temps pour réfléchir. J'ai vécu parmi les hominidés, je suis donc habituée aux idées nouvelles, mais il faut ici que je m'habitue à une nouvelle... une nouvelle *moi*.

Elles croisèrent leurs cous et sentirent chacune les battements des cœurs de l'autre.

— Prends ton temps, dit doucement Ayafeeia.

Une fois passée cette interruption dans le tunnel les sœurs du feu se détendirent considérablement. Le groupe rencontra un dragon d'un bleu magnifique aux ailes rayées de rouge ; Ayafeeia expliqua qu'il appartenait à l'« armée aérienne ».

Il avait un monteur sur le dos, mais il était facile de deviner qui commandait. Pendant qu'Ayafeeia parlait au dragon, l'homme alla lui chercher de l'eau et de la nourriture. Le monteur n'avait pas de rênes mais une large lanière de cuir l'attachait à sa selle. Ayafeeia lui expliqua plus tard qu'il pouvait ainsi se retourner pour tirer en arrière avec son arbalète. Les monteurs communiquaient avec leurs dragons avec des mots ou des coups de talon pour leur annoncer ce qu'ils faisaient afin que ceux-ci ne « répandent » pas leur charge dans un virage brusque ou un plongeon.

Wistala remarqua que le monteur portait une sorte d'armure recouverte d'écailles du même bleu que son dragon sous sa cape bordée de fourrure.

Il décolla dans le passage, visiblement porteur d'un message. Voler sous terre, chose incroyable ! Ce tunnel de l'Étoile était une vraie merveille.

— Quel genre d'hommes monte l'armée aérienne ? demanda Wistala.

— Des esclaves libres, répondit Ayafeeia. Il est question d'établir un protectorat pour la seule armée aérienne afin que les hommes puissent élever leur famille dans de vrais jardins, sous le soleil. Cela dit, si j'étais le Tyr, je redouterais une telle décision.

— Pourquoi donc ?

— Je craindrais que le protectorat prospère et de me retrouver ainsi face à un nouveau rival.

Tous les dragons de cet empire semblaient vivre dans la crainte d'une nouvelle guerre civile. La précédente s'était prolongée avec quelques interruptions sur des générations pour ne s'achever qu'avec l'instauration du premier Tyr, FeHazathant. Ses deux successeurs n'avaient que brièvement régné. Avaient ensuite suivi une courte domination des dragonniers et l'arrivée au pouvoir du Tyr RuGaard, qui avait inauguré ce qu'il appelait l'« Âge du Feu ».

— Notre Tyr ne veut pas que nous restions dans les ténèbres. Il promet un retour à la surface, déclara l'une des draques. Quand nous serons suffisamment forts.

Wistala ne savait qu'en penser. Le monde était terriblement grand et cet empire ne semblait pas accueillir tant de dragons que cela.

Elles sortirent du tunnel de l'Étoile pendant que les draques partaient en reconnaissance puis surveillaient leurs arrières. Ils parvinrent à un nouvel obstacle : cette fois-ci, le sol s'était effondré et un pont enjambait le vide.

— Il est assez solide pour supporter un dragon, lança Ayafeeia.

Elle traversa le pont, les ailes ouvertes pour garder l'équilibre.

Les autres la suivirent les unes à la suite des autres.

— Dame-mère ! des démènes ! cria l'une des draques qui montait la garde et reniflait le gouffre.

— Vite ! Traversez en volant ! ordonna Ayafeeia. Les draques qui n'ont pas encore franchi le pont, montez sur le dos des adultes ! Wistala, dépêche-toi !

Les cœurs battant, Wistala n'avait rien d'autre à faire que traverser. Elle fixa son regard sur Ayafeeia et se mit à courir. Elle sentit un coup à la *saa* gauche et glissa pendant une terrible seconde. Un crochet de fer surgit, glissa contre sa collerette mais par chance ne trouva pas de prise et retomba dans les ténèbres.

Wistala se demanda dans quoi elle serait tombée si ce crochet l'avait entraînée.

Mais elle termina tout de même sa traversée.

Elle courut auprès des autres qui s'étaient regroupées pour occuper toute la largeur du tunnel.

— Tu es blessée, lui dit Ayafeeia.

Wistala remarqua une estafilade sur sa *saa* et se demanda ce qui en était à l'origine. On aurait dit une hache, mais qui aurait déchiré la peau à l'extrémité de la plaie. Elle saignait abondamment. Le sang recouvrait toute sa *saa* et formait déjà une flaque sur le sol, elle venait pourtant tout juste d'y poser son pied.

— Serre-la contre toi, aussi fort que tu peux. Ça va ralentir le saignement, lui conseilla Ayafeeia.

Les dernières draques revinrent du bord de l'abîme.

— Plusieurs centaines, dame-mère ! Ils arrivent des deux côtés !

— Nous devons courir, dit une dragonnelle. Ce n'est pas un bon terrain. Trop large.

— Wistala ne peut pas courir.

— Dommage pour elle, siffla Takea.

— Comment vivons-nous ? rugit Ayafeeia.

— Ensemble ! répondirent draques et dragonnelles.

— Comment nous battons-nous ?

— Ensemble !

— Et comment devons-nous mourir ?

— Ensemble !

Wistala entendait maintenant des respirations dans les ténèbres qui enveloppaient le gouffre. Une masse mouvante semblable à des algues rejetées par un ressac nocturne se divisa en plusieurs formes distinctes.

Ils approchaient en boitant. Des paires de démènes se soutenaient l'un l'autre, un grand traînait un petit manifestement incapable de marcher…

Ils partageaient tous un même attribut : ces yeux secs et brillants. Wistala ne les oublierait jamais ; ils roulaient et renvoyaient la lumière telles des centaines de couples de lucioles, chacun perdu dans sa propre danse.

— Draques ! en ligne, un seul rang ! tonna Ayafeeia.

Une dragonnelle à l'autre bout de la colonne projetait les démènes en tous sens, martelait le sol et balançait sa queue. Wistala vit l'une des créatures expédiée dans les ténèbres par un coup de queue. Un claquement humide résonna dans le noir.

Les draques se jetèrent en avant et formèrent une ligne avec une rapidité admirable, comme si la chose la plus importante de leur jeune vie était d'aligner leurs museaux et de s'écarter d'une longueur de queue tendue.

Elle entendait maintenant avancer la horde démène, des pas appuyés sur un tapis d'épaisses feuilles et de légers claquements de griffes.

— Draques, crachez vos flammes ! tonna Ayafeeia. (Des jets de flammes frappèrent les premiers démènes.) Draques ! protégez les arrières ! Sœurs du feu, un mur d'écaille, trois en travers !

Tandis que les draques se précipitaient vers l'arrière, les six dragonnelles restantes se mirent dos à dos par paire en un étrange manège. Les trois plus grosses posèrent leur postérieur par terre, ramassées, les queues pointées vers l'ennemi. Elles agitaient ces dernières de droite à gauche, non pas à l'unisson mais de manière désordonnée. Les dragonnelles dos à l'ennemi surveillaient les arrières et les flancs ; celles qui lui faisaient face retenaient leur respiration tandis que les démènes enjambaient leurs camarades embrasés. Les flammes révélaient admirablement les silhouettes des formes qui approchaient.

Les trois autres dragonnelles remplissaient les intervalles, les *sii* juste derrière les *saa* de celles qui étaient dos à l'ennemi.

Wistala restait près d'Ayafeeia. Celle-ci qui gardait un œil sur les démènes en approche et l'autre sur la dragonnelle qui avait anéanti l'attaque sur le flanc – dont il ne restait plus que des traînées de sang et des corps agités de soubresauts. Celle-ci déchargea ses flammes dans un trou devant elle.

La charge des démènes se brisa contre les queues des dragonnelles. Ils furent broyés, projetés contre les parois du tunnel ou jetés à terre avant d'être écrasés comme des insectes. Les rares, armés de terribles épées et de lances barbelées, qui parvinrent à esquiver ces fouets colossaux reçurent des coups de *saa* qui les découpèrent en deux ou envoyèrent leur corps voler, ne laissant que des têtes qui rebondissaient dans le tunnel tels des melons.

Les démènes s'entassèrent hors de portée des queues.

—Sœurs du feu, crachez vos flammes! rugit Ayafeeia.

Les queues s'aplatirent contre la masse des arrière-trains quand les trois dragonnelles vidèrent leur poche à feu. Wistala sentit l'odeur chaude et huileuse du liquide. Les flammes explosèrent au milieu des démènes comme si des bêtes orange et jaune, hurlantes et frénétiques, décimaient leurs rangs.

—Kiii! Kiiii! glapirent les démènes, un sifflement qui rappelait la vieille bouilloire de la veuve Lessop quand celle-ci préparait son infusion du matin.

—Les survivants s'enfuient! cria l'une des sœurs du feu qui crachait pour refroidir sa bouche.

— Draques, achevez-les ! ordonna Ayafeeia. Courez, et piétinez-les avant qu'ils regagnent leurs trous.

Ce n'était plus une bataille, si ça l'avait jamais été, mais une extermination.

Wistala ne put regarder le reste.

Elles durent s'installer ailleurs pour s'éloigner de la puanteur du sang et des dépouilles.

— Ça ne se passe pas aussi bien d'habitude, dit Ayafeeia. (Les sœurs du feu s'installèrent pour faire un repas avec les corps des vaincus.) S'ils avaient été plus rapides et plus silencieux, comme le sont d'ordinaire les démènes, les choses auraient pu mal tourner. Je me suis déjà fait cerner. Tu as l'impression qu'ils déferlent du sol et des parois et que tu es engloutie par un océan. Tu as de la chance si tu peux former des paires.

Elle s'occupa de la blessure de Wistala en compagnie de deux draques qui venaient de revenir du carnage, la gueule et les *saa* maculées de sang. Elles la saupoudrèrent d'une espèce de lichen broyé et humectèrent une racine que Wistala connaissait sous le nom de « barbe de nain » pour la raviver avant de la poser sur sa plaie et bander celle-ci avec des éponges.

— C'est une blessure peu profonde. Elles ont toujours l'air pires qu'elles le sont en réalité, déclara l'une des draques en inspectant le pansement. Tu boiteras quelque temps.

— Eh bien, Wistala, je dirais que tu es arrivée juste à temps pour voir la fin de la guerre démène, lui annonça Ayafeeia. Je t'envie. Tu pourras un jour raconter une belle histoire à tes dragonnets.

— La tienne sera sans doute meilleure, répondit Wistala. Tu as mené l'attaque.

— Elle…, commença une sœur du feu.

— Wistala, l'interrompit Ayafeeia, les sœurs du feu font un vœu de célibat des plus stricts afin que nous soyons entièrement dévouées à la défense de l'empire. Le taux de survie des dragonnettes est deux fois plus important que celui des mâles, nous devons donc nous charger en grande partie de défendre celles qui prennent des compagnons.

L'une des dragonnelles, qui léchait ses écailles cassées ou fendues, prit la parole :

— Vœu ou pas, certaines abjurent à la première occasion, comme…

— Ça suffit ! lui intima Ayafeeia.

Wistala ne put s'empêcher d'être émue par une telle attitude. Cette dragonnelle lui avait maintenant sauvé deux fois la vie. Wistala avait souvent désespéré de trouver un compagnon – elle avait jadis promis à son père de venger la destruction de sa famille en ayant de nombreux petits –, si elle ne pouvait en avoir, elle pouvait certainement protéger ceux des autres.

Mais elle était également une bibliothécaire d'Hypat. Ce titre signifiait beaucoup pour elle. Devrait-elle renoncer à ce statut si elle rejoignait ces sœurs du Lavadôme ?

— Dis-moi, comment devient-on une sœur du feu ? demanda-t-elle.

Chapitre 12

Les chefs du Lavadôme se réunirent dans la salle des cartes.

Cette dernière était assez prodigieuse. Elle avait été conçue et bâtie par l'un des prédécesseurs du cuivré, SiDrakkon le sybarite renifleur d'esclaves. Il en avait commencé la construction à l'époque où il assistait le Tyr FeHazathant.

SiDrakkon en avait eu l'idée en observant une carte en relief que les anklènes avaient faite du Lavadôme grâce à des pierres taillées par les nains. Il fit d'une ancienne salle au trésor du Tyr une salle des cartes et demanda aux anklènes de recréer les protectorats comme s'ils étaient observés de très haut, avec montagnes, rivières et forêts miniatures.

Elle n'avait qu'un défaut : il fallait y marcher avec précaution car certaines montagnes étaient plutôt fragiles.

Le cuivré trouvait que cette carte manquait d'envergure. Elle ne représentait que les protectorats de l'empire draconique les plus anciens, d'Anaéa à Bant. Le reste du monde n'existait pas s'il ne les bordait pas. Il était vrai que SiDrakkon n'avait jamais eu une imagination à la hauteur de son ambition.

Des esclaves dotés d'un talent artistique avaient déjà commencé à peindre sur les parois des représentations du reste du monde d'En-Haut. Ils ne correspondaient pas exactement, mais les artisans de SiDrakkon avaient fait un si joli travail avec les montagnes et les rivières qu'il ne put songer à les arracher pour tout refaire.

Le cuivré écoutait le rapport que lui faisait le chef des esclaves d'HeBellereth au sujet des troubles dans les protectorats du sud et du nord-ouest. Le capitaine humain pouvait plus aisément marcher au milieu des sculptures sans gêner la vue des autres.

NoSohoth devait être présent pour consigner les décisions, les opinions et superviser le décorum ; HeBellereth, pour donner son opinion. Il revenait tout juste d'une tournée des protectorats en compagnie de quelques rapides éclaireurs de l'armée aérienne triés sur le volet. HeBellereth n'était pas l'esprit le plus vif du Lavadôme mais il avait l'œil pour remarquer faiblesses et défauts et ses esclaves admirablement sélectionnés le renseignaient sur la qualité de l'or affiné. LaDibar était lui aussi bien entendu présent afin que l'on puisse consulter l'opinion anklène. NoFhyriticus se tenait à l'écart, près du mur. Sa peau grise avait foncé et il semblait presque ne pas être là. Le cuivré lui avait demandé d'assister à la réunion en raison de son esprit pratique. Il aurait également aimé avoir Nilrasha à ses côtés mais elle avait à faire avec les sœurs du feu qui venaient de revenir victorieuses du tunnel de l'Étoile.

À l'extérieur, près de l'entrée, quelques dragons des principales collines attendaient afin de pouvoir prendre part à la discussion.

CoTathanagar était bien sûr l'un d'entre eux. Il réussit à se frayer un chemin dans la salle des cartes sans y avoir pourtant été invité, probablement afin de mendier pour l'un de ses proches un poste d'apprenti protecteur. NoSohoth le fit jeter dehors d'un frémissement de *griff*.

Sur le seuil, des esclaves se démenaient avec des éventails pour faire circuler l'air. En dépit de la taille de la salle, l'atmosphère y devenait très vite étouffante quand elle accueillait plus de deux dragons. SiDrakkon avait toujours été un dragon distant, solitaire, et ne se serait jamais vu inviter qui que ce soit dans cette salle ; il n'avait donc jamais fait améliorer l'aération. Il aimait broyer du noir en silence.

— Depuis que les Ghiozes se sont appropriés toutes ces îles à l'est, dans la Mer Ensoleillée, j'ai peur pour Komod et Tuvaléa. Des hommes et des garnes des plus primitifs vivent là-bas ; ils vénèrent les dragons depuis la Cime d'Argent, et se lamentent parce que des navires ghiozes attaquent leurs côtes. Les Ghiozes ont établi des relations sur les îles Brise-vent avec les chasseurs de têtes qui y vivent – ceux-ci se rendent sur Tuvaléa sur leurs canoës et des villages entiers disparaissent. Ils tuent les vieux et emportent les jeunes.

— On pourrait se demander ce qui différencie une expédition des esclavagistes ghiozes de notre propre commerce des esclaves, dit LaDibar avec un reniflement.

— Les tribus offrent de leur plein gré leurs fils et leurs filles aux protecteurs en échange de leurs faveurs, rétorqua NoSohoth.

Pour le cuivré, NoSohoth gaspillait lui aussi à sa façon temps et salive, mais même le vieux dragon patient et courtois en avait assez d'entendre LaDibar faire encore et toujours les mêmes réflexions.

— Ah, oui, cette vieille escroquerie, dit LaDibar. Après une mauvaise récolte, le protecteur explique qu'il est mécontent de la qualité de la dernière offrande et qu'il leur a envoyé un avertissement. Quand on pense que des dragons ont encore recours à de tels stratagèmes à notre époque...

— Nous nous battons pour eux ! répondit HeBellereth. Rappelle-toi la grande migration venue de la Pointe Noire. Les Komodes et les Tuvaléas auraient été chassés de leurs huttes et de leurs lieux de culte par ces… on peut à peine les appeler des garnes. Des primitifs, plutôt.

— Je suis fatigué d'entendre parler de ces esclaves, déclara le cuivré. Que représentent quelques esclaves par année comparé au bétail et aux chèvres dont nous avons besoin ?

— Sans parler de l'oliban, ajouta NoSohoth.

— Et sans surtout parler de ta fraude lucrative aux dépens de ce commerce, rétorqua LaDibar d'un ton désinvolte qui aurait permis à l'anklène de prétendre qu'il plaisantait s'il venait à être défié.

— J'ai de pires nouvelles, dit HeBellereth. Nous avons un grand nombre de ces rokhs au-dessus des collines de Sloai. Si les Ghiozes engloutissent Hypat, ce qui semble probable, nous perdrons peut-être Ku-Zuhu. Sans la protection d'Hypat, il deviendrait une autre province de Ghioz.

Le chef des esclaves d'HeBellereth posa des figurines d'oiseaux semblables à des condors sur des collines ondoyantes.

— Tout d'abord, Ku-Zuhu ne nous appartient pas, lança LaDibar. Ce n'est même pas un protectorat.

— Mais ils se montrent amicaux avec nous, et avec les anaéens, répondit le cuivré. Nous profitons tous de leur bétail et de leurs céréales.

— Et de leurs habits. Les ku-zuhus sont des tisserands hors pair. Ils se souviennent de motifs que même les elfes ont oubliés.

— Des textiles ! cracha LaDibar. On ne peut pas manger de textiles.

— Mais on les vend aux autres protectorats, crétin d'anklène ! cria l'un des dragons assemblés à l'extérieur.

— Qui a dit ça ? gronda LaDibar. J'aurais ta…

— Ne salissons pas la sculpture avec du sang, intervint le cuivré.

— Za ! Je ne vais pas provoquer un duel, Tyr, dit LaDibar.

— Ça, nous le savons tous, grogna HeBellereth.

— LaDibar, j'apprécierais une suggestion de ta part, dit le cuivré. Où devons-nous contre-attaquer les Ghiozes ?

— Il est difficile de prendre une décision. Nous n'avons pas assez d'informations.

— Il n'y en a jamais assez avec toi ! gronda HeBellereth.

Ses *griffs* frémirent de colère.

— Cessez cela ! s'exclama NoSohoth. Remettez de l'oliban sur le feu, vous, à l'entrée.

Les esclaves parfumèrent l'air.

— HeBellereth, tu penses donc que les Ghiozes vont s'en prendre à Hypat ? demanda le cuivré.

— Ils ont massé la plus grande partie de leur armée terrestre dans les défilés sur les pentes est des Montagnes Rouges. Nous ne pouvions risquer de survoler davantage Ghioz en raison des rokhs, mais nous avons remarqué une circulation importante sur le cours d'eau qui mène au col d'Iwensi, des barges lourdement chargées de grain. Si l'on y ajoute les rokhs qui survolent les collines de Sloai, cela pourrait signifier une offensive contre Hypat.

— LaDibar, ces rokhs volent-ils vite, ou sont-ils plus doués pour l'endurance ?

— On dit que ce sont les créatures qui peuvent voler le plus longtemps. Les *griffarans* sont réputés plus rapides sur de courtes distances mais à l'instar des dragons ils se fatiguent une fois leur première accélération passée.

— Les Ghiozes se sont peut-être servis d'eux pour répandre cette maladie sur les cultures d'Anaéa, dit le cuivré.

— Les elfes ont jadis remporté une victoire pendant l'Âge de la Roue en semant des sauterelles sur les champs du vieil Uldam, dit LaDibar.

— Anaéa est éloigné et peu connu, protesta HeBellereth. (Il tapota la sculpture du plateau du bout de la queue.) Ce plateau les isole de tout, si ce n'est des meilleurs grimpeurs.

— Ou de ce qui vole.

— Les dragonniers savaient très certainement qu'Anaéa était important pour nous, intervint NoFhyriticus. C'est ce qu'ils ont attaqué en premier.

— Peut-être que certains des monteurs de rokhs sont d'anciens dragonniers, dit LaDibar. Le principe est le même. Cela demande la même connaissance des vents et des altitudes sûres, le même instinct de survie…

— Les Ghiozes semblent mener une guerre des plus subtiles contre nous, déclara le cuivré.

— Une guerre ! C'est un peu fort pour décrire quelques expéditions d'esclavagistes ! protesta LaDibar. (Des grognements approbateurs résonnèrent dans l'entrée.) Ce n'est pas parce que nous imaginons qu'ils ont empoisonné notre kerne que c'est le cas.

— Nous sortons tout juste d'une guerre contre les démènes, une guerre très difficile, ajouta NoSohoth.

La salle se tut. La victoire contre les démènes tant désirée par le cuivré avait pris une décennie et épuisé le Lavadôme. Chaque colline avait essuyé des pertes.

Il avait conscience des rumeurs. On disait qu'il avait seulement cherché à se venger de la race qui l'avait estropié.

— Elle avait un but, dit le cuivré pour rompre l'inconfortable silence. Les œufs des *griffarans* ne seront plus jamais volés et de vastes parties du monde d'En-Bas sont maintenant ouvertes à la circulation. Nous pouvons de nouveau emprunter les rivières sans crainte et le tunnel de l'Étoile pourra un jour accueillir de nombreux dragons.

— Mais aujourd'hui, nous sommes à court de kerne sain, mon Tyr, dit NoFhyriticus. On ne peut pas manger du froid, du noir, de l'humide.

— Et nous avons des pertes à compenser, renchérit NoSohoth. Que cette maladie du kerne ait emporté des dragonnets prometteurs n'arrange pas les choses.

— Si c'est l'œuvre de Ghioz, la reine rouge a choisi le parfait moment pour frapper, dit HeBellereth. Envoyez l'armée aérienne dans les îles, Tyr. Je brûlerai leurs transports d'esclaves et détruirai leurs enclos. Les vents souffleront fort sur la Mer Ensoleillée, ils dérangeront ces poids plumes davantage que les dragons.

— C'est peut-être exactement ce qu'ils souhaitent que nous fassions, intervint LaDibar. Je suis d'accord, la reine rouge sait peut-être que nous sommes affaiblis. Si nous les attaquons, elle pourrait rallier tout Ghioz contre nous.

— Si nous les attaquons? gronda HeBellereth. (Il martelait le sol en parlant et menaçait ce faisant de rajouter quelques gorges dans le désert de Sablejaune.) Les Ghiozes se massent dans les collines aux chevaux, déclenchent des troubles à Bant, prennent des esclaves dans nos protectorats, et vous dites que c'est *nous* qui allons *les* attaquer?

— N'oublie pas le kerne empoisonné, dit le cuivré. Comme si nous étions des rats dans un minable conduit d'évacuation.

LaDibar se raidit.

— Cette conclusion est complètement infondée.

— On m'a rapporté la présence d'oiseaux au-dessus d'Anaéa cet été, répondit le cuivré.

— Les informations de mon Tyr sont toujours très soigneusement choisies, dit LaDibar. Elles semblent chaque fois appuyer ce que mon Tyr veut faire. Nous prenons un démène en train de voler des œufs de *griffaran* et soudain les démènes sont à blâmer pour tous les œufs perdus. Si la garde draque avait organisé des concours de raisonnement élastique pendant votre séjour à la longueur légendaire, votre score aurait stupéfié le Lavadôme tout entier.

— J'ai une cicatrice reçue pendant l'un de ces vols d'œufs et je sens encore la douleur dans ma poche à feu quand je me fâche, dit le cuivré. Elle commence justement à me lancer, LaDibar.

— Mes excuses, Tyr. Mais la nature peut avoir vicié le kerne. Peut-être qu'un nouveau parasite s'est frayé un chemin jusqu'à Anaéa. Des cultures malades, cela n'a rien de nouveau. Envoyez une mission anklène pour enquêter et nous aurons une réponse après avoir comparé des plants sains et d'autres malades pendant un cycle ou deux.

— Des années, tu veux dire. Nous ne pouvons pas nous passer de kerne pendant si longtemps.

— Qui d'autre en cultive ? demanda NoFhyriticus. Nous pouvons peut-être en acheter d'une façon ou d'une autre, grâce à des intermédiaires.

— C'est un produit de base de Ghioz et d'Hypat, répondit LaDibar. Ghioz est le plus près.

— Fantastique ! s'écria HeBellereth. (Il frappa le bout de sa crête contre le plafond avec un bruit mat.) Nous échangeons du kerne contre des écailles de dragon avec la reine qui a probablement empoisonné le nôtre au départ. Quelques quatorzaines de dragonnets morts en plus, des boucliers et des pointes de flèches en écaille dans les mains de nos ennemis. Bien joué, LaDibar!

— J'énonce des faits. Je n'ai pas donné d'avis sur la façon d'agir en conséquence, blanc d'œuf.

— Du calme! ordonna le cuivré. NoSohoth, n'oublie pas de demander aux plâtriers qu'ils réparent les dégâts. Rajoutez une louche d'oliban! Vous tous, taisez-vous un instant, respirez et laissez-moi réfléchir.

Le cuivré longea les protectorats. Pour une raison ou une autre, il arrivait mieux à réfléchir quand il marchait. Après deux tours complets il eut une idée d'une rare élégance, si d'aventure l'estimation des Ghiozes faite par HeBellereth était correcte.

Après tout, nul besoin de kerne si les dragons retournaient à la surface. Le kerne n'était pas nécessaire en soi, sauf pour les dragons qui vivaient longtemps privés de la lumière du soleil.

Mais il serait chassé du rocher impérial par les rires s'il présentait une telle idée. Chaque dragon du Lavadôme apprenait dès l'œuf qu'il lui fallait se cacher des assassins hominidés et dissimuler sa force et ses œufs au plus profond de la terre.

— Que diriez-vous d'une alliance avec Hypat? demanda le cuivré.

— Une alliance? Avec une puissance hominidée? demanda HeBellereth.

— Ils ne tiendront jamais parole, dit NoFhyriticus. Nous parlons de rois hominidés, pas de dragons. Si un monarque hominidé parvient à respecter une promesse d'un solstice au suivant, ils gravent le mot « honnête » sur leurs obélisques.

— Mon Tyr ! l'appela CoTathanagar.

Sa tête se fraya un chemin au milieu d'une haie de crêtes et de cornes. Il avait poli ses écailles pour la réunion et elles étaient maintenant d'un bleu aussi vif que le ciel.

— J'ai exactement le dragon qu'il vous faut pour cette mission ! poursuivit-il. Mon cousin CuNiss. Son parl est parfait ! Et c'est un tel diplomate ! Il sait exactement quand employer de douces paroles ou arracher une tête.

— Je ne suis pas sûr qu'arracher la tête d'un noble hypate aide à faire progresser des négociations, dit LaDibar.

— Oh, pas un roi, seulement un misérable que les hominidés importants emploient pour garder leurs orifices propres. Ce procédé a eu un effet des plus salutaires sur les rebuts d'elfe de Sablejaune.

— J'étudierai très attentivement ta proposition, dit le cuivré.

Il fut tenté d'ajouter : « La prochaine fois que je serai dans mes toilettes personnelles et que j'aurai besoin de réfléchir à quelque chose de stupide. »

Mais il ne serait pas avisé d'insulter CoTathanagar. Il avait de la famille dans la plupart des protectorats et des postes des sœurs du feu.

— Peut-être devrions-nous poursuivre cette discussion une autre fois, déclara le cuivré.

Il leur faudrait un peu de temps pour accepter l'idée d'une alliance avec une grande puissance hominidée telle qu'Hypat. S'il les laissait parler, ils décideraient qu'elle était irréalisable, voire même dangereuse.

NoSohoth obéit à un clin d'œil de son Tyr et annonça que la réunion était terminée. De petits groupes se formèrent à l'intérieur comme à l'extérieur de la salle, des discussions entre dragons d'avis similaires.

Le cuivré repensa à ceci pendant tout son repas – qu'il mangea seul car Nilrasha n'était pas encore rentrée de son entrevue avec ces sœurs du feu. La sœur de sa défunte compagne était probablement en train de lui raconter le récit de ses batailles.

Il se rendit dans sa galerie, prévint les *griffarans* et prit son envol pour faire quelques tours du rocher impérial.

C'était un vol plutôt facile. Il n'avait jamais osé battre trop vigoureusement des ailes car il ne faisait toujours pas confiance à l'articulation artificielle de Rayg, même si elle ne lui avait jamais fait défaut depuis qu'elle avait été correctement installée. Rayg venait tout juste d'ajouter un nouveau gréement – des tendons d'animaux que les garnes utilisaient pour faire les cordes de leurs arcs – et ce serait dommage de…

Il se demanderait plus tard s'il avait été sauvé par sa mauvaise aile. Il la gardait légèrement repliée quand il volait et faisait travailler davantage l'autre côté pour rester dans les airs. Sa tendance naturelle à protéger son aile blessée le poussa dès qu'il sentit une présence tomber du rocher impérial à la replier, ce qui le fit à la fois virer et plonger.

Il entendit des mâchoires claquer quelques centimètres derrière sa tête et ressentit un choc dans tout le dos.

Un éclair rouge. Il sentit l'air déplacé par le passage du projectile écailleux davantage que son coup d'aile. Il tourna la tête et vit deux *griffarans* converger vers un dragon de petite taille.

Le dragon fit une autre tentative pour revenir vers lui ; il griffa l'air de ses *sii* et battit violemment des ailes pour distancer les *griffarans*, mais sa précipitation pour atteindre le cuivré laissa le champ libre aux serres de ses adversaires. Ils lacérèrent ses ailes et le rouge tomba.

Il heurta violemment le sol, se remit debout et scruta le ciel.

De longs cous dépassaient du rocher impérial.

Les *griffarans* plongèrent, les serres en avant, tels des faucons qui fondent sur un lapin en fuite. Mais cette proie ne courait pas.

— Mort au Tyr, tueur de dragonnets ! lança le dragon.

Il tourna ensuite le museau contre son épaule et se mordit juste au-dessous de la *sii*.

Les *griffarans* le frappèrent mais il ne fit aucun effort pour se défendre. Il ne cria même pas quand leurs serres déchirèrent les chairs de son cou et de son échine.

Le cuivré vint planer au-dessus du corps. Deux autres *griffarans*, alertés par les cris de guerre de son escorte, se laissèrent tomber du sommet du rocher impérial.

Le corps était tordu, la queue et une *sii* dressées vers le ciel. Il avait déjà vu des dragons raidis par la mort – beaucoup trop – mais jamais aussi vite que celui-ci. Ce dragon était très jeune ; sa peau était rayée de traînées transparentes là où ses ailes étaient sorties. Il ne volait que depuis quelques mois.

Et il avait donné sa vie pour tenter de tuer son Tyr.

Le cuivré était si choqué qu'il pouvait à peine rester dans les airs. Se faire charger par un démène vaincu était une chose, mais qu'un jeune membre de votre propre société essaie de vous tuer sans mobile apparent… il se rendit compte que ses *sii* et sa queue tremblaient.

— Regagnez votre nid, sire, lui dit Aiy-Yip, le commandant de sa garde rapprochée. Vous deux ! Restez près de lui ! Oui, près de lui ! Ne traînez pas des plumes !

De jeunes draques, qui effectuaient probablement une marche de la garde draque, trottaient déjà vers le lieu de l'incident. Il était Tyr – il ne pouvait pas se terrer dans son trou.

— On a voulu attenter à ma vie, dit-il en survolant les draques. Les *griffarans* ont tué le responsable. J'ignore qui il était, mais que deux d'entre vous surveillent ce corps et deux autres aillent chercher de l'aide dans les collines voisines.

Le cuivré apprit plus tard que le dragon se nommait RuPaleth. Il fit une brève apparition dans les jardins devant les membres de la lignée impériale les plus inquiets – oui, il allait bien, seulement choqué, non, on ne savait rien des motivations ou des griefs du traître.

NoSohoth lui raconta ce qu'il avait découvert sous les yeux de six *griffarans*, dans la salle du trône.

— NoSohoth, que signifiait le « tueur de dragonnets » hurlé par ce fou ?

Son conseiller en chef se balança d'une patte sur l'autre et regarda autour de lui comme il le faisait toujours quand il choisissait ses mots.

— Pourquoi mon Tyr prêterait-il attention aux délires d'un dragon dément ?

— Quels dragonnets ai-je tué ?

— Aucun, mon Tyr. Oubliez ses paroles.

Mais le cuivré en était incapable. Il s'était administré une double dose du vin de Tighlia pour se calmer. Nilrasha revint, épuisée. Elle avait de toute évidence volé à toute vitesse.

— Une tentative d'assassinat ! Mon amour ! mon amour ! Oh, quelle infamie ! s'écria-t-elle, les yeux écarquillés.

Elle fit courir son museau d'un côté puis de l'autre, le cou pressé contre le sien, comme à la recherche d'une morsure cachée, infectée.

— Ne t'en fais pas. C'est fini.

Elle renifla son haleine.

— Qui était-ce ?

— Un jeune dragon de la colline du buveur de lait. RuPaleth.

— RuPaleth ! Je le connais presque depuis sa sortie de l'œuf. Il a été à moitié étranglé pendant le combat de dragonnets. Ça l'a rendu idiot. Cette vieille tradition d'écraser les venimeux était, je trouve, une bonne chose. Ils n'auraient jamais dû l'abandonner.

— Ainsi il n'aurait pas pu mettre au point cette attaque lui-même ? demanda le cuivré.

— Je viens de te le dire, mon Tyr. Son cerveau était déformé. N'accorde aucun crédit à ses paroles. Veux-tu que je demande aux esclaves d'apporter un peu plus de vin ? Cela pourrait t'aider à dormir.

— Divaguait-il ? demanda le cuivré, qui congédia les esclaves d'un geste.

— Jamais, sinon ses parents l'auraient assurément piétiné.

— Je te pose la question parce qu'il a crié : « Mort au Tyr, tueur de dragonnets ».

— Imbéciles, grogna Nilrasha. Ces anklènes… leurs cervelles sont trop grosses. Ils ne font qu'imaginer des problèmes.

— De quoi parles-tu ?

— Eh bien, Essea m'a dit qu'elle s'était rendue dans la colline anklène pour une statue qu'elle veut faire construire et elle a entendu par hasard deux jeunes anklènes qui échangeaient des ragots… qui élaboraient des théories, plus exactement. Ils disaient que tu as probablement empoisonné le kerne toi-même pour que les dragons enragent et que tu puisses te lancer dans une autre guerre maintenant que celle contre les démènes est terminée.

Pendant un instant, le cuivré ne put que cligner des yeux.

— Parfois, mon amour, je voudrais ne jamais avoir été nommé Tyr.

— Oh, ne dis pas ça. J'étais aujourd'hui avec les sœurs du feu et toutes – toutes – m'ont fait tes louanges. Depuis la victoire du tunnel de l'Étoile, les démènes n'ont attaqué qu'une fois, et ce fut une débâcle. Je tiens ceci d'un messager qui était sur les lieux. Ayafeeia a subi quelques pertes regrettables au cours du sauvetage d'une dragonnelle retenue captive, mais ceci mis à part, cela fait deux saisons entières que nous n'avons pas perdu une seule draque dans le monde d'En-Bas.

— J'espère que ma belle-sœur va bien.

Le cuivré savait qu'il posait la patte en terrain périlleux quand il évoquait ainsi de près ou de loin sa défunte compagne, une délicate dragonnelle qui était morte étouffée malgré les efforts de Nilrasha pour la sauver.

C'était en tout cas la version des événements qu'il avait décidé de croire.

— Elle te présente ses respects.

— Attends… Tu as dit que les démènes retenaient une dragonnelle prisonnière ? Je ne me rappelle pas qu'on me l'ait dit.

— C'est parce qu'elle n'était pas une sœur du feu. C'est une dragonnelle venue de l'extérieur. Elle s'est blessée en tombant et les démènes l'ont faite prisonnière.

— Une dragonnelle étrangère ? Les anklènes vont probablement vouloir lui parler. Ils posent toujours des questions à ceux qui voyagent dans le monde d'En-Haut. Je leur enverrai un message.

— Que faisons-nous d'elle ?

— Que faisons-nous d'elle ? Est-ce une criminelle ou une exilée ?

— Non. Si c'était le cas, ce n'est pas ta compagne qui te l'aurait appris en te racontant sa journée.

— Offre-lui l'hospitalité et montre-lui la meilleure sortie pour retrouver son compagnon ou que sais-je encore.

— Elle n'en a pas. Elle semble avoir des amis à Hypat. Ayafeeia veut la convaincre de devenir une sœur du feu.

Le cuivré en oublia son agression, cette regrettable affaire. Cette dragonnelle avait des amis à Hypat ?

Son grand-père adoptif lui avait toujours dit qu'il était né sous une bonne étoile.

— Hypat ? demanda-t-il.

— Oui, tu le sais bien, le vieil…

— Je sais où se trouve Hypat. C'est étrange, nous en parlions justement ce matin. Mon amour, j'ai changé d'avis. Demande s'il te plaît à Ayafeeia de faire tout son possible pour que cette étrangère s'installe ici, même si elle ne doit pas devenir une sœur du feu pour autant.

— Elle voudrait dans ce cas peut-être retourner chez elle.

— Peut-être pourrions-nous l'accoupler à un de nos dragons. Quoi qu'il en soit, rends-lui visite dès qu'elle arrive. Elle me semble être une dragonnelle intelligente et pleine d'esprit d'initiative et ses connaissances du monde d'En-Haut doivent être vastes. Le Lavadôme pourrait bien avoir une haute fonction pour elle.

— Certainement, mon amour.

— Je pourrais tout simplement l'adopter au sein de la lignée impériale, puisque nous ne parvenons pas à avoir des dragonnets.

Nilrasha baissa la tête.

Le cuivré se rapprocha et passa sa queue autour d'elle.

— Une déception ne fait que rendre le reste de mon bonheur plus doux. Aucune vie n'est parfaite.

— Pouvons-nous faire confiance à une étrangère, mon Tyr ? demanda NoSohoth. Si vous pensez qu'elle pourrait servir de conseillère à la surface, j'aimerais la connaître mieux avant de me fier à elle.

— J'espère qu'elle se montrera digne de confiance. Elle pourrait nous ramener à la surface.

Chapitre 13

AuRon maudit la carte qu'on lui avait donnée. C'était de pire en pire au fur et à mesure qu'il s'éloignait de Ghioz. Elle était de toute évidence l'œuvre d'un cartographe avec un sens de l'orientation déplorable et un sens des proportions encore pire. Il trouva des points de repère censés être sur le flanc est d'une montagne à l'ouest, des rivières qui coulaient dans le mauvais sens et des prés fleuris en lieu et place de pics enneigés.

Il aurait attribué ceci à un hominidé négligent qui aimait boire du vin en travaillant sans la présence de certains points de repère qui n'avaient de sens que vus depuis les airs, comme par exemple un lac en forme de *sii* ou une fissure dans une montagne remplie de buissons rabougris. Avaient-ils été conseillés par un dragon ou un rokh au cerveau gelé par l'altitude ?

AuRon remarqua une marque sur un coin de la carte, un petit dessin qui ressemblait à une feuille de trèfle avec quelques griffonnages à l'intérieur. AuRon se promit que quand il irait réclamer sa récompense, il demanderait qui était le titulore responsable de ces relevés et irait lui rendre une petite visite. Les nains de la Compagnie n'auraient jamais toléré un travail aussi approximatif.

Au cours d'un de ses retours en arrière au-dessus des forêts montagneuses du sud – des gorges aux contours déchiquetés remplies d'arbres et percées par des pointes de roche –, il ne parvint tout simplement pas à trouver une chute d'eau composée de trois paliers. Il était en train de la chercher quand il aperçut une ligne de rokhs qui volaient en chevron telles des oies sauvages. AuRon en compta neuf.

Peut-être que ces oiseaux savaient où trouver la chute d'eau.

Il vira et battit vigoureusement des ailes pour les rattraper. Des nuages bas tachetaient le ciel et les oiseaux ne cessaient de s'y enfoncer et d'en sortir.

AuRon se rapprocha et vit que les oiseaux tenaient des corps dans leurs serres – ils ressemblaient à des carcasses de vache, mais leur forme à la fois rachitique et enflée avait quelque chose d'étrange.

Ils avaient un objectif. La carte, aussi erronée soit-elle, indiquait qu'il survolait les flancs du côté hypate des Montagnes Rouges.

AuRon ralentit et se demanda s'il devait intervenir. Ils pourraient l'attaquer.

Les rokhs changeaient de cap, plongeaient ou prenaient de l'altitude mais continuaient à monter vers le nord le long des terres les plus impraticables qu'AuRon ait jamais vues – des pentes raides, des gorges étroites, des bois aussi épais que le pelage d'un loup.

Le rokh de tête vira. Les oiseaux décrivirent tous un grand cercle. Ils le voyaient sûrement à présent ! Pourtant, ils n'en montraient rien. Un cercle de plus et ils plongèrent.

Ils replièrent leurs ailes les uns à la suite des autres et lâchèrent les carcasses exactement au même endroit que leur chef. Leurs fardeaux tombaient en tourbillonnant. AuRon pensa à de petites bêtes ou des peaux de mouton refermées et remplies d'eau.

Il les vit exploser quand ils touchèrent le sol et répandre des flammes dans toutes les directions. Ces dernières étaient tout d'abord d'un vert aveuglant avant de revenir à un jaune orangé plus habituel tandis qu'elles mouraient ou se répandaient, selon la surface sur laquelle elles brûlaient.

AuRon ne voyait pas en quoi cette parcelle de forêt était différente des autres. Les arbres y étaient peut-être un peu plus clairsemés.

Les oiseaux remontèrent dans les nuages et un nuage de fumée s'éleva de la forêt.

AuRon se posa sur l'une des pointes rocheuses semblables à des piliers, au milieu des fougères qui s'agrippaient à la pierre pour lutter contre le vent. Il voulait voir ce qui méritait une telle dépense d'ailes et d'huile.

Il se glissa le long d'une falaise, sa peau exactement de la même couleur que le granit rosâtre, sans cesser de veiller à ne pas déloger trop de cailloux. Il observa la gorge en contrebas.

Des hommes couraient avec des attelages de chevaux pour les éloigner des flammes. Il vit des femmes qui tiraient ou portaient des enfants, des hommes qui faisaient rouler des tonneaux et traînaient des sacs quatre par quatre.

AuRon regarda attentivement et aperçut des abris rudimentaires faits avec de grandes branches de sapin qui en soutenaient d'autres, plus petites et entrelacées. Des foyers, des chemins de rondins qui traversaient la forêt, des cordes sur lesquelles étaient suspendus des habits ou des tissus : ces bois étaient habités par des hommes.

Même à cette distance, il remarqua quelque chose de familier chez l'un d'entre eux qui marchait de long en large et faisait de grands gestes.

— Naf! rugit AuRon, mais le vent emporta ses paroles. *Naf!*

Ils l'entendirent.

Les archers le mirent en joue – aucune flèche n'aurait pu atteindre son perchoir, mais Naf leur fit baisser leurs arcs. Il agita le bras pour enjoindre AuRon à descendre.

Le dragon dut exécuter une manœuvre complexe entre deux aiguilles escarpées avec deux plongeons : dans un sens, puis dans l'autre.

Il atterrit dans ce qu'il supposa être un camp armé.

Une horrible odeur de soufre et d'huile flottait dans l'air, un souvenir des peaux incendiaires lâchées par les rokhs.

Les feux étaient peu à peu éteints avec des mottes de terre. AuRon sentit une odeur de chair brûlée venue de tas de branches qui recouvraient ce qui était probablement des corps.

Il était là, le vieux Naf, avec son large sourire qui révélait ses dents de la chance, tout son visage couvert de cicatrices vaguement de travers, comme s'il avait été cassé puis recollé. Ses cheveux et sa barbe taillée de près étaient striés d'un gris qui virait par endroits au blanc. Il avait bien changé pendant les quelques années qui les séparaient de leur dernière rencontre.

Ses hommes ressemblaient à des bêtes, comme c'est souvent le cas pour les humains quand ils vivent longtemps à l'extérieur – hirsutes, sales, maigres comme des loups. Leurs habits en lambeaux tenaient avec des lanières de cuir, leurs jambes et leur torse étaient enveloppés de plusieurs épaisseurs de chiffons. Tous, cependant, avaient des armes bien entretenues, aiguisées et bien huilées.

Naf l'enlaça et parvint même à lui entourer le cou de ses deux bras. Quelques-uns des humains montrèrent sa peau ou ses griffes du doigt et chuchotèrent.

— AuRon ! Tu as grandi, ma parole ! Mais bon sang, qu'est-il arrivé à ta queue ? Elle est toute rabougrie.

— C'est une longue histoire, Naf.

— Mes hommes se méfient. Les dragons ne sont pas synonymes de bonnes nouvelles pour eux ces derniers temps. (Il se retourna et désigna l'un d'entre eux.) Ho ! Dominof, te rappelles-tu AuRon, qui a rendu visite à la garde argentée par le passé ? Le voici revenu.

— Ouais. Juste après ces oiseaux de malheur. Drôle de coïncidence.

— Je ne vous aurais jamais vu sans eux, répondit AuRon.

— Dis-moi… J'ignore tout de ces vautours géants. Sont-ils aussi intelligents que des dragons ? Comment font-ils pour nous retrouver ? Chaque fois que nous déménageons notre camp, ils nous trouvent dans les six jours.

— Je ne les connais pas mais ils ne me semblent pas plus malins que des oiseaux ordinaires. Je n'ai jamais parlé à l'un d'entre eux.

— Que fais-tu dans ces montagnes ?

— J'allais vers le sud et je me suis perdu. J'ai vu ces oiseaux et j'ai pensé qu'ils pourraient m'aider à retrouver mon chemin.

— Ils ont été envoyés par nos vieux amis de Ghioz.

— La reine. Oui, je les avais vus survoler sa capitale.

Naf baissa le regard.

— Je ne t'envie pas cette vision.

— Ils t'appellent Naf le brûleur de dômes.

— Je ne l'étais pas au départ. Loin de là. J'étais aussi loyal envers la reine que n'importe quel Ghioze de naissance. Non, toute la déloyauté est venue d'elle, mon vieil ami.

— Que veux-tu dire ?

Naf s'assit et se frotta les cuisses.

— Oh, une guerre a éclaté contre un des thanes hypates. Un gaillard nommé Capoedia. Il y avait tant de réfugiés qui avaient fui les attaques de dragons sur ses terres – vois-tu, les Ghiozes ne laissaient plus personne franchir les cols – qu'il envoya ses hommes contre les gardiens des cols et gagna, assez longtemps en tout cas pour débarrasser sa contrée de ces pauvres diables. Les actes de ce genre doivent être sanctionnés, bien sûr, et durement. Je menai avec mes hommes une offensive contre le thane Capoedia. J'avais appris à me déplacer discrètement en forêt et d'autres choses de ce genre quand je patrouillais avec la garde rouge dans les bois le long de la frontière est de Ghioz. Nous l'attaquâmes par surprise et le battîmes à plate couture.

» Pour me récompenser, la reine me donna le titre de « gouverneur du Dairuss ». S'il existe un pire gouverneur que moi, j'aimerais le rencontrer et lui serrer la main. J'avais fière allure, tiens.

AuRon se demandait pourquoi tous les humains n'utilisaient pas des masques comme le faisait la reine. Cela clarifiait tellement les choses. Les hominidés ne disaient pas toujours tout ce qu'ils avaient en tête et attendaient des autres qu'ils suivent leurs expressions et leurs gestes – qui pouvaient s'avérer aussi trompeurs que la queue d'un chien qui frétille quand lui-même grogne.

— La reine annonça que Hieba et ma fille, plus intelligente que je n'aurais jamais pu espérer l'être moi-même, devaient venir vivre à la Cour et que cette dernière pourrait être éduquée dans les écoles de Ghioz, les meilleures au monde, afin qu'elle prenne ma succession. Comme le vagabond qui a eu de la chance avec son arc et sa lance que je suis, j'acceptai avec gratitude.

— Tu n'es pas un imbécile, Naf.

— Il va sans dire que je n'ai pas pressé et saigné mon peuple autant que la reine l'aurait voulu. J'ai vu trop de pendaisons dans ma vie, car à Ghioz, crimes de propriété et crimes de sang sont punis de la même façon. Je commuais les sentences de petits voleurs en peines de travaux forcés, pour qu'ils construisent des routes ou creusent des égouts. J'exonérais les familles qui avaient perdu leur père au cours des guerres menées par les Ghiozes de leurs impôts, car je pense le sang plus précieux que l'or, et je tenais audience sous ces fameux dômes, c'est là qu'elles doivent avoir lieu selon moi, là où chacun est libre de parler et de demander justice à son souverain sans craindre que ses paroles soient retournées contre lui.

— Je pense que beaucoup voudraient avoir un aussi piètre souverain que toi, dit AuRon.

Il se demandait comment Naf gouvernerait avec des dragons qui dévorent des troupeaux de moutons entiers pour leur repas.

— J'étais prévenu, j'imagine. La reine vint me rendre visite avec son masque qui sourit ou fronce des sourcils, le froncement apparut de plus en plus souvent au fur et à mesure que ses questions s'enchaînaient, et elle m'annonça que le Dairuss n'était plus le joyau de ses provinces mais plutôt un morceau de mauvais cuivre. Désespéré, j'engageai quelques nains pour rouvrir de vieilles mines dans les montagnes mais je ne réussis qu'à vider encore davantage mon trésor car elles s'avérèrent un échec.

» Bien entendu, la reine me remplaça. Elle me fit parvenir un message pour m'annoncer qu'elle s'était prise d'une grande affection pour ma fille et Hieba et qu'elle s'assurerait, preuve de sa grande générosité, que toutes les deux vivent confortablement et que Nissa reçoive l'éducation qu'elle m'avait promise pour peut-être un jour faire un meilleur travail que son père. Oh, AuRon… le conseiller de la reine qui me porta ce message m'expliqua que je devais faire tout mon possible pour aider le nouveau gouverneur, l'odieux Hischhein, à réussir. Hischhein ricana un peu quand il passa en revue la maison du gouverneur et fit l'inventaire des marmites et des lampes.

Naf regarda vers le nord-ouest comme s'il pouvait voir au travers des montagnes.

— Si seulement il n'avait voulu qu'une belle demeure avec une jolie vue ! Hischhein prit tout de suite mon peuple à la gorge et le secoua pour pouvoir s'emparer des bottes, manteaux et chemises qui tomberaient. Quand je pense que je le comptais parmi mes amis !

» Mon peuple ne l'a pas toléré ; ils se mirent à tuer les percepteurs et les bourgmestres d'Hischhein. Ce sont eux qui commencèrent à brûler les dômes de Ghioz, et ils le firent en mon nom. Ils se déchaînèrent dans les rues de la capitale elle-même ; ils déferlèrent de leurs quartiers comme une coulée de boue et brûlèrent son dôme. Je sus alors que ma femme et ma fille allaient le payer de leur vie. Je n'étais plus gouverneur depuis un an… non… un peu plus je pense. Le messager était venu au printemps, dès que les routes étaient redevenues praticables.

» Je savais me battre. C'est une des leçons que la vie m'a apprise, et elle l'a bien fait. J'emmenai avec moi les soldats de mes anciennes gardes rouge et argentée pour qui le Dairuss comptait davantage que leur solde trimestriel et nous nous battîmes pendant un glorieux été. Mais que pouvait faire le Dairuss contre la volonté de Ghioz ? Ces foules armées de torches qui brûlaient le dôme en scandant mon nom, que savaient-elles des forces d'un empire entier qui leur seraient bientôt jetées dessus comme on étouffe un feu sous une couverture humide ?

» Je n'ignorais pas la gravité de la situation. J'essayai d'appeler à l'aide les hypates. Ils doivent savoir que la reine compte les attaquer. N'a-t-elle pas tendu un réseau d'alliés tout autour de leurs terres, des Pieds de Fer du nord jusqu'aux Usuthus du sud ? Le Dairuss avait de nombreux avantages : un peuple déjà hostile à Ghioz, un choix de cols qu'ils pouvaient emprunter pour attaquer le flanc de n'importe quelle armée ghioze qui remonterait du sud, le contrôle du plus gros fleuve et des relations amicales avec les nains et leur route de Fer, ce qui leur ouvrait un chemin vers le cœur de l'empire ghioze pour atteindre leurs légendaires Indomptables. Mais mes appels eurent pour réponse des mots plutôt que des épées. Ils envoyèrent l'un de leurs généraux, un elfe cultivé nommé Baindesable, accompagné d'Ermet, un ingénieur nain. Observer les Ghiozes décimer mon pauvre peuple semblait cependant davantage les intéresser qu'offrir leur aide.

» Je n'oublierai jamais le spectacle des armées ghiozes qui avançaient en trois colonnes, des serpents dorés, étincelants. Voilà bien les Ghiozes, une armée en or, le seul dieu qu'ils vénèrent, la seule vérité qu'ils admettent. Pendant que je tentais de les ralentir, car je ne pouvais espérer gagner, les Pieds de Fer nous attaquèrent par-derrière. On m'a dit, et c'est la seule et amère joie que je retire de la débâcle des miens, que les Pieds de Fer ont accidentellement écartelé Hischhein quand celui-ci est sorti de sa cachette pour se présenter comme gouverneur de la reine. Je soupçonne les Pieds de Fer d'y avoir vu une occasion de s'amuser et d'en avoir profité.

» Mon peuple est maintenant dans une situation bien pire qu'avant mon arrivée au poste de gouverneur. Le vieux dignitaire ghioze qui m'avait précédé est revenu et ses châtiments doivent sembler bien légers, je suppose, comparés au carnage des Pieds de Fer.

» Mais malgré toutes les catastrophes, toutes mes erreurs, je vois encore chaque semaine deux ou trois fils du Dairuss arriver dans ce camp, même si leurs chaussures sont tombées en lambeaux pendant qu'ils traversaient les montagnes et que leurs chevaux sont maigres comme des épouvantails. Dans les montagnes, on m'appelle le roi Naf et on parle de ce camp de bandits comme d'un bastion d'hommes libres. Ah ! Oh, le monde est une plaisanterie, AuRon. La vie est une plaisanterie.

Naf rit. Ce n'était plus le vacarme joyeux et amical qu'AuRon avait connu draque mais un bruit qui lui fit penser à une oie bruyamment agonisante.

— Alors, qu'est-ce qui t'amène dans le sud ? Cherches-tu un vieil ami, ou as-tu tenté de réclamer ce titre qu'on t'avait promis il y a longtemps ?

— Je suis en mission diplomatique pour la reine rouge.

— Je vois que tu as enfin trouvé ton sens de l'humour.

AuRon cligna des yeux.

— Non, mon ami. Je suis sérieux.

— Si elle veut que je me rende…

— Ton nom fut à peine évoqué dans notre conversation. Elle m'envoie comme ambassadeur auprès de dragons qui vivent dans une grande caverne au sud d'ici. Si ses informations sont aussi erronées que sa carte, je m'attends à trouver une quatorzaine de dragons qui grelottent de froid dans une grotte à champignons et mangent leurs propres œufs.

— Intéressant. Et ce pendentif vient d'elle, dans ce cas ? La chaîne ressemble au travail d'un artisan ghioze, mais ce n'est pas le tressage de la reine sur la chaîne, comme on pourrait s'y attendre pour un émissaire royal.

— Elle me l'a donné. Ce cristal m'intrigue, cependant. Il me rappelle quelque chose.

— Étrangement taillé. Il serait pratique pour te curer les oreilles.

— Tu n'as donc jamais rien vu de semblable, même si tu étais jadis haut placé chez les Ghiozes ?

— Non. J'imagine que les modes viennent et passent. Peut-être que le cristal blanc est le nouveau rubis. Fut un temps, les rubis faisaient fureur chez les Ghiozes.

— Est-ce que les rubis… est-ce que les joailliers ghiozes savent comment mettre des lumières dans leurs pierres ? Celle-ci brille même dans l'obscurité la plus complète. Faiblement, mais elle luit. Je n'ai vu qu'une seule autre pierre qui renfermait une telle lumière blanche, un énorme cristal que NooMoahk gardait dans sa bibliothèque.

— Celle-ci a dû rapporter une jolie prime à un titulore. Nombreuses sont les riches douairières ghiozes qui voudraient voir leur front orné d'une pierre qui brille de sa propre lumière. Le capitaine qui l'a trouvée est un homme bien chanceux !

AuRon se demanda quelle part du fardeau que portait DharSii était sa récompense pour avoir trouvé le cristal. Bien entendu, ça ne pouvait être uniquement de l'or. Même un dragon n'aurait pu voler avec une telle charge. Avait-il pris un morceau de la pierre pour lui ?

Ou peut-être qu'on avait seulement détaché quelques fragments de la pierre, semblables à celui qu'il portait. Le cristal recélait-il quelque pouvoir ? Pourquoi NooMoahk ne l'avait-il pas prévenu ? Même l'esprit défaillant du dragon noir s'était parfois montré lucide ; il aurait forcément évoqué un sujet aussi important.

— Naf, je me demande si la pierre n'était pas le but de l'assaut, et si la guerre contre les garnes n'a pas été montée de toutes pièces.

— Peut-être. Tu sais, AuRon, je pense que tu devrais poursuivre la mission que t'a confiée la reine. Un esprit suspicieux comme le tien pourrait aller très loin.

— Aussi loin de la reine que me ailes me porteront, une fois que j'aurai mon or. Je devrais laisser les nains de la Compagnie le gérer pour moi et en prélever une partie chaque année.

Naf s'immobilisa. AuRon crut se rappeler qu'il se tenait toujours très tranquille quand il devenait sérieux et se perdait dans ses pensées.

— Retourneras-tu dans la capitale pour le récupérer ?

— Oui. Sur cette montagne en forme de visage sur laquelle ils travaillent.

— J'ai une autre raison – non, raison n'est pas le bon mot. Un espoir. J'ai un autre espoir, AuRon. Que Hieba et Nissa soient encore en vie. Je dois penser et agir comme si elles étaient mortes, mais Hieba et toi étiez proches. Laisse mon espoir vivre dans ton cœur. Retourne auprès de la reine une fois ton message délivré et vois si tu peux avoir de ses nouvelles. Que tu poses une telle question serait la chose la plus naturelle qui soit. Elle sait que toi et moi avions parlé autrefois de la menace des dragonniers, et que Hieba était présente.

— Je verrai ce que je peux découvrir.

— Ne crains pas de revenir porteur de mauvaises nouvelles. Je crois qu'il est préférable de savoir. Je pourrais alors cesser d'y penser, ou savoir exactement comment y penser. Nous guetterons ton retour et te ferons signe. Un dragon avec une queue rabougrie est facile à repérer quand il vous survole. Cherche-nous à l'aube et au crépuscule afin que nous puissions t'indiquer notre présence avec un feu si nous sommes cachés. Deux lignes enflammées de même longueur qui se croisent, verticale et horizontale, une croix naine.

Il avait l'air si malheureux qu'AuRon lui aurait promis n'importe quoi pour revoir sourire et dents de la chance.

— Très bien. Peut-être pourrais-tu m'aider avec cette carte ghioze. Il y a une chute d'eau que je semble incapable de trouver…

Grâce aux conseils de Naf, AuRon prit une meilleure route et trouva la chute d'eau. Il quitta alors les montagnes pour des plaines hautes et sèches habitées par des hominidés – des humains, apparemment. Ils avaient la peau brunie par le soleil et se paraient de cuivre. Même si leur bétail était appétissant AuRon les évita et préféra se consacrer à la chasse des petits rennes bondissant qui vivaient dans les buissons épineux entre les affleurements rocheux, où il trouva également des rats gras et goûteux.

AuRon découvrit un tas de rochers séparé en deux, avec un grand bloc de pierre en pente suspendu entre les deux parties et recouvert d'inscriptions laissées par des humains ou des garnes. L'iconographie lui parut unique et intéressante, mais il approchait de sa destination et n'avait pas le temps de l'examiner en détail.

Il se pressa vers le sud dans une contrée qui semblait avoir jadis été le fond de quelque mer. Le sol était nauséabond et salé ; il n'accueillait que quelques plaques de végétation désespérée, tels ces cactus noueux qui existaient seulement pour rendre heureux les papillons blancs qui se réfugiaient dans leurs fleurs suspendues.

Il trouva bientôt la grande gorge indiquée au bas de sa carte. Impossible de confondre avec autre chose ce qui avait sans doute été un vaste cours d'eau mais se résumait maintenant à une série de trous boueux craquelés comme de la peau brûlée. AuRon trouva quelques crapauds profondément enterrés dans la boue, mais ils étaient aigres, secs, et ne valaient pas la peine qu'il creuse.

La gorge s'enfonçait dans la terre, tout d'abord en une série de cassures, avant de rentrer finalement dans les ténèbres. Il vola avec davantage de précautions et se demanda comment une telle contrée pouvait subvenir aux besoins de dragons : les premières sources de nourriture étaient à une longue journée de vol, et elles n'étaient pas très abondantes.

Ses yeux s'habituèrent à l'obscurité. Il vola à une allure qu'il aurait presque pu égaler en marchant, circonspect, et s'interrogea sur l'accueil qui lui serait réservé.

Et ainsi il parvint au pont.

Bien entendu, il se demanda ce que les dragons pouvaient bien faire d'un tel édifice. Les bords de la gorge étaient zébrés de prises que même un jeune dragonnet pouvait utiliser comme un humain le faisait d'une échelle.

Le pont était, pour autant qu'il puisse en juger, un superbe ouvrage, d'une qualité très proche de celle des édifices nains. Il allait d'une colonne de pierre à l'autre, reliait deux fragments de tunnel, était ici suspendu au plafond de la caverne, là à une colonne, et soutenu ailleurs par des arceaux de métal et des câbles.

— Pose-toi, étranger, l'intima une voix de dragonnelle venue du milieu de la travée.

AuRon remarqua une sorte de minuscule grotte dans le plafond de la caverne. Elle n'aurait aucun mal à lui déverser ses flammes sur la tête si elle le voulait.

Une draque surgit à l'extrémité est du pont et ouvrit la *sii* en un curieux geste. AuRon supposa qu'elle voulait qu'il se pose ici.

C'est ce qu'il fit. Deux draques et une dragonnelle l'observaient depuis un tunnel large et bien creusé.

— Toi-même, tu ne le connais pas, Angalia ? demanda l'une des draques à la dragonnelle.

Celle-ci cligna des yeux.

— J'ai de la chassie dans les yeux, je n'en suis pas sûre. Oh, je suis si malade. Ce pont et ces trous si secs me tueront.

— Pendant un moment, j'ai cru à cause de sa peau que c'était une de ces chauves-souris monstrueuses, mais il est grand comme un dragon, cria celle qui était perchée dans le trou du plafond. Qui est-ce ? Y a-t-il un gris dans l'armée aérienne ?

— Je n'en ai jamais vu, mais je vis loin du Lavadôme depuis très longtemps, dit celle qu'AuRon supposa être Angalia. On dirait que je suis indispensable aux contrées insalubres.

Les draques échangèrent un regard qui lui rappela Wistala et Jizara quand elles plaisantaient à ses dépens. À cette pensée, ses cœurs se serrèrent.

AuRon prononça son discours longuement répété. Comme il ne connaissait pas les manières de ces dragons, il avait décidé d'employer de vieilles tournures qu'il avait parfois entendues dans la gueule de NooMoahk.

— Mon nom est AuRon, fils d'AuRel. Je suis venu de Ghioz porteur en toute amitié d'un message de la reine. Si vous veillez à ce que je rejoigne votre Lavadôme afin de délivrer celui-ci, je vous compterai à l'avenir parmi mes amis.

Les dragonnelles le regardèrent avec de grands yeux, comme figées. Elles lui rappelaient les singes effarés qu'il rencontrait parfois quand il était un chasseur sans ailes dans les jungles au sud d'Uldam.

— Tu parles d'un ami, marmonna l'une des draques. Un gris maigre avec un moignon de queue et qui parle comme un Wyrr ivre. La reine rouge peut se le garder.

Chapitre 14

La découverte du Lavadôme laissa Wistala éblouie mais aussi interloquée. Malgré toutes les exclamations admiratives qui luttaient pour sortir, elle ne pouvait dire un mot.

Dans la vaste caverne du cercle d'eau, des *griffarans* entraient puis sortaient de grands rais de lumière qui descendaient du plafond par des fissures tandis qu'au-dessous les eaux froides emportaient avec elles leurs mystères. Elles traversèrent la rivière à la nage, les cœurs battant à tout rompre dans le froid, une douleur presque exquise. Wistala, quand elle émergea de l'autre côté du cours d'eau, se sentait plus vivante que jamais auparavant.

Ayafeeia, trois dragonnelles et trois draques l'avaient accompagnée depuis le bout du tunnel de l'Étoile à travers une succession de virages et de vieilles salles.

Elle pensait avoir déjà vu un spectacle inoubliable avec les couleurs vives des *griffarans*, au loin.

Mais elles traversèrent alors un autre tunnel et entrèrent dans le Lavadôme.

Elle sentit après coup que les autres avaient attendu sa réaction.

C'était une impossibilité, comme une mer qui se balancerait au-dessus des nuages ou une montagne qui descendrait du ciel au lieu de s'élever de la terre. Un monde distinct, profondément enterré, d'une étendue qui dépassait l'imagination et éclairé par le sang brûlant de la terre. Elle crut tout d'abord à une illusion d'optique, un étrange artifice, comme ces fresques murales dans les bibliothèques hypates ou ce bassin dans le jardin d'un palais en bord de mer qui semblait toucher l'Océan Intérieur alors que des dizaines de mètres de sable et de corail le séparaient de l'eau.

Un globe incandescent, plus lumineux encore que la lave, dominait le Lavadôme. Il baignait de lumière un grand rocher équarri qu'Ayafeeia lui désigna comme le rocher impérial, la résidence du Tyr et de sa famille.

Elles mangèrent un repas qui leur fut apporté par les plus jeunes des filles du feu, des dragonnelles pas encore matures qui, lui expliqua Ayafeeia, devenaient parfois sœurs du feu.

Puis elles marchèrent et marchèrent encore jusqu'à ce que la lumière diminue au sommet du dôme; elles n'avaient pas encore traversé le Lavadôme. Ayafeeia la conduisit dans un creux dont le sol et les parois étaient parsemés de grottes.

—Il est curieux d'appeler un tel trou une colline, mais cet endroit se nomme la colline demi-creuse.

La terre ici était plus meuble que dans n'importe quelle autre partie du Lavadôme. Wistala glissa quand elle descendit et dut se retenir avec sa queue.

—C'est une terre sacrée pour les sœurs du feu, Wistala. C'est ici que la Première Quatorzaine a fait un cercle de leurs queues et a juré de défendre les dragonnets des autres.

—Pourquoi? Les mères ne pouvaient-elles pas défendre leurs propres petits?

—Oh, c'était pendant la guerre, une époque effroyable. Wyrr contre anklènes contre Skotl. Des groupes de dragons fouillaient les cavernes, écrasaient les œufs, massacraient les dragonnets pour saper le moral de leurs adversaires ou répondre au meurtre par le meurtre.

» La Première Quatorzaine était entièrement composée de femelles sans compagnon, des trois clans. La guerre civile battait son plein. Elles jurèrent de renoncer à leur clan, de protéger tous les œufs ou les petits placés sous leur garde et de rester neutres.

» Des couples vinrent des quatre coins du Lavadôme avec un œuf ou deux dans la gueule. Un grand nombre de ces derniers avaient été abandonnés aux écraseurs. D'autres avaient été perdus en route.

» Quand des Skotl vinrent détruire des œufs Wyrr, elles les affrontèrent comme une seule dragonnelle. Quand des Wyrr vinrent détruire des œufs Skotl, elles les affrontèrent comme une seule dragonnelle. Elles n'étaient que trois de la Première Quatorzaine à connaître les termes de leur accord, et chacune d'entre elles n'en connaissait qu'une partie, ainsi elle n'aurait pu tout avouer, même sous la torture.

Wistala pouvait voir les dragons fuir en direction des grottes avec leurs œufs dans la gueule. Quant aux dragons qui en affrontaient d'autres… nul besoin de son imagination pour cela. Ses propres souvenirs suffisaient.

— Et c'est depuis ce jour que les sœurs du feu vivent pour protéger des œufs qui ne sont pas les leurs. Nous protégeons les grottes lointaines et les collines de nos frères et sœurs. Nous rampons dans des tunnels sans lumière et montons la garde sous un soleil brûlant, à l'entrée des protectorats.

Depuis ses tout premiers rêves, alors encore dans l'œuf, Wistala s'était vue en protectrice des siens. Elle avait trouvé une sœur, spirituelle tout du moins.

— Combien de dragons abrite le Lavadôme ? demanda Wistala.

— Compte six fois une quatorzaine de quatorzaine, et une autre quatorzaine de quatorzaine dans les protectorats.

Wistala n'avait jamais imaginé qu'autant de dragons puissent vivre au même endroit. Elle avait cependant vu les enclos et le bétail qui assuraient la subsistance des dragons, les hominidés dépenaillés qui répandaient du fumier dans les cultures de champignons pour ensuite les broyer et en faire des galettes pour eux-mêmes et leurs bêtes.

— FeHazathant, le premier grand Tyr, et sa compagne ont instauré des traditions pour les sœurs du feu et créé la garde draque sur le même modèle. Wyrr, Skotl et anklènes serviraient ensemble et ne s'affronteraient plus. Les sœurs du feu et la garde draque organisent des rixes entre chaque faction. Plus d'un accouplement a vu le jour au cours d'une bonne bagarre entre deux draques.

» Mais cet endroit est important pour une autre raison. C'est ici que les filles du feu prêtent leur premier serment. Quand elles deviennent adultes, certaines prêtent le deuxième et se voient confier une position. Reste celles qui prêtent le troisième serment, celui de ne jamais prendre un compagnon, mais plutôt le genre draconique tout entier, et de le défendre comme s'il était nôtre.

Wistala se rendit compte qu'elle avait pris sa décision dès qu'elle avait entendu l'histoire de la Première Quatorzaine. Peut-être avait-elle compris le sens de son premier souvenir, ce rêve de dragonnet dans son œuf, dans lequel elle volait au-dessus des autres et les protégeait.

Il ne lui restait plus maintenant qu'à trouver le courage d'exprimer ce sentiment, de le retranscrire en paroles.

— Pourrais-je... pourrais-je prêter le premier serment ? Je voudrais vraiment m'acquitter de la dette que j'ai envers le Lavadôme. Tu m'as sauvé la vie, plus d'une fois.

— Je serai ravie de te faire prêter serment, Wistala, dit Ayafeeia.

— Comment..., glapit Takea.

— C'est un dragon, et une femelle, la coupa Ayafeeia. C'est suffisant, et ça l'a toujours été.

— Mais comment pourrait-elle jamais être entraînée, si elle n'a pas souffert comme nous toutes ?

— Elle me semble avoir suffisamment souffert, répondit Ayafeeia. Tu n'as pas idée, jeune draque, des périls du monde d'En-Haut.

Wistala sourit. Les autres dragons la regardèrent comme si elle venait de s'oublier, et elle arrêta aussitôt. Elle avait passé trop de temps parmi les hominidés.

— Oh, le monde d'En-Haut a ses dangers, mais on y trouve aussi beaucoup de belles choses. Il est très riche, dit-elle.

— Riche en tout sauf en dragons, répondit Ayafeeia. Ils sont traqués jusque dans leurs antres, comme au cours d'une guerre sans fin.

Wistala ne savait que répondre à cela sans mentir. Il était possible de cohabiter avec les hominidés, elle en était la preuve. Elle avait même rencontré un nain ou deux qu'elle avait appréciés dans les salles de la Roue de Feu, même s'ils n'hésiteraient pas à la tuer s'il lui venait l'idée d'y retourner.

— Takea, tu la guideras pour son serment. Tu as gagné cet honneur.

Les *griffs* de Takea s'abaissèrent et raclèrent contre ses écailles.

— Dame-mère ! C'est un honneur que je...

Ayafeeia leva haut la tête.

— Encore ce vacarme. Tu as obtenu plus d'honneurs que n'importe quelle draque ici. C'est ta place.

La draque se recroquevilla sous les regards des dragonnelles plus âgées.

— Oui, dame-mère.

Ayafeeia désigna du bout de la queue le fond de la cuvette au sol recouvert de graviers.

— Wistala, place-toi là où tes mères et tes sœurs se sont dressées avant toi. (Wistala prit sa place et leva la tête vers Ayafeeia et les autres sœurs du feu.) Wistala, si une quelconque partie de ce serment fait naître le doute en toi, tu peux t'arrêter à tout instant. Il n'y a ni honte, ni péril à ne pas prêter ce serment, seulement à ne pas le respecter une fois prononcé. Comprends-tu ?

— Oui.

Takea vint se placer à côté d'elle.

— Comment te présentes-tu ici ?

Une longue pause. Ayafeeia lança un regard appuyé à Takea.

— Une femelle libre, ayant quitté famille, clan et lignée, de ma propre volonté et l'esprit clair, récita Takea.

Wistala répéta ses paroles.

— Pourquoi te présentes-tu ici ? demanda Ayafeeia. Takea !

— Pour protéger notre futur aux côtés de mes sœurs, dit Takea, la queue agitée de soubresauts.

— Pour protéger notre futur…

Wistala répéta le reste.

— Abandonneras-tu tes devoirs envers ta famille, ton clan, ton antre pour celui, plus vaste, de protéger le genre draconique ?

— Oui, je le ferai, dit Takea.

Pendant quelques secondes, Wistala douta. Devait-elle interrompre le serment ? Elle était une bibliothécaire d'Hypat, après tout. Cela dit, les bibliothécaires occupaient d'autres fonctions. Certaines étaient prêtresses, d'autres faisaient office de conseillers auprès des thanes – ses collègues apprécieraient sans doute un exposé sur le Lavadôme.

— Oui, je le ferai, répéta Wistala.

— Obéiras-tu aux ordres de tes supérieurs, ta dame-mère, ton Tyr ?

— Oui, je le ferai, chuchota Takea.

— Oui je le ferai.

— Braveras-tu le manque, la douleur, les blessures et la mort pour obéir à tes ordres et défendre ton serment ?

— Même chose, dit Takea.

— Oui, je le ferai, répondit Wistala après un moment de confusion pendant lequel elle faillit répéter le « même chose » de la draque.

— Takea, encore une plaisanterie de ce genre et je te posterai comme sentinelle sur le rocher le plus au sud possible. (La draque baissa la tête mais Wistala entendit ses *griffs* racler.) Alors viens, rencontre tes sœurs, et appelle-moi dame-mère, reprit-elle pour Wistala.

— Oui, dame-mère, lui souffla Takea.

— Oui, dame-mère.

— Bon retour dans le Lavadôme, ma sœur perdue depuis si longtemps, dit Ayafeeia.

Wistala avait connu sa part de moments heureux, mais celui-ci semblait plus vrai que la plupart d'entre eux. Peut-être était-elle née pour cela et que toute sa vie elle s'était entraînée pour cet instant. Ses cœurs battaient à tout rompre.

— Elle rougit comme si tu étais un dragon qui vient de chanter pour elle, déclara l'une des dragonnelles.

Amusée, elle secoua la tête de gauche à droite comme un chien qui sèche ses oreilles.

Les sœurs s'enlacèrent.

— Je suis si heureuse, dit Ayafeeia. J'ignore pourquoi, mais je suis vraiment heureuse.

— Quels sont mes premiers ordres, dame-mère ? demanda Wistala.

— Nous allons faire un festin de premier serment. Tes ordres sont de t'emplir comme une outre, Wistala.

— Ma famille m'appelait Tala la plupart du temps.

— Alors tu seras Tala pour nous.

Ayafeeia donna des ordres à quelques esclaves vêtus de sarraus d'un blanc – presque – immaculé au sujet de la nourriture.

Elle chargea Takea de corriger la tenue de Wistala, une tâche qui apaisa quelque peu son hostilité et ses remarques acerbes. Pouvoir se consacrer à la critique des révérences, de la façon de parler, du ton de la voix ou des connaissances de Wistala lui ôta apparemment toute envie de la traiter comme une menace lâchée dans le monde d'En-Bas pour contrarier l'espèce draconique – ou en tout cas Takea.

— Idiote ! Garde les yeux ouverts quand tu t'inclines. Que se passerait-il si tu heurtais quelqu'un pendant un échange de formalités ? Mêmes les ennemis se saluent.

Voici un aperçu de son bavardage. Elle avait tendance à revenir à son point de départ comme un dragon qui se mordrait la queue.

La hiérarchie était un peu déroutante pour Wistala : toutes les draques sans ailes semblaient être des filles du feu, certaines dragonnelles ailées qui n'avaient pas l'intention de prêter un autre serment étaient soit des filles, soit des sœurs – selon, soupçonnait Wistala, qu'un mâle chanterait bientôt pour elles ou non – et toutes les dragonnelles qui avaient prêté leur troisième serment avaient le titre de sœur. Celles qui étaient trop âgées pour accomplir des tâches loin du Lavadôme occupaient des grades tels que « conseillère », « supérieure » ou « de mérite distingué » selon leur état de santé et leurs aptitudes.

Elle rencontra une dragonnelle « de mérite distingué » cantonnée aux grottes, une vieille chose dont les écailles malsaines étaient devenues presque jaunes et une grosse partie de la tête était enfoncée et striée de cicatrices. Pendant les quelques inconfortables minutes que Wistala passa en sa compagnie, elle ne cessa de babiller au sujet des fleurs et des étoiles.

— Une hache de nain, chuchota Takea. Saka sera ta première mission. Tu devras nettoyer son derrière, lui rappeler de manger et t'assurer qu'elle lève bien la tête pour avaler.

— Que sa mésaventure nous serve de leçon : toujours sentir et écouter avant de mettre la tête dans un trou, déclara une sœur du feu qui s'occupait de plusieurs dragonnelles de mérite distingué.

— Ne serait-il pas plus charitable de la laisser simplement mourir de faim, si elle ne mange pas ?

— Oh, elle a quelques bonnes journées chaque année. Tu peux entendre des histoires intéressantes. Et puis les os des dragons âgés se vendent plus cher. Les alchimistes prétendent qu'ils peuvent deviner l'âge d'un dragon à la couleur de la coupe d'un de ses ossements.

— Vous vendrez son corps après sa mort ?

— Seulement des morceaux, répondit Takea. C'est un honneur. Tu sers l'empire même après ta mort. Tes os peuvent permettre d'acheter des pièces d'or ou des troupeaux entiers de veaux pour les dragonnets.

Takea la regarda un instant.

— N'aie pas peur d'accepter les dures réalités de la vie. Étreins-les. Nous ne mourons pas, d'une certaine façon. Tant qu'une draque prêtera les mêmes serments que nous, nous aurons aidé cette part de nous à survivre.

Elles festoyèrent, beaucoup et longtemps. Wistala n'avait jamais vu un tel banquet : des entrailles dans de délicieuses sauces, des quarts de mouton, de grands flanchets de bœuf et des poulets luisants alignés sur une broche et prêts à être engloutis. Elle avait déjà bien mangé, mais toujours de la nourriture hominidée, surchargée de légumes secs et insipides qui la remplissaient de gaz et de fruits lustrés qui lui serraient la gorge et la faisait grimacer.

Ils parlèrent de batailles contre les démènes et de chasses à la surface, et Wistala entendit comment le Tyr avait détruit une forteresse ghioze en la faisant bombarder de rochers par l'armée aérienne. Ayafeeia ne corrigea qu'un seul aspect de l'histoire : elle expliqua que le Tyr, quoique présent, n'avait fait qu'inspirer le largage des rochers. L'opération avait été menée par un dragon maintenant en exil, un blanc nommé NiVom.

— Il serait, je pense, devenu Tyr, mais il a été chassé, dit Ayafeeia.

Ces histoires à vous figer le sang rappelaient à Wistala les récits d'Ondée sur l'époque à laquelle Hypat était dirigée par des « rois barbares ».

Ce Tyr, que tous semblaient respecter et admirer, était-il un roi barbare monté son trône en escaladant les têtes ensanglantées de ses rivaux ?

— Ah ! s'exclama Ayafeeia quand Wistala lui posa la question, quoique formulée plus poliment. Notre Tyr est bien des choses mais pas un duelliste, même s'il a tué le Dragonneur. Non, c'était un compromis. Il ne venait d'aucun clan et avait donc moins d'ennemis prêts à mourir plutôt que de le voir dans la salle du trône.

— Sa compagne, en revanche…, commença Takea.

— Chut ! Je crois que Nilrasha arrive.

On avait dit à Wistala de ne pas tordre le cou quand la reine arrivait mais de s'incliner respectueusement face à elle, prête à obéir à ses ordres.

— Que dois-je lui dire ? demanda Wistala.

— Le moins de choses possible, répondit Takea. Ce sont les actes qui comptent, pas les mots.

La reine s'approcha.

De loin, elle semblait être une belle dragonnelle. Wistala faisait des progrès pour reconnaître les différents clans. La reine paraissait avoir un peu d'anklène dans les yeux – ils ressemblaient tant à ceux de mère ! – et des *saa* robustes, aux muscles saillants. Wistala en déduisit qu'elle était une excellente sauteuse. Elle envia sa queue longue et gracieuse et ses pattes de devant élégamment formées. Elle trouvait que les siennes ressemblaient à celle d'un bœuf en comparaison.

Elle avait entendu dire que les garnes l'appelaient « Ora » – sa troupe entière de sœurs du feu avait péri au cours de l'attaque d'une ville ghioze. Elle avait été l'unique survivante, l'Ora – celui ou celle que l'on épargne au cours d'un banquet, selon la coutume garne.

De près, sa beauté était quelque peu altérée par ses cicatrices.

— Elle a connu sa part de batailles, remarqua Wistala.

— Le Tyr lui aussi a des cicatrices, chuchota Takea. Elles semblent moins étranges quand tu les vois tous les deux.

Nilrasha accepta la révérence de Wistala puis Ayafeeia et elle croisèrent leurs cous. La reine s'enquit plaisamment de la qualité du porc, du mouton et des vaches des troupeaux impériaux qu'elle avait fait envoyer pour le banquet et reçut remerciements et compliments en retour.

— Dame-mère, je crois comprendre que tu as des nouvelles pour moi, dit-elle.

— J'ai un rapport sur la fin de la guerre qui nous opposait aux démènes dans le tunnel de l'Étoile, dit Ayafeeia d'une voix plate, comme si le draquine était devenu pour elle une langue inconnue. De plus, nous avons une nouvelle recrue, une étrangère au Lavadôme nommée Wistala.

— Qui est-elle ? Celle qui se trouve à côté de, euh… Takea ?

— Oui, ma reine.

Ayafeeia toucha Wistala du bout de l'aile. Wistala y vit un geste protecteur, maternel, ce qui lui réchauffa les cœurs.

Nilrasha écarquilla un instant les yeux et elle tourna la tête pour inspecter Wistala sous plusieurs angles.

— La forme de son museau… De bonnes dents, des gencives saines, elle n'a jamais mangé de purée de kerne et d'oignon. Je penserais presque… Je vois qu'elle a une aile blessée.

— Elle guérit et sera, je pense, de nouveau valide. Nous l'avons presque perdue une seconde fois pendant l'évasion de Paskinix. La jeune Takea l'avait capturé alors qu'il était sur le point de tuer Wistala. Il s'est échappé pendant que nous montions vers le tunnel de l'Étoile et nous inquiétions de Wistala.

— Pas de chance, Takea, dit Nilrasha. Le Tyr aurait aimé qu'on lui amène ce voleur d'œufs enchaîné. Mais nous savons tous à quel point ce vieux démène est insaisissable. Soit sûre que je parlerai de toi à mon compagnon.

—Merci, ma reine, répondit Takea.

Elle s'inclina – et garda les yeux ouverts.

Nilrasha se raidit un peu. Wistala crut comprendre qu'un affront avait été fait.

Ayafeeia intervint et s'inclina, les yeux fermés.

—Ma reine, Wistala vient de prêter son premier serment, et nous donnons donc un festin. Vous joindrez-vous à nous ?

—Je te remercie pour ta gentillesse, sœur, mais un messager chauve-souris vient tout juste de rentrer. (Elle désigna une petite entaille sur son épaule.) Il m'a annoncé qu'un émissaire était en route et que nous devons nous rassembler pour écouter ce qu'il a à nous dire. Tout le monde ne parle que de ça ! Le rocher impérial n'avait pas connu une telle agitation depuis des années. Et ce visiteur ! Quelle arrogance, quelle présomption…

Wistala eut l'impression que la reine luttait pour maîtriser sa poche à feu.

—Mais ces ragots ne concernent en rien nos braves sœurs du feu. Je suis venue délivrer le message de mon compagnon. Considérez ceci comme une sommation. Le Tyr voudrait rencontrer cette nouvelle fille du feu et entendre un rapport sur la situation dans le monde d'En-Haut.

Wistala sentit tous les regards sur elle et ses écailles frémirent.

—Je… je vous remercie de me donner une occasion d'obéir, ma reine, dit-elle.

—Ne me laisse pas gâcher ton festin. Tu sembles en avoir besoin. Ayafeeia, veille à ce que des caméristes avec des ciseaux aiguisés et des limes neuves s'occupent d'elle. Ses écailles poussent dans tous les sens.

— Oui, ma reine.

La reine prit Ayafeeia à l'écart et échangea quelques mots avec elle à voix basse. Elles croisèrent de nouveau leurs cous.

— Quelle injure ! grogna une vieille sœur du feu, ce qui déconcentra Wistala. Nous envoyer un renégat porteur d'une demande. Si c'est la guerre qu'elle veut, elle l'aura.

— Je crois que c'est effectivement ce qu'elle recherche, répondit Ayafeeia, qui venait de quitter Nilrasha.

Derrière elle, la reine toucha le bout du museau d'une très jeune draque qui se tenait à l'extrémité du rang, les pattes à vif. Une dragonnelle à l'autre extrémité chuchota quelque chose au sujet de « son ascension depuis qu'elle avait perdu ses dents de dragonnette dans la colline du buveur de lait ».

Les yeux plissés par la concentration, Ayafeeia observa la reine s'envoler.

— Cette génération souffre encore des pertes infligées par les dragonniers. Nous venons d'achever une guerre très dure contre les démènes. Elle sait que nous sommes affaiblis.

Wistala avait beaucoup entendu parler de guerres contre les Ghiozes.

— Comment le sait-elle ? A-t-elle des espions ?

— C'est tout à fait possible, répondit Ayafeeia. Certains dragons font passer l'or avant le sang.

— Maudits soient-ils, lâcha Takea en regardant Wistala droit dans les yeux. Si j'en rencontrais un, je ne me reposerais pas tant que je n'aurais pas vu sa tête plantée au sommet d'une montagne.

Wistala commençait à se dire qu'elle était tombée dans un véritable tourbillon : soupçons, jalousies, politique, peur d'une guerre civile, des guerres dans le monde d'En-Bas, peur d'une guerre contre la surface... Mais les défis réussissaient aux dragons, comme père le disait toujours. « *Un dragon mange le défi et expulse la victoire. C'est l'excès qui a raison de toi.* »

— Puis-je poser une question ? demanda Wistala.

— Bien entendu, répondit Ayafeeia. C'est le début de la sagesse.

— Pourquoi t'appelle-t-elle parfois « dame-mère » et parfois « sœur » ?

— Nous sommes sœurs, en quelque sorte, même si en l'occurrence l'une de nous deux insiste particulièrement sur ce point. Son compagnon était accouplé avec ma sœur.

— Je persiste à dire que c'est elle qui l'a fait, dit une petite voix.

— Ça suffit ! rétorqua Ayafeeia. Je ne laisserai pas la reine se faire calomnier, en ma présence ou non.

— Quoi qu'il en soit, elle a rompu son serment, dit l'une des sœurs du feu. Elle avait prêté le troisième. Nos traditions comptent-elles donc pour rien ?

— Oui, quel heureux hasard que ta sœur soit morte au même moment, Ayafeeia, ajouta Takea. Les choses n'auraient pas pu mieux tourner pour Nilrasha.

— Takea, surveille un peu ta langue. Tu as un peu trop de sang anklène pour savoir te tenir. Cela aurait pu mieux se passer pour Nilrasha si Halaflora s'était étranglée devant plus de témoins. Nous entendrions moins de rumeurs et de remarques vipérines. Je crois leur version des faits. Halaflora a toujours eu plus de cœur que de santé. Je me demande si Nilrasha n'est pas une meilleure reine. Cette fonction demande de l'énergie.

— Il y a un vieux dicton qui dit : « Défends tes pires ennemis avec force et attends pour frapper », chuchota Takea à l'attention de Wistala.

— Peut-on dire que devenir reine est une promotion ? demanda à haute voix la jeune draque avec laquelle Nilrasha avait parlé. La reine est un chef spirituel pour les sœurs du feu. Nilrasha s'est élevée au-dessus de toutes les dames-mères.

— Montre un peu de respect pour son rang et de compréhension pour elle ! répliqua Ayafeeia. (Elle se redressa.) J'abhorre toutes ces horribles rumeurs. Mon frère adoptif, notre Tyr, veut ce qu'il y a de mieux pour les dragons. Nilrasha ce qu'il y a de mieux pour le Tyr. Il se fait des ennemis, elle s'occupe d'eux. J'imagine que même les dragons ne peuvent pas être gouvernés sans recourir un peu à la peur.

Elle grinça des dents, plongée dans ses pensées.

— Wistala, tu dois être prête à te présenter à la Cour. Je suppose que je dois venir, moi aussi. Comme d'habitude, je confierai notre colline à Malitha. Takea, tu ne t'es pas rendue au sommet du rocher impérial depuis que l'on t'y a présentée encore dragonnette. Tu dois venir, à plus forte raison parce que Wistala est sous ta responsabilité. Quoi que tu fasses, ne la laisse pas retrousser les lèvres ainsi devant le Tyr.

Wistala prit plaisir à ce que les caméristes s'occupent de ses écailles.

Tout d'abord, plusieurs d'entre elles la frottèrent vigoureusement avec des brosses à poils durs accrochées au bout de longs manches qui nettoyèrent aussi bien le dessus que le dessous de ses écailles. Elle usa au moins trois de ces ustensiles.

Elles taillèrent ensuite ses écailles de façon que les fragments difformes qui recouvraient de vieilles blessures semblent un peu plus présentables et alignés par rapport aux autres. Certaines, considérées comme désespérées, furent arrachées – douloureusement – et soigneusement rassemblées.

Pire encore, deux chauves-souris, qui échangeaient des chuchotements et s'excusaient copieusement dans un draquine approximatif, mordirent et léchèrent ses plaies.

— Les chauves-souris sont un peu… repoussantes, mais elles aident à guérir, dit Takea. Quand je pense qu'avant on les mangeait ou les brûlait.

— J'en gobe encore quand j'en ai l'occasion, confessa une autre draque. Elles ne manquent pas au Tyr, il y en a toujours d'autres. Je crois que les esclaves les capturent eux aussi pour les rôtir sur des bâtons et enrouler leur nourriture dans leurs ailes.

Ayafeeia vint voir l'avancée du travail.

— Tuve, souligne un peu le contour de ses yeux, dit-elle à une esclave dotée d'une abondante chevelure semblable à la crinière d'un lion. Wistala, à la Cour, replie ces grandes ailes vers le haut afin de laisser plus de place aux autres.

— Et les mâles te remarqueront, grogna Takea.

— Il sera bien rapide, le soupirant qui arrivera à la suivre quand elle volera de nouveau, dit la sœur du feu responsable des caméristes.

Wistala s'interrogeait au sujet des esclaves. Ils ne bavardaient pas comme le faisaient les hominidés à la surface mais n'échangeaient que quelques mots à voix basse pendant qu'ils s'activaient. Ils semblaient en bonne santé, quoique peut-être plus petits que la moyenne. Ils n'arboraient ni traces de coups de fouet, ni marques d'entraves comme elle en avait vu sur les esclaves dans certaines des contrées qu'elle avait traversées. Cela voulait peut-être cependant dire que les esclaves les plus récalcitrants étaient mangés.

— Comment vas-tu ? demanda-t-elle à la camériste qui s'affairait avec ses brosses pour peindre les écailles autour de ses yeux.

— Mes excuses, maîtresse, vous ai-je mis de la peinture dans l'œil ? dit celle-ci.

— Non, je voulais simplement entamer la conversation. Je m'appelle Wistala, comment vas-tu ?

— Ton esclave se nomme Tuve, maîtresse, répondit-elle.

— Les haleines de dragons n'ont pas l'air de te déranger, Tuve.

— Oh, par Susiron ! s'exclama la sœur du feu responsable des esclaves, pas une autre de ces extrémistes anklènes !

Tuve sourit.

— Un peu de cendre d'oliban et de noisetier des sorcières dans les narines, maîtresse, dit-elle calmement.

Elle prit une brosse plus fine, la noircit et reprit son ouvrage.

— Ce sont des hypocrites, déclara Takea. (Elle tapota une écaille pour que les caméristes l'arrachent.) Les anklènes ont trois fois plus d'esclaves que les sœurs du feu. Si la façon dont ils sont traités les préoccupe tant, ils pourraient commencer par les leurs. Les esclaves meurent comme des mouches chez eux. L'air est vicié avec toutes ces lampes.

— Certains disent qu'ils les déclarent morts et les conduisent clandestinement à la surface.

— Je parie qu'ils les mangent. Ils sont toujours en train de compter et de mesurer. Personne ne vous trompe autant que celui qui fait les comptes, comme le disait mon père.

— On n'a pas assez de nains ici, intervint la sœur du feu chargée des caméristes. On peut faire confiance aux nains. Ils s'ouvriraient la gorge plutôt que de mentir. Si seulement ils ne se laissaient pas mourir de faim… Pas comme les elfes, qui n'arrêtent pas de jouer avec les notions de vérité et de mensonge. Un bon humain bien stupide, c'est presque aussi bien qu'un nain. Si jamais tu t'accouples et que tu t'installes dans une grotte à toi, Tala, cherche celui qui compte sur ses doigts et pas dans sa tête. Ce sera un esclave en qui tu pourras avoir confiance.

L'esclave qui s'occupait de Wistala fit un geste à l'attention d'une version plus jeune d'elle-même dotée de la même épaisse chevelure. La jeune fille apporta une plaque d'étain poli. Wistala s'y vit comme dans une mare au coucher du soleil. Ses yeux semblaient plus grands, plus brillants.

— Tuve, regarde ses dents, dit Takea. C'est une sœur du feu désormais, et elle a des crocs royaux.

Tuve étala une graisse nauséabonde sur ses dents. Les lèvres de Wistala se retroussèrent de dégoût, presque de leur propre chef.

— Le Tyr sera très impressionné ! s'exclama Ayafeeia, qui venait de terminer sa propre toilette en très peu de temps et avec l'aide d'une seule esclave. Si le reste de sa personne n'est pas beau à voir, ses dents sont superbes.

— Tu peux être sûre que le Tyr se souviendra de toi ! renchérit Takea.

Chapitre 15

Le cuivré congédia ses esclaves pour écouter le rapport de Grince. Il lui avait seulement laissé boire quelques gouttes de son sang et lui avait promis un bouvillon quand il aurait achevé son récit.

— Je les ai vus de mes yeux, grand seigneur, dit Grince. De puissants oiseaux avec de petits hommes recouverts de fourrures sur le dos. Ils survolaient les plants de kerne, près du sol, seulement la nuit, par temps couvert ou sous la pluie, et laissaient tomber une poudre qui ressemblait à des crottes séchées.

Le cuivré s'imaginait la scène. Il connaissait ces brouillards qui se déposaient au cœur de la nuit sur le plateau, là où les arbres bas et épais envahissaient les flancs des collines avec leurs racines et leurs branches noires puis cédaient la place au sol riche et volcanique des plaines sur lesquelles des rangs de framboisiers ou de vignes séparaient les plants de kerne. Le soleil impitoyable qui semblait venir de toutes les directions à la fois, les étoiles qui brillaient dans la nuit avant que les nuages se rassemblent et répandent la rosée. L'armée aérienne tout entière pouvait planer sans être vue par les anaéens qui, paisiblement installés dans leurs maisons en torchis, déterminaient leurs horoscopes selon leurs observations de la journée.

D'heureuses années passées sous le soleil avec Halaflora. Il était pratiquement convaincu que c'était le soleil qui avait rendu la santé à la dragonnelle et lui avait donné assez de forces pour se croire capable de porter des œufs.

Les dragons ne méritaient-ils pas leur part de soleil ?

Le cuivré revint à Grince qui reniflait bruyamment l'endroit où il avait pris son déjeuner.

— As-tu pu les suivre quand ils eurent fini ?

Grince happa un morceau de peau qui n'avait pas encore été nettoyé par les esclaves.

— Non. Ils volaient trop haut, trop vite. Je suis qu'une pauvre chauve-souris au service de mon maître. L'air est si pauvre à Anaéa que je pouvais à peine respirer. Tout, tout me laissait haletant, même un petit vol plané.

— Merci de t'être épuisé ainsi, dit le cuivré. Peux-tu au moins me dire d'où arrivaient-ils, et dans quelle direction sont-ils partis ?

— Le nord.

Le cuivré réfléchit. Il connaissait bien Anaéa car il y avait été l'assistant de son protecteur, avant d'occuper lui-même cette fonction. Le nord ? Hypat était au nord, mais il n'avait jamais entendu dire que les hypates employaient des oiseaux géants. Seuls les Ghiozes utilisaient de telles montures ; selon les anklènes, ils avaient commencé quelques années après la guerre qui les avaient opposés à Bant. Ghioz était plutôt à l'est d'Anaéa, peut-être au nord-est, et il en savait très peu sur les vents porteurs qui soufflaient dans cette direction.

— Bon travail. Repose-toi quelques jours puis va chercher Girie et vous pourrez tous deux rentrer. Je suis désolé que voler là-bas ait été si difficile pour toi.

— Le Tyr est juste, le Tyr est bon de penser ainsi à ses pauvres serviteurs. Oh, et il est si généreux, si généreux.

— Oui, je n'ai pas oublié pour la bête. (Il prit un disque argenté, une pièce avec le portrait de la reine rouge sur une face, et la mordit doucement avec sa dent la plus reconnaissable.) Tiens, donne ceci à l'intendant en chef des troupeaux impériaux.

La créature-chauve-souris, que les anklènes avaient commencé à appeler une « gargouille », prit la pièce et la glissa dans son oreille. Le cuivré entendit à peine le battement de ses ailes quand il disparut.

Ghioz.

Il pourrait assez facilement mettre un terme à leurs expéditions. Il lui suffisait d'y envoyer l'armée aérienne. Avec un bon capitaine, elle pourrait suivre les oiseaux sur le chemin du retour et découvrir la base de ces géants à plumes. Une attaque rapide et foudroyante...

Mais tout ceci n'était qu'un théâtre d'ombres, comme ceux que les esclaves employaient pour distraire les jeunes draques de la lignée impériale. Les oiseaux étaient peut-être comme ces ombres, et leurs mouvements n'étaient qu'une provocation pour le pousser à ce genre d'action. S'il envoyait l'armée aérienne dans la lointaine Anaéa, ils attaqueraient alors ailleurs. Les dragons pourraient subsister un temps sans kerne – les anklènes expérimentaient déjà des moyens de le débarrasser de sa rouille et essayaient de le bouillir ou de le griller. Le cuivré pouvait aussi envoyer quelques collines à la surface pour prendre le soleil pendant une saison – si chacun s'accordait à ne pas piller les grottes des autres en leur absence.

C'était la partie ridicule de la fonction de Tyr. Tous les petits draques pensaient que s'il donnait un ordre, celui-ci était appliqué. Certains l'étaient, d'autres non. Pour obtenir satisfaction, il lui fallait surveiller attentivement ses sujets sur lesquels ses décisions leur semblaient avantageuses. Ils trouvaient toujours mille façons d'interpréter ses paroles.

Les dragons étaient somme toute trop égoïstes – quand ils ne se montraient pas ouvertement malhonnêtes – pour faire passer les besoins du Lavadôme avant les leurs.

Si les dragons ne changeaient pas, il leur faudrait trouver un moyen de changer le monde pour qu'il corresponde mieux à leurs besoins.

— Mon Tyr, dit NoSohoth, qui interrompit ses réflexions. Les *griffarans* ont trouvé un visiteur des plus surprenants. Il veut vous parler.

Le cuivré remonta en boitillant le court couloir qui menait à la salle du trône. Il y progressait toujours lentement : le passage tournait vers la droite et il ne pouvait se fier à sa mauvaise *saa*.

Il balaya du regard l'assemblée des dragons. Il avait demandé à Nilrasha d'inviter quelques chefs-clés des diverses collines, les principaux membres de la lignée impériale ainsi que les commandants de l'armée aérienne, des sœurs du feu et de la garde draque. Ses gardes *griffarans* se redressèrent et gonflèrent leurs plumes alors qu'il s'avançait dans la salle du trône.

Les cous qui se balançaient de droite à gauche pendant que leurs propriétaires échangeaient des ragots avec trois interlocuteurs à la fois s'immobilisèrent soudain et toutes les têtes se tournèrent le trône.

Nilrasha parlait avec Essea et deux autres femelles, des veuves d'un certain âge mais qui avaient encore une certaine influence dans leurs familles respectives.

— *Tout le monde a eu une bouchée de pièces ?* lui demanda-t-il mentalement.

— *Oui, et ils sont toujours aussi agités.*

Il adressa un hochement de tête à NoSohoth et de l'oliban fut déposé sur les braseros. Une odeur puissante et épicée se mit à flotter dans l'air. Il sentit ses dragons se détendre : les *griffs* se calmèrent, les queues cessèrent de battre l'air. Ils attendaient qu'il parle.

— Merci d'être venus, dit-il à l'assemblée. Nous avons quelques problèmes qu'il nous faut examiner. Des questions auxquelles nous devrons répondre, des options à considérer.

» Mais tout d'abord : la guerre qui nous opposait aux démènes est terminée. Nous avons gagné.

Tous poussèrent des rugissements à faire tomber la poussière des vieilles bannières décrépites. On aurait pu croire que chacun avait passé la dernière quatorzaine d'années à débusquer personnellement les démènes dans leurs trous.

Wistala, tout au bout de la salle longue et étroite, arrivait à peine à voir le Tyr avec tous ces cous, ces ailes serrées les unes contre les autres.

— Dans ce cas, où est Paskinix ? demanda une jeune femelle bien proportionnée dont les plaies autour des ailes étaient presque guéries. Pouvons-nous voir sa tête ?

— C'est Regalia, dit Takea, perchée sur le dos de Wistala.

Ayafeeia, à la fois chef des sœurs du feu et membre de la lignée impériale, était de l'autre côté du groupe de dragons serrés épaules contre hanches.

— Elle et son frère, SiHazathant, n'aiment pas beaucoup le Tyr, poursuivit Takea. Ils étaient encore de très jeunes draques quand il l'est devenu – certains disent que SiHazathant aurait sinon pris le trône à la place de RuGaard. Ils appartiennent à la lignée de SiDrakkon, mais ils sont également apparentés au Tyr FeHazathant.

Wistala avala la dernière pièce d'argent qu'elle avait glissée entre sa lèvre et sa gencive. Elle avait pris une très modeste bouchée dans le plateau qu'on lui avait présenté et avait mangé chaque pièce très lentement pour en savourer le goût. Sa gueule était cependant toujours remplie de l'épaisse salive qui déferlait toujours quand on mangeait des métaux et son regard était fixé sur la cascade d'or et d'argent qui descendait du perchoir du Tyr.

— Ses armées sont mortes, captives ou en déroute, dit le Tyr cuivré. La traque continue.

— Je l'espère, dit un rouge. (Ses écailles étaient si sombres qu'elles viraient au brun du sang séché.) Maudit voleur d'œufs.

— HeBellereth, dit Takea. C'est le meilleur…

Elle ne trouva pas en quoi HeBellereth était le meilleur.

— Je ne vous ai pas demandé de venir pour parler du passé ou du présent, mais du futur. Vous savez tous que le kerne vient à manquer en raison de ce parasite.

Les dragons s'agitèrent. Wistala aimait la façon de parler de ce Tyr. Il lui rappelait un peu père, avec cette voix profonde, même si elle ne pouvait qu'entrapercevoir une écaille ici et là entre les cous, les ailes, les têtes. Pour autant qu'elle puisse en juger, il était probablement largement bâti, comme père, même s'il était appuyé contre son trône de manière à cacher son flanc droit et avait le dos tourné pour dissimuler le gauche.

Une pose plutôt serpentine pour un si noble dragon. Mère lui avait toujours appris à faire face aux amis comme aux ennemis les griffes en avant, le poids bien réparti – pour, si les circonstances l'exigeaient, mieux bouger, avancer, reculer, aller à droite ou à gauche.

— Nous avons un important visiteur venu du nord, annonça le Tyr. Il est porteur de nouvelles qui nous concernent tous. Vers l'arrière, faites de la place !

Tous s'écartèrent. Le dragon noir et argenté un peu trop zélé – NoSohoth, c'était bien ça – qui parcourait jusque-là l'allée centrale de long en large accompagné de quelques garnes musculeux, lesquels brûlaient des copeaux d'une sorte de résine à l'odeur agréable, dégagea un chemin de la queue et du cou.

Un dragon ou deux sursautèrent. Wistala eut l'impression que sa tête se détachait de son cou et tombait sur le sol, comme tranchée.

DharSii de la vallée de Sadda, hagard et les yeux brillant, regarda fixement le trône et s'avança.

— J'ignore qui c'est, dit Takea.

— DharSii, un renégat, répondit un vieux dragon aux écailles clairsemées et si bleues qu'elles paraissaient presque argentées. Il commandait autrefois l'armée aérienne, mais il a essayé de renverser le Tyr FeHazathant.

— C'est un mensonge répandu par Tighlia et tu le sais, cousin, rétorqua une dragonnelle verte d'un âge avancé. Il a sauvé la vie du Tyr et comment a-t-il été récompensé ? On lui a pris son nom.

Wistala lança un regard à Takea mais celle-ci se tordait le cou pour voir l'allée qui menait au trône.

Wistala n'avait d'yeux que pour DharSii.

— Prends une bouchée d'or, visiteur, dit la reine Nilrasha.

Quelques dragons hoquetèrent et le vieux bleu argenté racla des *griffs*.

— Encore un peu d'oliban, ici, dit doucement NoSohoth, mais Wistala était assez près pour l'entendre.

Ses cœurs battaient à tout rompre; elle aurait voulu qu'il pousse sa grande masse noire pour qu'elle puisse distinguer la scène.

DharSii baissa sa grande tête recouverte de cornes et picora le tas d'or au pied du trône comme un oiseau qui happe un insecte.

— Merci, reine.

Un autre dragon bleu aux nombreuses cornes, les *griffs* baissées et les écailles hérissées, planta fermement ses *saa* en un effort pour contrôler sa queue qui s'agitait frénétiquement.

— Comment un dragon comme toi peut-il oser…

— Du calme! aboya NoSohoth.

— Comme si ce peintre d'écailles avait déjà connu le goût du sang dans l'arène des duels, maugréa le vieux bleu.

— Mon oncle, tu n'es toi non plus pas un duelliste, lui lança le dragon nommé HeBellereth.

Ces idiots ne pouvaient-ils donc pas se taire? Il fallait qu'elle entende!

— Je ne demande pas l'hospitalité, ni qu'il me soit fait justice, je cherche pas à me battre en duel et refuserai tout défi, dit DharSii.

— Nous en avons fini avec ces brutalités, répondit le Tyr.

— Vraiment? demanda DharSii en regardant le Tyr. C'est un pas dans la bonne direction.

— Non, les dragons ont toujours…, protesta quelqu'un, dont la voix fut perdue au milieu d'un brouhaha d'opinions diverses.

Les voix s'élevèrent en un crescendo excité.

Wistala se fraya un chemin alors que tous donnaient leur avis sur le visiteur.

— Réduisez-le en pièces !

— Non, écoutons-le !

Elle avait déjà entendu ses compagnes sœurs du feu échanger des remarques sur sa stature massive et sa longue queue, mais tous ces muscles pouvaient aussi s'avérer utiles.

— Il n'a rien fait !

— Lâches, c'est une insulte !

Elle traversa la moitié de la foule pour enfin voir et entendre.

Il y avait quelque chose de bizarre dans la façon qu'avait le Tyr de tenir sa tête. Était-ce à cause de la mauvaise patte sur laquelle il s'appuyait ? Non, c'était cet œil à la paupière tombante, il lui donnait un air un peu stupide, à moitié endormi ou…

Sang et flammes. Le Tyr. Impossible.

— Silence, pauvres insensés ! Rugit Nilrasha. Silence !

— Merci, dit le Tyr sans la regarder.

Son œil se posa sur Wistala.

Celle-ci retrouva ses esprits. La dernière fois qu'elle avait vu son frère, se rappela-t-elle, elle avait tenté de le tuer. C'est elle qui l'avait blessé à l'œil et au museau – cette pensée la fit presque sourire. Comment était-il allé aussi loin, s'était-il élevé aussi haut ? Bien entendu, quiconque conspirait avec des nains pour tuer sa propre famille était amené à s'élever dans la société. C'était l'éthique des rois barbares.

DharSii parla, comme de très loin.

— Je suis venu vous faire un rapport. J'ai récemment survolé le flanc est des Montagnes Rouges près du col de la Roue de Feu. Une foule d'hommes et de chevaux s'y amassait, telle qu'on n'en a pas vu depuis l'époque de Tindairuss. Les Ghiozes ont réuni des cavaliers venus de l'autre côté des collines aux chevaux et les ont rassemblés au nord, dans les Montagnes Rouges. J'ai vu des bateaux et des barges sur toute l'étendue du grand fleuve, j'ignore cependant s'ils approvisionnent les hordes du nord ou acheminent hommes et chevaux vers le sud. Je suis venu sans rien attendre et je suis prêt à répondre de mes vieux crimes s'ils pèsent encore sur mon nom. Je sais, car elle m'a mis dans la confidence, que la reine rouge veut annexer les protectorats de l'empire.

— Et en quoi ça te regarde, renégat ? cria le vieux bleu.

— J'ai entendu dire que tu as vendu tes services à la reine de Ghioz ! renchérit le rouge couvert de cicatrices.

— C'est donc HeBellereth, le capitaine de l'armée aérienne, dit Takea, heureuse d'avoir désormais une meilleure vue, perchée sur le dos de Wistala. Elle se cramponnait à la huppe de la dragonnelle comme un lézard sur une feuille.

— Le monde d'En-Haut peut se réduire lui-même en pièces, je m'en moque, dit DharSii. Peut-être veulent-ils seulement ravager Hypat, mais si c'est le cas ils ont choisi un étrange lieu pour se rassembler car la Roue de Feu peut défendre ce col contre n'importe quelle armée, aussi importante soit-elle.

Hypat! Les temples anciens, les bibliothèques, les villes pleines de fleurs, de vignes, d'arbres. Les arbres d'Ondée, chacun d'entre eux était un vieil ami. DharSii avait-il dit qu'ils se rassemblaient dans le col protégé par la Roue de Feu ? Mais la Roue de Feu n'existait plus, grâce à elle.

DharSii poursuivit :

— Mais Ghioz est en train de monter une armée qui pourrait écraser n'importe quel protectorat de l'empire.

Vous devez également savoir que la reine a d'autres dragons à son service avec des connaissances plus récentes que les miennes des événements au sein du Lavadôme.

— Qui ? demanda Nilrasha.

— NiVom le blanc et Imfamnia. Ils ne se confient pas à moi mais parlent beaucoup du Lavadôme entre eux.

Les discussions reprirent pour savoir si NiVom avait eu pour dessein de prendre le trône ou s'il avait été l'amant de la « reine dépravée » avant de s'enfuir, accusé de traîtrise. Takea avait commencé à expliquer ceci à Wistala quand le cuivré fit taire ses dragons.

— NoSohoth, tu ferais bien d'envoyer chercher davantage d'oliban, dit-il. Les esprits s'échauffent. Les *griffarans* s'occuperont du premier dragon qui fera couler du sang, je vous le promets. Doublez la garde.

Wistala leva la tête en direction des terrifiants volatiles perchés juste au-dessus des bannières. Ils portaient des protections de métal aiguisées sur leurs serres et leurs becs.

L'un d'entre eux poussa un cri strident ; le plumage de son poitrail était troué aux endroits où il était strié de cicatrices et des plumes manquaient à sa queue. D'autres *griffarans* surgirent de l'ombre, derrière le Tyr, et rejoignirent leurs semblables sur leurs perchoirs, apparemment inconfortablement serrés les uns contre les autres. Ils étaient côte à côte mais regardaient dans des directions opposées de manière que chacun surveille l'assemblée à travers les plumes de la queue de son voisin.

— Ils ont réduit un assassin en pièces l'autre jour, chuchota Takea.

— Qu'ils commencent par DharSii ! lança un dragon.

— C'est mon invité, dit Nilrasha. Cessez immédiatement. Si un dragon ne reconnaît pas la faveur qu'il nous accorde ou le courage qu'il lui a fallu pour voler de si loin vers un accueil incertain, qu'il s'en aille et ne revienne pas.

DharSii lui adressa une rapide révérence. Wistala ne vit pas s'il avait fermé les yeux ou non.

Wistala trouvait cet éloge un peu excessif. Peut-être la reine rouge l'avait-elle envoyé pour mentir au Lavadôme ? Elle observa Nilrasha : la dragonnelle regardait DharSii avec avidité, comme s'il était un bouvillon sur une broche.

DharSii s'inclina devant le Tyr.

—Ce que vous choisirez de faire de mon rapport dépend maintenant de cette belle assemblée. J'ai accompli mon devoir envers la grotte qui m'a vu naître et vais maintenant vous laisser, à moins que le Tyr veuille me retenir.

—Seulement le temps de te remercier. Prends une autre bouchée d'or, tu n'en as mangé qu'une. Ou du porc rôti. Nous donnerons un banquet après cette réunion.

—Je ne suis pas venu pour l'or. Mais d'autres le pourraient, répondit DharSii.

Puis il s'inclina de nouveau et fit demi-tour. Il lança un regard terrible aux dragons les plus proches et ceux-ci s'écartèrent pour lui ouvrir un passage jusqu'à la porte.

Il s'avança vers l'entrée et balaya l'assemblée du regard. Tous les dragons détournèrent les yeux, sauf une.

DharSii se figea devant Wistala.

—Toi ! Tu es vivante ? s'exclama-t-il.

—J'ai été secourue par les sœurs du feu. Elles m'ont ramenée ici.

—Je… je suis soulagé.

Takea glissa de son dos, atterrit avec un bruit sourd puis se redressa en secouant la tête.

—J'ai rejoint les sœurs du feu pour m'acquitter de ma dette.

— Dans ce cas, rajoute « impressionné ». J'ai tenté de te le dire, il y a des années. Ça ne t'aurait pas beaucoup aidée cela dit. Ces dragons s'intéressent peu à la surface, à part comme source de nourriture et d'esclaves.

— À qui parle-t-il ? demanda Nilrasha.

Ayafeeia, qui avait un cou plus long que la moyenne, leva la tête.

— C'est Wistala. Elle est là pour sa présentation.

— Quel nom as-tu dit ?

DharSii lui adressa une rapide révérence et se dirigea vers la porte, aussi raide que s'il avait reçu un coup de lance. Il effleura seulement en passant la naissance du cou de la dragonnelle du bout de la queue.

Elle suivit chacun de ses pas, chaque mouvement de son cou, mais il ne regarda pas en arrière.

— Comment as-tu dit…, demanda le Tyr, mais le brouhaha noya le reste de ses paroles.

— Je m'appelle Wistala. Fille d'AuRel et d'Irelia, petite-fille d'AuRye le rouge et d'EmLar le gris.

Les jacasseries reprirent.

— EmLar ? N'avait-il pas exploré…

Elle poussa franchement les autres dragons pour avancer et sentit un petit choc quand Takea atterrit de nouveau sur son dos.

« — AuRye, entendit-elle murmurer. N'était-il pas avec sa compagne membre de ce culte de retour à la nature ?

— Non. Ils ont fui la guerre civile quand la colline de Sofol a été incendiée…

— Sa compagne n'était-elle pas anklène ? »

Wistala regarda son frère droit dans les yeux.

— Mon Tyr, dit-elle.

— Soit la bienvenue dans le Lavadôme, sœur du feu, répondit son frère.

Le regard de Nilrasha ne cessait de passer d'un dragon à l'autre, et Ayafeeia en faisait autant. Wistala n'aurait su dire si elle appréciait cet instant ou le détestait. Ses émotions étaient comme secouées par un violent orage de printemps.

— Mais regardez leur museau, leurs dents ! s'exclama Nilrasha. Ils pourraient être...

Elle coupa net sa phrase comme on brise une branchette.

Wistala ressentir le langage mental plus qu'elle l'entendit.

— Wistala, tu es vivante ! s'écria une voix dans un recoin sombre.

Un dragon s'avança ; il ne paraissait de petite taille que parce qu'il était flanqué de deux Skotl gigantesques. Sa peau était grise et il arborait au sommet de son museau un petit éperon caractéristique.

AuRon ! Était-elle devenue folle ? Ici ? Elle écarta *sii* et *saa*, les enfonça autant qu'elle le put dans le sol rocailleux.

C'était un rêve. Elle allait sûrement se réveiller et vomir un morceau de porc gâté par les vers.

Mais rêverait-elle d'un AuRon avec une queue curieusement raccourcie ou un joyau scintillant autour du cou ?

— Je vois que l'émissaire de Ghioz est enfin arrivé, dit NoSohoth. Vous avez été avisés de le faire passer par la porte des *griffarans*. Mon Tyr, puis-je vous présenter...

— AuRon, fils d'AuRel, termina le Tyr, qui s'avança. *Griffarans* ! Soyez prêts à tuer. Qui sait quel genre de vipère la reine a décidé de jeter dans notre antre.

Chapitre 16

AuRon se sentait… *indifférent*, il ne voyait pas d'autre mot. Il aurait dû ressentir de la colère, de la haine, mais n'éprouvait rien de semblable, rien qui fasse racler ses *griffs* ou lui donne envie de plonger une *sii* dans la gorge ou le cœur du cuivré.

C'était peut-être en raison de la fatigue et de la longue marche souterraine. La masse de pierre et de terre au-dessus de lui… la pression l'affectait-elle ? Ou encore ce prodigieux Lavadôme avec son « ciel » strié de lave et son air extérieur si peu naturel, l'odeur de dragons inconnus, ces « *griffarans* », ces énormes chauves-souris, ces dragonnelles qui se comportaient comme une meute de loups mais s'avéraient aussi disciplinées que les dragonniers du maître Wyrm… Ces repas précipités à base de viande séchée et insipide, cette eau au goût métallique ou chimique, le tout dans des tunnels sans fin éclairés par la mousse – quand il y avait de la mousse – guidé par des dragonnelles qui s'orientaient en tâtonnant dans l'obscurité à la recherche de marques dans la pierre.

L'épuisement et le manque de sommeil l'avaient anesthésié.

Il se demandait ce que la reine rouge savait de lui et de son frère quand elle l'avait choisi pour cette mission. Quelles conséquences aurait une tentative d'assassinat par un émissaire ghioze sur le monarque du Lavadôme

– ces dragons rétifs cachés sous un volcan, oubliés de la surface ou devenus pratiquement légendaires ? Comment réagiraient-ils à une telle attaque ? S'uniraient-ils pour voler tel un seul dragon vers Ghioz ?

Qu'est-ce qui les attendrait là-bas ?

Wistala. La reine rouge avait-elle aussi manigancé cela ? Quel coup du destin l'avait conduite ici, à cet instant précis, mêlant dans les cœurs d'AuRon colère et joie, regret et sollicitude ? Où avait-elle été toutes ces années ? Qu'avait-elle fait ? Avait-elle retrouvé le cuivré et l'avait-elle rejoint dans les profondeurs ? Si Wistala n'avait pas été là, aurait-il bondi, *sii* et *saa* prêtes à lacérer ?

AuRon se sentait submergé.

Peut-être que les deux autres ressentaient la même chose. Chacun attendait que l'un d'eux agisse.

Dis quelque chose.

Ses pensées lui paraissaient étranges, comme prononcées par une voix dans sa tête qui n'était pas la sienne. Wistala s'adressait-elle mentalement à lui ? Mais ce n'était pas non plus sa voix.

— J'espère que tes sujets savent le genre de roi qu'ils ont placé sur leur trône, finit-il par dire. Un parricide.

— AuRon, non, dit Wistala.

Elle s'interposa entre AuRon et la saillie sur laquelle le cuivré était installé. Celui-ci avança lui aussi d'un pas.

— Donne-nous ce message de Ghioz, dit le cuivré, qui regarda autour de lui.

Le cuivré jaugeait-il la réaction des autres dragons ou cherchait-il une issue pour s'enfuir ?

— Tu as beau jeu de parler de vipère, lui lança AuRon. Connaissent-ils ton histoire ?

— Si tu es venu répandre des mensonges sur mon compagnon..., gronda Nilrasha.

— Il ne peut rien nous faire, mon amour, dit le cuivré.

Il se tenait aussi droit que possible pour un dragon avec seulement trois pattes valides. AuRon eut un instant pitié de lui. Les muscles surdéveloppés de son bon côté le laissaient presque tordu.

— Raconte ta version des faits. J'en ferai autant avec la mienne, lança-t-il à AuRon.

AuRon entendait à peine la respiration contenue de l'assemblée. Ils espéraient peut-être un combat.

Eh bien, dis-le ! Défie-le !

— Votre Tyr a négocié avec des nains le meurtre de ses parents et de sa famille, commença AuRon. Il a laissé ses parents se faire tuer, et des dragonnets être vendus pour devenir esclaves ou être exécutés. Une traîtrise qui a eu pour conséquence trois morts. Pour connaître la vérité, demande à Wistala. Elle fait partie de ton petit groupe, il semblerait.

— Ah, la vérité, dit le cuivré. La vérité est une affaire compliquée, nuancée et colorée par les souvenirs. Maintenant, ma sœur, écoutons la tienne.

La langue de Wistala était sèche. Elle était collée à son palais comme une chauve-souris morte, trop gelée pour tomber.

Elle sentait tous les regards fixés sur ses écailles.

— Je ne peux que parler du peu que je sais. Le dragon qui se tient devant vous est mon frère, je suis sûre de cela. Je ne sais pas si j'ai jamais été sa sœur. Je sais que je n'ai jamais essayé. À vrai dire, je lui en ai voulu pour chaque bouchée, chaque os qu'il m'a volé. Notre grotte n'était pas riche et l'hiver était dur.

» Il a en effet conspiré avec les nains, avec pour conséquence la mort de sa mère et de sa sœur. Je ne pense pas qu'il souhaitait qu'ils tuent Jizara – notre sœur – et moi-même. Je crois que les nains étaient venus capturer des dragonnets et se venger de nos parents.

» Mon père est mort au cours d'un combat honorable contre un homme qui avait aidé les nains, le Dragonneur. J'ai plus tard vaincu les nains et accordé mon pardon au Dragonneur.

Ces derniers mots suscitèrent hoquets et agitation.

Wistala haussa la voix.

— Je ne veux pas en vouloir à un dragonnet estropié et affamé. En tant que Tyr, tu le connais mieux que moi.

— Comme c'est étrange, j'ai finalement vengé mon père, dit le cuivré. J'ai tué le Dragonneur, même s'il s'en est fallu de peu pour que ce soit lui qui me tue.

Wistala regarda autour d'elle, mais nul ne contestait ce fait *a priori* impossible. Le Dragonneur était venu dans le Lavadôme ? Quelle folie !

— Tu as pourtant ta part dans le meurtre de notre mère, dit AuRon.

— Tu m'accuses d'avoir tué ma famille, dit le cuivré. (Il avait haussé la voix pour que tous l'entendent.) Je te réponds qu'ils n'étaient pas ma famille.

» Nos parents croyaient, je pense, en un code très strict fondé sur l'isolement et la survie par l'esprit, l'aile et la griffe plutôt que grâce à la civilisation. Nous avons ici quelques dragons qui partagent ces croyances, même s'ils n'ont pas le courage de quitter le Lavadôme, ses esclaves, ses troupeaux et son aide pour lutter afin de trouver une caverne.

» Comprenez, je ne suis pas né dans le Lavadôme, où un dragonnet qui survit au combat contre ses frères peut être adopté dans une autre caverne. Les seuls dragons que je connaissais m'ont banni. Ils ne m'ont même pas accordé la dignité d'un nom.

— Tu méritais d'en avoir un, dit Wistala. Je n'y suis pour rien. Je sais que nos parents t'avaient demandé de quitter la caverne.

— M'ont-ils recueilli, comme l'a fait le Tyr FeHazathant ? demanda le cuivré. (Il regardait son frère et sa sœur, mais parla à l'assemblée.) Ont-ils récompensé le mérite par l'honneur ? Instauré des règles, des traditions ? M'ont-ils appris comment survivre dans ce monde ? M'ont-ils donné ne serait-ce qu'une bouchée d'argent pour que mes écailles soient assez épaisses pour détourner une dague ? Non. Je mourais de faim en silence sans jamais entendre les voix de mes semblables.

Nilrasha se précipita au côté de son compagnon et enfouit son museau sous son aile.

— Mon amour, mon amour, tu aurais dû partager ceci avec moi !

— Non, répondit le cuivré. (Répondait-il à ses propres questions ou à celle de sa compagne ? Wistala n'aurait pas su le dire.) Nos parents avaient abandonné de telles choses, ou ne les avaient jamais apprises. Peut-être qu'eux ou nos grands-parents avaient laissé derrière eux d'autres idéaux en quittant le Lavadôme.

» Le Tyr FeHazathant et la lignée impériale m'ont donné un nom, une situation et m'ont appris ce qu'être un dragon signifie. Avez-vous oublié, vous deux ? Wistala, quels marchés as-tu conclus dans le monde d'En-Haut pour survivre ? Étais-tu nourrie comme un chien de garde gigantesque, as-tu dû porter une selle ?

Wistala vit les flammes dans les yeux de son frère. Elle savait qu'elle n'avait pas de raison de se sentir coupable, et c'était pourtant ce qui lui arrivait. Peut-être pour ne pas avoir fait plus d'efforts pour l'aider. Jizara lui avait parlé de leur frère cuivré, proposé qu'elles le rencontrent et le nourrissent en secret pendant qu'elles chassaient les limaces sur le sol de la caverne. Wistala l'avait vu comme une bouche de plus, et il y avait déjà assez peu de nourriture pour subsister.

— AuRon, tu arrives ici comme un esclave messager et tu n'accomplis même pas cette tâche correctement, poursuivit le cuivré. Tu ne nous as pas communiqué de message de Ghioz. Peut-être la reine veut-elle que les dragons du Lavadôme doutent de leur Tyr et le méprisent ? Je me demande pourquoi elle souhaiterait cela.

Wistala ne parvenait plus à lire les pensées de son frère. Les rayures de sa peau grise foncèrent – elles n'étaient pas agencées si différemment de celles de DharSii, peut-être un peu plus épaisses. Il se balançait d'une patte sur l'autre.

Le cuivré leva la tête et demanda à l'assemblée :

— Quelqu'un ici a-t-il des reproches à faire sur mon service au sein de la garde draque ?

— Non, murmurèrent quelques dragons.

— Je n'ai jamais eu de chance dans les duels. Je ne me suis pas battu pour ce trône, mais pour tous les dragons du Lavadôme. Ils m'ont confié ce titre, et s'ils veulent me le reprendre maintenant, qu'ils savent tout ceci : je le laisserai.

À ces mots, la reine Nilrasha leva le museau et lança un regard alarmé autour d'elle comme si elle craignait un combat ou un défi.

Les dragons ne bronchèrent pas.

— Je ne suis pas un dragonnet, poursuivit le cuivré. Estropié par mon éclosion, affamé à la vue de ma propre saillie, emprisonné et brisé par les barres de fer des nains. Je suis chanceux aujourd'hui, car j'ai le luxe de pouvoir choisir.

— C'est l'or de père qui t'a décidé à faire ce choix davantage que les barres de fer des nains, dit AuRon.

Ayafeeia prit la parole.

— Ça n'a pas d'importance. Dans le Lavadôme, ce que tu étais dragonnet ou draque n'est plus jamais évoqué quand tu rejoins la garde draque ou les filles du feu et deviens un dragon honorable. Le banni est l'égal du fils de la lignée impériale. RuGaard, mon frère par alliance, est entré dans la garde draque, a versé son sang au combat et a occupé la fonction de protecteur. Avec un tel parcours, je me soucie guère de ce qu'il a pu faire avant. Wistala, calme-toi. Nul besoin de te hérisser ainsi. Personne ne va se battre. Et si c'était le cas (elle leva le regard en direction des *griffarans* sur le qui-vive, penchés en avant et prêts à se laisser tomber) cela ne durerait pas longtemps.

Wistala l'entendait à peine. Elle ne pouvait quitter des yeux le joyau qu'AuRon portait autour du cou. Il émettait une douce lueur d'un blanc singulier, entre la pâle luminescence de la lune sur les neiges du nord et le scintillement des étoiles.

— Alors, AuRon, as-tu fait tout ce chemin pour seulement m'accuser de meurtre, ou as-tu un message de la reine rouge ? demanda le cuivré.

AuRon sentait ses cœurs battre à tout rompre. Son esprit s'embruma.

— Oui, la reine rouge a un message, répondit une voix qui n'était que partiellement la sienne.

Comme s'il parlait dans un rêve.

Il se figea, guidé par le même instinct irrésistible qui le faisait tomber les pattes dirigées vers le sol ou s'accroupir quand il se soulageait.

Il parla d'une voix qui n'était pas la sienne, haut perchée ; les intervalles entre ses mots étaient complètement bouleversés.

— Ce pathétique ersatz… de dragon sans… écailles a le cran d'un… souriceau. Nous nous adressons à vous… dragons… en tant que reine de Ghioz.

— Quelle est donc cette plaisanterie ? demanda la compagne de son frère, le cou dressé.

La voix poursuivit :

— Nous vous proposons de répartir notre influence. Le monde d'En-Haut sera nôtre, et le monde d'En-Bas… reviendra aux dragons. Nous vivrons… en paix et entretiendrons des relations commerciales qui nous seront bénéfiques… à tous. Acceptez ceci et vous connaîtrez la prospérité ou rejetez nos… conditions et vous mourrez de faim dans les ténèbres. Combattez-nous et vous trouverez notre seconde proposition… nettement moins avantageuse. L'alternative serait l'extinction de votre espèce.

AuRon aurait voulu cogner sa tête contre le sol – tout ce qui aurait pu mettre un terme à cette terrible sensation d'être détaché de son propre corps.

Comme envoûté, il continua :

— Nous accepterons… qu'une délégation de deux dragons, pas plus, vienne s'entretenir avec nous pour évoquer nos futurs accords. En retour, nous proposons de vous envoyer… deux dragons qui seront nos porte-parole au sein de votre royaume.

Horrifié, AuRon se demanda ce qu'il adviendrait si son corps restait là et prononçait à jamais des paroles qui n'étaient pas siennes. Serait-il une statue vivante qui se souillerait, souillerait le sol, jusqu'à mourir de faim ou de soif ?

La voix qui n'était pas vraiment la sienne poursuivit :

— Et en ce qui concerne ce misérable, nous vous conseillons… de le tuer. Il a la fâcheuse habitude de gagner la confiance de sa proie pour le frapper dans le dos. C'est ce qu'il a fait avec le maître Wyrm sur l'île de Glace, et il pensait recommencer avec notre royale personne.

» Adieu, AuRon. Tu nous as été très utile, quelles que furent tes intentions. Nos dagues sont en ce moment prêtes à frapper ce traître de Naf. La petite Hieba en aura le cœur brisé. Eh bien, elle a large choix de balcons depuis lesquels se jeter.

Il bondit alors sur le Tyr, son frère.

Deux éclairs verts surgirent.

Le premier le frappa violemment et l'autre s'interposa entre sa *saa* et le cuivré recroquevillé. Il sentit ses *griffs* racler contre des écailles.

Une queue le frappa en plein museau.

Des étoiles blanches et jaunes troublaient sa vision. C'était peut-être Wistala, ou Nilrasha. On l'avait frappé trop vite pour qu'il le sache. Une *sii* se posa contre sa gorge…

Mais au lieu de l'égorger, deux griffes se glissèrent sous son pendentif et brisèrent la chaîne. Il l'entendit rebondir contre le mur.

Des plumes battaient l'air au-dessus de sa tête, accompagnées de cris alarmés.

AuRon se sentait aussi mou qu'un buffle à l'échine brisée, et se rendit compte que Wistala était sur son cou. Elle l'avait éraflé pour arracher la chaîne et il saignait. Elle était en plus mauvais état que lui. Il avait blessé à la fois Wistala et Nilrasha aux flancs et à l'arrière-train.

— Attendez ! attendez ! s'écria sa sœur. Il n'y est pour rien ! La reine des Ghiozes – elle parlait et agissait à travers lui !

Le cuivré écarta une masse de plume et de serres.

— *Griffarans!* reculez! C'est fini.

AuRon leva une *sii*. Un geste pathétique. Mais c'était le sien. Il contrôlait de nouveau son corps.

Le cuivré baissa les yeux vers AuRon.

— Selon nos lois, tu devrais mourir. Mais être Tyr a ses privilèges. User de sa clémence est l'un d'entre eux. Si tu étais amené à tenir la mort d'autrui dans une *sii* et sa vie dans l'autre, tu saurais combien l'une comme l'autre sont tentantes. Il y a très longtemps, tu aurais facilement pu me tuer, mais tu ne l'as pas fait. En ce qui me concerne, nous sommes quittes. J'oublierai le présent; j'espère que tu oublieras le passé.

— La Cour n'a pas connu un tel tumulte depuis la venue du Dragonneur, dit Ayafeeia. Étranger, tu as été très près de mourir sur les mêmes pierres qui ont vu couler le sang de ma grand-mère.

— Le cristal, dit Wistala. Il sert de lien à la reine. Je me demande s'il a un rapport avec celui que NooMoahk possédait.

Ce fétiche garne? Comment un gros morceau de pierre lumineuse pouvait-il bien contrôler les gestes et les paroles d'un dragon?

NoSohoth et les sœurs du feu calmaient l'assemblée. Le Tyr regagna son perchoir.

— Le cristal? demanda AuRon, qui se redressa.

— Ce n'était pas toi qui parlais, n'est-ce pas? demanda Wistala.

— Non. J'étais… je ne pouvais pas contrôler ma langue.

— Je crois qu'elle peut voir et entendre grâce à lui. Comment aurait-elle pu savoir qu'elle s'adressait au Tyr sinon? Que de nombreux dragons étaient présents?

— Elle sait que Naf est en vie, et où il se trouve, dit AuRon.

— Naf ?

L'esprit d'AuRon avait une fois encore devancé sa voix.

— Naf, le chef des… Je dois le prévenir. (Il regarda anxieusement sa sœur.) Existe-t-il un moyen plus rapide de quitter cet endroit ?

— Je dois dire…, commença Wistala.

— Pour voler dans quelle direction ? demanda le cuivré.

— Tu peux grimper dans l'un des trous des *griffarans*. Au-dessus du cercle d'eau. Ce n'est pas le chemin le plus facile, mais c'est le plus rapide.

— Il y a aussi le tunnel du Vent, dit Nilrasha. Tu pourrais passer par là. À cette époque de l'année, le vent souffle vers l'extérieur.

— Mais je ne te le conseille pas, intervint le cuivré. Il vaut mieux suivre les *griffarans*.

AuRon regarda les menaçantes créatures tout autour d'eux.

— Peut-être pas, dit-il.

— Ayafeeia, montre-lui le chemin vers le tunnel du Vent. C'est son cou, après tout. AuRon, prends de la nourriture avant de nous quitter. Tu en auras besoin pour te lester dans le tunnel.

Il se détourna ensuite et parla à un serviteur humain vêtu de cuir souple et de fourrures.

Wistala enlaça AuRon.

— Reviens, frère. J'ai tant à te raconter.

— Peut-être. J'ai une compagne et des dragonnets, dans le nord. Elle s'appelle Natasatch. Elle était une prisonnière, comme nous aurions pu l'être. J'ai été trop loin de notre caverne. Elle se trouve dans un endroit nommé l'île de Glace.

— Je l'ai vue sur des cartes. C'est curieux, je suis déjà passée à proximité mais des hommes sur des dragons m'ont chassée.

— Ils sont partis maintenant.

— Quoi qu'il en soit, cette nouvelle aurait rendu père fou de joie. C'était tout ce qu'il désirait. Que nous ayons des petits qui grandissent en paix, et en sécurité.

— Paix et sécurité. Si les nains en vendaient, le monde se porterait mieux.

— Je vois que tu aimes toujours plaisanter.

— Je pensais être philosophe. Wistala, je voudrais que tu nous rejoignes.

— Peut-être. Mais s'il existe un espoir pour les dragons, je crois qu'il est ici, dans le Lavadôme. Et je crains pour mes amis d'Hypat après avoir entendu de telles nouvelles.

— J'en ai rencontré quelques-uns. Dans une auberge avec une étrange enseigne.

Wistala écarquilla les yeux.

— Tu es allé là-bas ?

— Tu as raison. Ils craignent une guerre. Nous sommes nés à une dure époque, Wistala.

— Nous avons encore beaucoup à faire, semble-t-il. Bien, je ne te retarderai pas. Nos retrouvailles vaudront bien, je le pense, une chanson ou deux. Une fois de plus, au revoir, AuRon.

Il lança un regard en direction d'Ayafeeia.

— Je suis prêt à voler, si tu es prête à me guider.

— Tu es pressé de nous quitter, répliqua Ayafeeia. Ne préfères-tu pas tout d'abord rester ici pour arranger les choses avec ton frère et ta sœur ?

AuRon ne pouvait pas retarder son départ, même de une heure naine.

— Un ami à moi est en danger.

— Je vais te montrer comment sortir des jardins. Ensuite, nous n'aurons qu'à voler.

Il toucha le museau de Wistala – elle ressemblait tant à mère, quoique moins gigantesque. Mais celle-ci l'était-elle vraiment ? Il essaya d'imaginer Wistala du point de vue d'un dragonnet tandis qu'elle reniflait les blessures qu'il lui avait infligées, mais cela lui serra les cœurs.

Il partit.

Le cuivré envoya l'un des messagers de la garde draque quérir Rayg. Il ordonna à cette jeune fille du feu, Takea, de soigner les blessures de Nilrasha pendant qu'Ayafeeia s'occupait de sa sœur. Personne n'était gravement blessé et les écailles repousseraient.

S'il ressentait quelque chose, c'était de l'exaltation. Il avait enfin triomphé de son frère, le Rat Gris. AuRon semblait pressé de partir, et il n'aimerait rien tant que voir sa queue s'éloigner.

Cette assemblée avait été cauchemardesque. Pour commencer, l'intervention de DharSii avait jeté de l'huile sur le feu. Un murmure s'était élevé au fond de la salle et n'avait cessé qu'avec le départ du dragon orange. Les dragons, même calmés par l'oliban, pouvaient s'avérer lunatiques. Il avait senti son règne s'approcher de plus en plus de l'abîme au fur et à mesure que les trois visiteurs parlaient.

On avait évoqué des noms qui n'avaient pas été prononcés sur le rocher impérial depuis des années : DharSii, NiVom, Imfamnia… Certains pensaient toujours que NiVom, son vieux camarade de la garde draque, était un meilleur dragon que lui, et rien de tel que l'absence pour qu'un souvenir se mue en légende.

En parlant de légendes… on lui avait jadis dit que DharSii avait été pressenti pour devenir Tyr. Il avait remporté une terrible bataille qui avait sauvé quelques protectorats ainsi qu'apporté au Lavadôme le bétail de l'est et du sud et le commerce de l'oliban. NiVom lui-même avait été choisi pour succéder au Tyr FeHazathant avant d'être chassé pour de fausses accusations – mais l'étaient-elles vraiment ?

La lignée impériale et les chefs des principales collines lui avaient donné le titre de Tyr. S'ils décidaient d'arrêter de lui obéir, pourrait-il compter sur l'armée aérienne, la garde draque ou les filles du feu ?

Le bilan de son règne s'était avéré plutôt mitigé ces derniers temps. Ils avaient gagné la guerre contre les démènes, mais au prix de nombreuses pertes en draques, dragons et dragonnelles. Les bénéfices ne seraient pas visibles avant quelque temps, au fur et à mesure que de plus en plus de convois traverseraient le monde d'En-Bas sans se faire attaquer. Et il y avait aussi le problème du kerne rouillé.

Sans kerne, les maladies viendraient bientôt. Combien de dragons, en voyant leurs dragonnets aux dents et aux griffes misérables dépérir et devenir tordus ou rachitiques, le tiendraient pour responsable ?

Supposons qu'ils décident que son règne leur avait apporté plus de problèmes que d'espoirs ? Tous les dragons faits Tyr étaient morts avec leur titre.

Rayg, qui avançait avec toute la discrétion dont était capable un humain au milieu d'une salle remplie de dragons agités, s'entretint brièvement avec le cuivré, ramassa le cristal et sa chaîne et les enveloppa dans un morceau de cuir souple.

— Je ne suis pas un sorcier, mon Tyr.

— Je ne te demande pas de faire de la magie. Pour l'instant, garde-le dans un endroit sombre et profondément enterré et observe. Je pense que la reine de Ghioz voit et entend par son intermédiaire.

— Elle voit et elle entend... Vous êtes sûr de cela ?

— Elle parle, aussi. Elle a pris le contrôle d'un dragon, a réagi à notre conversation. Je ne pense pas que la reine soit cachée au milieu des *griffarans*. Elle a dû utiliser le cristal.

— Il doit tout de même s'agir de quelque astuce, d'un genre de suggestion ou d'entraînement. Elle a peut-être manipulé l'esprit de ce dragon. J'ai entendu parler de telles choses.

— Ne laisse pas les anklènes le toucher sans mon accord. Je ne veux pas d'un autre espion ou d'un assassin en liberté dans le Lavadôme. Et, par-dessus tout, ne le mets pas. Que tu perdes le contrôle de ton esprit est bien la dernière chose que je souhaiterais.

— Cette expérience ne me tente pas moi non plus. Ne vous inquiétez pas. Je le traiterai comme du métal brûlant.

Rayg repartit avec son trésor mortel enveloppé de cuir. Le cuivré nota mentalement de le faire suivre par une chauve-souris pour surveiller tout signe d'un comportement étrange.

Il retourna auprès des dragons qui avaient recommencé à tous parler en même temps. Il entendit plus d'une fois les noms de DharSii et de NiVom dans le brouhaha.

— Ainsi, Ghioz nous a fait parvenir une offre, dit-il.

— Ils semblent vouloir la paix, dit LaDibar, qui parlait pour la première fois.

— Des morceaux, plutôt, répliqua HeBellereth. Des morceaux de notre empire.

LaDibar ignora l'interruption.

— Mais la paix qu'ils proposent leur donnerait tous les avantages. Ils peuvent survivre sans le monde d'En-Bas. Nous mourrions sans celui d'En-Haut.

L'assemblée accueillit ceci avec un grognement approbateur.

Le cuivré était soulagé que LaDibar dise quelque chose de sensé pour une fois.

— Si cette paix est discutable, qu'en est-il de l'alternative ? demanda le cuivré. Sa menace est-elle crédible ?

— Ghioz a attaqué nos côtes, volé notre propriété, dit HeBellereth. Ils ont fortifié leur partie de Bant, sans oublier ces satanés oiseaux. Comme les *griffarans*, ils volent et virent plus vite que les dragons. Nos flammes sont pratiquement inutiles. Ils les évitent simplement en montant. Ils grimpent plus vite que nous.

— Ils ont pris des esclaves dans le domaine de mon cousin, à Komod, dit l'un des chefs Wyrr.

Le cuivré aurait bien aimé que Sricsrac soit présent. Il aurait voulu voir sa réaction en apprenant qu'un de ses collègues emportait des esclaves qui devaient lui revenir.

— J'ai des nouvelles plus récentes en provenance d'Anaéa, dit le cuivré. On y a vu de grands oiseaux, sans doute venus de Ghioz, survoler les champs de kerne dans le brouillard et l'obscurité. M'est d'avis qu'ils n'ont pas fait tout ce chemin pour admirer le paysage.

Encore des grognements.

— Nous ne le savions pas, dit LaDibar. Le protecteur a-t-il envoyé un nouveau rapport ?

— J'ai mes propres sources là-bas.

— Pouvez-vous vous fier aux observations de ces chauves-souris ? demanda LaDibar, qui avait fait le rapprochement.

— Je suis convaincu que les Ghiozes ont infecté notre précieux kerne, rétorqua le cuivré. (Irrité par le ton de LaDibar, il sentait sa poche à feu battre.) Je crois que nous pouvons tous deviner qui leur a révélé à quel point le kerne est important pour nous. Je promets à ceux dont les collines ont perdu des dragonnets à cause de la rouille que leurs morts seront vengées.

Il laissa cette phrase faire son effet, puis poursuivit.

— Ghioz a provoqué sa propre destruction. Si nous n'avons pas de kerne, nous ne pouvons vivre longtemps dans le monde d'En-Bas. Nous pouvons peut-être en faire venir un peu des provinces du sud, mais cela suffira-t-il pour que tous dans le Lavadôme soient en bonne santé ?

» Je propose une alternative. Nous avons seulement besoin du kerne car ne nous voyons jamais le soleil, sauf quand nos devoirs nous appellent à la surface. Je propose un retour au soleil.

Tous les dragons en restèrent bouche bée.

— Les hommes vont s'unir pour nous détruire, dit LaDibar.

— Oui, ils se battent entre eux aujourd'hui, mais s'ils apprennent notre existence..., approuva une sœur du feu d'un âge avancé.

— Je n'ai jamais dit que ce serait facile ou sans danger. Wistala, les hominidés te sont familiers. J'ai entendu dire que tu as passé des années à Hypat. Dis-nous ce que tu en penses.

Sa sœur le regarda et réfléchit un instant.

— Un dragon est pour eux une curiosité, j'ignore cependant comment ils réagiraient s'ils en voyaient des quatorzaines de quatorzaines. Mais Hypat, avec sa culture millénaire qui remonte à l'époque d'Anklamere ou plus loin encore, a besoin d'amis si elle veut résister à la reine rouge. Nous pourrions recevoir bon accueil et gratitude si nous parvenions seulement à leur parler.

Un murmure excité monta de l'assemblée.

— D'égal à égal, ajouta Wistala.

L'agitation se mua en grondements. *D'égal à égal ? Des hominidés ? Stupides, éphémères, myopes…*

— Écoutez-la, ordonna le cuivré. Écoutez-la, maintenant !

Il croyait deviner de nouveaux sentiments dans l'expression de sa sœur. Pitié et peut-être mépris avaient cédé la place à quelque chose d'autre. Il pensait à du respect, mais se demandait s'il ne se flattait pas.

— Un hominidé seul ne saurait être comparé à un dragon, bien entendu, dit LaDibar. Mais ensemble, ils accomplissent de grandes choses. Les hominidés sont comme les fourmis – ils ont une forme d'intelligence collective.

Wistala leva la tête.

— Tyr, si nous devons affronter les Ghiozes, nous ferions mieux d'avoir des alliés.

— Nous ferions mieux.

— Hypat a des guerriers, hommes, elfes et nains, ainsi que des bateaux et des routes pour les déplacer. S'ils étaient aidés par tes – nos – dragons, cela pourrait être le signe d'un nouveau commencement pour les hominidés et les dragons.

— Je me préoccupe davantage d'une fin, dit le cuivré. Celle de l'époque où les dragons devaient se cacher sous terre. Parlerais-tu pour nous aux hypates ? demanda le cuivré.

— Quelle aide dois-je leur promettre ?

— Au minimum, quelques sœurs du feu. Tout dépendra de ce que fera la reine rouge.

— Si nous retournons à la surface, à qui reviendra le Lavadôme ? demanda CoTathanagar. Y aura-t-il plus d'un Tyr ? Qui dirigera les collines ?

— Je ne parle pas d'abandonner le monde d'En-Bas. Le Lavadôme sera le berceau de la civilisation draconique. Peut-être que les dragons tout juste accouplés reviendront ici pour se reposer en paix et en sécurité.

Les émotions du cuivré lui avaient délié la langue. Autant s'en servir pour évoquer un futur heureux plutôt que des batailles, des sacrifices.

— Dans des années, nous amènerons ici nos dragonnets et leur raconterons comment nous nous sommes dressés contre la terreur, les assassinats, les persécutions.

» Mais si nous ne sommes pas en sécurité dans le monde d'En-Haut, nous ne pouvons pas exister dans celui d'En-Bas. En doutez-vous ?

Si c'était le cas, personne ne le dit.

— Alors, devons être en paix avec les Ghiozes, ou les affronter ?

Il baissa le regard vers les jeunes filles du feu, au premier rang.

— Toi, toi…

— Takea, lui souffla Nilrasha.

— Takea. Quel choix devrions-nous faire, selon toi ? Parleras-tu pour les sœurs du feu ?

La draque pâlit et sa queue s'agita nerveusement.

— Je dirais qu'ils ne nous ont pas donné le choix.

Une draque à suivre de près, songea le cuivré.

— Je pense exactement la même chose, dit le cuivré. Quel est notre choix ? Une vie qui dépende du bon plaisir de la reine ?

— Qu'on agisse vite, dans ce cas, intervint HeBellereth.

Rassemblez l'armée aérienne, la garde draque et les sœurs du feu et volons vers Ghioz pour raser leur capitale.

— Non, répondit le cuivré. Je crois fermement que c'est exactement la réaction que la reine a tenté de provoquer. Ils nous ont combattus aux lisières de notre empire pour saper nos forces. Je suggère que nous leur rendions la pareille. Nous les attaquerons dans les collines aux chevaux et la savane. Nous bloquerons les défilés et les cours d'eau.

Le cuivré sentit leur excitation. NoSohoth s'apprêta à déposer plus d'oliban sur les braseros mais le cuivré l'en dissuada d'un regard. Il était temps de canaliser leur colère.

— Dragons du Lavadôme, quand je suis devenu votre Tyr, je vous ai fait à tous une promesse – celle que nous assisterions à un éveil des dragons. Il n'y a qu'une direction pour nous, et c'est vers le haut. Pendant des années, nous avons dit que lorsque nous serions assez forts nous remonterions à la surface unis et résolus à surmonter toutes les difficultés. Je pense que le temps est venu. Inaugurons une nouvelle ère pour les dragons.

Il se dressa autant qu'il le put et ouvrit un peu les ailes pour que tous le voient.

— Me suivrez-vous à la surface ?

Le Lavadôme rugit son approbation.

— En souvenir de nos dragonnets martyrisés, attaquons !

Ils aimèrent ceci.

— En souvenir de nos guerriers tombés au combat, attaquons !

Ils aimèrent encore plus ceci. HeBellereth rugit. Même la petite Takea sautillait, grondait et esquivait au passage les queues et les cous.

— En souvenir de la gloire de nos ancêtres, en espérant pour le futur de nos dragonnets – regagnons la surface ! Nous surmontons ensemble. Nous attaquons ensemble !

Ils rugirent à en faire vibrer le Lavadôme. Même NoSohoth et les esclaves se joignirent à la clameur.

Livre III

Surmonter

Oh, une bataille est la chose la plus simple qui soit. Fracasse, fracasse encore et piétine ce qui reste. C'est l'avant et l'après qui posent tous les problèmes.

AuRye, grand-père d'AuRon

CHAPITRE 17

— Il souffle vers l'extérieur pendant quelques mois, vers l'intérieur le reste du temps, expliqua Ayafeeia. Les anklènes m'ont expliqué pourquoi il y a longtemps, mais j'ai oublié. Tout ce qui importe, c'est que ce sera plus facile pour toi avec le vent qui sort.

AuRon remarqua qu'elle observait un haut rocher. Il le scruta, ne vit rien, et lança un regard interrogateur à la dragonnelle.

— Ma sœur s'est accouplée ici, dit-elle. Avec ton frère.

— Je préfère penser à lui comme votre Tyr plutôt que comme mon frère. Nilrasha est charmante, mais cet endroit me semble un choix étrange. Était-ce pour avoir un peu d'intimité ?

— Oh, non, ce n'est pas une tradition. Pour s'accoupler, les dragons vont généralement voler à la surface, au sud, vers le bout du monde.

— Alors pourquoi avoir préféré cet endroit ?

Elle lui raconta tout, brièvement. Un dragon estropié et une compagne à la santé fragile, les plaisanteries tout au long de l'aller, et du retour.

— J'étais plus proche d'Halaflora que de… je ne parle pas de mon autre sœur. Elle voyait une qualité en RuGaard. As-tu déjà entendu l'expression « un cœur profond » ?

— Non.

— C'est l'une des vertus que nous nous efforçons d'inculquer aux sœurs du feu. C'est un dragon qui pense plus aux autres qu'à lui-même. Je pense que notre Tyr est ainsi. Et toi aussi.

— Je voudrais savoir comment tu en es arrivée à cette conclusion.

— Pour qui ?

— Moi. Je suis curieux.

— J'ai vu comment tu regardais ta sœur, pendant l'assemblée.

Il aurait dû lui faire ses adieux, mais également se reposer un peu plus avant de tenter cette ascension.

— S'inquiéter pour sa sœur est-il si étrange chez vous ?

— On peut parfois se le demander. Mais pas seulement elle : la jeune dragonnelle à ses côtés, et les autres. Ni peur, ni colère, seulement de l'intérêt. Je n'ai jamais pensé que tu tentais de déterminer quelle partie de leur cuirasse était la plus vulnérable.

— C'est peut-être à cause de cette fumée qui flottait dans l'air. Elle vous détend et vous embrume l'esprit.

— C'est de l'oliban. Une denrée très précieuse. Ne t'étonne pas que NoSohoth en utilise autant. C'est un produit rare, et sa famille en contrôle tout le commerce.

— C'est fascinant, mais je dois partir.

— Es-tu des nôtres ?

— J'ai délivré le message de la reine rouge. Elle me doit un salaire. Je vais aller le récupérer.

— Ne mange pas son or. Elle l'empoisonnerait.

AuRon inspira profondément.

— Je ne veux plus de l'or, mais du sang.

Il s'élança alors dans ce chaos hurlant.

Il se sentait comme une feuille prise dans un courant ascendant. Le vent l'entraînait d'un côté puis de l'autre et menaçait de l'écraser contre la paroi du tunnel.

S'il avait été doté d'écailles, le vol se serait peut-être avéré plus facile car le vent qui rugissait dans le puits ne l'aurait pas malmené si aisément. Cela dit, son poids lui permettait aussi de se laisser porter, de suivre le vent quand celui-ci survolait les gours et s'engouffrait dans des failles aux bords tranchants comme des lames.

Il cogna violemment le bout de ses ailes contre les parois alors que le vent le projetait vers un pan de ciel nocturne, tout en haut.

De désespoir il altéra l'alignement de ses ailes et se mit à tournoyer sur lui-même. Il avait le tournis, mais parvenait ainsi à rester au milieu du puits.

Et si jamais il devait se fracasser sur un rocher, le terrible effroi qui précédait l'impact lui serait ainsi épargné.

Au fur et à mesure que le pan de ciel se faisait plus grand, le puits s'élargissait et il dut bientôt battre vigoureusement des ailes pour continuer à monter.

Il est pratiquement impossible pour un dragon doté d'écailles de grimper selon cet angle pendant plus de quelques furieux battements d'ailes, même avec un tel vent arrière. AuRon sentait son corps se gonfler à chaque inspiration ; sa gorge semblait être une longue blessure par laquelle l'air entrait et sortait de force.

Il était dehors, entouré par le ciel nocturne. Au-dessus de lui se découpait la silhouette aplatie d'un cratère, saupoudré de neige, maculé de glace. AuRon, curieux, en fit le tour et le survola.

Malgré la fumée qui s'élevait de failles dans le flanc de la montagne, AuRon avait une bonne vue sur l'intérieur du cratère. Il aperçut un lac avec une légère bosse au centre qui semblait être un monticule de glace ; AuRon supposa qu'il s'agissait en réalité du sommet de cet étrange dôme de cristal.

À l'est, un deuxième volcan fumait, relié au premier par un col rocheux.

AuRon eut besoin d'un instant pour reprendre ses esprits et évaluer les courants d'air, car les étoiles étaient curieusement disposées, si loin au sud. Quand il parvint à déterminer la direction du nord, il tourna la tête vers Ghioz.

Une heure de vol, AuRon se laissait porter par un courant ascendant ; en contrebas, le sol sec au nord de la montagne du Lavadôme laissait échapper un air chaud qui montait vers le ciel. Il aperçut un trou d'eau et descendit en décrivant des cercles pour déterminer s'il pouvait y boire en sécurité.

Un mouvement vers le nord attira son regard. Deux rokhs volaient vigoureusement et à bonne distance l'un de l'autre, droit vers les montagnes du Lavadôme.

Cet écart perturbait AuRon. Tous les rokhs qu'il avait vus voler jusque-là restaient près les uns des autres. Ces deux-là voulaient observer autant de ciel et de désert que possible, tout en pouvant communiquer visuellement.

AuRon atterrit. Il faisait confiance aux ombres et à sa couleur pour le cacher aux yeux des oiseaux et de leurs monteurs.

Un lézard du désert au dos recouvert d'écailles et de deux rangées de cornes le prévint d'un sifflement : il était empoisonné. AuRon lui lança un regard furieux – il n'était pas venu chasser des reptiles.

Il eut alors une idée.

— Vois-tu ces oiseaux, là-haut ?

— Trop gros comme proie. Je mange des souris sauteuses.

— Oui, mais vois-tu souvent de tels oiseaux ?

— Pas la bonne couleur pour des *griffarans*. (Le lézard leva un œil vers le ciel sans quitter le dragon de l'autre.) Non, jamais vu des oiseaux pareils. Que des faucons, des chouettes.

AuRon se demanda ce que deux chasseurs de la reine rouge qui volaient à vive allure vers le Lavadôme pouvaient bien chercher dans la nuit.

Avait-elle appris l'heure et l'endroit de son départ ?

Quasiment sans bouger, même pour respirer, il les laissa passer au-dessus de lui.

Quand ils furent redevenus de petits traits noirs dans le ciel, il attira l'attention du lézard.

— Merci pour le renseignement. L'eau est-elle saine ici ?

— Meilleure boisson du monde.

— Je te remercie encore. Bonne chance avec les souris sauteuses.

AuRon leva une *saa* puis l'abattit sur le sol. De petits rongeurs bondirent dans tous les sens, paniqués. Le lézard se lança à leurs trousses avec des sifflements excités.

AuRon décida de voler lentement et à basse altitude pour le reste de la nuit, puis de se cacher quand le soleil se lèverait.

Regagner le camp de Naf fut facile.

Il survolait les bois à sa recherche quand il entendit des loups hurler. Ils se plaignaient des hommes du nord-ouest qui dévoraient tous les rennes.

Les hommes de Naf avaient bougé – ou peut-être avaient-ils appris à ne pas allumer de feux là où les rokhs pouvaient les voir.

À moins qu'il arrive trop tard et que ses amis aient été massacrés.

L'après-midi était venteux et AuRon survolait des collines richement boisées quand il entendit un cor de chasse – ou ce qui y ressemblait. Il se retourna et partit dans la direction du son. Une traînée de flammes s'éleva des arbres.

AuRon modifia son cap, vit une autre traînée.

Il scruta le ciel à la recherche d'éventuels rokhs.

Les hommes faisaient très bien d'indiquer l'endroit où ils se cachaient dans la forêt, mais il était considérablement plus gros qu'une flèche éclairante. Un dragon qui tentait de se poser ici risquait de se briser une aile.

Il dut se résigner à un atterrissage désordonné et douloureux sur la canopée, puis ferma les ailes quand ses pattes s'enfoncèrent dans le feuillage.

Après force « cracs ! », « clacs ! » et un grand « bam ! », AuRon se retrouva sur le sol de la forêt. Il sentit les jeunes pousses du printemps et la riche odeur de décomposition des feuilles de l'année passée qui se mêlait à celle des détritus.

AuRon se redressa et secoua les ailes pour se débarrasser des brindilles. Il espérait ne pas avoir atterri sur quelqu'un.

Il entendit un bruit d'eau venu de plus haut et s'en approcha jusqu'à atteindre un camp au bord d'une crique. Cette dernière s'enroulait autour d'une chute d'eau qui n'était ni un rapide, ni une cascade, mais quelque chose entre les deux. De nombreux rochers et des troncs d'arbres posés dessus permettaient aux hommes de traverser sans mouiller leurs bottes.

— Pfiou ! siffla une sentinelle du haut d'une plate-forme frêle et haut perchée. Sa seigneurie le dragon est de retour.

Les hommes et leurs capacités d'adaptation… Ils pouvaient chanter comme des oiseaux quand ils le voulaient. Courir comme des chevaux en montant ceux-ci. Voler comme des dragons en apprivoisant des bêtes sauvages, voire les dragons eux-mêmes. Ils voulaient également ressembler à des tortues, à en juger par certaines de leurs armures.

AuRon vit la haute silhouette de Naf au milieu d'un labyrinthe de huttes rudimentaires, entre tentes, cabanes et terriers. Des odeurs de viande cuite et de linge s'élevaient du camp.

Il se laissa planer au-dessus de la rivière pour se poser dans un carré d'herbe qui sentait le cheval, au centre du camp.

— Une chance pour nous que ta queue soit aussi réduite que ton sens de l'humour, ricana Naf avec son sourire enjoué.

Naf pouvait tomber dans un tas de déjections, voir sa maison s'écrouler, et tout de même trouver une raison de rire.

— Nous avons tout d'abord craint que tu sois l'un des dragons de la reine. J'ai demandé à mon cuisinier de remplir un bouclier de saucisses et de tripes de renne pour t'accueillir. J'ai peur de ne pas pouvoir te proposer d'assaisonnements trop civilisés, mais nous avons du sel, du donderose et de la fleur de beurre.

— Je vois que tu as encore déplacé ton camp, dit AuRon.

Garder la bouche sèche avec la perspective de manger des saucisses après un si long vol lui demandait un grand effort.

— Les rokhs nous ont retrouvés une fois de plus, les dieux seuls savent comment.

— J'ai mon idée.

AuRon se demandait s'il parviendrait à décoller à travers un trou dans le feuillage, au-dessus du cours d'eau.

— Naf, accroche-toi à mon dos. Tu dois fuir !

— Qu'as-tu vu ?

— Rien. C'est ce que j'ai fait le problème.

Naf leva à la fois un sourcil et le coin de sa bouche.

— Je ne laisserais jamais mes hommes ! Tu devrais le savoir.

— Dans ce cas, fuis avec eux. Quitte cet endroit. La reine arrive !

Naf siffla, puis donna quelques ordres. Les hommes commencèrent à se réveiller, à rassembler leurs possessions et à harnacher leurs bêtes.

— Comment le sais-tu ?

Que Naf ait donné ses ordres en premier pour poser des questions ensuite était le plus beau compliment qu'il pouvait lui faire. Si les hommes comme lui étaient plus nombreux, AuRon n'aurait pas besoin de mettre un océan froid et traversé par les tempêtes entre eux et lui.

— Lors de notre dernière rencontre, je portais un pendentif. Grâce à lui, la reine voyait ce que je voyais, entendait ce que j'entendais. Elle l'a ensorcelé.

— Ça ne lui a pas servi à grand-chose. Mes éclaireurs m'ont rapporté la présence de cavaliers au nord et au sud, mais ils fouillent les colonnes de pierre et balaient les montagnes, là où nous campions la dernière fois.

— Leurs troupes ne passent-elles pas près de ces collines quand elles fouillent les montagnes ?

Les sourcils de Naf se rapprochèrent. AuRon avait vécu trop longtemps loin de lui pour savoir si cela signifiait qu'il était intéressé, soupçonneux ou vexé.

— Oui, ils passent près, dit-il. Mais ils cherchent dans l'autre direction.

— La dernière fois, tu m'as dit que des volontaires se joignaient régulièrement à vous.

— Oui. Certains restent et j'envoie les autres chercher refuge à Hypat. Les elfes de Krakenoor sont heureux d'avoir des hommes pour les aider à reconstruire leur cité.

— Passe en revue les recrues qui sont arrivées depuis ma dernière visite, ou juste avant. Je ne serais pas surpris si l'une d'entre elles porte un cristal semblable au mien.

Naf fronça les sourcils.

— Mes hommes sont en majorité des Dairusses. Nous avons quelques Ghiozes qui ont de bonnes raisons de haïr la reine, certains, venus des collines aux chevaux, ont perdu leurs pâturages…

— Un Dairusse ou l'un des autres n'aurait-il pas pu te tromper et porter une pierre comme celle que j'avais autour du cou ?

— Je vais demander à mes hommes de chercher le porteur d'un tel cristal parmi les derniers arrivés. S'il y en a un, les Ghiozes le trouveront pendu quand ils arriveront.

— Naf, j'ai involontairement donné un aperçu de ton camp à la reine. Si tu as un espion ici, il est l'est peut-être malgré lui. Tu ferais mieux de seulement enterrer le cristal ou de le détruire.

AuRon eut une idée.

— Ou mieux encore…

Il suggéra à Naf comment retourner le cristal de la reine rouge contre elle. Le sourire de l'humain s'élargit au fur et à mesure qu'il réfléchissait à cette idée.

Naf demanda à quelques-uns de ses hommes, ses plus vieux compagnons, de passer en revue les hommes récemment arrivés pendant que les autres démontaient le camp.

Un détachement de six hommes harnacha AuRon avec une traîne de madriers, des sabots de cheval au bout de bâtons et une sorte de rondin qui tournait sur lui-même et sur lequel étaient accrochées de vieilles chaussures. Qu'ils trouvent ou non le cristal, AuRon pouvait jouer son rôle en laissant une fausse piste.

Les hommes trouvèrent un jeune Dairusse qui arborait sa première barbe en possession d'un éclat de cristal triangulaire enchâssé dans un épais brassard pour son bras d'épée. Ils le montrèrent à AuRon, et il supposa que l'éclat provenait du même cristal que son pendentif. Naf ordonna qu'on lui enlève l'ornement pour le mettre au fond d'un sac rempli de bouteilles d'herbes qui ne cessaient de s'entrechoquer. Impossible de savoir si la reine pourrait entendre ou voir là-dedans.

Le garçon expliqua que le brassard lui avait été donné par son oncle, un vétéran de la garde rouge qui avait pris sa retraite. Celui-ci avait reçu en récompense un terrain de la reine et semblait pourtant, chose étrange, encourager vivement le désir de son neveu de rejoindre les rebelles. Le garçon trouvait que le cuir semblait plutôt neuf pour un tel trophée de guerre, mais son oncle lui avait expliqué qu'il avait fait changer le vieux cuir taché de sueur pour ne garder que les boucles et l'attrayant talisman.

—Je me demande ce que l'oncle a reçu pour ce service, demanda Naf après avoir assuré au garçon qu'il n'était pas en danger. Un espion parfait. Il est intelligent, dynamique, il peut aussi lire et écrire. Je pensais faire de lui le messager de ma meilleure équipe d'éclaireurs quand il aurait approfondi sa connaissance de la forêt, écorché ses orteils et usé les talons de ses bottes dans les bois.

Par mesure de précaution, ils fouillèrent le reste des derniers arrivés. La méthodique reine rouge, qui avait toujours un plan de rechange si le premier échouait, serait tout à fait capable d'infiltrer le camp de Naf avec plusieurs espions dans l'éventualité où l'un d'eux venait à être démasqué.

Un éclaireur hors d'haleine arriva alors. Il annonça entre deux halètements que les colonnes ghiozes avaient fait demi-tour et se dirigeaient vers le camp depuis deux directions à la fois.

Supervisé par Naf et guidé par un éclaireur aux jambes comme des arbustes et au corps d'épouvantail, AuRon traîna son harnachement en aval de la rivière en compagnie d'une paire de mulets manifestement mécontents de devoir marcher dans le sillage odorant d'un dragon. Quand elles ne se plaignaient pas de la puanteur, elles tentaient de deviner laquelle d'entre elles le dragon dévorerait en premier.

— T'es le plus dodu, Nok. Le dragon te mangera cru, bien juteux. Je suis coriace. Il me fumera pour plus tard.

— Je ne mangerai aucun d'entre vous, tant que vous marchez d'un bon pas, leur lança AuRon par-dessus son aile.

— Plus vite on arrivera, plus vite on sera mangés, répondit Nok. J'espère que je serai un oiseau dans ma prochaine vie. Je trouverai cette boule puante grise à l'odeur et lui fienterai dessus.

— Je ne crois pas que les oiseaux puissent sentir, dit AuRon.

Une cinquantaine d'hommes de Naf marchaient devant lui en un groupe resserré. L'un d'entre eux portait le brassard sous un grand morceau de toile cirée supposé le protéger de la pluie. À travers le tissu, il montrait au cristal le dos des hommes devant lui et parfois les falaises entre lesquelles la rivière coulait.

Une autre flèche éclairante descendit et siffla quand elle s'enfonça dans l'eau. AuRon leva les yeux vers la falaise qui les surplombait ; elle était marquée par une grande encoche dans laquelle poussaient des arbres, ce qui donnait à la paroi l'allure d'un pied de cochon.

L'homme au brassard enveloppa celui-ci dans sa toile cirée et le plongea dans le sac rempli de bouteilles. Ils pressèrent le pas, suivis d'AuRon équipé de son appareil à laisser des pistes et des mules qui béaient de mécontentement. Le cortège arriva devant un trio d'arbres couchés par terre ; ils avaient été coupés sur le flanc de la falaise et bloquaient maintenant le passage.

AuRon mâchonna son harnais pour s'en défaire, assez tenté de manger le plus bruyant des deux mulets pour apprendre à l'autre à ne pas tant se plaindre – *les râleurs se font dévorer les premiers*. Mais il entendit des claquements de sabots dans le défilé et, de plus, manger quelqu'un avec qui vous aviez conversé n'était pas un comportement digne d'un chasseur.

AuRon regardait la barricade, les capes et autres heaumes brisés qui en décoraient les branches comme si des guerriers étaient alignés de l'autre côté des troncs, quand il lui vint à l'esprit que les mulets étaient peut-être plus intelligents qu'ils le laissaient penser. Et s'ils avaient engagé la conversation parce qu'ils connaissaient ses principes ?

Pas de temps à perdre à se remplir la panse.

Il examina la rivière. Près de la barricade, en aval, le cours d'eau s'élargissait, se calmait, et devenait probablement moins profond à en juger par la forme des vaguelettes. Il ne pouvait pas se cacher là.

Mais les choses semblaient plus prometteuses en amont.

AuRon plongea dans la rivière et pataugea – ou nagea dans les plans d'eau les plus profonds – à contre-courant vers un amas de rochers qui transformaient la rivière en une masse écumante. L'eau dissimulerait son odeur tant qu'il resterait immergé. Il trouva une paire de rochers qui détournaient une grande partie du courant et s'installa entre eux ; ses muscles tremblaient dans l'eau froide, frustrés par l'immobilité. Il planta des branchages dans les cornes de sa crête en guise de camouflage, garda les yeux et les narines hors de l'eau, puis attendit la suite des événements.

Au moins la rivière était un peu plus large ici. Si les choses tournaient mal, il pourrait sortir de l'eau et se défaire des branches en quelques battements d'ailes.

L'avant-garde de la colonne ghioze apparut, des cavaliers qui avançaient largement espacés, leurs arcs bandés.

Les hommes abrités derrière les barricades leur décochèrent des flèches. Ils tiraient de façon désordonnée et tentaient d'envoyer une grande quantité de projectiles plutôt que de bien viser. Les éclaireurs ghiozes firent tourner leurs chevaux et repartirent.

AuRon observa le gros des troupes approcher, une masse noire d'archers en première ligne, serrés les uns contre les autres comme un énorme insecte aux multiples pattes. Derrière eux, il vit des cavaliers auxquels étaient mêlés des hommes à pied armés d'épées, de haches ou de lourds javelots.

Les guerriers à pied avaient sans doute laissé leurs montures derrière eux. Il devrait être facile de sentir tant de chevaux.

La colonne ghioze s'approcha de la barricade sous un essaim de flèches. Nombre d'entre eux levaient la tête pour jeter des regards nerveux en direction des falaises, mais peut-être que, grâce aux cristaux, les hommes en contact avec la reine rouge leur assuraient que les rebelles avaient précipitamment battu en retraite le long de la rivière.

Les fantassins ghiozes chargèrent, javelots et haches légères brandies. Ils poussaient des cris de guerre aigus, tels des chiens de chasse à la poursuite de lapins. Ils lancèrent leurs javelots, enfoncèrent leurs haches dans les troncs ou les heaumes et bondirent sur le mur bas et irrégulier. D'autres poussèrent de l'épaule l'un des troncs et ouvrirent une brèche assez large pour un cheval. Quand ils ne virent que quelques hommes qui fuyaient devant eux, ils hurlèrent en direction de leurs camarades et les cavaliers accoururent pour achever la destruction de ce qu'ils pensaient être une arrière-garde destinée à retarder leur avancée.

Quand le premier cavalier franchit la brèche, Naf agit.

Une corne résonna et une pluie de flèches déferla de la falaise. La colonne ghioze réagit comme un troupeau de moutons face à des loups : ils se retournèrent brusquement et resserrèrent leurs rangs.

Une avalanche de pierres et de troncs s'abattit de l'à-pic. Certains rebondirent contre la paroi pour tomber dans la rivière sans faire de dégâts, mais un nombre suffisant roula sur les Ghiozes – et entraîna au passage d'autres décombres – pour que la colonne se disperse.

Les plus désespérés plongèrent dans la rivière pour s'échapper et se mirent à nager.

Les hommes de Naf descendirent par l'encoche escarpée à l'aide de cordes, couverts par des archers dissimulés. D'autres rebelles continuaient à jeter des pierres sur leurs ennemis ; le chemin qui bordait la rivière était jonché d'hommes et de chevaux sanguinolents.

Deux rokhs descendirent dans la gorge en poussant des cris perçants. Ils avaient sans doute aperçu de loin le début de la bataille et avaient perdu de vue la suite des événements pendant leur plongeon. Un des oiseaux replia soudain les ailes et tomba. Il réduisit son monteur en pièces quand il rebondit contre le flanc de la falaise. Avec les flèches des archers postés au sommet de l'à-pic fichées dans sa tête et son cou, il semblait exécuter une curieuse parade nuptiale.

Le deuxième rokh virevolta et les cœurs d'AuRon se mirent à battre la chamade quand il vit le monteur guider l'oiseau en amont le long de la rivière ; il volait bas et prenait de la vitesse pour remonter au sommet des falaises.

Il n'y arriverait jamais.

AuRon jaillit du cours d'eau ; le front du rokh percuta la poitrine du dragon : monteur et oiseau furent jetés à terre. Des plumes volèrent en tous sens, l'homme plongea tête la première dans la rivière tandis qu'AuRon et sa proie roulaient dans l'eau. Le dragon piétina, lacéra, et ne laissa que la carcasse d'un oiseau teinter l'écume de rouge.

AuRon se retourna vers les Ghiozes, dont la plupart tournaient le dos à la rivière, sûrs qu'elle était sans danger.

Pauvres imbéciles à l'esprit si conventionnel. Cela dit, comment auraient-ils pu savoir qu'ils affrontaient un seigneur et son vieil ami dragon ?

Les hommes de Naf continuaient à déferler vers la barricade ; ils étaient descendus d'une autre encoche dans la falaise pendant que les Ghiozes approchaient ou avaient été envoyés là plus tôt. Ils rejoignirent les rebelles qui descendaient en rappel pour harceler les Ghiozes. Ces derniers se repliaient vers le rivage comme un serpent qui recule devant un bâton enflammé.

AuRon, un œil vers le ciel pour surveiller l'arrivée d'éventuels rokhs, choisit un endroit adéquat et enflamma un enchevêtrement de roseaux, de bois séché et de rondins.

Essayez de battre en retraite à travers ça, pensa-t-il avec satisfaction.

Il décolla ensuite et remonta la rivière pour trouver ces chevaux.

Il les trouva une dizaine de battements d'ailes plus loin en amont, rassemblés dans une autre encoche avec le cortège des bagages et des chariots chargés de nourriture et de paquets.

Il dispersa les gardes à cheval avec une descente éclair, quelques boules de feu et un grand coup de queue. Ils n'eurent même pas le temps d'encocher une flèche. Il décrivit ensuite un grand virage et se posa brutalement dans la rivière. La plus grande partie de l'eau qu'il projeta retomba sur le dos des hommes qui s'enfuyaient à pied ou à cheval en laissant derrière eux leur train de bagages.

Celui-ci fit un feu de toute beauté. Les sacs de grain s'enflammèrent bruyamment. Des mulets terrifiés se libérèrent avec soulagement des cordes qui les reliaient à des piquets et partirent au trot tout en hurlant à tue-tête dans leur langue :

— Dragon ! dragon ! draaagon !

Les chevaux se dispersèrent pour fuir les flammes et la terrifiante odeur de dragon – AuRon faisait de son mieux pour l'accentuer : il vidait tout ce qu'il pouvait sur les branches les plus hautes possible en levant la patte comme un chien. Il s'efforça de les guider vers la rivière : le courant aurait raison d'un grand nombre d'entre eux et emporterait les autres dans les eaux plus calmes où les attendraient Naf et ses rebelles.

Il descendit la rivière à la nage et trouva les Ghiozes en pleine déroute, harcelés par les archers qui surgissaient des arbres pour y retourner aussitôt. Ils ne s'arrêtaient pas pour aider leurs blessés et AuRon vit beaucoup de cavaliers criblés de flèches se faire jeter à bas de leur monture et pousser dans la rivière par des guerriers qui montaient ensuite sur les chevaux.

Ghioz et la reine rouge pouvaient être vaincus après tout, semblait-il.

AuRon ne comprenait pas un mot de ce que racontaient les Dairusses. Ils appelaient apparemment Naf « seigneur Cœur de Dragon ».

—Les dragons ont plus de un cœur, les corrigea AuRon.

Naf et ses hommes savouraient un dîner de viande de cheval cuite à la broche. Les Dairusses reconnaissants avaient glissé pour AuRon les cœurs et les foies des chevaux dans leurs intestins, les avaient enroulés dans des peaux, puis avaient fait cuire le tout sur le feu.

AuRon trouva que c'était l'un des mets les plus délicieux qu'il ait jamais mangé, en dépit de l'odeur de crin roussi – qui masquait probablement celle des rots sulfureux et autres flatulences d'un dragon rassasié dont la poche à feu se remplissait.

Il pensait préférable d'au moins voir Naf installé en sécurité dans son nouveau camp. Celui-ci se trouvait dans d'anciennes ruines, guère plus que quelques cercles de pierres dans des bois à flanc de colline et des cairns qui longeaient sa crête comme des bosses sur le dos d'un garne. Mais on y trouvait aussi des fosses à grain aux parois recouvertes d'argile qui pourraient être nettoyées et des puits où les hommes prendraient de l'eau quand ils les auraient débarrassés des feuilles mortes et des bêtes.

Naf pensait que c'était un ancien hameau elfe. Les ifs abondaient, et les elfes avaient coutume de planter ceux-ci pour construire leurs arcs. Les hommes tailleraient quelques branches pour remplacer le bois vermoulu ou donner des armes aux nouveaux arrivants venus de l'autre côté des montagnes.

Mais, dorénavant, ceux-ci seraient fouillés, déshabillés et baignés pour repérer d'éventuels cristaux.

Naf recevait déjà des rapports de ses éclaireurs et de ses espions postés à la frontière ghioze.

— Nous avons mis nos bons ennemis très en colère, AuRon. Pour les Ghiozes, faire fuir des chevaux dans la nature et brûler des trains de marchandises est une violation du code d'honneur du guerrier.

— Et que dit leur code au sujet des blessés qu'on jette dans une rivière ?

— Oh, ça fait partie de cette loi du plus fort entre vainqueurs et vaincus sur laquelle leurs prêtres ne cessent de pérorer. Le vainqueur reçoit les bénéfices, et le vaincu se doit de servir le vainqueur, afin qu'il apprenne et fasse mieux la fois suivante.

AuRon était sur le point de dire que pour lui les humains naissaient fous – leur premier son n'était-il pas un cri terrible ? – et l'étaient encore davantage à leur mort, mais se ravisa. Était-ce très différent des combats mortels dans lesquels se lançaient les dragonnets, des fragments de coquille encore collés sur le museau ?

Mes espions m'ont informé que notre obstination au bord de la rivière a mis la reine dans une rage folle. Elle prétend que les hypates nous ont aidés – car comment une bande d'épouvantails pareils aurait pu triompher de l'armée ghioze ? – et l'état de guerre est maintenant déclaré entre Hypat et Ghioz.

— Rien d'étonnant à ce que le vieux NooMoahk soit toujours aussi lugubre quand je parlais du monde, dit AuRon. Je me demande combien de guerres il a vues au cours de sa longue vie.

— Ce ne sont pas les pensées d'un homme qui importent mais ses actions, AuRon. J'imagine que c'est pareil pour les dragons.

AuRon éructa et sentit sa poche à feu se calmer.

— Il va bientôt être temps de payer, dit Naf. Je me demande si je dois être blâmé par les deux camps. De toute façon, quel que soit le vainqueur entre les deux empires, les Dairusses et moi-même finirons vassaux. Une fois de plus.

Les hominidés… S'il n'en restait plus que six dans toutes les Montagnes Rouges, ils parviendraient à en éliminer trois en se battant, et deux des survivants feraient du troisième leur esclave.

— Viens avec moi, dit AuRon. Viens dans mon île. Tu pourrais y vivre en paix.

— La paix d'un exil ? Je ne peux pas. C'est difficile à expliquer, mais si mon peuple me sait encore en vie, encore au combat, c'est comme si une part d'eux-mêmes n'avait pas été vaincue. Surtout, je dois rester près, être une menace, car j'ai sinon peur que Hieba et ma fille périssent.

AuRon ressentit un pincement au cœur quand il entendit le nom de sa protégée. La petite fille pour qui il avait chassé, qu'il avait vue grandir, piégée dans tout ceci pour n'avoir commis d'autre crime qu'aimer cet homme.

— Comment peux-tu être sûr qu'elles sont toujours en vie ? As-tu appris quelque chose ?

Naf délogea un morceau de viande de bonne taille coincé entre ses dents de la chance et le fit rouler sur sa langue de crapaud, l'air songeur. AuRon n'arriverait jamais à décider quelle famille d'hominidés avait les traits les plus laids.

— Non, je le… sens seulement. Et la reine est bien trop calculatrice. Si les choses devaient mal tourner pour elle, elle voudrait les avoir comme monnaie d'échange pour négocier un dernier marché.

AuRon expulsa assez d'air par son arrière-train pour faire scintiller un instant les étoiles, ce qui interrompit son ami.

— La viande de cheval me fait toujours ça, dit-il en guise d'excuse.

— Puis-je te proposer de rester avec moi ? J'aurais bien besoin d'une paire d'yeux dans les nuages. Mieux encore, amène ta famille ici et aide ma cause. Je pourrais te promettre de la nourriture pour toi et les tiens et un endroit où vous réfugier, et ce tant que les Dairusses seront des hommes d'honneur. Avec l'aide de quelques dragons, je pourrais récupérer mes terres. Ghioz aurait alors un véritable ennemi à ses portes. Je pourrais faire tomber la reine elle-même.

— Je ne suis pas sûr qu'on puisse la tuer. Elle se vante d'être immortelle.

— Ses prêtres prêchent les mêmes sottises. Je pense qu'elle utilise des doublures. Si l'une d'entre elles est tuée, un autre prend sa place, et la reine ne se montre qu'à ses courtisans les plus proches et quand les circonstances sont vraiment sûres. Elle doit avoir quatre ou cinq de ces copies, des femmes qui ont la même taille et la même silhouette qu'elle, qui imitent sa voix. Tu l'as rencontrée, tu as vu ses masques ?

— Oui.

— J'ai tout d'abord pensé qu'elle était seulement hideuse. Les hommes se laissent trop souvent influencer par l'apparence des femmes – dans un sens ou dans l'autre. Je ne sais pas ce qu'il en est des dragons.

— Nous apprécions la beauté chez nos compagnes, mais les dragons sages choisissent une dragonnelle pour d'autres raisons.

— Soit. Je pense donc que cela l'aide pour utiliser des doubles.

— Mais comment le sais-tu ?

Naf semblait pensif.

— Parce que je l'ai tuée. Dans sa propre chambre. J'ai prétendu avoir été convoqué pour y pénétrer, la reine ayant d'étranges appétits. J'avais fabriqué une arme de fortune avec une brosse à cheveux en os. J'ai senti son cœur cesser de battre sous ma paume, mais quand j'ai ôté son masque… oh, si seulement les hommes savaient…

AuRon en attendait davantage, mais jugea préférable de ne pas presser Naf pour plus de détails.

— J'ai finalement tout aussi bien fait de ne pas récupérer ma récompense, dit-il

Naf oublia soudain ses souvenirs.

— Pardon ?

— Je pensais revenir dans mon île chargée de pièces.

— Ainsi tu ne resteras pas ?

— Tu seras toujours mon ami, mais je ne peux pas me jeter tête baissée dans les flammes de la guerre. Je dois penser à ma compagne, à mes petits.

— Je pense toujours aux miennes, même quand je tire mon épée.

AuRon ne sut quoi répondre.

— Eh bien, je serais un bien piètre ami si je te laissais repartir les, euh… pattes vides. J'ai quelques pièces. Très peu. Je t'invite à te servir.

Il émit un sifflement qui ressemblait au cri d'un oiseau.

Une adolescente approcha, grande et un peu gauche. Elle avait une épaisse chevelure rousse attachée de manière à ne pas la déranger dans ses tâches.

— Voici mon aide de camp, avec qui je partage ma tente. C'est la fille d'un homme qui chevauchait à mes côtés, un fils du Dairuss aujourd'hui mort. Va chercher la boîte aux dragons.

La jeune fille détala. Ses hanches étaient légèrement arrondies, et les connaissances limitées d'AuRon en matière d'hominidés lui laissaient deviner qu'elle était en âge de s'accoupler.

— Hieba pourrait se poser des questions, quelqu'un comme elle dans ton camp…

— Oh, nous n'avons pas ce genre d'arrangement. Je me fais un peu vieux pour de telles cabrioles, mon ami.

Naf soupira, comme s'il déplorait son âge, ou celui de la jeune fille.

— Nous avons à l'instant parlé de beauté. Pour une Dairusse, la beauté est source de tourment. Les Ghiozes prennent ce qu'ils aiment.

La jeune fille revint avec un coffret en bois. Elle le portait facilement, car il n'était pas plus gros qu'une miche de pain. Des silhouettes de dragons qui semblaient plus serpentines qu'autre chose, pour AuRon tout du moins, en décoraient le couvercle marqueté de bois sombre.

—C'est une représentation artistique, dit Naf. Les dragons sont tout en ailes et si les artistes devaient les dessiner comme ils sont en réalité, il y aurait moins de place pour les dents et les flammes.

—Je vais peut-être m'essayer à la peinture et dessiner dans des grottes des humains avec de petites têtes aplaties.

Naf éclata de rire, cet agréable roulement de tonnerre qui était ce qu'AuRon préférait chez lui.

—Oublie un peu cette boîte et rappelle-toi son contenu. Contemple l'impressionnant trésor de celui qui fut jadis gouverneur. Ne reste pas trop longtemps subjugué, AuRon, car je crois savoir que les dragons peuvent être envoûtés par de telles richesses.

Il ouvrit le couvercle du coffret. Il était presque vide : peut-être trois douzaines de pièces, un mélange d'or et d'argent.

Naf en prit la moitié.

—Tiens, camarade. J'ai un sac. Offre-les à tes petits. Un cadeau de la part d'un vieil ami de la famille.

—Naf, tu dois avoir besoin de ces pièces.

—Elles ont leur utilité, mais mes hommes se battent pour se venger, pas pour l'or.

—Tout de même…

—Là d'où elles viennent, il y en a davantage. J'ai volé pour les avoir, je volerai de nouveau. AuRon, si tu continues à traîner j'enfoncerai cette maudite boîte dans ton gosier et ta bruyante digestion pourra projeter tous les feux d'artifice qu'elle voudra.

—Merci, mon ami.

—Alors ?

Naf choisit une bourse de cuir.

— Je prendrai quatre pièces, une pour chacun de mes petits en témoignage de tous ces horizons parcourus pour rien, et quatre de plus pour ma compagne. Pas plus, tu aurais sinon un autre combat dans ces bois.

Il quitta finalement le camp beaucoup plus chargé qu'il l'aurait espéré. Les rebelles avaient appris que le dragon avait besoin de pièces, et même le plus jeune porteur de bois chercha au fond de sa botte une pièce d'argent de la reine. Ils en remplirent quatre sacoches et les attachèrent à l'avant et à l'arrière de ses ailes avec des nœuds coulants.

Naf entoura son cou de ses bras puissants et nombre de rebelles passèrent la main sur son flanc, même si leur peau graisseuse lui faisait frémir la queue et qu'il gardait un œil sur eux pour surveiller l'apparition d'une éventuelle lame.

Ils entonnèrent une chanson en l'honneur d'AuRon quand celui-ci partit. Le camp l'avait divisée en trois partitions : les femmes et les jeunes garçons chantaient la partie aiguë, Naf et les plus grosses voix se chargeaient de la basse et les autres chantaient quelque part entre les deux, et plutôt faux.

À dire vrai, sa bruyante digestion était nettement plus mélodieuse.

Il tourna un long moment en rond pour s'orienter et observer les bois tandis qu'il prenait de l'altitude. Il repensait à Hieba petite fille qui pleurait de solitude contre son flanc.

Il se demandait s'il n'avait pas laissé quelque chose derrière lui, comme un fragment de sa conscience.

Chapitre 18

Le jour qui suivit l'assemblée, Takea apprit à Wistala une comptine sur les différentes collines du Lavadôme.

Si tu veux trouver des Wyrr
Cherche donc, cherche donc
Dans la colline Gryathus
D'la halle démène jusqu'au cerc'd'eau.
Si tu veux voir les NuGrakat
Cherche donc, cherche donc
Dans les prés au bord d'la rivière…

Un jeune garde draque ignora les jeunes filles du feu qui l'appelaient ou lui lançaient des plaisanteries et délivra son message :

— Je suis venu escorter la nouvelle dragonnelle dans le rocher impérial. La reine demande sa présence.

Wistala était ravie d'abandonner sa leçon de topographie. Il ne semblait pas exister un mètre dans tout le Lavadôme qui ne soit pas revendiqué par l'une ou l'autre des lignées.

Elle suivit le draque dans le rocher impérial. Takea fermait la marche sous prétexte de montrer à Wistala quelques sites d'intérêt mais elle passa une grande partie du trajet à essayer de provoquer le messager. Wistala en avait suffisamment appris sur les sœurs du feu pour savoir qu'une victoire au cours d'un combat contre un garde draque était un bon moyen de se faire féliciter par la dame-mère.

Le draque ignorait ses taquineries et ses petits coups de queue et ne cessa de parler pendant tout le chemin d'un rassemblement des gardes draques les plus âgés qui devaient garder les sorties des tunnels. « Un travail de sœurs du feu », se plaignait-il.

Il la conduisit dans les « jardins impériaux ». Ils avaient perdu Takea près de la sortie de la salle à manger de l'armée aérienne. Wistala s'émerveilla de la végétation éclairée par la lumière qui émanait du sommet du dôme. D'étranges fleurs violettes ou bleu-vert et des fougères savamment taillées poussaient sous les rayons diffus du cercle de lumière.

Ils trouvèrent la reine Nilrasha près d'une sorte d'escalier d'eau, mi-chute, mi-fontaine. Une statue de dragonnet crachait un mince filet d'eau qui venait rebondir avec art sur des champignons sculptés. Des statues d'humains sveltes et de jeunes elfes femelles dans des poses élégantes remplissaient des jarres d'une eau qui, supposait Wistala, repartait ensuite au sommet de la fontaine.

— Wistala, j'aimerais te parler, dit Nilrasha.

Elle scruta le Lavadôme qui s'étendait en contrebas. Wistala suivit son regard : des collines, des enclos, des chèvres – était-ce la colline du buveur de lait ? – des serviteurs hominidés… ou plutôt des esclaves.

— Le Tyr et moi-même voudrions faire appel à ton expérience. Le Lavadôme va envoyer un détachement de sœurs du feu pour aider les hypates et bâtir une alliance. Crois-tu qu'ils accepteront ?

—Hypat est… (Wistala chercha le mot adéquat.) Hypat n'est pas comme le Lavadôme. Tout ne dépend pas de la décision d'un individu. Il n'y a pas de Tyr tout-puissant pour trancher et régler les problèmes.

Nilrasha émit un *prrum* amusé et arrangea ses ailes.

—Quand tu comprendras un peu mieux le Lavadôme, tu ne diras plus une telle chose. (Wistala, qui avait compris comment l'eau circulait, se concentra sur la lave qui coulait de l'autre côté de la paroi de cristal. *Quelles superbes couleurs.*) Le sort de l'espèce draconique dépend de toi, Wistala. Nous ne pouvons plus rester sous terre, en tout cas si nous voulons être des dragons et non des sortes d'esclaves. Nous serions alors, je le crains, guère plus qu'un parc à bestiaux éclairé par la lave où on élève de jeunes dragons avant de les conduire dans le monde d'En-Haut. Pour survivre, nous devons remonter. Nous sommes restés si longtemps sous terre, cachés, que nous en savons très peu sur le monde d'En-Haut. Nous avons besoin d'amis là-haut qui pourraient nous conduire en lieu sûr. Des amis de confiance.

—Je dois vous poser la même question. Le monde d'En-Haut peut-il faire confiance aux dragons ? Si je dois aller à Hypat, il faut que je sache si vous proposez une alliance d'égal à égal. Hypat demande aux rois eux-mêmes d'obéir aux lois. Je veux pouvoir leur offrir de l'aide, et non la servitude.

Nilrasha abaissa ses *griffs*. La reine n'était peut-être pas habituée à être questionnée si directement.

—Quel genre de forces puis-je promettre ? demanda Wistala.

—Ainsi, tu le feras ?

—Je suis une sœur du feu et j'obéirai. Ça n'a peut-être pas d'importance, mais je pense que le Tyr a choisi le bon chemin. Les dragons ne prospéreront que s'ils apprennent à se montrer flexibles dans leurs relations avec les hominidés. Il y a autre chose que la guerre, l'esclavage et les « protectorats ».

— Les sœurs du feu t'accompagneront. Peut-être une dizaine de dragonnelles et trois de draques.

— Mais les draques ne peuvent pas voler, et Hypat est très loin.

— Tu n'es pas sœur du feu depuis très longtemps. Grâce à notre expérience avec la nouvelle armée aérienne, nous avons trouvé le meilleur moyen de fixer des lanières de cuir, que l'on passe dans la collerette des dragonnelles, et auxquelles les draques s'agrippent. Ce n'est pas très différent des dragonnets qui se perchent sur le dos de leur mère. Tant que les draques restent couchées à plat, elles peuvent voler. Il est d'ailleurs plus facile d'en porter deux plutôt qu'une, pour être mieux équilibrée.

Wistala repensa à ses vols désespérés dans le Nord Barbare, il y avait bien longtemps, au cours desquels elle avait porté des nains blessés et les messages d'une colonne condamnée.

— Je ne suis pas une guerrière.

— Nous enverrons Ayafeeia avec toi. Elle est notre meilleur élément. Ne t'inquiète pas, elle est très sensée. Je lui ai parlé pendant mon premier repas. Elle agira comme ta dame-mère quand elle le jugera nécessaire, mais te laissera les hypates.

— Et imaginons que j'échoue ?

— Nous remonterons de toute façon à la surface, car sinon nous tomberons malades et mourrons.

Wistala avait entendu parler du kerne. Une pensée lui traversa l'esprit : elle se rendit compte qu'elle aimait bien la reine.

— Vous aimez mon frère ?

— Oui. Il est différent.

Wistala la regarda inspirer profondément.

— C'est vrai.

Elle se demanda si elle devait parler du meurtre de ses parents et revenir sur quelques détails omis au cours de la conversation qu'ils avaient eu pendant l'assemblée. Non, aucune raison. Son frère avait changé, semblait-il.

Et elle aussi. Elle n'avait plus envie de lui arracher les yeux.

— Puis-je vous poser une autre question, ma reine ?

— Oh, tu peux, mais il y a parfois des questions auxquelles je choisis de ne pas répondre.

— Pourquoi est-ce vous qui me demandez ceci ? Mon frère craint-il ma réaction ?

— S'il la craint ? Non. Je sonde fréquemment les dragons pour voir comment ils réagissent à ses idées. Ainsi, tu peux plus tard être introduite à la Cour avec la pompe et la cérémonie qui conviennent.

— Peut-être que les problèmes au sein du Lavadôme sont plus complexes qu'ils paraissent.

— Tu ferais bien de soutenir le Tyr, Wistala, et de faire de ton mieux pour nous tous. Que cela te plaise ou non, depuis cette petite scène à l'assemblée, on te considère comme une parente de RuGaard, et donc comme un membre de la lignée royale. Si le Tyr tombe, tu tombes aussi. Puisque nous en parlons, sache que ce rang a ses privilèges. Prends un porc rôti pour tes sœurs sur le chemin du retour.

Wistala échangea encore quelques civilités puis retrouva Takea qui arborait une patte de lapin duveteuse plantée sur l'une de ses *griffs*. Elles parvinrent à elles deux à traîner un porc entier jusqu'à leur colline.

Wistala demanda à Takea ce qu'elle avait fait pendant son audience et la draque lui décrivit sa visite de l'armée aérienne pour y entendre des histoires.

— Et la patte de lapin ?

— C'est Zathan, le fils d'un des esclaves libres de l'armée aérienne qui me l'a donnée. Sais-tu qu'ils élèvent un grand nombre de lapins rares dans les grottes de l'armée ? Pas seulement pour leur viande : ces lapins ont de longs poils que les monteurs cousent à l'intérieur de leurs pourpoints pour qu'ils leur tiennent chaud dans les airs. J'ai promis à Zathan de le laisser me monter un jour ; il m'a pris une écaille déchaussée et moi sa patte de lapin. Nous garderons ces gages jusqu'à ce que mes ailes sortent.

Wistala quitta le Lavadôme avec plus d'une dizaine de dragonnelles et deux fois plus de filles du feu. Au cours d'une cérémonie pleine de toute la pompe promise par Nilrasha, le Tyr leur souhaita bonne chance à la surface et insista pour qu'elles prennent quelques chauves-souris avec elles.

Les sœurs du feu pouffèrent. Le Tyr et ses chauves-souris…

Des garnes, qui frappaient de gigantesques tambours, firent trembler la roche impériale tandis que les dragonnelles juraient d'endurer épreuves et mort dans le monde d'En-Haut.

Il leur fit ses adieux, et les appela les premières exploratrices d'une nouvelle histoire du genre draconique ; selon lui, elles incarnaient une nouvelle éclosion de leur espèce – comme un dragonnet qui sort de son œuf protecteur, elles quittaient l'obscurité.

— Levez-vous, et que les espoirs du genre draconique se lèvent avec vous, dit le Tyr.

Les lanières étaient bien conçues. Elles ne gênaient pas les mouvements des ailes et permettaient aux draques de se cramponner à la collerette de leur dragonnelle ou de chaque côté. Des poignées de bois traversaient le tissu dépourvu de terminaisons nerveuses pour les aider à s'accrocher – elles pouvaient ainsi voyager sans encombre tant qu'il n'y avait pas de vent.

Leur vol vers le nord-ouest et Hypat commença de façon plutôt confuse. Quelques membres de l'armée aérienne les guidèrent sur trois horizons puis repartirent en leur conseillant de rester bien à l'ouest des collines aux chevaux.

Par chance, Ayafeeia savait ce qu'étaient les collines en question.

Wistala ne connaissait pas ces contrées et les cartes du Lavadôme étaient vieilles et imprécises. Il lui fallait espérer qu'ils atteindraient les provinces du sud qu'elle avait traversées avec le cirque de Bradeloque une dizaine d'années plus tôt.

Au moins la chasse était bonne. La savane, zébrée de cours d'eau à sec – c'était probablement les mois les plus durs de l'année –, était traversée par des troupeaux d'antilopes et de demi-chevaux qui partaient vers le nord pour y trouver les pluies. Ils étaient suivis par quelques bandes primitives de garnes et d'humains qui se battaient entre elles en chemin.

Bien sûr, les sœurs du feu voulurent tout connaître des vieilles querelles qui l'avaient opposée à leur Tyr. Elle se contenta d'admettre que tous deux avaient été profondément changés par leurs expériences.

Par chance, les troupeaux allaient dans la bonne direction.

Tôt ou tard, les étoiles deviendraient familières si elle volait assez longtemps vers le nord pour que le dragon volant des cieux du sud disparaisse et que le dragon accroupi s'élève dans le ciel.

Elles traversèrent de riches herbages et Wistala reconnut au loin le contour des crêtes les plus au sud des Montagnes Rouges. La dragonnelle était revenue dans des contrées familières, les provinces du sud d'Hypat. Elle avait déjà fouillé ces terres à la recherche de dragons mais avait à l'époque décidé que les plaines vides au-delà ne semblaient pas prometteuses. Si elle avait seulement continué un peu vers le sud jusqu'au bout de ces contrées, elle aurait atteint la chaîne de montagnes qui abritait le Lavadôme… Quoique seuls les *griffarans* se montraient au-dessus de ces montagnes.

Elle emmena les sœurs du feu sur le rivage de l'Océan Intérieur et toutes dînèrent de poissons frais, de crabes et de tortues de mer. Elles survolèrent les ruines de la cité elfe sur l'océan – elle avait connu Krakenoor dans toute sa splendeur, avant cette guerre raciale menée par les dragonniers que Wistala avait manquée car elle cherchait alors AuRon dans l'est.

Quand elles atteignirent les marécages côtiers, Wistala sut qu'elles étaient à moins de trois horizons d'Hypat. Les marécages avaient été asséchés puis abandonnés depuis longtemps, mais routes et chemins quadrillaient toujours ce paysage humide.

On y trouvait une nourriture abondante, à condition d'apprécier les écrevisses, les ragondins puants et les ratons laveurs.

On lui avait jadis raconté que les dieux avaient souri le jour de la fondation d'Hypat.

Elle connaissait bien l'air de cette partie de la côte. Le cirque de Bradeloque s'y installait souvent afin que les vieux artistes puissent y déposer leurs fonds et que l'elfe engage de nouveaux talents choisis parmi les hominidés qui avaient parcouru la moitié du monde pour venir dans la cité de marbre.

Vue du ciel, la cité lui évoquait la mâchoire d'un grand herbivore. Le côté allongé et recouvert de « dents » étreignait le fleuve qui se déversait dans l'Océan Intérieur tandis que la grosse bosse formée par la ville légèrement surélevée dominait des marécages qui offraient une boue pleine de nutriments aux jardins de la cité – même le citoyen le plus pauvre pouvait assurer sa subsistance en fouillant la boue humide.

Grâce à une étrange combinaison du fleuve, de l'océan, du vent et du soleil, la cité était ensoleillée presque tous les jours de l'année – un soleil brillant et froid qui dissipait les brouillards venus de l'Océan Intérieur pour engloutir les célèbres vignobles. Une demi-journée de vol vers le nord vous faisait très vite maudire les brumes et l'humidité qui semblait oublier votre peau pour se coller directement à vos os. Une demi-journée vers le sud et l'air devenait humide ; vous trouviez des forêts d'arbres à l'écorce noire qui sentaient la pourriture, peuplées d'écureuils au pelage détrempé et de tortues apathiques. Seules les fourmis y étaient pressées.

Mais la bulle d'air sec et de lumière qui entourait Hypat semblait avoir été commandée par la nature elle-même, comme si elle avait décidé que quiconque vivait entre ces horizons devait profiter de nuits fraîches et d'un soleil juste assez tiède pour faire la sieste l'après-midi. Wistala avait entendu dire que c'était au prix de terribles tempêtes qui déferlaient de l'océan pendant les équinoxes, mais même celles-ci étaient brèves.

Sa première mission serait de rendre visite aux bibliothécaires dans l'école des gardiens. La cité d'Hypat ne disposait pas d'un centre aussi important que les archives gigantesques de Thallia, mais les bibliothécaires seraient plus au fait des épreuves que traversait le pays, car ils éduquaient les fils et filles des familles importantes et conseillaient les directeurs.

Elle aurait voulu avoir davantage prêté attention quand son mentor Ondée parlait du Directoire hypate.

L'école des gardiens se trouvait au sud de la ville, sur un terrain encerclé de maisons empilées et construites sur les restes d'un éboulement. Des jardins et des cours connectés entre eux formaient un réseau vert entre les bâtiments. Des tentures colorées abritaient les toits ou les paliers.

Sa descente et son atterrissage suscitèrent une certaine agitation. Tout le monde, des gardiens du feu jusqu'aux vendeurs de fruits, courut dans les rues pour voir par-dessus les murs de la bibliothèque.

Après s'être identifiée, Wistala attendit dans les jardins qui se trouvaient derrière l'école. Elle écouta les claquements des volets que l'on ouvrait et passa le temps à compter les jeunes visages aux fenêtres.

Le chef bibliothécaire lui-même vint lui parler. Il la connaissait de vue. Elle avait rencontré cet homme des années auparavant, mais pour sa part ne s'en souvenait pas. Selon lui, la moitié de la ville s'inquiétait de la guerre contre Ghioz. Ils avaient pris deux régions au sud des Montagnes Rouges et demandaient de l'or à quatre autres afin qu'une nouvelle série de comptoirs puisse être construite pour le bénéfice des deux empires.

On disait que ces guerres allaient gâcher les rites du printemps et les traditionnelles festivités données pour la bénédiction des nouveaux plants.

L'homme fit venir deux officiels du Directoire – des optimats, en langue hypate. Wistala ne parvenait pas à se rappeler la place qu'occupaient ceux-ci dans la hiérarchie du Directoire, qui comprenait vingt-sept titres différents. Ils portaient de longs noms dont un dragon aurait été fier et arboraient tout un ensemble de robes et d'écharpes décoratives. Le plus massif des deux, Ansab, marchait en levant le ventre aussi haut que possible – sous son menton, semblait-il à Wistala. L'autre, Pafel, était âgé et se tordait en permanence les mains d'anxiété.

Quand ils apprirent qu'elle était une bibliothécaire, les deux hommes lui adressèrent un petit signe de la tête ; Wistala en déduisit donc que ces hommes occupaient une place au-dessus de la sienne.

— Un demi-conseil est déjà en pleine séance et notre ordre du jour est complet, annonça Ansab en tapant du pied.

— Mais elle est une ambassadrice.

— Ah, mais pas d'un État reconnu ! Rappelle-toi ce malotru qui prétendait représenter le roi de la lune de Gaiyai !

— Un garçon agréable, dit Pafel. Il parlait très bien. Il m'a toujours fait rire.

— Il a mangé dans la moitié des maisons du Directoire, emprunté de l'argent à l'autre et pfffft !

Ansab leva brutalement son bras dodu.

— Je n'ai aucunement l'intention de commettre un « pfffft », répondit Wistala.

— Oh, non, non, non ! protesta Pafel. (Il se recroquevilla comme un ver au soleil.) Nous n'avons jamais voulu laisser entendre… Je m'excuse, bibliothécaire. Oh, ciel.

— Le Directoire se réunit dans un bimestre, dit Ansab. Tu peux peut-être te faire inscrire à l'ordre du jour, mais je te préviens : une décision du quart-Directoire ne peut être ratifiée que par une réunion du Directoire entier, et tu ne peux pas imaginer à quel point ils sont occupés.

— Êtes-vous en guerre, oui ou non ? Je viens offrir de l'aide, répondit Wistala.

— Oh non ! Encore une belliciste ! grogna Pafel. (Il se plaqua les mains sur les oreilles comme pour les protéger d'un bruit désagréable.) Le Directoire est déjà assez divisé comme cela.

— Ce n'est qu'une question de commerce. Quand il aura été décidé comment employer le Falnges, la situation se calmera, dit Ansab.

— Mais si rien n'était décidé ?

— Le désastre, le désastre, toujours le désastre, intervint le bibliothécaire. On l'annonce à chaque génération. Prenez ces dragonniers, par exemple. Ils étaient supposés raser la cité, chaque réfugié arrivé avait une histoire pire que le précédent. Eh bien, ils ne sont jamais venus. J'ai toujours dit que ce n'étaient que des histoires, mais les gens préfèrent toujours crier à la catastrophe. Le problème s'est réglé de lui-même et les oiseaux de malheur ont trouvé un nouveau sujet d'inquiétude.

— Puis-je parler au Directoire, ou non ? demanda Wistala, le regard fixé sur les ornements cousus sur la robe d'Ansab.

Sa cape était décorée de cordons dorés et argentés.

— Oh, bien sûr, tu peux lui parler, répondit-il. En tant que citoyenne hypate et bibliothécaire, tu as parfaitement le droit de rencontrer le Directoire. Je te mettrai à l'ordre du jour en moins de six mois.

— N'as-tu pas dit deux ?

— C'est pour un ambassadeur non référencé. Pour un bibliothécaire hypate, c'est un semestre. (Il lança un regard au chef bibliothécaire.) Si elle l'est toujours. Je ne sais pas quelle est la politique des bibliothécaires concernant les allégeances multiples. Nous autres, optimats, veillons à ce que les affaires du Directoire se déroulent bien et en toute justice, de tels problèmes sont au-delà de nos compétences.

— Parfait. J'ai besoin d'un expert pour expliquer tout ceci à mon Tyr. (Elle s'avança et souleva Ansab, un pan de sa robe entre les dents.) Je te choisis parce que tu as un peu de graisse, dit-elle du coin des lèvres. Je crains que le maigre meure de froid à haute altitude.

— Qu... Repose-moi ! brailla Ansab. À l'aide ! Pafel !

Wistala trouvait qu'il sentait comme un poulet mouillé.

— Oh ciel, se lamenta Pafel. Si tu dois emporter quelqu'un, ne pourrais-tu pas prendre un médiateur ? Ils sont plus habitués à voyager.

— Pafel !

Wistala essaya de battre des ailes et Ansab se mit à hurler.

— Ne t'inquiète pas. Il ne faut que quatre ou cinq dures journées pour rejoindre le Lavadôme. Tu ne perdras pas trop d'orteils.

— Le La... Lavadôme ? demanda Ansab.

— Oui.

— Je croyais que c'était une légende, dit le chef bibliothécaire.

— Non. C'est là que le Tyr vit, répondit Wistala. Il a toujours de la place dans son ordre du jour pour moi. J'espère seulement qu'il sera de bonne humeur quand je devrai lui expliquer pourquoi trois dizaines de dragons ont perdu leur temps en venant sauver vos misérables peaux.

— Y trouve-t-on vraiment des démènes avec des fouets ? demanda Pafel, qui n'avait pas semblé aussi enjoué depuis le début de la conversation. Ne t'emporte pas, Ansab, mon vieux camarade. Une révérence de cour complète serait préférable. Tu serais la risée des bains si tu avais le dos zébré par les coups de fouet.

— Tais-toi, vieil imbécile ! cria Ansab. Nous te mettrons au programme de cet après-midi, mais repose-moi !

— Je te remercie, dit Wistala. Je ne crois pas que cette belle robe t'aurait supporté pendant tout le trajet.

Ansab souleva entre deux doigts un morceau de cordon déchiré.

— Elle est fichue.

— Oh, c'était fantastique ! s'exclama Pafel. Je t'achèterai une nouvelle robe, et le prix pour m'être autant amusé me paraîtra bien modeste.

— Tes collègues devraient avoir de meilleures manières, dit Ansab en jetant un regard furieux au chef bibliothécaire.

— C'est un dragon, optimat. Elle est ce qu'on pourrait appeler une bibliothécaire libre. Et puis, ce sont ceux de Thallia qui l'ont nommée. Accepter un dragon parmi eux et une façon de lever des fonds. Les mécènes ne manquent jamais d'être impressionnés quand ils lisent son compte-rendu de la guerre entre la Roue de Feu et les varvares. J'espère que je ne t'ai pas offensée, Wistala.

— J'ai travaillé dur sur ce récit, répondit-elle. Je suis heureuse qu'il soit utile.

Ils lui firent remonter la haute route qui traversait la cité des vieilles portes jusqu'à la ziggourat. Une foule mobile les suivait et gonflait au fur et à mesure qu'ils avançaient sur la route surélevée.

C'était une marche agréable. La route était la plupart du temps haute comme deux ou trois humains et bordée de colonnes sur lesquelles étaient posées les statues des grandes figures d'Hypat. Wistala vit des nains barbus dont le visage était partiellement masqué par de petites visières, des elfes avec des guirlandes de triomphe dans les cheveux, des hommes, et même un garne avec un marteau et un burin.

— Doklahk, un maçon légendaire, expliqua le chef bibliothécaire qui marchait à son côté, derrière les deux optimats.

De toute évidence, son travail à l'école des bibliothécaires était assez léger pour lui laisser le loisir de se rendre dans le Directoire et assister aux événements.

Wistala se demanda si l'une des statues représentait le grand-père d'Ondée.

Deux canaux flanquaient la haute route. Des ruisselets et même des tuyaux détournaient un peu de leur eau et filaient au milieu des toits pour alimenter d'autres quartiers de la ville.

— La cité d'Hypat est une ville de bains et de jardins, dit Pafel, qui haletait déjà malgré l'inclinaison très raisonnable de la pente. Il faut beaucoup d'eau pour les uns comme pour les autres.

— De l'eau ! s'exclama Ansab ! Le premier castor venu peut prétendre à un tel degré de civilisation ! Les lampes sont la gloire d'Hypat. Deux mille lampes publiques, deux fois plus dans les maisons, et une flotte de baleiniers pour les garder allumées.

— Ils se trompent tous les deux, chuchota le chef bibliothécaire. Des cours dans lesquelles les citoyens sont entendus et les criminels punis avec justice, voilà notre gloire. Les Ghiozes, dont tout le monde loue la vigueur guerrière et commerciale, ne connaissent que la loi du plus riche, quand justice et fortune ne font qu'une.

Des travailleurs se détendaient à l'extérieur d'une maison d'eau. Elle alimentait les deux canaux, ainsi que d'autres qui partaient vers la colline du temple. Ils contournèrent la colline par le nord et parvinrent à un bâtiment rond de marbre bleuâtre, garni à l'intérieur comme à l'extérieur de colonnes et de dizaines d'escaliers. Des marchands, des oisifs et des messagers vendaient, se prélassaient ou se hâtaient selon leur occupation.

Ils gravirent les escaliers. Les premiers hommes armés qu'elle vit, des gardes vêtus de violet, de blanc et d'or, se tenaient sur des piédestaux qui dominaient les escaliers et changèrent de position à son arrivée, méfiants. Ils interrogèrent Ansab et Pafel du regard et se détendirent quand ceux-ci sourirent et la présentèrent comme citoyenne et dignitaire. Wistala ne leur en tint pas rigueur. Leurs lances semblaient plus cérémonielles que dangereuses et leurs grands boucliers carrés étaient tellement recouverts d'ornements qu'elle les voyait mal les soulever en pleine bataille.

Ils pénétrèrent dans le Directoire.

L'endroit lui rappela un peu la grande cour de la vallée de Sadda car un trou dans le plafond laissait entrer air et lumière, quoique celui-ci soit plus petit. La pièce était cerclée de colonnes de hauteurs diverses, taillées dans toutes sortes de pierres : certaines étaient en calcaire et lourdement décorées, tandis qu'une paire d'obélisques noirs se dressait dans une niche, à l'écart des autres. L'espace était occupé par des bancs, des tabourets, des chaises et des statues de bêtes gigantesques – dont un dragon. L'artiste s'était cependant laissé emporter : la créature arborait beaucoup trop de cornes et de défenses et n'avait pas le bon nombre d'orteils.

Elle vit plus d'une centaine d'hommes qui buvaient ou mangeaient dans de petites assiettes allongées conçues pour facilement tirer sur les morceaux de viande. Ils étaient vêtus de robes noires et blanches. Les blanches bordées de noir semblaient être les plus prisées, mais certaines étaient au contraire noires bordées de blanc. Scribes et serviteurs écrivaient des messages ou consignaient tel ou tel débat, assis sur de petits coussins.

Des escaliers et des appuis étaient astucieusement construits à l'intérieur de nombre des statues. Certains hommes étaient montés au sommet des plus grandes pour mieux se faire entendre.

Tous les regards se braquèrent sur Wistala quand son ombre s'étendit sur le sol.

Ansab fit sonner un gong quand ils s'avancèrent dans la salle. Pafel se pencha en avant pour dire quelque chose à l'un des scribes. Celui-ci prit une sorte de coffret en bois et les suivit ; il portait l'objet très droit, comme par crainte d'en déranger le contenu.

Ansab grimpa à l'intérieur d'une statue qui représentait le premier d'une paire de chevaux cabrés et prêts à bondir. Ils étaient reliés par une plate-forme taillée pour ressembler à des traits.

Il parla dans une langue que Wistala ne reconnut qu'à peine. Elle fit de son mieux et comprit ceci :

— Que par leurs oreilles ceux du Directoire entendent, que par leur langue ceux de la cité parlent, et que dans leurs entrailles à toutes les générations futures se rappellent nos paroles.

Un elfe s'avança. De longues vignes descendaient de ses cheveux et tombaient jusqu'à sa taille et il était vêtu d'une sorte de drap attaché autour de son torse.

— Je suis Cornucus, la Voix du Directoire, dit-il. (Il gravit la statue du dragon et déboucha derrière sa crête cornue.) Es-tu la Wistala à qui il a été accordé la citoyenneté hypate à la requête des libraires de Thallia ?

Wistala lui était reconnaissante de s'exprimer aussi clairement. Elle le comprenait plus aisément

— C'est bien moi.

Des cris divers s'élevèrent du groupe d'hommes en noir et blanc.

— Dragon, bibliothécaire, émissaire, dit la Voix. Hum. En quelle qualité viens-tu ?

— Une fille d'Hypat. Une sœur des dragons. Je serai digne des deux.

Certains des directeurs crièrent des conseils à la Voix, qui ne leur prêta pas attention.

— Délivre-nous le message que l'on t'a confié, demanda-t-il.

— Voici ce que le Tyr des dragons m'a demandé de vous répéter : Nous avons une ennemie commune, la reine rouge de Ghioz. Elle voudra un jour le monde entier. Si Ghioz venait à s'emparer de l'un de nos deux royaumes, l'autre tomberait vite. Nous ne vaincrons qu'ensemble.

— Alors tu viens aussi en qualité d'oiseau de malheur ! cria un homme vêtu d'une robe blanche.

Des cris et des sifflets résonnèrent quand elle parla. Leur fascination se dissipait rapidement. Les hommes étaient toujours ainsi, ils passaient à toute allure de la peur au mépris. Elle tenta de se remémorer le respect pour les institutions hypates qu'Ondée lui avait inculqué – après tout, ils étaient en paix depuis un nombre presque incalculable d'années.

— Il n'y aura pas de guerre, déclara la Voix. Pas si le Directoire agit sagement.

Elle entendit derrière elle le chef bibliothécaire chuchoter quelque chose à l'oreille de Pafel.

— Tu te trompes, lança une voix en hypate, mais avec un accent plus familier.

Wistala la suivit et aperçut un jeune homme à la peau sombre en tenue de cavalier. Il portait un lourd collier en or fait de plusieurs pièces rectangulaires.

— Nous t'avons déjà écouté, hum… thane d'Hesstur.

Hesstur. Wistala se rappelait ce nom. Décombre, les ruines d'Hesstur, le thane malfaisant qui avait poignardé le doux Ondée. Elle regarda de nouveau le jeune homme. Il y avait quelque chose de Vog dans sa méfiance.

— Mais elle ne m'a pas entendu. (Il vint se placer à côté d'elle et leva la main en guise de salut.) Je connais le nom de Wistala de Clochemousse, dit-il.

Ce qui suscita de nouveaux murmures.

Il les ignora et haussa la voix.

— Pendant que nous parlons toute la journée, dînons et dansons toute la nuit et dormons jusqu'à une heure avancée de la matinée, les Pieds de Feu franchissent la passe de Thul, assaillent nos troupeaux, volent nos chevaux et amassent des tas de bois. Je ne crois pas qu'ils fassent tout ceci pour s'amuser, même si je conçois qu'il est difficile pour certains ici d'envisager une autre finalité.

Un homme plus âgé se leva et sauta sur le piédestal qui soutenait le dragon.

— Roff, les échanges commerciaux ont toujours traversé la passe de Thul et le Ba-Loch. Les nains veillent sur la passe.

— Oui, aussi loin que l'on s'en souvienne, ils l'ont toujours fait, mais cela signifie-t-il qu'il en sera toujours ainsi ?

— Les Pieds de Fer se massent aussi dans le col d'Iwensi.

— Les thanes du nord sont toujours en train de partir en guerre puis de demander de l'aide pour éviter un désastre, dit un autre directeur. (Il rejoignit la Voix et les autres au sommet du dragon.) Tout ce que nous recevons du nord, c'est de la morue salée et des nouvelles de catastrophes imminentes. L'empire se porterait mieux sans l'un et l'autre.

— Puis-je revenir à notre discussion avec le dragon et son offre ? demanda la Voix. As-tu quelque chose à ajouter ?

— Je ne suis pas venue qu'avec des mots. Une armée de dragons attend en compagnie des insectes dans les marécages au sud de la ville, répondit Wistala.

— Hypat devrait avoir plus d'amis dans ce monde. Si votre… euh… Tyr veut communiquer et commercer, Hypat se réjouirait de voir les vieilles routes du sud empruntées de nouveau. Nous ne prendrons pas part à la guerre contre Ghioz.

Wistala quitta le Directoire abattue et seule. Même le chef bibliothécaire était resté pour s'entretenir avec la Voix.

Roff, le thane du nord, courut pour la rattraper.

— Dragon, attends !

— Dragonnelle, corrigea Wistala.

Il était râblé mais puissamment bâti, comme une sorte de grand nain. Ses yeux étaient aussi implorants que ceux d'un chien, quoique plus intelligents.

— Acceptais-tu l'amitié d'une parcelle d'Hypat à défaut de celle du Directoire ?

— Les thanes ne dépendent-ils pas de lui ?

— Oh, ils m'épuisent. Mais je devais faire le voyage. Je les ai trouvés aussi sourds que d'habitude aux difficultés du nord. Nous sommes des provinces pauvres comparées à celles qui se trouvent au sud du Falnges.

— Je sais. J'ai vécu pendant des années dans le nord.

— Oui. Tu as rencontré mon père, la nuit de sa mort.

— Ton père ?

L'homme agita la main comme pour jeter un objet invisible.

— Oui, je sais, il est contraire à la tradition qu'une province soit transmise d'un père à son fils, mais de plus en plus de thanes font les choses comme ils l'entendent pour de telles questions. Nous recevons si peu de nouvelles ou d'aide du Directoire.

— Non, je m'attendais seulement à une autre réaction.

— Tu n'aurais pas dû. J'ai grandi dans la demeure de mon père. C'était un homme jaloux et irascible. Je me suis promis d'être différent en tant qu'homme et thane. Bradeloque est un ami et nos deux pauvres provinces sont en meilleurs termes aujourd'hui.

— Je suis ravie de l'apprendre.

— L'ordre hypate est sur le déclin. L'empire n'en est plus un, c'est un anachronisme historique.

— Ondée de Clochemousse n'aurait pas été d'accord.

— Il est mort. Je crains de devoir prendre au cours de ma vie d'autres mesures pour assurer la sécurité des terres sous ma protection. Maintenant que les Pieds de Fer longent mes frontières, je serais prêt à conclure un pacte avec les démènes. J'accepte l'alliance que tu proposes.

— Je ne suis pas sûre que les elfes aient la même mort que toi ou moi, mais je suis d'accord sur un point : il n'est plus le maître de Clochemousse.

— Combien de dragons proposes-tu ?

— Une quat… quatorze m'accompagnent, et deux fois plus de draques – de femelles sans ailes.

Le thane perdit son calme pour la première fois depuis qu'elle l'avait rencontré.

— Quinze avec toi ! Mais c'est ce qu'on appelle une grande armée ! Je sais ce qu'autant de dragons peuvent faire, je l'ai vu au cours de la dernière guerre. Nous pourrions repousser les Pieds de Fer, après tout.

— Je voudrais les chasser d'Hypat.

— Je pensais que tu serais heureuse de son effondrement. Les hypates tuent les dragons qui attaquent leurs troupeaux.

— J'essaie en ce moment d'oublier des torts plus récents.

— Tu connais les ruines d'Hesstur. Je crois que certains appellent cet endroit Décombre.

— Je les connais.

— Conduis-y tes dragons, mais veille à leur remplir le ventre de tortues, ou de ce que tu trouveras dans les marais avant de partir. Ma province entière aurait du mal à nourrir tant de dragons. Même si nous prenons le chemin le plus facile, la vieille route du nord, je crains que vous arriviez avant nous. Un débarquement massif de dragons sur mes terres serait accueilli plutôt violemment.

— Nous nous débrouillerons. Nous sommes venues nous battre, pas manger. Tes terres et tes troupeaux n'ont rien à craindre. Avec une bataille, nous trouverons de quoi nous nourrir.

Roff éclata de rire.

— Une armée de dragons en guerre. J'aurais vécu assez longtemps pour voir une telle chose. Je chevaucherai aussi vite que je le pourrai pour assister à votre rassemblement. Nous nous reverrons à Hesstur !

Elle conduisit ses dragonnelles vers le nord au milieu de contrées familières, par petites étapes, à l'aube et au crépuscule. Sous la supervision d'Ayafeeia, elles volaient divisées en quatre groupes ; tous les quelques horizons, le groupe de tête faisait demi-tour et volait vers le sud jusqu'à devenir celui de queue. Ces figures croisées avaient pour but de désorienter d'éventuels observateurs.

Elles se posèrent au milieu des ruines hypates d'Hesstur, des tas de gravats qu'on aurait pu qualifier de pittoresques. Elles rappelèrent à Wistala principalement des mauvais souvenirs – le périple qui s'était achevé par la mort de son père et la blessure qu'avait reçue Ondée la nuit de sa rixe contre le thane Vog.

Désormais, les ruines de cette grande cité n'accueillaient plus que les moutons. Les bergers partirent en courant quand les dragons se posèrent et commencèrent à explorer les environs.

— Les forêts sont épaisses ici, dit Ayafeeia. Un mauvais terrain pour se battre, surtout contre des cavaliers. Ils peuvent se mettre à couvert derrière les arbres. On ne peut pas les poursuivre sans se briser les ailes.

Wistala ne serait pas étonnée si quelques moutons venaient à manquer la prochaine fois que les bergers les compteraient. Les draques ne cessaient de s'esquiver pour chasser et revenaient avec de la laine collée sur leur museau.

Ce manque de discipline l'exaspérait.

— Nous sommes venues nous faire des amis, pas appauvrir les gens du coin. Le thane nous donnera assez de moutons quand il nous rejoindra.

Ayafeeia envoya à l'aube et au crépuscule des patrouilles pour s'assurer que les Pieds de Fer n'étaient pas déjà en route. Elles ne rapportèrent rien d'intéressant à part la localisation du gibier et des bêtes. Wistala les prévint une fois de plus de se tenir à l'écart des troupeaux.

Sa dame-mère lui accorda la permission de se rendre à l'auberge près de Clochemousse.

Soit le village avait rétréci malgré les nouveaux bâtiments, soit elle avait vraiment grandi.

Elle ne put que rendre une brève visite à l'*Auberge du Dragon Vert*. Elle passa comme autrefois la tête par la porte coupée à l'arrière du bâtiment après avoir reçu force embrassades suite à son atterrissage.

Sa présence sembla déranger les chats au plus haut point. La vieille Yari-Tab était morte depuis longtemps mais Aroo, l'un de ses petits, était maintenant un vieux chat décharné.

— La saison des pluies finira-t-elle bientôt, d'après toi ? demanda-t-il à Wistala.

— Wistala ! Ton frère est venu ici, dit Œilnoisette.

La dragonnelle dut alors tout raconter. Puis recommencer, avec cette fois moins de digressions sur le Lavadôme, les sœurs du feu, et ces démènes qui attachaient et affamaient un dragon.

La veuve Lessop vivait toujours, même si elle se déplaçait avec difficulté.

Ils parlaient encore quand Bradeloque et sa compagne, ou plutôt sa femme, Dsossa, firent leur entrée sur des montures couvertes d'écume.

— Pouvons-nous aussi espérer une visite à Clochemousse ?

— Je dois retourner auprès de mes camarades, à Décombre.

Ils parlèrent de la guerre et de la circulation sur le pont. Bradeloque avait un plan : il pensait démonter la travée centrale qui avait jadis été rajoutée sur le grand pont dont son domaine était responsable pour en cacher les différents éléments dans l'ancienne grotte du troll.

— AuRon t'y a laissé une sorte de message, si tu veux le lire.

C'est ce qu'elle fit cette nuit-là. Il s'agissait d'instructions détaillées qui expliquaient comment se rendre sur l'île de Glace, quel dragon demander, ainsi que quelques mots sur les loups.

Elle en vint à regretter ce voyage. Il lui rappelait à quel point elle avait été heureuse à Clochemousse. Quand elle aurait aidé les sœurs du feu et payé en partie la dette qu'elle ne pourrait jamais rembourser complètement, peut-être pourrait-elle revenir. Cette grotte était magnifiquement située, même si elle avait besoin d'un bon nettoyage à cause des corbeaux freux ou des pélicans qui l'avaient investie.

Quand Wistala regagna les ruines, elle y trouva le thane d'Hesstur accompagné de quelques-uns de ses vassaux.

— Il semblerait que tes camarades aient commencé à se servir sans m'attendre, dit-il. J'ai arrangé les choses, annoncé aux bergers que vous vous nourririez peut-être avec leurs troupeaux et que je les rembourserai, mais je ne suis pas un homme riche.

— Notre aide a un prix, déclara Ayafeeia quand Wistala lui communiqua la plainte du thane.

Wistala ravala sa réponse. Si son rôle de diplomate devait consister à « arranger les choses » pour des histoires de moutons dévorés, sa carrière d'ambassadeur serait de courte durée – elle préférait retourner dire la bonne aventure dans le cirque.

— Je suis désolé que nous occupions les pâturages de tes bergers, dit-elle au thane.

— Cela n'a pas d'importance. Ils aiment amener leurs moutons ici pour fouiller les ruines. On entend toujours de nouvelles rumeurs sur l'or qui est enterré ici.

— S'il y a de l'or, nous l'aurons bientôt trouvé. Les dragons sentent les métaux raffinés. C'était ce que nous cherchions quand nous avons eu cette funeste dispute avec ton père.

— J'étais encore un enfant quand il est mort, répondit le thane d'Hesstur, visiblement de mauvaise humeur.

Il avait jusque-là parlé de son père avec légèreté. Peut-être était-il seulement fatigué par son voyage ou les nombreuses plaintes pour des bêtes disparues.

— J'accepterai ton aide. Puisque tu défends Hypat, je t'offrirai mon courage, ma force et mon soutien. Si tu venais à manquer à cette alliance, je vengerais mon père.

Wistala traduisit ceci pour Ayafeeia. Celle-ci demanda ce que le thane voulait dire par soutien.

— Viande, volaille et poisson. Et autant de métaux que vous le voudrez. Nous rassemblerons les vieux clous et les outils cassés pour vous.

— Par la Porteuse de Tempêtes et la Mort Nocturne, ça ne nous fera pas de mal ! répondit Ayafeeia à cette nouvelle traduction.

Wistala partit en reconnaissance de nuit pour voir quelles rumeurs étaient vraies.

Elle en vérifia immédiatement une : les Pieds de Fer avaient commencé à bouger avant que les hypates puissent se rassembler.

Les charognards la guidèrent vers l'œuvre des Pieds de Fer.

Elle survola des villages brûlés dont les chemins étaient bordés de cadavres empalés. Des têtes noircies par les mouches et déchiquetées par les oiseaux jonchaient les routes tels d'énormes oignons.

D'autres hameaux et fermes étaient déserts. Elle espérait que les habitants s'étaient enfuis et que les lambeaux de vêtements et de chaussures avaient seulement été lâchés par les Pieds de Fer partis avec leur butin.

Elle aperçut du ciel des groupes de cavaliers. Ils avaient dressé des tentes hautes et étroites d'où s'échappait un arôme de viande fumée.

Voici donc les puissants Pieds de Fer. Les hommes comme leurs montures lui semblaient plutôt petits et osseux, mais elle savait bien qu'il ne fallait pas se fier aux apparences.

Comme ils n'avaient rencontré aucune résistance, les Pieds de Fer s'étaient déjà séparés. Une colonne de cavaliers partait vers le nord, une autre filait vers l'est et une troisième vers le sud, peut-être pour prendre les gorges dans lesquelles le puissant Falnges s'écoulait devant les galeries des nains de la Compagnie.

Wistala ne s'inquiéterait pas de la colonne du nord. S'ils voulaient pénétrer dans les contrées varvares pour les piller, ils allaient au-devant du combat de leur vie dans des bois épais, infestés de loups et traversés de nombreuses rivières. Elle savait que les barbares qui y vivaient seraient prompts à délaisser leurs éternelles querelles pour s'unir contre des envahisseurs.

La colonne du sud devrait effectuer un long et pénible voyage au milieu de collines qui s'avanceraient vers elle comme des murs. Ils ne pourraient pas tirer parti de leurs chevaux et les quelques hameaux sur les contreforts les verraient arriver de loin. Les habitants emmèneraient leurs troupeaux encore plus haut dans les montagnes. Les Pieds de Fer perdraient beaucoup de chevaux en raison du sol fin des contreforts.

La colonne du centre, en revanche, était la plus importante. Elle se dirigeait droit vers la vieille route qui traversait toutes les provinces au nord d'Hypat. Une fois arrivés, les cavaliers pourraient se propager de ville en ville comme du poison dans le sang pour finalement atteindre l'ensoleillée cité d'Hypat. Les Pieds de Fer brûleraient des œuvres d'art millénaires pour cuire à la broche leur viande de cheval et dépouilleraient les temples de leurs statues d'argent.

Mais peut-être, peut-être seulement, Hypat rassemblerait ses légions à temps, placerait à leur tête des généraux compétents, et écraserait les envahisseurs du nord avant d'aller à la rencontre de ceux du sud.

Hypat voudrait connaître le nombre d'envahisseurs qui avaient franchi la passe grâce à ces traîtres de la Roue de Feu.

Elle passa de l'autre côté des Montagnes Rouges et se mit à trembler. Des feux de charbon constellaient toute la plaine, partout où il n'y avait pas des enclos pleins de chevaux, de chèvres ou de moutons. Elle vit des chariots remplis de grain ou de foin et des meutes de chiens qui couraient ici et là.

Les plus grandes festivités estivales d'Hypat n'attiraient pas un tiers de cette foule. De plus, ceux-ci étaient tous des guerriers avec des boucliers et des fourreaux bordés de plumes et de fourrures, sous des os peints qui tintaient au vent, les carillons de centaines de princes nomades.

Rien d'étonnant à ce que DharSii soit venu mettre en garde le Lavadôme. Avait-il parlé d'une autre armée comme celle-ci au sud ? C'était ce qu'elle avait entendu.

Wistala se demanda ce que la reine rouge avait promis aux princes des Pieds de Fer pour obtenir leur coopération. Un butin ? Chaque guerrier aurait-il le droit de prendre une femme et un enfant comme esclaves, attachés et jetés en travers de leur selle ?

Quel conseil mère lui avait-elle donné ? « Frappe-les là où ils sont fins. » Un renne est vulnérable aux pattes ou au cou. Un homme aux genoux. Bien sûr, les nains posent un problème : ils sont épais partout. Ils ne sont seulement pas très flexibles, et elle avait improvisé pour briser un roi qui ne voulait pas plier.

Les Pieds de Fer étaient fins quand ils franchissaient ce col.

— Excellent terrain, Wistala. Je n'ai jamais vu un meilleur endroit pour livrer bataille, lui dit Ayafeeia quand elle l'emmena après le crépuscule pour voir le délié.

— Nous devrions être capables de brûler les bateaux qu'ils utilisent pour traverser le Ba-Loch.

— Oui, mais je vois une route qui semble contourner l'eau. Nous pouvons seulement rendre les choses plus difficiles pour eux au niveau du lac. Non. Nous devons combattre dans le défilé.

Les connaissances stratégiques de Wistala se bornaient à l'observation des hommes ou des nains au combat et à l'attaque des dragons contre les garnes du vieil Uldam.

— Des cavaliers, dit Ayafeeia. Ils sont peut-être les maîtres de la guerre sur quatre pattes, mais nous les combattrons de manière que leurs charges et leurs lances ne leur servent à rien.

Wistala comprenait ce qu'elle disait. Ou croyait comprendre.

— Là où le défilé se rétrécit, près des éboulis.

— Si seulement les nains se battaient à nos côtés, oui, ce serait l'endroit idéal, répondit Ayafeeia. Avec une telle muraille ici, nous pourrions en contenir un grand nombre.

Wistala ne voyait qu'un à-pic d'un côté et une montagne brisée, divisée en trois pointes, un peu comme ses dents du fond. La route zigzaguait entre les pointes comme le corps d'un serpent.

— Quelle muraille ? demanda Wistala, un peu perdue.

Les draques allaient traîner des rochers ? Pousser de la neige ?

— Une du même genre que celles qui empêchent les rochers de remonter les pentes, ma chère. Oui, oui. Ça fera l'affaire. Un terrain parfait pour les draques.

Wistala retourna à Clochemousse. Bradeloque avait quitté son domaine pour superviser le rassemblement de ses chasseurs et de ses milices.

— Quatre bébés sont nés pendant l'hiver, et sont toujours vivants malgré les maladies. J'ai coupé le cordon et lavé chacun d'entre eux. Que leur arrivera-t-il ? Je me le demande.

— Ils commenceront à manger de la bouillie mélangée à leur lait à l'automne prochain, si je joue mon rôle. Mais à ta place, je les cacherais quelque part dans les collines. Peut-être un abri de berger.

— Je préférerais qu'ils meurent de froid plutôt qu'écrasés sous les sabots des Pieds de Fer. J'ai entendu des choses si terribles…

— Qu'a l'intention de faire Bradeloque ?

— Il a levé une petite armée, mais ce sont des chasseurs de rennes et de renards, pas des guerriers. Pour le reste, il dit qu'il cachera autant d'habitants que possible dans les vieilles mines des collines jumelles. Les entrées sont bloquées, mais il a fait installer une échelle dans un vieux puits d'aération. Chasser les chauves-souris a été plutôt désagréable.

— Ne me parle pas de ces bêtes. Nous en avons quelques-unes avec nous, grandes et pleines de dents, pour nettoyer nos plaies et découper les lambeaux de chair. Nous les transportons dans des sacs. Une idée de notre Tyr.

Des dragons qui volaient avec de telles vermines bien au chaud dans des sacs contre les muscles de leurs ailes. Elle en frissonna.

— Ton Tyr a eu une sage idée s'il s'agit de la sorte de chauves-souris à laquelle je pense. Celles qui se nourrissent sur le bétail. Leur salive engourdit et désinfecte.

Dans le camp de Décombre, Ayafeeia avait ordonné à ses sœurs du feu d'acérer leurs griffes.

Le thane avait installé quelques-uns de ses hommes dans un coin des ruines et ils clouaient ensemble un nouveau toit sur trois murs. Wistala l'envoya chercher au milieu de tous les soldats.

— Souvenez-vous de vos serments ! tonna Ayafeeia. (Elle parcourait ses rangs de long en large et inspectait les lanières de cuir avec lesquelles les draques s'accrochaient aux dragonnelles.) Souvenez-vous de vos années de camaraderie. Dans cette bataille, elles seront testées. Il faudra des cœurs pour faire face au danger, à la mort, et ainsi passer l'épreuve la plus dure de notre communauté.

Hesstur arriva.

— Quelles sont les nouvelles, mes vertes alliées ? Les miennes ne sont pas bonnes. On parle de villages brûlés à l'est d'ici. Je pense qu'ils se dirigent vers notre route.

— Tu penses bien, dit Wistala. Je les ai vus. Ce n'est que l'avant-garde de l'armée qui franchit le défilé.

Le thane d'Hesstur serra la poignée de l'épée glissée dans son fourreau.

— Il nous faudra dans ce cas du temps pour rejoindre la bataille. Nous ne pouvons pas voler et il y a déjà beaucoup de cavaliers de ce côté des montagnes. Nous devons d'abord les affronter.

— Et plus important, les vaincre, dit Wistala après avoir traduit pour Ayafeeia.

— À partir de ce jour, laissons le passé derrière nous, déclara le thane Roff.

— Je n'ai aucun grief à oublier, dit Wistala, mais je suis heureuse de t'avoir pour allié.

— Un long chemin m'attend pour retrouver mes chevaux et mes chiens. Ils ne s'approchent pas facilement de vous autres, les dragons. Nous nous retrouverons sur les versants des Montagnes Rouges.

— Le soleil ne sera plus le seul à leur valoir ce nom si nous y sommes encore quand tu arriveras.

— Chaque cavalier qui ne pourra pas traverser sera une victoire, dit Roff. Nous nous reverrons, Wistala.

— Je l'espère.

Le thane fit un signe à ses vassaux et au porte-étendard, et tous partirent.

Les draques montaient sur les dragonnelles pour le voyage en direction du défilé.

— Je dois envoyer une messagère dans le Lavadôme, annonça Ayafeeia.

Elle avait pris de plus en plus le contrôle de la situation à mesure que l'heure de la bataille approchait.

— Angalia, tu es malade depuis ces marais. Je te renvoie dans le Lavadôme afin que notre Tyr sache que nous allons nous battre.

Angalia, une sœur du feu vert pâle au museau ridé et dont les flancs laissaient deviner qu'elle était la plus mal en point des dragonnelles, hocha la tête.

— Puis-je moi aussi envoyer un message ? demanda Wistala.

— Angalia peut en porter plus d'un.

— Ce n'est pas pour le Lavadôme. Je veux l'envoyer à mon frère, dans l'île de Glace. Il est intelligent et vole vite.

— Yefkoa serait un bon choix. Elle est jeune et rapide.

La dragonnelle en question s'avança, impatiente de se distinguer.

— Yefkoa, tu dois trouver un endroit qu'aucune d'entre nous ne connaît. Mon frère y vit. Rejoins la grande rivière au nord de l'endroit où nous avons campé. Tu ne peux pas la manquer – elle est traversée par un long pont avec une travée réparée en son milieu. Sur la rive nord, en aval, il y a un trou en forme d'œil de dragon. Tu y verras des instructions en nain pour rejoindre cette île du nord.

» Trouve AuRon, mon frère, et dis-lui que nous sommes en guerre. Je sais qu'il vit avec d'autres dragons. Demande leur aide, pour leur bien et le nôtre. Si nous échouons, supplie-le, pour honorer ma mémoire, de sauver les habitants de Clochemousse, que j'aime par-dessus tout. De les emmener en lieu sûr.

— Mais, la bataille…

— Oh, pour autant que je puisse en juger, nous avons un long voyage devant nous, dit Ayafeeia. Il y aura assez de sang pour tout le monde, mes sœurs.

Chapitre 19

La façon dont fut menée la bataille du défilé surprit Wistala.

Elle surprit encore davantage les Pieds de Fer.

Ce fut un combat d'angles, de pentes, de gravité, livré dans les brouillards de montagne et sous un soleil éclatant. Les anklènes, férus de science, auraient pu l'appeler une guerre entre le vertical et l'horizontal.

Elles parvinrent au défilé au beau milieu de la nuit, quand la lune était basse dans le ciel afin de ne pas être repérées. Elles tournèrent très au nord de l'observatoire qui saillait des fortifications de la Roue de Feu, une tour que Wistala avait appris à connaître pendant sa courte vie comme alliée des nains.

Wistala, qui attendait les ordres, suspendue la tête en bas dans une profonde crevasse sur le flanc de la montagne, décida finalement que ce n'était pas elle qui était bizarrement orientée, mais les chevaux qui remontaient la route latéralement devant ses yeux.

Ayafeeia laissa ses troupes cachées dans les nuages, au sommet des montagnes.

La paroi était zébrée de profondes failles. Les dragonnelles s'y installèrent. Elles se cramponnaient avec leurs *sii*, leurs *saa* et les griffes qui terminaient l'articulation de leurs ailes. Il était même possible de se reposer, ainsi accroché.

Les draques ouvrirent les hostilités au crépuscule. Elles descendirent en rampant dans le défilé pour massacrer les chevaux et les bêtes de somme qui suivaient une longue triple file de cavaliers tandis que ceux-ci traversaient le col. Aucun guerrier ne veillait sur ces animaux.

Wistala les observa de haut, postée sur la montagne escarpée à mi-chemin du défilé. Les draques déferlèrent et bondirent sur les animaux, qui périrent avec de grands cris. Les Pieds de Fer chargés des bêtes s'enfuirent vers l'est et l'ouest en appelant à l'aide dans leur langue saccadée.

— Nous aurons de la viande ce soir. J'en ai assez du poisson et des ratons laveurs carbonisés, dit Ayafeeia.

Les draques regagnèrent la paroi et remontèrent se mettre à l'abri.

— Je crois que tu te bats seulement pour remplir ton estomac, dame-mère, répondit l'une des dragonnelles.

Wistala, la gorge serrée par la peur, grattait une fissure pour dissimuler son anxiété.

Les Pieds de Fer envoyèrent des cavaliers pour inspecter le massacre. Ils avancèrent à pied avec leurs montures ; des archers suivaient les éclaireurs armés de lances, et des guerriers fermaient la marche avec leur épée à la main. Wistala distingua les hommes responsables du cortège des bêtes ; ils étaient effrayés et montraient du doigt les animaux morts.

Ayafeeia rampa prudemment le long de la paroi pour rejoindre ses troupes.

— Verkeera, je veux qu'ils ignorent aussi longtemps que possible contre quoi ils se battent, nous allons laisser ces rochers combattre à notre place, dit-elle à une sœur du feu massive dont les écailles d'un vert profond étaient teintées de bleu.

— Oui, dame-mère, répondit celle-ci.

Elle s'élança dans les airs et plana pour rejoindre l'autre côté du défilé.

Un brouillard traversa les montagnes et jeta un voile sur la suite des événements. Peut-être que Verkeera, qui était plus bas, pouvait voir la scène. Wistala entendit un grand crissement suivi d'une série de chocs, le tout accompagné par des hurlements de panique et de douleur d'hommes et de chevaux.

—Maintenant qu'ils savent que nous sommes là, autant abattre un peu de travail. Sœurs du feu, enlevez-moi ces pierres. Faisons-nous une plate-forme ou deux.

Les dragons déblayèrent les éboulis, les amas de glace et même de gros rochers qui obstruaient les cheminées et les glissières dans la paroi, pour dégager des perchoirs et ainsi s'installer plus facilement.

Wistala ne pouvait qu'imaginer ce que devaient penser les hommes dans la vallée des chocs, des craquements et des pierres ou des éclats de roche qui tombaient en continu. Ils croyaient peut-être que des trolls étaient à l'œuvre.

Elle entendit de grands bruits, des cris et des claquements de sabots qui partaient vers le Ba-Loch ou la trouée de l'est.

Les dragonnelles descendirent, ramassèrent les chevaux, les mulets et les ânes morts puis les emportèrent au sommet des montagnes ; elles les posèrent sur la glace pour les garder « au frais » et les manger plus tard. Elles dînèrent ensuite de bon cœur des cadavres qui restaient. Les draques jetèrent à terre un cheval blessé.

—Les dragonnelles sont faites pour ce genre de combat, lui dit Ayafeeia. Les dragons de l'armée aérienne, dès qu'ils sentent l'odeur du sang, refusent de se calmer avant d'avoir tout réduit en cendres. On ne gagne pas de telles batailles en un coup.

En effet.

Le lendemain, les Pieds de Fer arrivèrent en force dans le défilé.

Les dragonnelles et les draques avaient décidé de les provoquer pour qu'ils viennent les chercher au sommet des collines.

Bien sûr, ils essayaient et faisaient autant que possible gravir à leurs montures les pentes rocailleuses et escarpées. Un grand nombre de chevaux se blessèrent en glissant sur la neige et la glace qui tenait encore dans les fissures ou dans les zones ombragées.

Quand les Pieds de Fer descendaient de cheval et pourchassaient les dragons en groupes d'hommes armés de lances suivis par des archers, les draques se cachaient pour les laisser passer puis bondissaient sur le dos des archers. Elles en éventraient quelques-uns, s'enfuyaient sous des pluies de flèches et laissaient aux Pieds de Fer la tâche déprimante de redescendre morts et blessés. Les os de ceux qu'ils n'avaient pas récupérés se retrouvaient à l'aube du jour suivant sur la route, bien nettoyés et soigneusement arrangés. Quand ils essayaient de charger dans le défilé aussi vite qu'ils le pouvaient pour simplement passer devant les dragons, une ou plusieurs dragonnelles sortaient de leurs cachettes et déchargeaient leurs flammes sur les hommes hurlant et les chevaux, ou encore lâchaient des *sii* pleines de rochers de très haut pour que la gravité se charge du massacre.

Ils ne pouvaient pas non plus passer à la nuit tombée. Après un essai couronné de réussite avec un petit détachement, ils tentèrent de faire franchir le défilé à un groupe plus important. Les dragonnelles commencèrent par terroriser les cavaliers et les poussèrent ensuite à faire des allers et retours sur la route de montagne en attaquant d'abord à l'est, puis à l'ouest.

Une draque un peu trop zélée mourut pendant cette manœuvre, embrochée par une lance après avoir jeté à bas de sa monture un cavalier blessé.

Une dragonnelle fut également blessée quand une flèche frappa une partie sensible de sa cuirasse et s'enfonça dans son poumon à un angle tel qu'elle ne put plus voler. Elle dut se contenter de monter la garde la nuit et de pousser des cris d'alerte quand les Pieds de Fer essayaient de passer en force.

Wistala pouvait sentir le désespoir et la frustration des malheureux guerriers en contrebas. Pendant que les autres comptaient les cadavres ou, pire encore, ramenaient des têtes, elle ne pouvait qu'affronter cette sensation froide et désagréable dans son estomac.

Ce bain de sang était-il de sa faute ? Elle avait humilié la Roue de Feu et les nains se vengeaient sur la population qui vivait à l'ouest des montagnes en laissant le défilé ouvert.

Mais le souvenir des ravages perpétrés par les cavaliers qui étaient déjà passés à l'ouest lui fit oublier ses remords. Les guerriers et leurs montures devaient mourir pour que les villages hypates ne soient pas brûlés.

Bien sûr, elles enflammèrent les bateaux que les Pieds de Fer utilisaient pour traverser le Ba-Loch et détruisirent le pont sur lequel Wistala avait jadis fait la paix avec le Dragonneur ; elles frappèrent la clé de voûte avec leurs queues et, une fois que celle-ci eut cédé, elles élargirent la faille en sautant à chaque extrémité de l'édifice.

Leur plus grand problème fut de supporter le froid. Le printemps était déjà arrivé à basse altitude mais les montagnes étaient encore recouvertes d'une épaisse couche de neige. Les dragons aiment la fraîcheur d'une grotte souterraine, mais se retrouver en plein air avec des vents glacés et de la neige entre les écailles leur sapait le moral. Elles dormaient serrées les unes contre les autres, alternativement face à face et dos à dos, tandis que les draques se pelotonnaient sous des ailes maternelles.

Le froid les rendait torpides et lentes, jusqu'à ce que le combat leur réchauffe le sang.

Elles vivaient alors de grands moments.

— C'est bien mieux que de se battre dans des tunnels, et nous mangeons de la viande de cheval deux fois par jour ! dit Ayafeeia.

Au fur et à mesure que se suivaient les journées de combat sporadique, les dragonnelles remarquèrent un léger changement. Les cavaliers commencèrent à franchir le défilé dans l'autre sens, des Pieds de Fer seuls ou par paires, leurs chevaux chargés de butin ou suivis par des prisonniers aux pieds abîmés qui avançaient, attachés par le cou les uns à la suite des autres.

Les sœurs du feu furent ravies de décimer des hommes et des chevaux épuisés. Ils étaient plus faciles à pourchasser pour ensuite les dévorer. Ayafeeia leur donna le contenu de diverses sacoches et les autorisa à prélever ce qu'elles voulaient sur les cadavres qui jonchaient maintenant le défilé.

Les sœurs du feu n'avaient jamais savouré une telle variété de métaux riches et raffinés. Leurs ennemis s'affaiblissaient tandis qu'elles-mêmes devenaient plus vaillantes et leurs écailles plus épaisses grâce aux étalons des steppes qu'elles dévoraient – de même que leurs cavaliers.

Elles libérèrent aussi les prisonniers des Pieds de Fer. Wistala demanda à la plus douce des dragonnelles de les déposer près d'un chemin de berger sur le versant ouest des montagnes, lourdement chargés de viande fumée, de gourdes et vêtus d'habits de voyage recouverts de fourrures prises au combat.

Elle espérait qu'ils regagneraient villages et foyers pour y faire le récit des atrocités qu'ils avaient vues – et vanter la bonté des dragons.

Chapitre 20

Le cuivré était dans la salle des cartes quand il apprit que la guerre de Ghioz avait commencé.

Les nouvelles n'étaient pas bonnes. Tous ses protecteurs de l'est et du nord rapportaient des combats et imploraient l'aide immédiate de l'armée aérienne, sinon leur territoire était sûr d'être perdu.

—Quatre appels désespérés et une seule armée aérienne, dit le cuivré. Que devons-nous faire ?

—Commencer par le sud, répondit HeBellereth. Sablejaune n'a rapporté la présence que de un ou deux rokhs et de quelques attaques contre nos caravanes. C'est là-bas que les Ghiozes seront les plus faibles et les plus faciles à localiser. Nous nous dirigerons ensuite vers le nord. Nous avancerons lentement et sûrement afin que la nouvelle de notre venue voyage plus vite que les dragons eux-mêmes. La terreur fera la moitié de notre travail.

—Devons-nous laisser nos ennemis choisir le lieu des combats ? demanda NoSohoth. Ils pillent nos protectorats ; nous devrions envoyer l'armée aérienne brûler quelques-unes de leurs contrées.

—Je pense que Chushmereamae sert de centre pour leurs offensives, dit LaDibar. (Il tapota pensivement la maquette des îles du bout de la queue.) Détruisons cette base. Nous pourrons ensuite ramener l'ordre dans les protectorats.

— Bonne idée, répondit Nilrasha. Nous devons envoyer l'armée aérienne, mon Tyr. Si leurs bateaux sont brûlés, il n'y aura plus de menace au sud.

Voilà qui lui donna à réfléchir. Nilrasha n'aimait pas beaucoup LaDibar. En la voyant l'appuyer dans un débat, il se demanda si sa compagne disait vraiment ce qu'elle pensait ou jouait à quelque jeu politique pour gagner l'appui des anklènes.

— Je crains que toutes ces attaques soient des feintes, dit le cuivré. La reine rouge se moque de l'endroit où nous attaquons, tant que nous le faisons. Dès que l'armée aérienne sera partie, elle lancera sa contre-attaque. Leurs rokhs m'inquiètent. Ils peuvent battre nos dragons quelles que soient les circonstances.

— Vous êtes trop prudent ! lança HeBellereth. Laissons-les venir. Nous nous sommes entraînés à voler dans une nouvelle formation, plus resserrée, afin que nos dragonniers se protègent mieux mutuellement avec des arcs.

Le cuivré scruta la carte. Les petites figurines qui représentaient le type d'unités ghiozes dispersées de bas en haut sur les protectorats de l'est semblaient le narguer ; il aurait voulu que leur disposition puisse révéler ce que la reine rouge avait en tête.

— J'ai peur de ne pas l'être assez. Je choisirai quand et où j'attaquerai, je ne laisserai pas la reine prendre cette décision pour moi. Nous avons déjà perdu trop d'escarmouches à Bant. Maudits soient les œufs qui ont abrité ces oiseaux de malheur.

Il était seulement d'une humeur déplorable parce que Wistala avait tout gâché à Hypat. Selon la messagère d'Ayafeeia, la « Voix » d'Hypat, ou quel que soit le nom donné à leur roi, avait refusé sa proposition d'alliance. Les sœurs du feu se battaient maintenant dans les Montagnes Rouges pour aider quelques provinces hypates au nord du Falnges.

Pratiquement à l'autre bout du monde.

Mais Ayafeeia connaissait son affaire. Peut-être occupait-elle les Pieds de Fer pour qu'ils ne viennent pas ravager Bant. Il lui avait tout de même ordonné de revenir avec autant de sœurs du feu que possible.

Son humeur ne s'améliora pas avant qu'il reçoive en même temps que son repas du soir la visite d'une chauve-souris. Paskinix avait été aperçu caché près du cercle d'eau où il pouvait communiquer avec les démènes qui y étaient installés, et qui étaient eux-mêmes en contact avec les « démènes du Tyr », comme on commençait à les appeler.

— Avertissez la garde draque, ordonna-t-il. Je veux qu'il soit capturé. Vivant. Que l'équipe qui le retrouve ne me ramène pas un corps carbonisé en me disant qu'il s'est suicidé ou j'arracherai moi-même jusqu'à la dernière écaille de leur chef.

Angalia revint du Lavadôme avec de terribles douleurs dans ses articulations, provoquées selon elle par l'altitude, ainsi qu'un message : la guerre avait gagné Bant tout entier, ainsi que les provinces du sud. Comme Hypat avait rejeté sa demande d'alliance, le Tyr avait trouvé une autre façon d'employer les sœurs du feu. Il ordonnait à Ayafeeia et ses troupes de rentrer.

Il neigeait cette nuit-là – ce n'était peut-être qu'une grosse averse pour les forêts à l'ouest des montagnes, mais à leur altitude le combat en devenait impossible et le moindre mouvement était dangereux. Elles débattirent de la situation autour d'un repas de viande de cheval réchauffée par les flammes.

— Je ne quitterai pas ce défilé maintenant que la bataille a commencé. Nous leur apprenons à craindre l'odeur des dragons, décréta Wistala.

— Tu peux les harceler autant que tu voudras, Wistala. Je te laisse le commandement. Tu as suffisamment appris sur ce type de combat pour t'occuper de la suite.

Ayafeeia partit avec les dragonnelles dont les blessures légères limitaient leur capacité à grimper ou courir mais qui pouvaient toujours voler ou se cramponner. Elle laissa Wistala avec les sœurs du feu les plus aguerries et une poignée de draques, dont Takea.

Les rokhs attaquèrent le troisième jour qui suivit le départ d'Ayafeeia.

Ils tombèrent du ciel en poussant des cris aigus alors que les sœurs du feu étaient occupées à cracher leurs flammes sur des machines lanceuses de pierres qui, décideraient-elles plus tard, n'avaient été construites que pour leur servir de cibles. Les rokhs lacérèrent le dos de deux dragonnelles ; ils déchirèrent leurs ligaments et leurs ailes et les précipitèrent sur les Pieds de Fer.

Si la chute ne les avait pas tuées, elles furent bientôt criblées de coups de lance.

C'était maintenant au tour des Pieds de Fer de rire.

Les rokhs volèrent la nourriture qu'elles avaient laissée dans un haut glacier. Un monteur chanceux trouva une draque et l'emporta dans les airs avec lui. Il monta et monta encore tandis que deux dragonnelles tentaient en vain de le suivre. Le rokh la lâcha pour le seul plaisir de l'entendre hurler dans sa chute. Wistala maudit les œufs qui avaient abrité ces créatures.

Elles parvinrent à se venger sur deux rokhs quand Wistala proposa une tactique qui avait été jadis très près de lui être fatale quand un troll lui était tombé dessus. Elles ensevelirent deux dragonnelles sous la neige pour les dissimuler, et ces dernières se laissèrent choir sur les oiseaux quand ceux-ci traversèrent le défilé. Les dragonnelles se débrouillèrent mieux qu'un troll – elles pouvaient diriger leur plongeon grâce à leurs ailes. Quand elles frappèrent, les rokhs, monteurs et oiseaux disparurent dans un nuage de sang, de chair et de plumes.

Takea revint cette nuit-là avec la moitié supérieure d'un bec qu'elle portait sur la tête comme un casque d'humain.

Le ciel et les hauteurs étaient désormais aux Pieds de Fer. Wistala et ce qui restait des sœurs du feu devaient éviter leurs flèches et les rokhs.

—Nous pourrions partir discrètement. Pourquoi gardons-nous seules ce défilé ? Où sont les hommes qui devaient combattre à nos côtés ?

—Ils ont suffisamment de difficultés comme ça avec les cavaliers qui parviennent à le franchir.

—Combien de temps allons-nous encore rester ici ?

Wistala se hérissa.

—Le temps qu'ils arrêtent d'arriver, ou que nous ayons rendu notre dernier souffle.

Wistala comprit que les sœurs du feu en demandaient davantage. Chacune donnerait volontiers sa vie si elle protégeait l'entrée d'un tunnel qui menait à des dragonnets, mais comment exprimer les raisons qu'elles avaient de combattre ici ?

—Je pense que les humains ne nous feront jamais confiance à moins de prouver que nous sommes fidèles à notre parole et à leur loi en mourant pour elle.

—Mais que représente-t-elle pour nous ? Je dis : retirons-nous ! s'exclama une sœur du feu aux narines et aux lèvres recouvertes de sang séché et marquées par les coups de dague désespérés d'un Pied de Fer qu'elle avait achevé.

Une fille du feu marmonna qu'il leur faudrait grimper pour battre en retraite. Il n'y avait plus assez de dragonnelles capables de transporter les draques.

— Et que représentent les traditions des dragons pour les humains ? riposta Wistala. Si nous sommes fidèles à notre parole, à notre devoir, ils sauront qu'ils peuvent nous faire confiance à l'avenir.

— Nous devrions garder notre parole pour nous, quoi qu'en pensent les humains, dit Takea.

— Un avenir que nous ne serons pas là pour voir, ajouta une autre dragonnelle.

— Peut-être, dit Wistala. Nul ne le sait. Pourtant, chaque jour nous créons un avenir. Notre combat ici nous permet d'en bâtir un meilleur.

— Je continue à dire qu'ils méritent ces démons des steppes. Nous laisser mourir seules, dans le froid... ce sont leurs terres. Je n'attendrais pas d'une bande de nains qu'ils protègent mon tunnel.

— Vous pouvez partir si vous le souhaitez, répondit Wistala. Je reste ici, et je le prouve.

Elle arracha son attelle, la jeta à terre, puis abattit son aile sur un rocher pour la briser de nouveau.

— Voilà, parvint-elle à dire malgré la douleur. Je ne peux plus m'envoler.

La petite Takea n'y tenait plus. Elle courut et vint se planter devant Wistala.

— Comment vivons-nous ?

— Ensemble ! répondirent-elles.

— Comment nous battons-nous ?

— Ensemble !

— Et comment devons-nous mourir ?
— Ensemble !

Elle divisa ses sœurs du feu en groupes de deux ou trois. La première guettait en permanence la venue des rokhs pendant que l'autre creusait des trous dans les congères pour y dormir ou descendait dans le défilé à la recherche d'un cheval abandonné ou d'un chien perdu à manger.

Wistala regardait les draques faire fondre de la glace pour que toutes aient à boire quand elle eut son idée.

Un barrage de glace et de neige s'était amoncelé sur le versant sud. La neige exposée au soleil et aux vents tièdes du printemps fondait et coulait dans le défilé, mais quand elle passait à l'ombre des crêtes et des autres montagnes, elle gelait de nouveau.

La masse ainsi créée était bloquée dans les montagnes, une avalanche qui ne demandait plus qu'à tomber.

Elles tentèrent de faire du bruit, car elles savaient que certaines avalanches se déclenchent ainsi, mais le plus puissant des rugissements n'eut aucun effet sur le barrage de glace et le fleuve de neige derrière lui. Elles avaient cependant réussi à susciter des cris alarmés des plus satisfaisants à l'extrémité du défilé.

Wistala étudia le barrage de glace et se remémora ce qu'Ondée lui avait enseigné sur les ponts, les poids, les clés de voûte et ainsi de suite. Le barrage lui évoquait un pont à l'envers, bloqué par un rang de rochers.

Elle attendit une tempête pour tester sa théorie. Quand les chutes de neige réduisirent l'horizon à quelques dizaines de mètres et donnèrent au ciel une couleur gris ardoise, les dragonnelles se rassemblèrent au pied du barrage.

—Si nous ne pouvons pas bloquer le défilé nous-mêmes, peut-être que la glace et la neige le feront. Prêtes ? Attention à décoller quand il cédera.

—Si jamais il cède, rétorqua une sœur du feu. Mais toi ?

Wistala désigna du bout de la queue l'à-pic à gauche du barrage.

—Je courrai là.

—J'espère dans ce cas que tu cours bien.

—Ensemble, dit Wistala.

Elles crachèrent leurs flammes sur toute la largeur de la base du barrage.

Wistala entendit la plainte de la glace, de la neige, et peut-être des pierres, puis des craquements.

Elle se rappelait avoir été bloquée encore dragonnette dans un tunnel avec Auron. Ils étaient sortis à coups de queue et Auron s'était jeté contre la glace jusqu'à ce qu'elle cède.

Elle se retourna et frappa les pierres avec sa queue, puis frappa encore jusqu'à sentir l'odeur du sang.

—Plus de flammes ! haleta-t-elle.

Les dragonnelles crachèrent de nouveau. L'eau se changea en vapeur sous l'effet de la chaleur...

« Craaac ! »

Une pierre avait cédé.

La glace bougea, la masse entière s'avança d'une largeur de griffe.

Wistala retint son souffle, tous ses sens aux aguets.

—Cours, Wistala, il lâche !

Elle sentit des ailes battre contre son dos tandis qu'elle se précipitait vers les rochers. Le sol glissa sous ses pattes.

Un tonnerre rugit dans ses oreilles ; ce grondement l'engloutit, si assourdissant qu'elle le sentait plus qu'elle l'entendait. Elle bondit et parvint à s'agripper à un tas d'éboulis au pied de l'à-pic.

La glace et la neige grondaient dans son dos et entraînaient ses pattes de derrière. Elle sentit le sol l'attirer à lui – quelle étrange sensation de ne pas pouvoir se fier à la terre. Elle ouvrit instinctivement ses ailes et tenta de décoller, mais son aile brisée ne fit que tirer sur les cordes et les attelles qui la maintenaient serrée contre son corps.

L'avalanche voulait l'entraîner, sa poussière glacée tentait de l'étouffer, mais elle continuait à s'accrocher. Elle comprit soudain qu'elle était perdue – elle tournoyait, tournoyait – et serra ses ailes autour d'elle.

Elle n'avait plus d'air. Elle réussit à comprendre où étaient le haut et le bas et poussa de tous ses muscles pour regagner la surface. Mais la neige était si lourde… Wistala était fatiguée, abattue, elle avait froid et tellement sommeil…

Elle se réveilla face à un grand œil orange, puis vit un rokh qui baissait le regard vers elle. Ses rênes transperçaient son bec et lui donnaient l'air de porter une moustache de cuir.

L'oiseau serrait la gorge de Wistala dans l'une de ses serres, prêt à arracher les cœurs qui y battaient.

Elle était couchée dans le défilé, mais quelque chose n'allait pas. Elle n'était pas à la bonne hauteur, presque à la moitié de la falaise escarpée de la face sud. Elle comprit soudain qu'elle se trouvait sur un monticule de neige grand comme l'une des collines jumelles du domaine d'Ondée.

Barricade et cascade, elles avaient réussi ! Elle connaissait le climat à cette altitude – il faudrait attendre que l'été batte son plein avant que le défilé soit assez chaud pour faire fondre tout ceci dans le Ba-Loch.

— Il est vivant ! cria le monteur en parl à un groupe de Pieds de Fer derrière lui.

Ils portaient des paniers sur leurs chaussures pour leur permettre de marcher sur la neige.

— Toi, ne bouge pas, ordonna-t-il en parl.

Plus jamais elle ne serait prisonnière. Plutôt rendre son dernier soupir dans l'air pur de la montagne qu'être jetée dans un nouveau donjon.

Wistala se rendit compte que seule une mince couche de neige recouvrait son corps. Elle se replia puis lança de toutes ses forces sa queue raidie par le froid et une pluie de neige s'abattit sur l'oiseau.

Celui-ci, comme toujours les volatiles quand ils sont surpris, battit des ailes et sauta en arrière.

Wistala n'en demandait pas plus. Elle se raidit et cracha son feu – un mince filet, davantage une série de *torfs* qu'un flot de flammes, car ses rations s'étaient avérées plutôt réduites ces derniers temps – qui toucha oiseau et monteur.

Ils hurlèrent tous les deux et s'envolèrent. Le monteur tenta d'étouffer le feu liquide qui brûlait sur sa selle.

Les Pieds de Fer se dandinaient comiquement et lâchaient les cordes ou les chaînes qu'ils avaient apportées pour la tirer de la neige.

Wistala était trop fatiguée et transie pour leur donner la chasse, mais des ombres passèrent devant le soleil, des ombres de dragons…

— Wistala, nous sommes là ! crièrent les sœurs du feu.

Les draques dévalèrent la pente enneigée. La tête levée, *sii* et *saa* plaquées contre les flancs, elles se servaient de leur queue pour se diriger.

Des rokhs attirés par les mouvements descendirent en piqué et tournoyèrent tandis que leurs monteurs décochaient des flèches.

Les draques dépassèrent Wistala ; elles filaient sur la neige telles des flèches recouvertes d'écailles.

Les Pieds de Fer n'avaient pas l'ombre d'une chance. Ils ne pouvaient pas courir avec ces paniers sur leurs pieds mais étaient tout simplement incapables d'avancer sur la neige sans eux. Ils tombèrent les uns après les autres, jetés à terre par les draques.

Takea restait en arrière, une flèche plantée dans la gorge.

Wistala se rendit auprès d'elle.

—Des chauves-souris ! Des chauves-souris par ici ! tonna Wistala.

—Ça ne fait pas mal, Wistala, murmura Takea. (La dragonnelle approcha sa tête de la draque pour mieux l'entendre.) Je sens la blessure. C'est grave, n'est-ce pas ? Mais c'est bizarre, je n'ai pas mal.

Elle portait toujours le bec sur sa tête. Wistala trouva que les dessins dans la corne lui donnaient l'aspect de l'agate.

—Nous allons sortir cette flèche et te refermer. Tu resteras ici jusqu'à la fin du combat.

Takea tapota plusieurs fois le sol de la queue et Wistala entendit ses cœurs palpiter.

—Sœur, ne me mens pas. Je sens mes cœurs ralentir. RaVage en personne s'est abattu sur eux, n'est-ce pas ?

—Pendant un instant.

Wistala avait échoué. Elle avait mené ses sœurs à la catastrophe, tout ça pour un rêve de dragonnette stupide.

—J'aurais déployé mes ailes l'année prochaine. Je me demande si un mâle aurait voulu de moi, avec la gloire d'un combat comme celui-ci.

— J'en suis sûre.

La draque prit quelque chose profondément enfoui dans la poche de chair derrière son oreille. C'était la patte de lapin.

— Dis à Zathan… que je dois rompre ma promesse. Rapporte…, haleta-t-elle.

Wistala, à demi étouffée par les sanglots et aveuglée par les larmes, passa l'anneau auquel était accrochée la patte autour de la griffe de son aile.

La voix de Takea devint très calme.

— Dommage que les humains ne soient jamais arrivés. Tu as eu une bonne idée, Wistala. Pourquoi ne pourrions-nous pas partager les cités blanches, sous le soleil ? Je pense même que les dragons feraient de bons thanes. Nous pourrions voir des repaires de brigands à des horizons et assurer la sécurité des routes. Les dragons pourraient même…

Elle dodelina de la tête et tout son corps sembla se ratatiner, à l'exception des deux bosses qui abritaient ses ailes.

La garde draque tira non sans difficulté Paskinix de son trou. Il y avait bien entendu une sortie cachée, mais les chauves-souris l'avaient découverte et un garne expert dans l'art d'attraper des esclaves avec des filets l'attendait à la jonction entre son terrier et la rivière souterraine.

Paskinix fit preuve d'une admirable dignité quand ils le conduisirent devant le cuivré dans la salle de réunion déserte. Il était tellement émacié que le cuivré se demandait si un léger coup de queue ne suffirait pas à le transpercer de part en part. Les plaques de corne de son armure organique semblaient disproportionnées ; peut-être portait-il en hommage les reliques de quelque ancêtre démène.

Le cuivré ordonna que l'on apporte de la nourriture. Paskinix, avec bon sens, ne prétendit même pas refuser. Il ouvrit au contraire cette étrange mâchoire mobile et commença à s'empiffrer.

— Pas trop, ou tu vas te rendre malade, dit le cuivré pour entamer la conversation.

— J'imagine que c'est mon dernier repas maintenant que tu m'as enfin attrapé. Autant le savourer.

— Je suis prêt à faire la paix si tu l'es toi aussi, dit le cuivré.

— La paix ? Avec qui ? Mon peuple est décimé.

— Cette vieille guerre n'est pas de ma faute. Elle battait déjà son plein quand je suis arrivé au pouvoir.

Paskinix fit frémir ses mandibules et cracha par terre.

— Le Lavadôme nous appartient aussi, roi dragon. C'est ici que l'éclat de soleil est tombé sur terre, et c'est ici que le premier démène l'a trouvé à l'aube de la pensée. Seuls les Éternels sont plus anciens que nous.

— Raison de plus pour partager son contrôle. Je propose de te donner une voix dans le Lavadôme, mon vieil ami.

— Nos deux peuples ont échangé de curieuses preuves d'amitié jusqu'à présent.

— Nous avons écrit l'histoire. Nous avons appris à nous respecter mutuellement. C'est de ce respect qu'une coopération peut naître. J'ai ici de superbes jardins, au sommet de ce rocher, et mes fleurs bleues sont plus grosses que jamais depuis que je les fais traiter avec un mélange de crotte de chauve-souris et de bouse de vache séchée. Je pourrais te montrer les bassins qu'un de mes prédécesseurs a fait creuser dans une très jolie série de grottes, je sais que tu aimes les endroits chauds, humides et confortables.

Peut-être pourrais-tu t'y installer temporairement pendant que nous réfléchissons à un accord ?

— Je suis… méfiant.

— Bien entendu.

— Tu as toutes les cartes en main. Si j'avais conquis le Lavadôme comme tu l'as fait du tunnel de l'Étoile, je ne t'inviterais pas dans la plus confortable des Cavernes aux Glycines.

— Tu as joué tant de tours que tu t'attends que les autres en fassent autant. Je t'ai parlé honnêtement. Si je me montre généreux, c'est parce que je souhaite avoir ton aide en tant qu'allié.

— Allié ? Tous mes guerriers réunis feraient à peine le poids contre une paire de tes dragons.

— Ah, tu sous-estimes ton expérience du monde d'En-Bas. Je suis engagé dans une guerre à la surface.

— Dans ce cas je te souhaite bonne chance. La reine rouge a brûlé nos mines de soleil de la surface il y a des années.

Le cuivré se demanda ce qu'était une mine de soleil mais décida de ne pas poser la question.

— Voudrais-tu jouer un dernier tour ? Frapper une fois de plus ton ennemie de la surface ?

— Peut-être.

— Si je projetais d'atteindre les contrées ghiozes en secret, pourrais-je le faire avec des dragons ? J'ai étudié les cartes du Courant du Nord. Il me semble passer juste au-dessous de Ghioz.

Paskinix ferma les yeux pour réfléchir.

— C'est le cas. Mais pourquoi ne pas voler ?

— Mes dragons ne peuvent pas approcher de sa capitale à cause de ces patrouilles de rokhs. (Paskinix caqueta, déconcerté.) De grands oiseaux, plus gros que nos *griffarans*. Ils peuvent voler plus vite que les dragons et se battent mieux qu'eux dans les airs. Elle serait prévenue deux jours à l'avance, au moins. Si je pouvais les ramener à deux heures…

— Se rendre là-bas n'est pas un problème. Rejoindre la surface en est un. Mais si j'avais un ou deux dragons et pas seulement mes guerriers…

— Tu pourrais reprendre tes mines de soleil.

— Je pourrais refuser.

— Et Gigrix pourrait mener tes guerriers tout aussi bien que toi. Je l'ai déjà consulté pour une question ou deux et il est en train de nous dresser une carte.

— Alors pourquoi ne pas simplement me tuer ?

— Tu as tenu tête aux sœurs du feu et à l'armée aérienne pendant des années avec quatre fois moins de troupes que nous le pensions, si les anklènes ont correctement interprété les propos de ton général. Je serai fou de tuer un guerrier si plein de ressources.

— Tyr RuGaard, tes dragons disent qu'ils n'ont pas connu de souverain semblable depuis FeHazathant. Je commence à les comprendre.

— Merci. Mais je te préviens, dans le Lavadôme, les compliments précèdent souvent une morsure.

— Mon Tyr, j'ai vu beaucoup de crânes démènes devant l'entrée de ce beau rocher. Je n'ai aucune envie de voir le mien exposé ainsi à la vue de tous, tout particulièrement avec un tel repas en train de se dissoudre dans mon ventre. (Il éructa.) Mes compliments à ton cuisinier. Cela faisait longtemps que je n'avais pas mangé de la viande assaisonnée avec autre chose que les larmes des amis et de la famille du repas.

Chapitre 21

L'arrivée sur l'île de Glace de la messagère suscita force discussions et disputes parmi chez les dragons. Yefkoa dit que le temps était venu pour les dragons de prendre une décision.

Elle parla aussi de leur Tyr, un prophète qui les mènerait vers le grand soleil d'un âge nouveau.

Pour une si jeune dragonnelle elle parlait bien et ne paraissait pas intimidée devant des inconnus.

La guerre dans le sud… un royaume draconique oublié… des Pieds de Fer sur de robustes chevaux au foie énorme et en bonne santé… des dragonnelle et des draques qui mouraient au combat…

La population de l'île de Glace était en majorité femelle et elles éprouvèrent tout naturellement de la compassion pour les dragonnelles qui se battaient au péril de leurs vies. Yefkoa dressa un tableau très vivant de la situation et les dragons commencèrent à taper du pied et rugir leur approbation.

À l'exception d'AuRon. Wistala avait rejoint le cuivré et s'était jeté tête la première dans les ennuis. Elle devrait s'en sortir seule.

— L'île va voler à l'aide des dragons, père ? demanda Varatheela à son père en trépignant.

Ce fut alors au tour de Natasatch de lui poser une question.

— T'ai-je déjà raconté comment je me suis retrouvée dans ce bateau-prison ?

— Pas de ton plein gré. Je me rappelle te l'avoir un jour demandé. Tu m'as répondu que tu avais été capturée pendant que tu chassais.

— C'était vrai… d'une certaine façon.

— Explique-moi.

— J'étais à quelques semaines de ma première sortie à la surface. (Elle jouait avec un morceau de coquille, un souvenir de l'éclosion de leurs petits.) Nous n'avions pas une grande caverne, mais un long tunnel y menait à la surface. J'aimais l'explorer, tout du moins les premières dizaines de mètres près de l'entrée de notre caverne. Pour moi, c'était comme aller à l'extérieur. J'étais en train de m'y promener quand je vis soudain une paire de jambes passer devant moi.

» Avant que je comprenne ce qui m'arrivait, j'avais une pointe d'épée devant les yeux. L'elfe me donna le choix en draquine : « Le silence ou la mort. » J'étais dans la partie supérieure de la caverne. Ma voix aurait porté si j'avais crié. Ma famille aurait été sauvée. J'essayai de crier. C'était ce que j'avais décidé. Mais aucun son ne sortit. J'étais pétrifiée. J'ai acheté ma propre vie avec leur mort.

— Cet elfe… était-ce le même que sur le bateau ?

— Non. Un de ses amis.

— Ils t'ont capturée.

— Oui. C'était moins que ce que je méritais. J'ai porté ce fardeau, je me suis dit que j'étais jeune et effrayée. Au plus profond de moi, je sais que je me suis choisie au détriment de mes parents.

Ils se regardèrent en silence.

— AuRon, je ne crois pas que les dragons puissent survivre isolés ou cachés. Cela laisse seulement davantage de temps à nos ennemis pour se développer et s'organiser.

— Nous nous organiserons, nous aussi.

— Nous n'arrivons même pas à garder nos troupeaux intacts !

— Ce n'est pas important. Si nous étions menacés… nous ferions de cette île un endroit terrifiant. Les bateaux brûlent facilement. J'ai pu le constater.

— Oui, nous pourrions rester longtemps sur cette île froide et embrumée. Nous finirions cependant par devenir un îlot surpeuplé, mal en point, rempli de dragons aux écailles grêles qui mangeraient de la graisse de phoque et du poisson.

— Des difficultés que l'on peut surmonter. Pourquoi ne pas façonner des outils et creuser des mines comme le font les nains ? Nos membres sont-ils plus faibles que les leurs ? Nos cerveaux plus petits ?

— Nos corps sont plus gros. Il nous faudrait creuser des tunnels hauts et larges.

— Si nous combattons pour un groupe d'humains, l'autre deviendra notre ennemi.

— Ce qui est toujours mieux que de voir les deux s'allier contre nous.

— Tu es trop intelligente, finit-il par dire.

— Et toi trop circonspect. Même quelques dragons pourraient faire la différence. Tu m'as dit qu'un vieil ami à toi avait des ennuis. Ne pouvons-nous pas l'aider ?

— Quelques-uns d'entre nous n'y feraient rien. J'ai vu les créatures volantes qui le pourchassent. Elles sont de taille à affronter un dragon.

— Raison de plus pour les affronter aujourd'hui. Ne le seront-elles pas d'autant plus demain ? Je crois que cette situation devient absurde. Tu t'inquiètes de ce que ton frère a en tête. Est-ce sa réussite qui te tourmente ?

AuRon sentit sa poche à feu battre. Il n'avait jamais

eu envie de mordre sa compagne jusqu'à présent. Il eut honte de cette impulsion.

— Quoi qu'il ait prévu, ce n'est ni pour notre bien, ni pour celui des dragons. Il n'agit que dans son propre intérêt.

Ils regardèrent les dragonnelles taper du pied et rugir pendant qu'elles parlaient avec la messagère.

La jeune dragonnelle décolla. Elle fut suivie par trois autres, dont l'un des mâles castrés qui vivaient sur l'île.

— Tu viens, AuRon ? lui lança Ouistrela. Nous allons inaugurer cet « Âge du Feu ». Un âge des dragons ! Des cris de guerre et de la viande de cheval aussi loin que porte le regard !

— Iras-tu ? demanda Natasatch.

— Je n'ai pas encore décidé.

— Chaque moment compte peut-être. Si tu n'y vas pas, j'irai.

— Et nos dragonnets ?

— Ta sœur et toi vous débrouilliez déjà seuls à leur âge. Nous ne partons pas tous. Il y a des dragons sur cette île qui espèrent que des hommes vont arriver pour changer un peu leur régime. Je pense que nos petits survivront. C'est aussi bien. Les moutons vont bientôt mettre bas et ils auraient besoin d'un peu de répit.

AuRon vit la résolution dans son regard.

— Soit, si nous devons prendre part à cette guerre, autant avoir le plus de poids possible. Je viens avec vous.

— Laisse-nous venir, père ! le supplièrent à plusieurs reprises ses dragonnets.

Nous trouverions peut-être des blessés qu'ils pourraient achever, pensa Natasatch.

— Qu'ils se débrouillent seuls pendant que nous sommes partis. C'est une aventure suffisante pour l'instant. (Il se tourna vers ses petits dépités.) N'oubliez pas : parlez aux loups le plus souvent possible. Ils vous apprendront beaucoup sur comment vous déplacer cachés ou à découvert, chasser et, surtout, coopérer. Comme ils le disent : « La force du loup, c'est sa meute. »

—J'ai souvent entendu cette maxime, approuva Natasatch.

AuRon, sa décision prise – pour lui – se sentait bien. Tous les doutes et les regrets avaient disparu. Il avait seulement besoin d'action.

—J'ai une idée pour notre première étape. Nous allons à Juutfod.

AuRon ne s'était pas rendu dans la tour des dragons depuis ses jours comme messager pour le sorcier de l'île de Glace. Il avait cependant visité les quais sur lesquels Varl amarrait son bateau et quelques points de vue sur l'océan.

Les hommes de Juutfod considéraient les dragons comme faisant partie de la vie de tous les jours. Sans le maître Wyrm, ils avaient délaissé de bon cœur les expéditions guerrières dans le sud et employaient leurs dragons pour protéger les bateaux de pêche et les villages éloignés.

La tour n'avait guère changé. Des dépendances avaient poussé autour d'elle telles des verrues. La ville en contrebas s'était inspirée de l'édifice – on y trouvait des maisons en pierre rondes, de longs bâtiments aux murs épais et aux larges poutres et, partout, des habitations en bois, des enclos, des ateliers dont les cheminées laissaient échapper de la fumée.

Un dragonnier vint à sa rencontre.

On lui avait dit que quelques-uns de ces hommes avaient survécu, ainsi que leurs montures. Les dragonnelles de l'île de Glace étaient venues ici chercher des mâles. Certains dragons semblaient contents de porter selle et rênes tant qu'ils étaient bien nourris et confortablement logés.

Son vieil ami Varl s'était installé dans ce village. Il fumait du poisson et préparait un pâté de crabe dont les dragons de l'île avaient toujours raffolé.

— Tu ferais peut-être mieux de leur parler, dit AuRon à Natasatch. Je surveillerai d'ici.

Quand il fut sûr de l'accueil réservé à sa compagne – ils la laissèrent se poser et elle commença à discuter avec dragons et dragonniers –, AuRon se mit à la recherche de Varl près des docks au milieu des tavernes à hydromel et des rangs de maisons. Son bateau n'était pas à quai, mais l'homme s'arrêtait parfois pendant des mois entre deux migrations saisonnières de poissons.

Il vit cependant deux hominidés familiers à l'extérieur d'une taverne. Le guerrier Ghastmath, qui paraissait plus mince sans son armure, et l'elfe au corbeau marchaient dans la rue ; ils se lançaient puis se renvoyaient des anneaux colorés avec de courts bâtons.

— Je vois que vous avez réussi à partir de mon île, dit AuRon.

L'un des anneaux rebondit sur les pavés.

— Toi…, dit Ghastmath.

— J'étais en train de chercher le marin Varl pour qu'il m'aide à vous trouver.

— Pourrions-nous parler quelque part à l'abri du vent ?

— Comment t'appelles-tu ? Je ne crois pas avoir jamais compris ton nom.

— Et je ne crois pas te l'avoir jamais donné. Demilune, si tu veux vraiment le savoir.

— Demilune, que fait une elfe dans cette ville ? Il y a dix ans, ces hommes t'auraient lestée de pierres et jetée dans la baie pour attirer les crabes.

Ghastmath planta fermement son immense pied dans le sol.

—Il aurait fallu qu'ils me passent sur le corps d'abord.

—Ils aiment l'or que j'apporte en ville, dit-elle.

—Il y a de pires endroits où vivre, ajouta Ghastmath. Pas de roi pour te menacer. Pas d'édits qui remanient l'édit de l'année passée qui remanie celui qu'on t'avait fait rentrer de force dans la tête quand tu étais enfant.

AuRon se gratta derrière la *griff*.

—Vous êtes des voleurs. Voudriez-vous savoir où trouver des montagnes d'or ?

—Un dragon qui s'apprête à nous dire où trouver de l'or ? Ridicule ! s'exclama Ghastmath.

—Je me moque de l'or.

—Il dit vrai. C'est un gris, intervint l'elfe.

—Vous devrez vous battre pour l'avoir, ou prouver que vous êtes des voleurs très astucieux. Vous pourriez même demander l'aide des dragonniers de la tour. Les Pieds de Fer se déchaînent au sud d'ici. Je connais un peu les princes des steppes et peux vous certifier qu'ils transportent le moindre objet de valeur qu'ils ont pu trouver et accrocher sur leur selle. Je les soupçonne aussi d'attaquer vos terres, et si les varvares décident de s'en mêler, ils repartiront beaucoup plus vite qu'ils sont venus. Ils repassent par le Ba-Loch et le défilé de la Roue de Feu. Si vous parcourez les routes et les chemins qui y mènent, je pense que vous trouverez plus d'or et de richesses que vous pourrez en porter, venus de toute la moitié nord d'Hypat.

—On dirait que tu as besoin de gentils imbéciles pour se battre à ta place, dit Demilune.

—Gentils, ça reste à voir. Je préfère que des imbéciles capables de débarquer sur une île puis d'en repartir sans être vus par les dizaines de dragons qui sillonnent les collines et le rivage aient une bonne opinion de moi.

Wistala déciderait plus tard que leur arrivée aurait été beaucoup plus spectaculaire si elle était survenue dans le feu de l'action.

Mais la bataille du défilé, qui avait été aussi ardente que les flammes d'un dragon, avait fait long feu.

Il restait trois dragonnelles et dix draques.

Les Pieds de Fer avaient creusé un chemin précaire autour de la montagne de neige qui bloquait le défilé, un étroit tunnel qui passait entre les rochers et traversait les crêtes. Par beau temps, ils pouvaient traverser en une demi-journée.

Les sœurs du feu ne se déplaçaient que cachées dans les brouillards pour observer les humains emprunter leur nouveau chemin.

Quand les dragons apparurent dans le ciel, elle était d'ailleurs en train d'organiser avec une sœur du feu le retour des draques et des dragonnelles qui les porteraient. Wistala et les quatre draques restantes marcheraient.

Les nains étaient finalement sortis de leurs tunnels pour les chasser. Le seul moyen de leur échapper était de grimper, car les nains ne pouvaient pas les suivre sans de grands efforts, des cordes et des points d'ancrage.

Rester n'avait plus aucun intérêt. Les Pieds de Fer ne pouvaient plus franchir le défilé que par petits groupes et le peu qui le faisaient regagnaient les steppes. Les dragonnelles qui avaient survolé les flancs est des montagnes annoncèrent que le grand camp avait disparu et que nombre de pistes partaient vers le sud.

Il était temps de retrouver Clochemousse et Hypat.

L'arrivée des dragonnelles – et d'un petit nombre de dragons de l'île de Glace – ne ferait jamais l'objet d'une belle chanson ou d'une trépidante histoire. Ils se contentèrent d'annoncer que quelques dragons, des hommes et des dragonniers parcouraient les provinces du nord pour chasser les Pieds de Fer qui se trouvaient encore à l'ouest des montagnes.

Son frère n'était pas avec eux. Ils expliquèrent que celui-ci était parti vers le sud avec sa compagne et un curieux mélange d'elfes, d'hommes et de nains.

Une fois arrivés à Clochemousse, les dragons se repurent de viande de cheval fumée. Les Pieds de Fer avaient perdu ou blessé un grand nombre de leurs montures quand ils s'étaient avancés dans les provinces du nord avant de finalement battre en retraite.

— Un appel à un rassemblement général a été lancé, dit Bradeloque. Chaque province d'Hypat doit rassembler ses forces à disposition et les envoyer vers l'Arche Fondatrice sur la rive nord du fleuve ou vers le Jalon du Roi sur la côte sud de l'Océan Intérieur.

— Les sœurs du feu étaient à cet endroit précis il y a un mois et une quatorzaine de jours, répondit Wistala.

— C'est peut-être un présage de victoire.

— C'est un endroit bien choisi, dit Roff. La baie est calme et elle est bordée par une grande plage facile d'accès sur laquelle les bateaux peuvent accoster puis être tirés. Les marécages rendent l'accès à la ville difficile pour les soldats. Parfois, une civilisation doit se préserver de ceux qui la défendent. C'est là-bas que tu trouveras le dernier rassemblement d'Hypat. Là où je dois me rendre, en tant que thane.

— Moi aussi, et je suis très en retard, ajouta Bradeloque. J'ai envoyé Dsossa en avant avec nos cavaliers légers. Clochemousse et les collines jumelles seront représentés au rassemblement.

— Je crois que nous serons parmi les rares venus du nord, dit Roff. Les thanes sont trop occupés par les pillages des Pieds de Fer. Grâce à la résistance de Wistala dans le défilé, ce ne sont pas dix mille cavaliers qui se dirigent vers Thallia ou Hypat, mais quelques groupes qui attaquent les villages pour y voler des poules.

Chapitre 22

Le cuivré passa une quatorzaine de jours à envoyer ses chauves-souris en reconnaissance sur le Courant du Nord, à réfléchir avec les *griffarans* et à planifier l'expédition.

Le Lavadôme était dans tous ses états. Les protectorats de l'est, sources de nourriture et d'esclaves, tombaient comme des dominos sous les assauts ghiozes. Chaque jour, des délégations menées par des dragons qui allaient du riche et distingué SoRolatan à Sricsrac le marchand d'esclaves venaient lui demander de « faire quelque chose ».

Parler à Rayg était son seul répit. Rayg ne se plaignait pas ; au lieu de cela, ils cherchaient ensemble des solutions.

Rayg avait étudié le cristal de la reine arraché au cou de son frère. La pierre était craquelée et éraflée suite à la scène dans la salle du trône, mais Rayg l'avait tout de même montée dans un cadre de cuivre attaché au bout d'une chaîne pour pourvoir la manipuler sans la toucher. Il avait d'ailleurs fait une découverte remarquable.

Quand vous regardiez à travers le cristal, les images devenaient plus nettes. Vous lisiez plus vite, compreniez mieux. Des détails passés jusque-là inaperçus semblaient vous sauter aux yeux.

Le cuivré brava la reine : il essaya le cristal.

Il découvrit qu'il pouvait placer la pierre sur son œil blessé de manière à garder sa pupille ouverte. Quand il le portait ainsi, il se sentait alerte ; il avait l'impression d'avoir acéré son esprit comme il le faisait d'ordinaire de ses griffes. Il fit une plaisanterie si drôle que SiHazathant et Regalia retournèrent complètement leur tête à l'envers tant ils riaient. Il remarqua un nouveau dessin sous l'œil de Nilrasha. Il fit à toute allure le décompte des bêtes qui restaient dans le Lavadôme. Elles étaient d'ailleurs trop peu nombreuses.

Il demanda à la garde draque de rationner ce qui restait de la nourriture et du bétail.

— Où est donc le Tyr qui se jeta contre le Dragonneur ? demanda SoRolatan.

— Il attend que Paskinix et quelques chauves-souris terminent leur reconnaissance du Courant du Nord, répondit le cuivré.

— Paskinix ! Vous avez remis notre destinée entre les mains d'un ennemi de toujours ?

Ayafeeia revint avec quelques-unes de ses dragonnelles, ce qui le réconforta quelque peu. Elle lui annonça que sa messagère la plus rapide, Yefkoa, avait vu des combats dans les terres hypates. Quelques Pieds de Fer avaient réussi à franchir les Montagnes Rouges avant que les dragons bloquent le défilé et un nombre bien plus important avait déferlé dans les gorges du Falnges ; ils remontaient maintenant de chaque côté du grand fleuve et brûlaient ou pillaient tout sur le chemin qui les menait à la cité d'Hypat.

— Si nous leur offrions de l'aide maintenant, ils se montreraient plus accommodants, commenta Nilrasha.

Paskinix revint enfin avec les chauves-souris et un rapport favorable. Ils avaient trouvé une vieille mine de nains qui menait à la surface.

Il pouvait enfin lâcher l'armée aérienne, là où ils pourraient changer les choses.

Il fit part de ses projets à Nilrasha.

— Le jour que nous attendions est venu. Nous pouvons agir. Attire l'attention de la reine en envoyant Ayafeeia et les sœurs du feu à Hypat. Je crois fermement aux secondes chances. Bien sûr, tu resteras ici pour gérer les problèmes dans le Lavadôme. Ce sera plus facile pour toi. Je prends avec moi l'armée aérienne, tous les dragons qui voudront m'accompagner, un grand nombre des *griffarans* et ma garde personnelle. Il y aura plus de nourriture. Si tu le dois, utilise les réserves entreposées en cas de tremblement de terre.

— Bien entendu. Mon Tyr, la reine mène les sœurs du feu. Si elles sont en péril, je dois être avec elles.

— Mais le Lavadôme doit être protégé. Nous avons des dragonnets, des œufs, des dragonnelles au ventre plein, récemment accouplées. Il ne reste qu'une poignée de sœurs du feu et de jeunes *griffarans* pour les protéger, qui les dirigera ?

— NoSohoth est ravi de rester en arrière. Un dragon a-t-il déjà montré aussi peu d'intérêt pour la gloire ?

— Tu ne le traites pas de lâche, tout de même ?

— Non, je l'admire. Il a survécu plus longtemps que n'importe quel Tyr, occupé qu'il est à tranquillement dresser des listes d'esclaves malades, des menus de banquets, à allouer des grottes... Il a plus de jugement qu'aucun d'entre nous.

Le cuivré eut l'impression que ses muscles se liquéfiaient quand il songea à ce qui pourrait arriver à Nilrasha au combat.

— Je serais perdu sans toi.

— Sache que je ressens la même chose, mon amour. Que m'arriverait-il si tu tombais des cieux ? Une petite grotte bien tranquille avec une bonne réserve de vin, comme Tighlia ?

— Et suppose que nous mourions tous les deux ?

— Je pense que le monde se débrouillerait sans nous. C'est ce qu'il faisait avant que nous respirions. La vie continuera quand nos cœurs se seront arrêtés.

Il pressa son museau contre le point derrière la *griff* de Nilrasha où battait son pouls.

— Et pourtant, nous sommes responsables de l'espèce draconique, dit-elle. Le Tyr est surnommé le « Père du Peuple » dans les comptines de dragonnet. Je ne voudrais pas que le Lavadôme soit orphelin.

» Ainsi tu dois rester. Si l'un de nous deux devait mourir, il vaut mieux que ce soit moi. On peut remplacer une reine. Tu n'aurais qu'à t'accoupler de nouveau. La troisième tentative est souvent la plus réussie, après deux échecs.

Elle s'écarta et le regarda. Le cuivré la soupçonnait de se demander si elle n'était pas allée trop loin. Chaque fois qu'Halaflora était évoquée son humeur s'assombrissait.

L'ancienne arène des duels était remplie de dragons : ils occupaient les gradins, le sol recouvert de sable... deux d'entre eux se trouvaient même dans l'entrée.

Le cuivré se tenait sur l'éperon, une longue saillie de pierre où les juges des duels avaient coutume de s'allonger après avoir donné leurs instructions et annoncé le début du combat. Il surplombait la majorité des dragons, sauf ceux qui étaient au sommet des gradins.

— Je vous remercie d'être venus écouter les nouvelles, dit le cuivré. Je n'en ai malheureusement entendu que des mauvaises.

» Il nous reste une chance : la reine rouge a attaqué en même temps nos protectorats et Hypat. Nous n'avons pas la force de la combattre partout à la fois. Il ne nous reste plus qu'une solution : un assaut désespéré.

— Tu as commencé cette guerre, RuGaard, dit LaDibar. Maintenant que la situation s'est retournée contre nous, tu veux que nous nous détruisions ?

— C'est « vous » et « Tyr RuGaard », pour l'instant tout du moins.

— La reine rouge nous a proposé la paix et vous l'avez refusée.

— Elle ne nous a pas proposé la paix, mais la reddition. Quel prix devrions-nous payer pour continuer à être approvisionnés en kerne et en bêtes ? Être obligés de bien nous comporter ? De jeunes ailes vigoureuses pour transporter ses messagers ?

» Je propose de frapper Ghioz en plein cœur. (Il se laissa tomber sur le sable.) Quand j'étais dragonnet, j'ai appris que même le plus fort des serpents peut être vaincu si on écrase sa tête.

Le cuivré boita dans l'arène. Il marchait en rond pour pouvoir regarder chaque dragon en face.

— J'ai besoin de tous les dragons qui peuvent voler et se battre. Je ne sais pas ce qui nous attend dans cette bataille. Si nous devons réclamer notre place au soleil, chaque dragon doit y mettre du sien. Qui volera avec nous ?

Ils regardèrent le cuivré, puis leurs voisins. Il entendit un crissement d'écailles quand tous commencèrent à danser d'une patte sur l'autre.

— Mon Tyr, j'ai des dragonnets dans ma caverne.

— Les esclaves de ma colline sont très agités en ce moment. Imaginez qu'ils assassinent ma compagne pendant mon absence ?

— À mon retour, je ne trouverai même pas une pièce d'argent. Qui gardera mon trésor ?

Le cuivré repensa à la diatribe de sa grand-mère au dernier jour de sa vie, quand elle s'était jetée sur le

Dragonneur au milieu d'une cour de couards. Elle les avait traités de lâches éhontés, et elle avait eu raison.

— Ghioz est à trois jours de vol, dit un dragon âgé.

Les arabesques de l'ancienne armée aérienne qui remontait aux premiers jours de règne du Tyr FeHazathant étaient encore visibles sur ses ailes pendantes.

— Si nous volons à bonne allure, nous arriverons épuisés et tout juste bons à rester en l'air, poursuivit-il. Si nous prenons notre temps, elle sera avertie de notre arrivée et rassemblera ces rokhs.

— Je ne vous propose pas de voler, sauf à la toute fin du voyage.

— Alors comment ferons-nous pour nous rendre là-bas ?

— Demain, quand le sommet commencera à rougeoyer, retrouvez-moi au nord du cercle d'eau, sous les nids des *griffarans*. Je vous promets que ce voyage finira dans la chanson de vie d'un grand nombre d'entre vous.

Cette promesse suscita grognements et plaintes, ainsi que de nombreuses variantes de « pour chanter quelque chose, il faut y survivre ».

Un tel cortège avait-il déjà quitté le Lavadôme sur le cercle d'eau ?

Le cuivré en doutait. Les histoires qu'ils avaient apprises dans la garde draque en auraient parlé.

Ils avaient pris les plateaux de chariots nains et y avaient fixé des filets remplis de ces champignons qu'on écrasait d'ordinaire afin d'en faire de la nourriture pour les bêtes, mais qui s'avéraient flotter étonnamment bien. Des morceaux de bois flotté attachés ensemble firent office de radeaux.

Ils confectionnèrent des traits avec du cuir, des chaînes ou des cordes. Les dragons de l'armée aérienne tireraient radeaux et bateaux comme des bêtes de somme le feraient d'un chariot – mais cette fois, ces derniers étaient la marchandise. Du bétail et des chèvres accompagnaient en effet l'armada improvisée, des provisions prêtes à être consommées pendant le voyage. Les dragonniers de l'armée aérienne voyageaient avec les bêtes, sans leur équipement ; leurs armes et leurs armures étaient attachées aux embarcations, dans l'éventualité où celles-ci chavireraient dans les eaux agitées. Tout ce que le cuivré avait entendu au sujet du Courant du Nord lui laissait supposer que le voyage serait périlleux.

Les *griffarans* étaient plus malheureux que la plus mal en point des vaches du cortège. La quasi-totalité de ces créatures – seul le strict minimum était resté dans le Lavadôme – était perchée sur des rondins ou des canoës ; ils crispaient tant leurs serres que de la sciure s'écoulait entre leurs griffes.

Aiy-Yip et ses guerriers, d'ordinaire placides comme des statues jusqu'à ce qu'ils fondent sur leurs proies, avaient ce jour-là les yeux exorbités et perdaient leurs plumes tandis que leurs embarcations se dirigeaient vers la rivière souterraine.

— Déteste-déteste-déteste l'eau ! gémit Aiy-Yip alors que son bateau bondissait dans le courant. Se baigner, c'est une chose, mais ça c'est comme… yaaaaac ! Comme se noyer !

Nilrasha les regarda partir.

Son compagnon n'en ferait qu'à sa tête. Un Tyr ne devrait pas quitter le Lavadôme pour aller se battre – ça ne se faisait pas. Une tournée des protectorats, oui, mais mener les dragons à la bataille…

S'il mourait, combien de temps resterait-elle reine ?

Elle gravit la berge qui remontait de la rivière et s'enfonça dans le tunnel du Lavadôme. Elle passa ensuite devant une niche dans laquelle une sœur du feu aurait dû monter la garde – le Lavadôme se vidait de ses dragons plus vite qu'ils naissaient.

Elle décolla et retrouva le sommet du rocher impérial avant que l'odeur de son compagnon ait quitté ses narines. Elle fit appeler Ayafeeia et NoSohoth.

Ses caméristes s'occupèrent d'elle pendant qu'elle attendait les deux dragons. Elle enviait les esclaves et leur vie simple. Obéir aux ordres, faire bien son travail, satisfaire le dragon auquel on appartenait… Ni doute, ni anxiété, des passions éphémères, des peines de cœur oubliées dans l'heure.

Si elle perdait RuGaard, elle vivrait avec la douleur pendant un millier d'années.

— Le Tyr m'a dit d'agir selon ce que je juge bon, Ayafeeia. Mon jugement ne conseille que rarement la prudence.

— En quoi les circonstances ont changé, ma reine ?

— C'est très simple. En qualité de reine, je prends maintenant les décisions pour le Lavadôme, or la reine veut mener ses sœurs du feu au combat. Dame-mère, prépare tes filles pour un vol vers Hypat !

Paskinix leur montra où quitter la rivière. Ce n'était pas un débarcadère, mais un trou dans le plafond bordé par les carapaces de créatures aquatiques mortes depuis longtemps. Les démènes éprouvaient quelques difficultés avec les cordes et LaDibar leur suggéra de simplement monter un par un, cramponnés aux crêtes des plus gros dragons.

Les *griffarans* passèrent une fois encore un moment particulièrement désagréable. Ils n'aimaient pas marcher et les tunnels étaient beaucoup trop étroits pour y voler. Les grottes creusées par l'érosion et améliorées par les démènes cédèrent la place à d'anciennes mines naines.

Le cuivré finit par convaincre ses dragons de tirer les *griffarans* ; ces derniers chevauchèrent chacun la queue d'un dragon, le bec accroché à l'extrémité des ailes repliées de leur monture.

Les chauves-souris ouvraient la marche ; elles sondaient les parois avec leurs cris et faisaient des allers et retours entre les ténèbres et les démènes, qui venaient ensuite. Suivaient les dragons avec à leur tête le cuivré pour rester en contact avec les démènes. Ce qui restait des bêtes terminait le cortège, conduit par les hommes de l'armée aérienne.

Les blocages leur demandèrent un dur labeur. Les nains avaient muré une partie des mines à l'époque de leurs guerres contre les démènes. Si ces derniers avaient depuis longtemps trouvé le moyen de les franchir, les passages qu'ils avaient creusés étaient juste assez larges pour eux, et certainement pas pour des dragons. Les démènes, les hommes et les plus petits draques suèrent sang et eau et jurèrent dans trois langues différentes pour briser la maçonnerie renforcée de fer et élargir le passage.

— Je suis venu pour me battre, pas pour creuser. C'est un travail d'esclave, se plaignit HeBellereth.

— Tu préfères creuser ou affronter les rokhs ? lui demanda LaDibar.

Chapitre 23

Le voyage vers le sud fut éreintant pour Natasatch. Elle n'avait pas le récent entraînement au vol sur de longues distances de son compagnon, et même si elle se battait avec des cœurs de dragon et qu'AuRon leur faisait faire de fréquents arrêts pour manger et se reposer, elle arriva complètement épuisée dans le camp de Naf. Sa peau pendait sur ses flancs et la fatigue rendait son regard vitreux.

— Je n'ai… jamais… volé… sur de telles distances, haleta-t-elle.

— Tu as besoin de bons repas pendant quelques jours, répondit AuRon.

Naf interpréta mal la raison de son épuisement et pensa qu'elle dépérissait en raison d'un manque de métaux. Il demanda au camp de collecter immédiatement tous les débris métalliques, les vieilles pièces ou les jetons d'échange.

Les soldats leur offrirent de la nourriture et du métal : de vieilles boucles de ceinture, des embouts de fourreaux, des outils cassés, des couteaux usés, ainsi qu'un tas de pièces gros comme la tête de Natasatch.

— Je vous remercie, dit-elle dans un parl rugueux.

Elle dévora deux porcs rôtis assaisonnés et adoucis par les épices cuites à feu doux populaires dans ces vallées.

Quand AuRon vit sa compagne respirer paisiblement, profondément endormie et le ventre plein, il rejoignit Naf et deux des capitaines en qui il avait le plus confiance autour de chopes remplies de bière d'épicéa.

Naf lui expliqua que tous les Ghiozes semblaient parcourir Hypat de long en large sans quasiment rencontrer de résistance.

Les forces qu'Hypat n'avait pas engagées le long des frontières des provinces se hâtaient vers des points de ralliement situés le long de la côte ou sur le Falnges.

— Raison de plus pour tenter mon plan, dit AuRon.

Naf secoua la tête.

— Impossible.

— Pourquoi ? demanda AuRon.

— Jamais une armée ne pourra pénétrer dans la ville. Les portes sont trop bien gardées. Les soldats ghiozes sont pratiquement les seuls à pouvoir se déplacer en groupes importants, et nous ne pourrons pas les imiter. Les autres sont des esclaves qui ne portent que de très légers vêtements. Nous n'aurions nulle part où cacher nos armes.

— Et si vous n'étiez pas armés ?

— Une centaine d'hommes vêtus de pagnes contre la garde de la citadelle ? Ça ne peut pas marcher.

— Et si je vous apportais armes et armures ?

— Les nôtres ? Les arcs et les épées de mes hommes ?

— Oui.

— Alors nous aurions une chance. Juste une chance. Pourrais-je compter sur ton aide aux portes de la citadelle ?

— Bien entendu.

— C'est peut-être peine perdue. Hieba est probablement morte.

— Alors nous nous vengerons sur la reine.

— Et nous mourrons en tuant un de ses doubles.

— J'y ai beaucoup réfléchi, dit AuRon. Je ne peux m'empêcher de penser qu'un grand mystère entoure la reine. L'être à qui j'ai parlé n'était pas un double, même excellemment entraîné. J'ai conversé avec la reine elle-même. J'en suis sûr. Ainsi, elle parle par la bouche de ses doubles, comme elle l'a fait avec moi dans le Lavadôme, ou…

— Ou quoi ? demanda l'un des capitaines de Naf.

— Ou la reine rouge cache un mystère encore plus profond.

Paskinix renvoya une chauve-souris messagère pour annoncer qu'« un combat et une capture » avaient eu lieu plus haut, dans l'une des grottes pendant que les dragons dînaient et attendaient que les draques et les démènes dégagent le blocage.

Le cuivré décida de s'y rendre lui-même.

Trois démènes morts gisaient ensemble sur le ventre, main dans la main selon la coutume hominidée.

La salle dans laquelle la chauve-souris le mena était probablement près de la surface. Le sol de ce qui ressemblait à un ancien dortoir de nains, à en juger par les nombreux creux dans les parois, était souillé par de vieux ossements, des morceaux de peau séchée fins comme des feuilles et maintenus ensemble par une couche de poils et de boue, des excréments, des champignons et du lichen qui se nourrissait de tout ceci. Il avait déjà vu des cellules de nains. Quand ils étaient loin de chez eux, ils aimaient dormir dans de petites cavités qui rappelaient les alvéoles d'une ruche.

Le cuivré se retrouva face à face avec son vieil ami NiVom.

Les démènes avaient passé un grand nombre de cordes autour de son cou et de ses pattes. Ils avaient également plongé des crochets d'escalade dans ses ailes, son échine, sa queue.

— Dis-moi, comment connaît-elle nos déplacements ? demanda le cuivré.

— Elle ne savait pas que des dragons arrivaient, seulement des démènes. Je pense que vous auriez sinon trouvé davantage que ma compagne et moi.

— Ta… compagne ?

— Imfamnia. Ta sœur par alliance.

— Tu t'es accouplé avec une traîtresse comme elle ? demanda le cuivré.

— Et c'est un dragon impliqué dans le massacre de sa famille qui me dit cela.

Le cuivré ne voulait pas avoir une fois de plus cette conversation.

— Où est-elle maintenant ?

— Elle a fui dès que les démènes ont attaqué. La bravoure au combat ne fait pas partie de ses qualités.

— Pouvons-nous le saigner, mon seigneur ? demanda l'un des démènes, occupé à affûter son couteau sur le sol de la caverne.

Le cuivré renifla les plaies de son ancien chef au sein de la garde draque.

— Et toi qui étais toujours si intelligent, NiVom.

Il avait entendu l'armée aérienne parler à voix basse de la reine dépravée. Imfamnia marquerait l'histoire grâce à des chansons aux paroles très créatives inspirées par ses exploits présumés avec divers compagnons de passage.

— J'avais oublié à quel point les démènes peuvent bouger des rochers sans faire de bruit, dit NiVom. Si tu dois me tuer, fais-le. Je ne suis pas d'humeur à parler.

— Te tuer ? NiVom, je serais heureux de te secourir ! Rejoins-nous, aide-nous à faire tomber la reine rouge.

— C'est impossible. Elle vous verra arriver. Elle a toujours un coup d'avance. Je me demande si elle n'a pas demandé à Imfamnia de venir avec moi dans ce trou crasseux et de s'enfuir dès le premier tintement de lame. Je commence à croire qu'elle voulait ma mort.

— Raison de plus pour te joindre à nous.

— Quelles sont tes conditions ?

— Il n'y en a qu'une : quand nous serons sortis de ce trou et que nous volerons, parcours Ghioz et avertis la population que la vengeance des dragons est sur le point de s'abattre sur eux. Que ceux qui désirent se rendre marquent leurs maisons, leurs granges et leurs embarcations d'une façon ou d'une autre. Existe-t-il une couleur de tissu commune dans ce royaume ? Quelque chose de vif, que nous pourrions voir depuis le ciel en plein jour ou par une nuit claire ?

NiVom réfléchit.

— Mieux encore. Les Ghiozes sont de grands consommateurs de peinture blanche. Ils l'utilisent pour recouvrir l'intérieur de leurs bâtiments.

— De la peinture ? Oui, bien sûr, la couleur liquide. Parfait, cette peinture blanche fera l'affaire. Qu'ils marquent leurs toits ou du moins la bordure de ceux-ci pour annoncer qu'ils se rendent.

— C'est courageux de ta part. Je vois pourquoi ils t'ont nommé Tyr. Je pourrais très bien m'enfuir.

— Le NiVom qui a combattu à mes côtés à Bant tenait parole. Si ce dragon n'est plus, je veillerai à ce que le renégat qui se cache dans son corps soit tué lui aussi.

Le cuivré regarda NiVom, implacable, et le dragon blanc s'inclina brièvement.

— Je… je m'en occupe, mon Tyr.

Il ordonna aux démènes de libérer NiVom.

Les démènes menèrent l'armée aérienne à la surface. Le cuivré leur rendit leur liberté quand ils arrivèrent à la lumière du jour.

— Vous êtes les bienvenus dans toutes les grottes au nord du tunnel de l'Étoile, dit-il à Paskinix et son armée. Vous pouvez aussi continuer à vivre près du cercle d'eau, mais devez accepter que dans le tunnel du Tyr, la loi du Tyr soit en vigueur.

— Si le Tyr tient parole, Paskinix sera toujours un allié fidèle, répondit le roi.

Les démènes regagnèrent alors les profondeurs.

Les dragons, quant à eux, attendirent le crépuscule.

NiVom partit le premier. Le cuivré, HeBellereth et Aiy-Yip le regardèrent s'éloigner dans le ciel.

— Ah, si je pouvais ouvrir mes ailes ! glapit Aiy-Yip.

— Ce soir, répondit le cuivré.

— Pourquoi l'avez-vous laissé partir ? demanda HeBellereth. Il pourrait aller voir la reine.

— Je ne le pense pas, répondit le cuivré. Regarde derrière lui.

Deux rokhs surgirent des nuages et suivirent NiVom ; les trois silhouettes étaient curieusement sombres sur le ciel nocturne.

Le cuivré hocha la tête.

— Dès que nous l'avons trouvé, je me suis dit que la reine rouge le faisait surveiller. Si nous l'avions tué, un des rokhs de cette patrouille – au moins – se serait attardé à la surface. Ils ont tout d'abord dû suivre Imfamnia, et maintenant NiVom. J'espère que c'étaient les seuls oiseaux qui survolaient cette contrée.

— Mon Tyr est intelligent.

— Nous verrons à quel point. Si la reine rouge a senti ou vu arriver quelques quatorzaines de démènes, imagine ce qu'est pour elle cette multitude de dragons. Nous sommes peut-être à l'aube d'une bataille digne de bien des chansons de vie.

— Raison de plus pour finir ce qui reste des bêtes, dans ce cas, dit HeBellereth.

Aiy-Yip gonfla ses plumes pour exprimer son approbation.

Les dragons étaient à l'air libre. Il leur fallait se frayer un chemin jusqu'à la cité de la reine – les montagnes qui l'abritaient n'étaient qu'une tache violette sur l'horizon.

Il avait relâché Paskinix et ses guerriers et leur avait donné le droit d'utiliser cette sortie vers la surface comme mine de soleil – on lui avait finalement expliqué de quoi il s'agissait : tout simplement un lieu où les démènes faisaient pousser des cultures, des fruits de préférence.

Les dragons sortirent les uns à la suite des autres des tunnels nains. Ils se reposèrent sur un coteau herbeux quelque part vers le nord des hauteurs qui marquaient le début des collines aux chevaux.

— Dragons, le moment est venu, annonça-t-il à l'assemblée.

» Nous avons été chassés de la Cime d'Argent et dispersés, puis attirés dans le Lavadôme et réduits en esclavage. Pendant des générations, nous nous sommes cachés par peur des armées, des assassins, des voleurs d'œufs et des chasseurs d'écailles. Nos os ont été vendus pour en faire des médecines ou les totems de quelque stupide divinité hominidée.

» Ceci est le dernier matin du genre draconique tel que nous le connaissons. Il sera peut-être terrible, un chant de mort, un jugement au cours duquel notre courage, notre esprit et nos muscles se mesureront à d'innombrables adversaires pour qui notre destruction serait une bénédiction.

» Ou peut-être marquera-t-il le début d'une nouvelle ère pour les dragons au cours de laquelle nous cesserons de laisser le monde façonner notre destinée. Si nous gagnons aujourd'hui, *nous* façonnerons le monde et prendrons notre place sous le soleil. Nous serons généreux avec nos amis tels que les *griffarans* et féroces avec nos ennemis.

Le cuivré vit quelques dragons regarder autour d'eux, perturbés par la lumière et l'immensité du monde d'En-Haut, ou peut-être effrayés par les rokhs qui criaient dans les nuages.

— Je suis navré d'avoir à vous demander cela, mais j'ai besoin que quelques dragons restent ici et gardent cet accès au monde d'En-Bas. Si les choses tournent mal pour nous au-dessus de Ghioz, les survivants seront probablement pourchassés sur le chemin du retour. Quelques dragons frais, la poche à feu bien remplie et prêts à combattre pourraient sauver bien des vies. Personne ne pensera le moindre mal de ceux qui auront accepté ma requête et gardé cette entrée.

À ces mots, les regards méfiants s'éclairèrent. Quatre dragons donnèrent leur nom, prêts à assurer l'arrière-garde.

— Quelle que soit la tournure que prendra cette journée, je suis fier d'y prendre part. Fier de mes frères, les *griffarans*. Fier de pouvoir dire que j'ai volé avec HeBellereth, CoTathanagar et NoFhyriticus, SiHazathant et Regalia.

À ces mots, ils décollèrent, formèrent deux grands chevrons et se dirigèrent vers le nord. Chaque dragon tirait profit de l'air déplacé par celui qui le précédait et permettait à son tour à celui qui le suivait de ménager un peu ses efforts. Les *griffarans* volaient au-dessus d'eux ou entre chaque dragon. Les longues plumes de leur queue leur donnaient l'aspect de fléchettes perdues au milieu d'une pluie de flèches.

Des flèches qui fondaient sur l'empire ghioze.

Le cuivré remarqua qu'ils semblaient suivre des nuages de tempête qui se dirigeaient vers le nord-est.

— Une tempête qui va s'abattre sur Ghihar. C'est une bonne chose que nous soyons derrière, beugla HeBellereth. L'air nous porte mieux.

Quelle coïncidence. Une tempête ailée suivrait bientôt.

Chapitre 24

Ils avaient peinturluré Natasatch avec un composé collant d'argile, de miel, de teinture… et AuRon ne voulait pas savoir quoi d'autre. Dans tous les cas, cela collait aux écailles comme des tiques.

Il tourna autour de sa compagne pour observer le résultat. Des rayures plus sombres zébraient ses flancs. Une fois le mélange séché, ils la firent voler et décrire des cercles de plus en plus hauts. Bien sûr, sa superbe collerette courait toujours le long de son échine, mais ils ne pouvaient rien y faire.

Cependant, quand il le lui annonça, Natasatch commença à la ronger avec ses dents jusqu'à ce qu'elle soit courte et dentelée comme celle d'un mâle. AuRon eut le cœur brisé de voir sa compagne ainsi défigurée, mais il savait que sa collerette finirait par repousser.

— De loin, ce n'est pas si mal, dit Naf. Sa queue est un peu trop longue, trop épaisse, mais à part ça…

Les hommes se réjouirent bruyamment. D'après Naf, les Dairusses aimaient que l'on joue un bon tour à ses ennemis. Ils avaient été asservis pendant la plus grande partie de leur histoire, par Anklamere tout d'abord, puis par les cruels Pieds de Fer et dernièrement par Ghioz, et ils avaient appris la valeur de la ruse et du tour astucieux qui trompe le percepteur ou le contremaître.

Le camp de Naf tout entier vibrait littéralement d'excitation. Pour chaque homme autorisé à l'accompagner dans son dangereux périple en terre ghioze, il devait en refuser trois. Il sélectionna ensuite les meilleurs de ce groupe au moyen d'épreuves, d'exercices sportifs et de démonstrations de force, tandis que Natasatch faisait office de juge. La rumeur circula qu'elle pouvait sentir un héros-né à l'odeur de sa transpiration.

— Montre-toi tous les jours, dit AuRon à sa compagne. Ceux qui surveillent le camp rebelle seront persuadés que Naf est resté avec son ami le dragon. Vole vers l'ouest le matin et reviens dans l'après-midi. Ils penseront que tu communiques avec une colonne hypate.

— Oui, mon seigneur, répondit-elle avec ce ton excessivement obéissant qu'elle employait pour se moquer de lui. Je me montre seulement et surtout je n'engage pas le combat avec ces gros oiseaux, même si j'ai très envie d'un pigeonneau rôti à la flamme.

Ils se frottèrent le museau et se grattèrent l'arrière de la mâchoire avec les pointes de leurs *griffs*.

— J'imagine qu'il est inutile de te demander d'être prudent, dit-elle.

— C'est toi qui as voulu prendre part à cette guerre.

— Pour bâtir une amitié qui durera jusqu'à ce que nos dragonnets aient leurs ailes.

AuRon regarda autour de lui.

— Les hommes ont la mémoire courte. Je voudrais tout de même voir cette reine tomber et Hieba en sécurité avec Naf, si elle vit toujours.

— Et n'oublions pas le trésor cette fois. La gloire et la bravoure sont de bien belles choses mais nos petits ont besoin de pièces. Rapporte tout ce que tu pourras.

— Oui, oui, bien entendu. Naf sera généreux, si tout ceci réussit.

Quand Naf eut choisi ses guerriers et que ceux-ci eurent convenablement prié les dieux qui, selon les hommes, s'occupaient de telles affaires, ils se rendirent dans un autre camp, un peu plus à l'est. Les éclaireurs commencèrent alors à explorer chemins et passes.

Les hommes mirent leurs armes et leurs boucliers dans des filets accrochés aux flancs d'AuRon et celui-ci fit un vol d'essai. Il ne parvint même pas à décoller et exécuta à peine un court vol plané avant qu'ils le soulagent de toutes leurs cottes de mailles.

— Ta compagne pourra enfin faire un bon repas de métal, plaisanta Naf.

— Garde-les, répondit AuRon. Elles sont de trop belle facture pour un ventre de dragon.

— Les nains de la Compagnie sont de vieux amis à nous. Ils ressentent le poids de l'avidité de la reine et nous ont envoyé des armuriers pour aider notre cause.

— Dans ce cas, je suis d'autant plus désolé de ne pas pouvoir les transporter.

AuRon fit un nouveau vol et découvrit qu'il pouvait cette fois porter honorablement son chargement. Si voler avec une cuirasse d'écailles ressemblait à cela, sa compagne, capable de voler aussi vite et aussi longtemps avec un tel fardeau, valait dix fois le dragon qu'il était.

Et ce sans jamais se plaindre, tout juste un grognement de temps à autre. Il ne méritait pas une telle dragonnelle.

La troupe de Naf rassembla ses boucliers et ses lances.

— Je suis navré, haleta AuRon, les ailes endolories. Le reste est trop lourd pour moi.

— Il nous faudra nous satisfaire des boucliers et des heaumes pour commencer. Nous nous servirons sur les morts s'il le faut.

— C'est de rire qu'ils mourront quand ils verront des hommes vêtus de pagnes les attaquer avec rien d'autre que des lances, des heaumes et des boucliers, ricana l'un des guerriers.

— Vous êtes prêts ? On a une chance sur un millier !

Naf éclata de rire.

— Mes hommes sont si enragés que ça doit être une chance sur cent maintenant, mais si je dois mourir, il est mieux pour mon peuple que ce soit sous les murs de Ghioz. Mieux pour moi, également. Si je dois m'installer dans l'autre monde, j'aimerais être près de ma bien-aimée.

Ils s'avancèrent vers les terres ghiozes en courtes étapes et empruntèrent les chemins de contrebande qui reliaient Hypat et Ghioz. AuRon marcha avec les hommes la plupart du temps, même si la lenteur de ce mode de déplacement l'exaspérait après des années passées à voler.

Les contrées limitrophes étaient vides. Même les postes de garde dans les principaux défilés n'abritaient qu'une poignée de soldats et un seul cheval messager.

Les éclaireurs trouvèrent un groupe de jeunes hommes cachés dans les bois pour éviter de devenir soldats de la reine. Selon eux, chaque paire de jambes capable de marcher était envoyée dans les contrées du sud ou à l'aide des Pieds de Fer qui envahissaient Hypat.

— Ils risquent d'êtres vendus aux enchères s'ils essaient d'éviter les recruteurs de la reine, expliqua Naf à AuRon. Quand j'étais dans la garde rouge, nous retrouvions une ou deux dizaines de garçons comme eux chaque année. Ils disent tous la même chose : plutôt servir dans les champs sous les ordres d'un contremaître que d'affronter flèches et assassins dans les garnisons de la reine.

Ils traversèrent la frontière et le paysage céda peu à peu la place à des pâturages de montagne et des champs en terrasses. Les rivières et les torrents commencèrent à couler vers le sud-est : ils avaient franchi l'embranchement du fleuve et avaient pénétré en territoire ghioze.

Quand ils virent les lumières de la cité – incroyable de pouvoir apercevoir une ville la nuit à un horizon de distance – ils se firent leurs adieux.

Naf ordonna à ses hommes de se défaire de leurs armes et protections puis d'accrocher le harnachement d'AuRon dans un arbre afin qu'il puisse facilement l'enfiler.

— Nous voyagerons plus vite si nous prenons la route et prétendons être un groupe de travailleurs forcés.

— On pourrait même quémander un repas ou deux dans les boulangeries de la reine ! s'esclaffa l'un des éclaireurs, maintenant habillé en contremaître.

Ils déterminèrent comment se retrouver dans les bois de la reine, à l'extérieur de la citadelle, quand la lune se lèverait trois nuits plus tard.

— Je me sens nu sans ne serait-ce que ma dague, dit Naf.

Il frissonnait, seulement vêtu d'un simple pagne, de sandales et d'une couverture passée autour de ses épaules et fermée avec un bout de ficelle.

— Pourvu que la garde de la citadelle ait été vidée de la même façon que les postes-frontières, commenta un capitaine.

— Au lever de la lune, dans trois nuits, dit AuRon.

— Je l'espère, répondit Naf sans son petit sourire habituel. Je n'ai pas très envie de passer le reste de mon existence avec de l'eau jusqu'aux genoux dans des fossés d'irrigation ou à casser du gravier sur les routes.

Quand les hommes eurent descendu le sentier de montagne qui passait dans les champs en terrasses, AuRon resta sous le couvert des arbres et attendit. Il scruta le ciel, sentit le vent et espéra que le temps serait adéquat trois nuits plus tard. Il fut tenté d'attaquer du bétail mais se contenta de chèvres sauvages qui s'étaient de toute évidence échappées et avaient appris à vivre dans la forêt. Elles étaient alertes et il ne parvint, sans employer son feu pour l'aider à chasser, qu'à attraper les bêtes malades ou âgées.

L'heure vint enfin. Pour l'instant, le temps se montrait coopératif : le vent soufflait avec force et il pleuvrait probablement. La pluie serait une bonne ou mauvaise chose, selon le moment qu'elle choisirait pour commencer à tomber. Il passa son harnais de filets remplis d'armes et de boucliers, gravit une colline escarpée d'où il pourrait bien sauter et s'élança dans la nuit.

Il vola si bas pendant tout le voyage qu'il effleura parfois du bout des ailes la cime des arbres.

Une légère bruine se mit à tomber. AuRon était content d'avoir survolé la cité par beau temps et donc de savoir à peu près où se situait le lieu de rendez-vous choisi par Naf.

C'était le printemps et le fleuve était en crue ; Naf et ses hommes attendaient sur un îlot entouré par le cours d'eau. Ils avaient dressé un camp sans feu.

— En des temps meilleurs, nous avions l'habitude avec Hieba de marcher dans ces bois, dit Naf. La vue sur la cité et la sculpture de la montagne est incomparable.

De l'autre côté du fleuve s'étendaient des quais et des rangées de bâtiments ; AuRon distingua quelques lumières à travers la brume. La citadelle.

AuRon se remémora ce que Naf lui avait raconté à son sujet tandis que les hommes attachaient heaumes et boucliers.

Ghihar. L'ancienne cité des hommes de Ghioz dont les remparts avaient été construits à l'époque où ils avaient des ennemis à chaque frontière et qu'ils étaient engagés dans une guerre civile avec la population en aval du fleuve.

Le plan était assez simple. Ils délivreraient Hieba de sa maison – et tous les autres otages de la reine désireux de quitter ces prisons maquillées en belles bâtisses – puis partiraient avant le lever du soleil, Hieba et sa fille sur le dos d'AuRon, Naf et ses hommes sur des chevaux, déguisés en garde de la citadelle. Les véritables soldats auraient été réveillés dans leur lit et enfermés dans l'une des vieilles tours. AuRon pouvait voler assez vite pour atteindre les contrées limitrophes avant le lever du soleil.

Le mauvais temps ne ferait que ralentir les rokhs et rendre leurs recherches difficiles et, à en juger par la masse de nuages qui s'approchaient du sud, sa venue était très probable.

Il restait bien sûr le problème des dragons que la reine employait.

AuRon veillerait à les éviter. Et même s'ils le voyaient, il pouvait voler plus vite que n'importe quel dragon à écailles.

Sa première mission consistait à emmener les hommes de l'autre côté du fleuve, sur l'une des petites routes qui menaient à la citadelle.

Il se chargea de nager. Les guerriers n'avaient qu'à se cramponner à sa collerette, à moitié immergés. Ces hommes firent preuve d'une admirable force d'âme pendant la traversée : ils inspiraient profondément quand l'eau frappait leurs parties intimes et soufflaient comme les babouins qu'il avait chassés dans la jungle.

Quatre voyages plus tard Naf, AuRon et les hommes remontaient vers la citadelle tandis que les habitants fermaient leurs portes et leurs volets.

Deux hommes coururent vers la citadelle en faisant tinter des clochettes.

Naf siffla et des flèches abattirent les deux malheureux, trois pour l'un et deux pour son camarade, toutes regroupées près de la nuque.

— Je suis heureux que tes archers ne me tirent pas dessus, déclara AuRon.

— Des gardiens du feu, je pense, dit Naf qui tirait sur les ceinturons des deux hommes pour en examiner les boucles.

Les murailles de la citadelle se dessinèrent sous la pluie. L'eau coulait le long de ses côtés et s'engouffrait dans des fissures creusées dans la pierre pendant des centaines d'années. Ces murs étaient impressionnants pour un travail d'humain. AuRon supposa qu'ils étaient assez larges pour que des chevaux circulent dessus ou que des bêtes y tirent des machines de siège. Au sommet de la bâtisse des marquises détrempées claquaient au vent.

Ce qui avait été un fossé autour des murs était maintenant rempli de boue et de détritus.

— Aux portes ! Vite ! cria Naf.

Il désignait une petite arche entre deux tours. Elles ressemblaient aux pattes d'un immense troll et étaient criblées de meurtrières.

La porte, située sous une arche basse, n'était qu'un insignifiant ensemble de barres de fer. AuRon vit quelques lumières de l'autre côté, une sorte de cour. À la vue des guerriers, une corne se mit à résonner. Un verre se brisa sur les pavés, devant la porte.

AuRon se jeta contre celle-ci et la fit sauter tout entière hors de ses gonds. Elle s'écrasa à plat sur le sol et Naf et ses hommes la franchirent en courant.

— Nul besoin de savoir tenir un siège quand on a l'aide d'un dragon ! s'exclama Naf.

Un homme vêtu d'une tunique rouge cramoisi apparut à l'entrée d'un escalier. AuRon donna un grand coup de *saa* et le renvoya d'où il venait. Il bondit ensuite dans la cour.

Les hommes de Naf s'arrêtèrent un instant pour se repérer puis se divisèrent en trois groupes bien organisés, à l'exception de quelques-uns qui restèrent en arrière pour s'occuper des guerriers aveuglés par le contenu de l'objet en verre qui était tombé derrière AuRon. Le premier groupe se dirigea vers un escalier qui montait le long du mur, le deuxième vers une tour au toit large et pointu, presque une pyramide, qui se dressait au centre de la citadelle et le troisième, mené par Naf, remonta une allée bordée de jolies maisons en bois et en pierre ; leurs toits pointus leur donnaient l'aspect d'une rangée de dents.

AuRon regarda le groupe du milieu rentrer dans la tour et l'autre se séparer pour parcourir la muraille dans deux directions à la fois. Ils n'y trouvèrent que très peu de gardes et ceux-ci lâchèrent leurs armes pour courir vers les portes des tours.

AuRon monta en volant sur la muraille et, pour aider les rebelles, défonça une porte fermée d'un coup de queue. Dans une autre tour, trois hommes s'activaient autour d'une machine de guerre qui ressemblait à une boîte. Il fut tenté d'employer ses flammes mais une soudaine explosion attirerait les créatures qui volaient peut-être dans les nuages.

Il devait avant tout occuper les rokhs ailleurs.

Il battit vigoureusement des ailes en direction du visage sculpté à même la montagne tandis que des éclairs furieux commençaient à zébrer le ciel.

AuRon remarqua une étrange lueur au sommet du visage. Il pensa tout d'abord qu'il s'agissait de la lumière d'un feu de cheminée, mais il n'avait jamais vu de flammes diffuser une lumière blanche.

Il pensait connaître la source de cette lueur si proche de celle d'une étoile.

AuRon décida que le moyen le plus rapide d'entrer serait par la bouche. Les échafaudages bloquaient le passage tels des barreaux de bois.

Il prit de la vitesse, replia ses ailes en biais comme s'il plongeait dans l'eau à la poursuite d'un thon. Il traversa le bois comme il l'aurait fait d'un bosquet de roseaux.

Les échafaudages s'effondrèrent avec un vacarme des plus satisfaisants.

AuRon vit fuir des silhouettes humaines vêtues d'une grande variété d'habits de nuit.

Deux gardes chargèrent, lances brandies. AuRon leur rugit au visage et ils quittèrent la pièce avec le même enthousiasme.

— Quelle est cette insulte ? demanda une voix impérieuse.

La reine rouge se dressait au milieu d'un escalier. Elle portait un masque qui semblait fait d'un papier soigneusement pressé sur son visage.

— Vous me devez une récompense en pièces d'or, dit AuRon. Je suis venu la chercher.

— Tu as fort mal délivré ce message. Nous tiendrons parole. Nous te donnerons une somme en argent, et toi et moi nous quitterons en bons termes.

— Donnez-moi ce que j'ai gagné ou mourez.

— C'est un choix facile. Tue-nous. Nous économiserons ainsi un coffre rempli de pièces, dont nous ferons sûrement meilleur usage.

— Je ne veux pas de votre or. Vous pourrez satisfaire ma demande en me payant en sang.

— Naf et ses hommes ont échoué, tu sais. Ton plan astucieux n'a fait que les déposer, lui et tous ses hommes, entre nos mains beaucoup plus facilement que si nous l'avions pourchassé dans ces montagnes. (AuRon se hérissa.) Nous nous demandons ce que vous cherchiez dans la citadelle.

La reine s'avança au milieu de la jonction entre les escaliers.

— Si vous laissez Hieba et son enfant partir, j'oublierai votre trahison, dit AuRon.

Il prêtait l'oreille aux cris et aux discussions des serviteurs.

— Est-ce là un appétit exotique des dragons ? Nous avions entendu des rumeurs sur de telles impulsions.

— Laissez-nous partir en paix.

— Pour que tu les ramènes à ce… traître ? La jeune Nissa est élevée pour mener son peuple en qualité de gouverneur. Elle promet d'être assez belle pour inspirer les prochaines générations de poètes et de musiciens. Nous ne voudrions pas qu'une telle apparence soit gâchée !

— Alors payez-moi la récompense promise, ou mourez.

AuRon cracha ses flammes et la reine rouge disparut avec un bref cri. Était-il devenu fou ?

Une lumière bleue jaillit de l'explosion. Elle dansa devant ses yeux comme une luciole égarée, puis remonta les escaliers en tourbillonnant.

AuRon la suivit le long des escaliers, dans les virages, à travers tout le palais. Les serviteurs regardaient avec de grands yeux non pas la lueur bondissante mais AuRon lancé à toute allure derrière elle. Tout haletant, AuRon en conclut que les yeux humains ne pouvaient pas la voir, comme c'était le cas avec certains types de mousse lumineuse.

Ils surgirent de la double porte à l'arrière de la tête. La lueur parcourut l'arête à toute allure en direction du petit temple bâti haut dans la montagne.

AuRon décolla, fit le tour de la statue géante et scruta la cité en contrebas. C'était peut-être son imagination ou un tour de la pluie et du vent, mais il crut apercevoir des ailes planer au-dessus de la citadelle.

Il fonça vers le temple, le regard fixé sur l'édifice tandis que la lueur s'estompait.

Avant de se poser il tendit l'oreille mais n'entendit que le vent de la montagne.

Il se laissa glisser le long d'une gracieuse sculpture elfe construite sur de robustes fondations naines, descendit un escalier large et incurvé et se faufila dans une rustique galerie garne.

Et il entra dans la salle.

Les racines du monde lui-même semblaient en supporter le plafond.

AuRon avait l'étrange impression que la montagne avait poussé autour de cet endroit. Les rochers paraissaient vieux, comme s'ils étaient fatigués, usés par le grand âge.

Un arbre se dressait au centre de la salle, mais un arbre des plus étranges, comme deux enchevêtrements de racines qui se rejoindraient au niveau du tronc. Le premier s'agrippait au plafond et le deuxième au sol.

En certains endroits, les racines étaient gonflées comme de la peau malade. Certaines de ces protubérances étaient petites, rouges et ressemblaient à des pommes, d'autres étaient aussi enflées qu'un gros cochon.

L'une de ces nodosités bougea, battit comme si elle respirait. AuRon approcha la tête. La peau était tendue, comme celle de son propre dos avant que ses ailes sortent.

Un visage le regardait.

Celui de la reine rouge.

AuRon eut un mouvement de recul.

Il avait ses flammes. Seraient-elles suffisantes ? Il griffa le tronc de l'arbre et le bois pulpeux se déchira en lambeaux, plus proche de la chair que de l'écorce.

Une main surgit de la protubérance. Des filaments rouges s'accrochaient à elle tel un long voile.

Les flammes jaillirent toutes seules sous le coup de l'effroi. Il les répandit de droite à gauche en se concentrant sur l'arbre. Quand les flammes la touchaient, l'écorce sifflait plus qu'elle brûlait, comme quand un dragon crache du feu sur de l'eau de mer.

Il prêta une attention toute particulière aux nodosités. Elles fumaient, gonflaient, puis explosaient.

L'air était saturé de fumée, mais il lui fallait achever cette destruction. Il frappa à droite, à gauche, brisa, écrasa les protubérances. Pas assez vite. Il tomba, se brûla, recouvert du sang des nodosités.

Dehors, dehors, dehors ! Plus d'air, plus de peau, plus le temps.

Il gravit les escaliers à toute vitesse suivi par une traînée de flammes et s'élança dans l'air pur de la montagne.

L'horreur l'attendait dans la citadelle. Les hommes de Naf étaient pendus aux murs et déjà les corneilles les picoraient. Des vautours rebondis attendaient en contrebas ; ils connaissaient de toute évidence assez bien les usages de la citadelle ghioze pour savoir que les corps finiraient par tomber.

Des hommes se battaient à l'extérieur de la tour au toit pointu. Ceux qui étaient à l'intérieur décochaient des flèches et recevaient en échange des pierres envoyées par des machines de guerre.

Un dragon vert, long et mince, tournait autour de l'édifice. Deux rokhs en faisaient de même un peu plus haut.

S'il avait réfléchi rationnellement, s'il avait eu le temps de tout planifier, il aurait survolé les rokhs avant de leur fondre dessus en piqué. Il aurait pu frapper l'un, cracher ses flammes sur l'autre, et tomber sur le dragon qui faisait trembler la tour à coups de queue.

Mais comme un imbécile, il ne pensait qu'à Naf réfugié – avec ses hommes, probablement – dans cette tour dont les murs étaient martelés et ouverts par les machines de guerre.

Il cracha ses flammes sur celles-ci. Les rokhs plongèrent, les serres en avant. Ils déchirèrent la peau de ses ailes. AuRon s'écrasa, roula sur lui-même et dispersa au passage soldats, chevaux et bœufs.

Il courut vers ce qui restait de la porte de l'édifice. Des flèches s'enfoncèrent dans ses flancs mais ne le ralentirent pas. Il brisa les empennages en se glissant par l'ouverture.

Il était entré dans une pièce vaste et carrée avec quatre grosses colonnes qui montaient jusqu'au plafond, des escaliers de chaque côté et ce qui ressemblait à de vieilles stalles remplies de caisses, de coffres et de paquets.

Les hommes de Naf, équipés d'un mélange de leurs propres armures et de plastrons ou de cottes de mailles ghiozes, étaient occupés à allumer des flèches pour les décocher sur les machines de guerre pendant que d'autres archers les couvraient.

Au milieu des quatre colonnes se dressait un vieux trône. C'était un ouvrage simple, en bois, avec des pieds et des protège-accoudoirs en cuivre, presque dépourvu d'ornements.

Naf y était affalé, une flèche dans l'épaule et une autre dans l'estomac. Hieba le serrait dans ses bras. Elle avait beaucoup vieilli depuis leur dernière rencontre. Deux longues mèches grises se détachaient sur sa chevelure noire.

— Eh bien, AuRon, dit-elle, tu es arrivé à temps pour le dernier acte de notre tragédie héroïque.

— Ta fille ? demanda AuRon.

— La reine l'a envoyée dans les provinces du sud.

Naf rit et un filet de sang et de salive coula de sa bouche.

— Je suis heureux, même si j'aurais souhaité que Nissa me voie m'endormir pour la dernière fois. Le croiras-tu, je suis aujourd'hui assis sur le trône du Dairuss. Les premiers rois ghiozes l'ont jadis apporté ici puis l'ont oublié dans cette vieille tour. Rends-moi service. Quand j'aurais rendu mon dernier soupir, brûle-moi dedans.

Chapitre 25

Wistala, qui se dirigeait vers le sud avec le rassemblement du nord pour aider Thallia et Hypat, rencontra sur la route Dsossa. Elle était accompagnée d'une double colonne de cavaliers qui escortaient ce qui ressemblait à un groupe de thanes et leur famille.

Les thanes s'écartèrent à bonne distance de la route pour éviter Wistala, mais Dsossa trotta à sa rencontre.

— Hypat a capitulé, annonça Dsossa.

— Quand ? demanda Wistala.

Dsossa secoua la tête.

— Quelle importance ? Que pouvons-nous faire ? Les Pieds de Fer ont traversé Iwensi comme un raz-de-marée par une dizaine de défilés et ils ont dévalé la route de Fer. Les Ghiozes avaient des barges remplies de blé pour leurs chevaux – des marchandises qui étaient censées revenir à Hypat.

» La Fontaine de Cuivre a rassemblé un troupeau de thogues et des chars de guerre. Quatre dizaines de chevaliers du Directoire les ont même rejoints avec des chevaux de bataille et des montures fraîches – même s'ils n'ont pas une chance face aux milliers d'archers des Pieds de Fer. Shryesta a envoyé des hastaires et des cavaliers. Si seulement ils avaient atteint la cité à temps !

—Avec une telle armée nous pouvons peut-être tenter quelque chose, dit Wistala.

—Le Directoire a capitulé.

—Pas nous, répondit-elle.

—Nous sommes hypates, donc nous obéissons au Directoire. S'ils ont capitulé, nous aussi.

Ces hypates avaient leurs subtilités diplomatiques !

—Je suis aussi un dragon du Lavadôme. Le Lavadôme n'a pas capitulé devant Ghioz, dit Wistala.

—Si les dragons du Lavadôme attaquent, pouvons-nous compter sur votre soutien ?

—Et que restera-t-il ? Les docks et le quartier de fer brûlent !

—Je me demande si les Pieds de Fer ont déjà bu des vins et de l'eau-de-vie hypates.

—Quand ça arrivera, ils regretteront de ne pas avoir perdu leur tête au combat.

—Les Pieds de Fer ne sont pas assez insensés pour laisser leurs cavaliers tout piller. Une autorité quelconque doit faire régner l'ordre.

—On m'a dit que leurs chefs et leurs gardes ont investi la ziggourat et la halle du Directoire.

—Nous ferions mieux d'arriver en deux vagues, une légère et une lourde, dit Ayafeeia. La vague lourde attendra la lumière du jour pour combattre au sol, puis volera et aidera les autres. Nous les écraserons entre le sol et la terre.

—À mon avis, on aura des chances de briller dans la garde légère, dit une dragonnelle.

—Je devrais la mener, ma reine…

—Non, Ayafeeia. Tu mèneras la vague lourde, pour diriger sa puissance plus judicieusement. Tu es la plus expérimentée pour ce genre de choses.

— Non ! Jamais le Tyr…

— Quel genre de reine crierait « à l'attaque » et resterait en arrière ?

— Une reine vivante.

— Oh, j'ai entendu les rumeurs. « Elle fait ceci pour les révérences. » « Elle ne vit que pour humilier ceux qui autrefois étaient ses supérieurs. » « Elle a assassiné la première compagne du Tyr. »

» Si mon cadavre est la seule preuve de ma valeur qu'ils sont prêts à accepter, qu'il en soit ainsi. Mon compagnon a dit que ceci était le début d'un Âge du Feu. Je vais souligner ses paroles de mes flammes.

» Essea, viendras-tu représenter la lignée impériale dans cette aube rouge ? Ou n'étais-tu mon amie pendant toutes ces années que pour mieux faire circuler des ragots sur les petites habitudes du Tyr et de sa compagne ?

Wistala n'avait jamais vu de dragon avec des griffes aussi parfaites qu'Essea. Ses serviteurs avaient sûrement travaillé dur pour en parfaire la forme. Ils en avaient aussi parfait les pointes.

Essea semblait peu convaincue.

— Je suis ton amie et ta plus loyale servante, ma reine. (Elle s'avança.) Accepte-moi dans la première vague.

— Qui d'autre volera avec sa reine ?

D'autres sœurs du feu en firent de même. Par tradition, les plus âgées et les jeunes les plus endurcies briguaient ainsi l'honneur de mener l'attaque.

— Ça suffit ! cria Ayafeeia quand elle vit Verkeera s'avancer, ses vieilles écailles cousues ensemble avec des rênes de Pieds de Fer et recouvertes de sang.

— Verkeera, lui dit-elle, tu as la plus grosse poche à feu d'entre nous. Je veux t'avoir dans mon unité pour arroser les ennemis.

— Je préférerais protéger de mon corps le flanc de ma reine, répondit Verkeera.

— Verkeera, j'ai l'intention d'aller trop vite pour me soucier de mes flancs, lui dit Nilrasha. La dernière fois que j'ai mené une offensive contre les Ghiozes, nous étions piégés sous des murs et massacrés par les soldats qui combattaient depuis leurs remparts. Cette fois-ci, nos adversaires ne connaissent pas la ville eux non plus ! Une maison s'est effondrée sur moi. J'ai attendu des années pour pouvoir rendre à quelques Ghiozes la pareille.

— Remplissez vos vessies pour la bataille, dit Ayafeeia. Nous serons face à des cavaliers, or les chevaux n'aiment pas beaucoup l'odeur des dragons. Répandez votre eau aussi judicieusement que vos flammes, pour une fois.

Les dragonnelles éclatèrent de rire et certaines s'amusèrent du fait de combattre ainsi avec ses deux extrémités. Quelques plaisanteries plutôt crues coururent ensuite dans les rangs des sœurs du feu.

— Et toi, Wistala ?

— Je crains encore de me servir de mon aile. Je combattrai avec les cavaliers hypates.

— Nous comptons sur toi pour venir à la rescousse de la première vague, dit Ayafeeia. Le bruit des combats ne devrait pas être trop difficile à repérer.

— Dame-mère, ne serait-il pas préférable de laisser les hypates mener l'assaut ? C'est leur ville. Laissons-leur l'honneur de la reprendre.

— Les airs doivent passer avant le sol, c'est une règle reconnue de l'art de la guerre, comme la pluie frappe avant l'inondation.

À cette image, les cœurs de Wistala tressaillirent. Elle avait déjà lu cette phrase dans un vieux traité militaire de l'aïeul d'Ondée. Il était curieux que l'une de ses maximes fasse partie intégrante de la stratégie draconique. Peut-être que les dragons avaient combattu aux côtés des hypates lors de ces anciennes batailles.

Elle se força à revenir au présent.

— L'arrivée des hypates pourrait faire sortir les Pieds de Fer qui avanceraient pour les affronter.

— Ou elle pourrait les faire monter sur les remparts et rejoindre leurs machines de guerre.

— J'ai été dans la cité. Les murs sont vieux et mal entretenus. S'ils ont de telles machines, elles n'étaient pas visibles quand j'ai traversé la ville. Les hypates sont peu nombreux. Les princes Pieds de Fer n'auront-ils pas envie d'envoyer leurs chevaux dans les plaines, la manière de combattre la plus familière pour eux ?

— Tu argumentes comme une anklène, Wistala. Très bien, nous resterons cachées dans les marécages jusqu'à ce que tu lances ton attaque.

— Je te laisserai le soin d'estimer le bon moment pour lancer tes dragonnelles. Ne nous laisse seulement pas seuls trop longtemps.

— Pour nos jardins et nos vignes ! tonna Baindesable, perché en parfait équilibre sur son étrange selle latérale, une jambe passée par-dessus celle-ci, et son énorme arc appuyé sur les longs orteils recouverts d'un chausson de son autre jambe tendue.

Cette posture rappela à Wistala les danseurs du cirque, capables de passer leur cheville derrière leur nuque comme un chat des ruines.

— Pour nos toits et nos foyers ! lança Ermet, perché sur son thogue, près de l'arcade de corne juste au-dessus des yeux de l'animal. Il tenait sans effort une hache au long manche dans une main et une longue fourche dans l'autre.

— Pour nos pères et nos filles ! ajouta Roff.

— Pour nos bibliothèques et nos cours ! renchérit Wistala, qui avait enfin retrouvé son hypate.

— Pour ceci, et pour tout ce qui nous est cher, dit un elfe âgé et voûté.

Il arborait l'armure étincelante des chevaliers du Directoire et parvenait tout juste à maîtriser son grand cheval de bataille recouvert lui aussi d'une cuirasse.

— Allons piétiner et écraser, maintenant ! grogna la monture.

— Pour tout ceci, en avant, Hypat. En avant, Dernière Armée !

— En avant, Dernière Armée !

Ils s'avancèrent dans les champs qui bordaient le fleuve et traversèrent les vignes, arrachant au passage herbes et piquets.

Leur avancée n'était pas aussi splendide qu'une charge. Les chevaux se contentaient d'un trot rapide car ils devaient rester derrière l'avant-garde des thogues. Cela permettait toutefois à Wistala de tenir le rythme.

Une avancée lente avait ses avantages. Wistala se demandait comment réagiraient les Pieds de Fer, les paupières lourdes, réveillés par le roulement des tambours de guerre.

Les thogues avaient été dressés pour avancer au pas et leur lourde démarche faisait trembler le sol. Quand on était derrière eux, on sentait leurs pas plus qu'on les entendait, « boom »... « boom »... « boom », tandis que ces créatures avançaient en se balançant curieusement, tels des marins ivres. Comment les Pieds de Fer réagiraient-ils à un tel bruit, si loin de chez eux, dans une ville inconnue ?

Mais leur progression restait lente. Les Pieds de Fer auraient tout le temps de concevoir et mettre en œuvre leurs plans.

Les Pieds de Fer, ou une partie d'entre eux, avancèrent à leur rencontre.

Ils étaient divisés en trois longues colonnes, un trident noir qui partait de trois différents endroits de la cité. Wistala, qui tâchait de les distinguer entre les thogues et soulevait autant de poussière que possible pour dissimuler sa présence, estima qu'ils étaient au moins dix fois plus nombreux que les hypates.

Elle aperçut trois bannières fixées sur des chariots ; leurs hampes étaient aussi hautes que le mât d'un navire. Des corps y étaient pendus dans des poses effrayantes et sanguinolentes. Elle reconnut parmi eux des femmes ainsi que les robes noires et blanches du Directoire.

La reddition pacifique était loin.

Soit, la bannière du centre ferait un très bon objectif pour un saut.

— Ne vous inquiétez pas de ce que je m'apprête à faire, dit Wistala.

Les thogues s'arrêtèrent et baissèrent la tête. Leurs cavaliers fermèrent les parties de leur armure qui ressemblaient à des volets pour protéger visages et avant-bras. Un rempart mobile venait de se dresser sur le champ de bataille.

Les flèches des Pieds de Fer frappèrent les boucliers, telle de la grêle sur un toit en fer.

Wistala fixa la bannière centrale qui avançait lentement. Un hypate tira une flèche enflammée pour tenter de la brûler, mais les corps avaient été consciencieusement enduits de poix pour les préserver.

— Je déteste vraiment ça, murmura-t-elle.

Elle se ramassa derrière le rang de thogues.

— Clochemousse et Thallia ! rugit-elle.

Mêmes les thogues sursautèrent.

Wistala s'élança et bondit en prenant appui sur les arrière-trains des thogues. Une fois dans les airs, elle se détendit et ouvrit les ailes pour parcourir la plus grande distance possible.

Les flèches volèrent à sa rencontre mais la plupart passèrent derrière elle ou frappèrent sa queue car elle prenait de la vitesse en redescendant – elle le supposait en tout cas, au combat tout semblait ralenti à l'extrême.

Elle retomba sur la bannière et son chariot, et abattit la hampe. Elle protégea sa poitrine avec les débris du véhicule, fit claquer sa queue et cracha des flammes sur les guerriers qui lui faisaient face à droite des rangs hypates.

Les chevaux hennirent et s'enfuirent.

Wistala jugea préférable de continuer à bouger. Elle trotta tout en fouettant l'air de la queue pour tenir les guerriers à l'écart, la tête rentrée entre ses *griffs* déployées pour la protéger des coups d'épée, et utilisa sa masse comme une sorte de bélier mobile dans les rangs des Pieds de Fer.

Si certains d'entre eux étaient d'anciens chasseurs de dragons, ils n'en laissèrent rien paraître. Personne n'essaya de l'entraver avec des cordes ou d'accrocher un poids à sa queue. Quelques assauts timides ou jets de javelots la laissèrent avec des hampes suspendues à ses flancs ou son épine dorsale. Elle dispersa les charges les plus organisées en battant avec force des ailes en direction des chevaux. Ces bêtes n'aimaient pas vraiment être arrosées par la pluie de graviers ainsi soulevée.

« Hi-yah ! », « hi-yah ! ».

Les hypates chargeaient en poussant de grands cris de guerre pour l'appuyer. Les chevaliers du Directoire ouvraient la marche sur leurs impressionnants chevaux, plus grands de moitié que ceux de leurs adversaires.

Pourtant, la bataille aurait pu mal tourner pour les hypates. Malgré le chaos au milieu de leurs rangs, les deux ailes des Pieds de Fer restaient en ordre et s'avancèrent pour envelopper leurs adversaires. Les thogues n'étaient pas assez nombreux pour former un cercle capable de protéger tous les cavaliers, les archers et les fantassins. Des flèches elfes fendirent l'air pour créer des brèches dans les rangs des Pieds de Fer mais leurs cavaliers les comblaient immédiatement, implacables et inépuisables comme des fourmis.

Ils harcelaient sans relâche les flancs hypates. Quand les extrémités des rangs de ces derniers commencèrent à devenir irrégulières, les Pieds de Fer chargèrent. Ils abattirent des sections entières d'hastaires et renversèrent les archers avec la précision d'une camériste qui lime une écaille abîmée.

Les sœurs du feu choisirent ce moment pour attaquer.

Les dragonnelles volaient bas afin que le soleil levant couvre leur arrivée.

Les draques étaient déjà dans la cité, cachées dans les tas de détritus et les porcheries, partout où elles pouvaient dissimuler leur odeur.

Personne ne savait où les draques frapperaient. Elles bondissaient des égouts et tombaient des toits, attaquaient les messagers et les officiers qui chassaient des cavaliers entassés dans les auberges et les fumoirs.

Galvanisée par leur exemple, la population oublia sa peur et se souleva. Les citoyens jetèrent leur vaisselle du haut de leurs balcons et de l'eau bouillante depuis leurs fenêtres. Les Pieds de Fer, furieux, incendièrent les maisons, ce qui attira des foules armées de haches et de cordes, prêtes à affronter flammes et envahisseurs.

Plus d'un cavalier aux cheveux longs et chaussé de bottes finit pendu à une corde à linge entre deux bâtiments.

Les princes Pieds de Fer installés sur la colline du temple en avaient davantage oublié sur l'art du combat que ce que les monteurs de thogues qui pénétraient dans la cité en remplissant les rues n'avaient jamais su. Ils organisèrent leurs réserves en rangs d'archers protégés par des hastaires, tandis que des guerriers étaient prêts à galoper d'un point à un autre et de descendre de cheval partout où une attaque était susceptible de s'organiser.

Ce fut contre leurs rangs que la première vague de Nilrasha se précipita.

Certaines dragonnelles atterrirent derrière les lignes ennemies, d'autre devant, quelques-unes sur les toits et d'autres encore dans le labyrinthe déroutant des jardins d'ornement. Des bouquets de flammes orange colorèrent bientôt la colline.

La seconde vague de sœurs du feu, maîtrisée par leur dame-mère et les dragonnelles aguerries, se mit à tourner autour de la colline du temple. Elles descendirent pour frapper puis remontèrent quand les flèches se firent trop nombreuses.

Les Pieds de Fer, aussi courageux que désespérés, se lancèrent contre les dragons. Ils escaladèrent leurs arrière-trains pour tailler et poignarder, se faufilèrent entre *sii* et *saa* pour planter leurs dagues dans leurs ventres vulnérables.

Pour les générations à venir, l'expression « mourir comme un Pied de Fer », traduite en draquine, serait employée au sujet d'un dragon qui a succombé à ses blessures sans cesser de se battre jusqu'au dernier souffle.

Wistala trouva facilement la reine. Il lui suffit de suivre les cris des dragons :

« Des chauves-souris ! Par ici ! Apportez des chauves-souris ! »

Wistala courut dans les rues jonchées de cadavres, entre les bâtiments qui semblaient rugir, dévorés par les flammes, et trouva la reine Nilrasha étendue au milieu des ruines d'un vieux temple hypate.

— Je pensais que le toit pourrait supporter mon poids, dit-elle. Les piliers semblaient si épais. Mais me voilà. Les piliers sont toujours debout, et pas moi. Je n'ai pas de chance avec les bâtiments, c'est tout.

Ayafeeia était à côté d'elle et regardait avec tristesse l'aile gauche de la reine. Il n'en restait plus qu'un moignon sanglant. Le reste était un amas sanguinolent aplati par un pilier effondré.

— Sa prochaine compagne pondra peut-être des œufs dignes d'un Tyr, dit la reine.

Elle sourit.

— Yefkoa, dit Ayafeeia. Tu es notre plus rapide dragonnelle. Si tu dois jamais voler par amour pour ton Tyr, fais-le maintenant et dis-lui que la reine a besoin de lui.

Chapitre 26

— Armée aérienne ! cria le cuivré. (Il essayait de prononcer ces mots malgré son cœur battant et sa poitrine qui se soulevait avec difficulté.) Plongez !

— *Griffarans*, avec moi ! Tenez les rokhs à l'écart des dragons !

— On va apprendre à ces idiots tout droit sortis d'un poulailler à craindre des ailes libres et un cœur loyal ! siffla Aiy-Yip.

Aucun dragon ne pouvait rivaliser de vitesse avec un *griffaran*. Le cuivré se retrouva bientôt les plumes de la queue pendantes, comme l'aurait dit Aiy-Yip.

Les rokhs montèrent vers eux. Pendant un instant, les deux groupes se foncèrent dessus, l'un en grimpant, l'autre en tombant, comme les javelots de deux armées ennemies, puis ils se mêlèrent dans le tourbillon du combat.

Quand les rokhs attaquèrent les dragons, les *griffarans* virèrent et fondirent sur eux. Ils arrachèrent les monteurs de leur selle pour les laisser tomber ou déchirèrent les ailes des volatiles qui fonçaient alors vers le sol en tourbillonnant pendant que les hommes hurlaient.

Mais si les rokhs tentaient de s'en prendre aux *griffarans*, ces derniers employaient la méthode qui servait tant aux grands oiseaux quand ils se battaient contre des dragons : ils tournaient puis grimpaient, toujours plus vite que les volatiles harnachés.

Écailles contre plumes, flammes contre flèches, masses d'armes contre becs et serres. Les deux forces envoyaient à terre plumes, sang et écailles étincelantes tandis qu'elles exécutaient une folle danse aérienne dans laquelle les partenaires changeaient sans arrêt.

Le cuivré regarda un rokh enflammé tomber et laisser derrière lui un sillage de plumes roussies.

— Derrière vous ! cria l'un des deux gardes chargés de sa protection.

Deux rokhs descendirent à sa hauteur. Ils volaient sûrement très haut et à bonne distance quand le combat avait commencé ; le cuivré et son escorte avaient été trop attentifs au spectacle en contrebas pour les remarquer.

Le cuivré vira pour protéger sa mauvaise aile. Les volatiles s'approchèrent de lui après avoir esquivé les *griffarans*. Leurs monteurs décochèrent des flèches avec leurs arcs incurvés et le cuivré sentit les projectiles le frapper.

Le premier rokh passa devant lui et le second derrière. S'il avait pu cracher du feu, il aurait volontiers allumé une flambée de plumes. Il dut se contenter de virer et de faire claquer ses mâchoires dans le sillage de ces oiseaux rapides comme l'éclair.

Un des *griffarans* se saisit du monteur du premier oiseau. D'une partie, tout du moins. Le cuivré doutait cependant que les jambes encore accrochées dans les étriers soient capables de manœuvrer l'animal.

Le cuivré vira pour aller au-devant de l'autre. Peut-être pourrait-il le distraire assez longtemps pour que l'un de ses *griffarans* attaque.

Le monteur du rokh fixait le regard sur le *griffaran* qui le poursuivait et ne se retourna pour voir le cuivré que quand sa monture poussa un cri et broncha. Le cuivré prit de la vitesse, ferma un peu ses ailes et baissa la tête, le cou droit comme un bélier.

Ils se percutèrent ; le rokh avait les ailes ouvertes et tentait d'esquiver l'impact, le cuivré était lancé à toute vitesse.

Des fragments d'oiseau volèrent dans tous les sens, ou pire, s'accrochèrent aux cornes, aux *griffs* et aux écailles du cuivré.

L'un de ses gardes descendit pour planer près de lui. Le cuivré sursauta quand il aperçut un rapide battement d'ailes, et maudit ses nerfs. Être effrayé par ses propres gardes, ce n'était pas digne d'un Tyr.

— Vous allez bien ? demanda un *griffaran* tandis que son camarade tournait en rond au-dessus d'eux à la recherche d'autres ennemis.

— Oui. Suivez-moi, répondit le cuivré.

Il osa regarder là où les flèches l'avaient frappé. Deux souvenirs emplumés dépassaient, l'un de la masse de muscles qui entraînait ses ailes, l'autre de la base de sa queue.

Et ce sang qui coulait ou séchait sur sa crête et son museau… Il devait avoir l'air absolument terrifiant.

L'aube s'était confortablement installée dans les bras de la vallée. Les flammes rougeoyaient tandis que l'armée aérienne semait la terreur parmi les tentes. Les chauves-souris n'avaient pas mentionné cette grande sculpture qui regardait vers le sud, vers le Lavadôme.

Les dragons qui n'avaient plus de flammes soulevaient des chariots, des toits de chaume, des poulaillers, des arbres, tout ce qui pouvait prendre feu, les allumaient ailleurs et les lâchaient pour ensuite recommencer toute la manœuvre.

Les flammes se répandaient ainsi des toits aux entrepôts, puis des docks aux bateaux. Les *griffarans* plongeaient et attaquaient des groupes d'hommes qui s'étaient rassemblés pour combattre les flammes ou les dragons ou parcouraient la périphérie de la ville en quête de renforts. De temps à autre, un *griffaran* remontait pour faire son rapport à HeBellereth qui volait en cercle au-dessus de tout ceci avec quelques dragons. Il s'occupait des blessés et envoyait des membres de l'armée aérienne protéger des dragons tombés à terre pendant que ceux-ci partaient se réfugier hors de la cité.

Ces ravages n'avaient pas été accomplis sans pertes. Le cuivré remarqua un *griffaran* qui gisait, couvert de sang, sur l'un des fameux dômes de la cité. Une queue de dragon sans vie dépassait des ruines d'un bâtiment écroulé.

— Toute la ville réunie n'arriverait pas à éteindre ce feu désormais, dit le cuivré, avec dans les narines l'horrible odeur douceâtre de la chair brûlée. Rappelle notre armée. Nous allons dans le palais pour voir ce qu'il en reste.

Il ressentit une pointe de regret pour les Ghiozes. Il ne pouvait s'empêcher de respecter un peuple qui transformait des montagnes en art, apparemment pour le plaisir. Peut-être pourrait-il laisser une partie de leur société prospérer après cet élagage retardé depuis bien trop longtemps.

Le cuivré se demandait quels efforts seraient nécessaires pour donner à ce grand visage plat l'allure d'une tête de dragon. Après tout, il s'agirait surtout d'enlever de la pierre. Ou peut-être une frise et une tête de profil ? Ce serait encore plus simple.

Un tel monument montrerait au monde ce qui s'était produit ici en ce jour, et ce pour l'éternité.

Une petite partie de la garde de la reine défendait le palais jusqu'à la mort.

Les dragons crachèrent des flammes sur les balcons et laissèrent descendre leurs dragonniers. Ils retrouvèrent AuRon, ses Dairusses déguenillés et leur chef en train de se battre dans le temple contre ce qui restait de la garde rouge.

Le cuivré décida qu'il préférait grandement avoir AuRon comme allié. Son frère semblait avoir un talent particulier pour se faire des amis qui ne demandaient pas du sang, de l'or ou une position en échange de leurs services.

Quelques serviteurs de la reine préférèrent se donner la mort plutôt que se rendre. Le cuivré découvrit un tas de corps – des hommes, des femmes et même des enfants – paisiblement allongés sous une statue de la reine.

Ce spectacle le déprima.

Les dragons, au moins, étaient plus sensés. Ils acceptaient un nouveau Tyr et continuaient à mener leur vie.

Il était en effet temps pour les dragons de retrouver le cours de leur existence.

Ils trouvèrent le cristal dans une salle en forme de dôme et aux murs bleus, situé haut dans la montagne. Des cartes du ciel étaient gravées au-dessus de leur tête. AuRon distingua des dessins qui lui étaient familiers, et d'autres qu'il ne connaissait pas. Il se demanda si ces étoiles avaient un rapport avec le cristal ou si elles étaient là avant son arrivée. Un passage plus étroit que seul un hominidé aurait pu emprunter menait à une petite plateforme avec une bonne vue sur le ciel.

AuRon supposa que la salle du cristal se trouvait derrière le front du visage, là où les sourcils se rejoignaient, ou peut-être juste au-dessus.

Il envoya chercher son frère. Cela pouvait intéresser le cuivré, si toutefois il arrivait à se glisser dans les escaliers.

HeBellereth y parvint, même s'il était recouvert de sciure et d'éclats de bois venus de la cage d'escalier. Un jeune garçon lui emboîtait le pas.

— J'ai eu peur de devoir aller chercher de l'huile pour l'aider à passer, déclara celui-ci.

— Je voulais voir la source de tant de malheurs, répondit HeBellereth.

Ainsi les quatre dragons contemplèrent la source du pouvoir de la reine rouge.

Elle avait fait installer un trône impressionnant près du cristal avec un siège, des accoudoirs et un repose-pieds confortables. Le trône, au lieu d'être dirigé vers l'extérieur, faisait face au cristal, afin de pouvoir en contempler les profondeurs. Le trône lui-même était installé sur un support qui permettait de le faire tourner autour de la pierre.

— Elle était si prudente, à chaque pas, dit Naf. Et puis elle a trouvé ceci. Elle a alors pensé qu'elle pouvait tout voir.

— Elle voyait à quel point ses ennemis étaient faibles, répondit le cuivré. Mieux encore, elle savait comment tirer parti de leurs failles, la cupidité surtout. La plus grosse pierre cède si l'on tape sur la bonne fissure. Quelle chose étrange, elle semble presque… me regarder.

La pierre ne l'aimait-elle pas ? Quel était donc ce morceau de cristal qui semblait se soucier de son propriétaire ?

— Je ne peux m'empêcher de penser qu'il ne m'apprécie guère.

— Tu vois peut-être seulement le reflet de ta conscience, répondit AuRon.

— Ne parle pas ainsi au Tyr ! gronda HeBellereth. Il a sauvé ta petite peau sans écailles, tu sais.

— Et il s'est offert un nouveau protectorat. Qui, j'imagine, vaut tous les autres réunis. Tu as ma profonde admiration, Tyr RuGaard. Tu as gagné un pari dont l'histoire se souviendra.

—Que devons-nous faire de ce trophée ? demanda HeBellereth.

—Nous devrions peut-être le détruire, proposa AuRon.

Le cuivré le tapota d'une *sii*.

—Je t'en prie. Essaie.

—Des nains pourraient peut-être y parvenir, dit HeBellereth.

—Je connais un homme qui aimerait beaucoup passer du temps en sa compagnie. Ou peut-être les anklènes.

—Il pourrait être dangereux, dit AuRon.

—Je croyais que NooMoahk avait vécu à côté pendant des années, répondit le cuivré. Notre sœur et toi-même avez passé du temps en sa compagnie. Il n'est que justice que je puisse voir quels mystères il renferme.

—Je pense qu'il est nuisible, dit AuRon. Anklamere l'a utilisé, et la reine rouge aussi. Étaient-ils mauvais à l'origine, ou est-ce le pouvoir qu'il recèle qui les a corrompus ?

—En fin de compte, il semble leur avoir fait plus de mal que de bien. Ils ont été battus en dépit de son pouvoir, commenta HeBellereth.

AuRon observa attentivement le cristal. Il avait vécu près de lui pendant des années et pourtant il semblait différent. Pas sa forme générale : il était toujours plus large en bas et recourbé, un peu comme un rein. Il aurait cependant pu jurer que la pierre avait grossi.

C'était peut-être seulement un effet de la lumière dans cette salle.

—Je ne suis pas convaincu qu'elle soit morte, dit-il. La reine rouge pourrait revenir.

Le cuivré ordonna qu'un garde soit posté au bas des escaliers.

Il dormit ensuite, plus ou moins confortablement, sur de la paille dans les écuries situées à côté du palais. Des dragons ne cessaient de le déranger pour lui annoncer qu'une barge avait été coulée ou du bétail capturé dans une gorge. S'il avait eu moins d'illettrés parmi ses dragons, il aurait accroché à l'extérieur un panneau avec inscrit dessus : « Décidez par vous-mêmes. » Le parl aurait fait l'affaire. C'était un langage efficace qui permettait de vous faire comprendre en un minimum de mots.

Quand le cuivré s'éveilla, il put contempler une aube radieuse. C'était peut-être pour cela que les Ghiozes avaient bâti leur capitale ici, pour contempler le soleil se lever tandis que les nuages se pressaient à l'extrémité des montagnes, du sud-ouest vers le nord-ouest, et dessinaient des sillons semblables à ceux qu'il avait vus dans les champs fraîchement labourés en survolant la contrée.

Il avait tant à faire. S'occuper des *griffarans* abattus qui avaient survécu, des dragons blessés et des hommes – il demanda à ce que les dragonniers blessés boivent autant de sang de dragon qu'ils le pouvaient. Au pire, cela rendrait leur passage dans l'au-delà plus doux. La forteresse de la citadelle serait pour l'instant un bon endroit pour les abriter.

Des hommes commençaient déjà à arriver de tout Ghioz car ils avaient appris qu'ils devaient marquer les toits de leurs maisons, granges, entrepôts et temples avec de la peinture ou du linge blanc s'ils voulaient éviter la destruction.

Il s'attendait que la plus grande partie de l'empire ghioze éclate, ce qui était tout aussi bien. AuRon avait déjà prévu de faire de son ami le roi du Dar... du Dairuss. Il était bon d'avoir une force armée d'hommes, tant que ceux-ci n'oubliaient pas à qui ils devaient leur liberté.

Il était loin d'avoir assez de dragons pour administrer tout ceci. Il lui faudrait prendre les esclaves les plus intelligents du Lavadôme et les installer ici comme intermédiaires entre les dragons et leur nouveau domaine. Les anklènes avaient des esclaves qui pouvaient lire et parler plusieurs langues. Il aurait désormais assez de positions pour la liste infinie de cousins de CoTathanagar, mais il faudrait aussi des dragons pour les servir et les protéger, des gardes draques et des sœurs du feu pour faire régner l'ordre.

NiVom avait fait un travail admirable pour propager son message. Il ferait probablement un bon protecteur de Ghioz, maintenant qu'il y pensait.

Nilrasha et le cuivré passaient beaucoup de temps à voyager entre Hypat, Ghioz et le Lavadôme. Il lui faudrait trouver une jolie grotte quelque part – il croyait deviner un terrain propice là où saillaient ces rochers semblables à des lances dressées vers le ciel – et y installer un petit refuge où Nilrasha, lui et quelques esclaves pourraient se reposer de leurs voyages.

Un monde riche en possibilités les attendait.

La petite sœur du feu si agile qu'il avait rencontrée l'année précédente arriva et s'écroula presque sur lui.

— Mon Tyr, haleta-t-elle. Votre reine a besoin de vous. Nilrasha a été blessée au combat, à Hypat, et Ayafeeia demande à ce que vous vous rendiez à son côté.

Hypat ?

— Mais que fait-elle à Hypat ? demanda-t-il, de plus en plus furieux. Comment y est-elle allée ?

— Elle a mené les sœurs du feu au combat, mon Tyr.

Le cuivré leva son aile et… ce n'était pas la faute de cette petite chose verte.

Oh, Nilrasha, qu'as-tu fait? Quand elle avait une idée en tête, déloger celle-ci était comme tirer un nain récalcitrant de son trou.

— Je pars tout de suite. Tu as l'air épuisée, euh…

— Yefkoa, mon Tyr.

— Bien sûr. La dragonnelle qui m'a supplié de lui éviter un accouplement.

Elle observa les dragons de l'armée aérienne qui lui lançaient des regards admiratifs.

— Avec le vieux et gros SoRolatan, mon Tyr, qui a déjà une compagne.

Il fit appeler HeBellereth.

— Je dois aller à Hypat.

— Mangez d'abord, mon Tyr. C'est un long voyage.

— Plus de une journée à bonne allure, haleta Yefkoa. Pour moi.

— Donc trois pour moi, dit le cuivré. Pour tous les problèmes, consulte NiVom. Vous étiez tous deux bons amis quand nous étions dans la garde draque. Tu ne devrais pas avoir de mal à te rappeler cette époque et à oublier le passé le plus récent. J'ai bien dit « consulte », c'est toi le responsable, pas lui.

— Oui, mon Tyr, répondit HeBellereth, les yeux baissés sur ses *sii*.

— HeBellereth, imaginons que NiVom revendique le titre de Tyr.

— Dans ce cas, les dragons blancs seront encore plus rares, mon Tyr. Je ne suis pas très patient avec les renégats.

Le cuivré se détendit. Un peu.

— Peut-être s'avérera-t-il n'être pas plus un scélérat que DharSii.

— Combien de temps resterez-vous à Hypat ? demanda HeBellereth. Le Lavadôme n'a plus de souverain si la reine et vous êtes à l'extérieur.

Il fixa son regard sur Yefkoa. La dragonnelle détourna les yeux, affligée.

— Le temps de brûler ma défunte compagne, j'imagine.

Le vol était interminable, épuisant, et rallongé par un orage dont il dut attendre le passage au sol. Il fut tenté de tester son articulation artificielle dans des vents violents, mais les *griffarans* le traînèrent pratiquement à terre où ils lui confectionnèrent un abri avec des branches de pin entrelacées à la force de leur bec.

Il atteignit la cité d'Hypat amaigri et affamé, mais décida qu'il ne mangerait rien tant qu'il ne serait pas renseigné sur le sort de sa compagne.

— Elle respire toujours, mon frère, dit Ayafeeia tandis qu'elle lui faisait gravir une colline en direction d'un temple en ruine dans lequel une grande toile avait été tendue entre les piliers brisés.

— Les directeurs d'Hypat survivants sont maintenant plus disposés à vous écouter, Tyr.

— Dis-leur que le plus gros du danger est passé. Ghioz a été écrasée.

Il trouva Nilrasha allongée sur un tas de gravats. Trois chauves-souris gavées de sang ronflaient, suspendues comme d'énormes saucisses dans une fissure. Essea était étendue à côté d'elle, près d'une marmite bouillonnante qui contenait ce qui ressemblait à de la soupe de foie. Les flancs d'Essea étaient quadrillés de coups d'épées, ses *sii* et ses ailes couvertes de brûlures enduites de graisse.

Il contempla le moignon d'aile enveloppé et noirci de sang de Nilrasha avec horreur.

— Nilrasha ! Que s'est-il passé ? dit-il, trop choqué pour dire autre chose.

— Apparemment, j'ai encore fait tuer ma part de sœurs du feu, croassa-t-elle.

— Vas-tu… survivras-tu ?

Elle était tailladée au cou et au visage, et de profondes blessures se découpaient sur ses flancs. Elle tourna la tête et leva le museau. La draque qui veillait sur elle hoqueta.

— Elle a levé la tête ! lui chuchota une de ses camarades.

— Le soleil est magnifique, mon seigneur. Il me rappelle Anaéa, mais ici l'air a l'odeur de la mer.

La nouvelle circula :

— La reine a levé la tête !

Ayafeeia cligna des yeux.

— C'est ce qui lui fallait. Voir son compagnon. Ça l'a tout de suite remontée.

— Les Pieds de Fer ont essayé leurs lames sur mes écailles pendant que je gisais dans les ruines, immobilisée. Ils m'auraient arraché les cœurs si je n'avais pas découpé mon aile à coups de dent.

— Une punition appropriée pour avoir désobéi aux ordres de ton Tyr, dit le cuivré, sa voix rauque et étranglée, mais un instant après il frottait son museau contre le sien.

Ils échangèrent des images mentales pendant un moment afin de rattraper tranquillement les expériences vécues par l'autre. Il était cependant toujours un Tyr au milieu de dragons qui avaient combattu bravement et méritaient sa reconnaissance. Un Tyr qui ne pensait qu'à sa compagne n'en était pas un.

— Je dois en apprendre plus sur la situation, dit-il à Nilrasha. Je reviendrai dès que possible.

— Je vais dormir de toute façon, mais rapporte-moi de l'argent, si tu trouves un plat. J'ai une envie irrépressible d'argent.

Le cuivré retrouva la commandante des sœurs du feu et écouta son rapport de la bataille.

— À ce propos, Ayafeeia, ta sœur s'est de nouveau enfuie, dit-il. NiVom a imploré mon pardon, et je le lui ai accordé. Je ferai aussi bientôt revenir ce DharSii, si nous parvenons à le retrouver.

— Je crois que Wistala en sait davantage sur lui qu'elle veut bien le dire.

Le cuivré n'avait pas la moindre raison d'être gêné quand le nom de sa sœur était évoqué.

— Puisque nous parlons de nos familles respectives, comment va-t-elle ? demanda-t-il.

— Elle a encore réussi à briser son aile pendant la bataille du défilé. Intentionnellement, en l'occurrence.

— Tu ne veux pas dire qu'elle a feint d'être blessée ?

— Tout le contraire, mon frère. Elle l'a fait pour annoncer aux autres sœurs du feu qu'elles resteraient là jusqu'à la victoire ou la mort. Leur bravoure leur en a apporté un peu de chaque.

— Récompenseras-tu ses actes ? demanda le cuivré.

— Oui. Elle s'est bien battue avec les hypates devant la cité.

Le cuivré réfléchit. Pouvait-il confier à Wistala les affaires hypates ? Pour quel camp se battait-elle en fin de compte ?

— Votre compagne se rétablira, mon Tyr. Elle a bon appétit et ses cœurs sont vigoureux.

— Mmm ?

— Vous semblez inquiet. Vous bougez toujours légèrement la tête quand quelque chose vous préoccupe. Ne vous alarmez pas. Avec moi, votre secret est en lieu sûr.

Chapitre 27

L'été avança, puis partit. L'automne à venir colorait si vivement le nord que tout le sang versé dans le col d'Iwensi semblait s'être écoulé le long des montagnes pour remonter dans les feuilles des arbres.

Lada dit que les arbres approuvaient ainsi l'alliance avec les dragons – dont Ondée les avait informés.

À Hypat, les jours étaient assez doux pour qu'il soit agréable de rester au soleil mais pas assez chaud pour que les foules amassées dans les rues pour fêter la ratification de la Grande Alliance suffoquent.

Pour AuRon, la ville ressemblait à un amas d'ossements. Contrairement aux villages ruraux du nord dans lesquels les charpentiers construisaient toutes les maisons et les étables de la même façon et ne changeaient des détails que pour contrer les vents dominants ou tirer parti de la configuration du paysage, la ville affichait une couleur uniforme mais des éléments disparates, assemblés en amas désordonnés tels des bulots accrochés à un appontement.

La haute route qui montait vers la Lumière Éternelle n'avait jamais vu une telle foule – pas de mémoire d'homme en tout cas, expliqua le vieux gardien du temps du quatrième niveau avec qui AuRon parla.

Chacune des colonnes qui bordaient la route accueillait un *griffaran* ou un draque mâle ou femelle qui tendait le cou pour regarder en contrebas.

Wistala se tenait sur le niveau juste au-dessous de la Lumière Éternelle en compagnie de son groupe de nains, d'elfes et d'hommes. Un joyau luisait entre ses yeux, accroché à un diadème d'argent. AuRon aperçut dans la foule Demilune, Ghastmath et Fyerbin, vêtus de robes ourlées d'hermine fermées par des broches ornées de pierres précieuses et grosses comme un calot de nain.

Comme d'habitude, Wistala s'était avérée une mine d'informations sur l'histoire et les coutumes hypates et la signification de ce gigantesque escalier. Le cerveau d'AuRon avait commencé à tout mélanger entre le Contrat des Rois et le Rétablissement de la Vérité.

Il regarda son frère remonter la longue route en boitant, tandis que ces curieux oiseaux au bec épais volaient au-dessus de lui. Il était entouré de démènes à l'échine peinte et coiffés de heaumes massifs qui les protégeaient du soleil. Ces derniers ne portaient pas d'armes mais des bannières. La foule les observait tout particulièrement car ils étaient un spectacle encore plus rare que les éléphants à longs poils – qui d'ailleurs fermaient la marche, un trésor de guerre pris aux Pieds de Fer.

Le cuivré avait fière allure. Ses écailles épaisses avaient été tellement polies qu'elles étincelaient ; elles étaient nettement taillées et, soupçonna AuRon, soulignées d'un peu de peinture noire pour dessiner de superbes motifs quand il marchait. On remarquait à peine qu'il boitait.

Il avait eu le bon sens de dissimuler ces monstrueuses chauves-souris, si elles étaient avec lui.

Très étonnant, la différence que pouvait faire ce petit morceau de verre. Le cuivré ne semblait plus vaguement endormi, mais alerte comme un serpent aux abois.

AuRon vit Natasatch et ses dragonnets – il fallait vraiment qu'il arrête de les appeler ainsi, ils étaient des draques maintenant – et se dirigea vers eux. Ils avaient passé toute la matinée à observer la parade des dragons dans les pavillons du vieux cirque, afin d'y rencontrer les représentants du Lavadôme pour la Grande Alliance.

— C'est comme ça que ça doit se passer, dit Aumoahk en regardant passer le défilé.

Il laissa échapper un petit sifflement satisfait par sa narine fendue.

— Père ! Grande nouvelle ! s'exclama Ausurath.

Il ouvrit solennellement la *sii* et s'inclina devant son père pendant que ses *saa* dansaient et que sa queue battait le sol, comme si elles appartenaient à un autre dragon.

— Le Tyr m'a promis une place dans la garde draque. C'est le chemin le plus sûr vers l'armée aérienne. NoSohoth lui-même me l'a dit !

— Les sœurs du feu font tout le vrai travail, répondit Varatheela. Nilrasha dit que si on veut beaucoup de bruit et de boue, on appelle la garde draque. Si on veut une victoire, on se fie aux sœurs du feu.

AuRon voyait l'excitation dans leurs yeux. Leur père, triste, gris et riche en rien sauf en reproches… comment aurait-il pu rivaliser contre cette gloire éclatante ? Le cuivré lui avait-il pris ses petits ? Lui, parmi toutes les créatures qui marchaient, rampaient ou volaient dans les deux mondes ?

— *Tu doutes*, pensa Natasatch. *Même en un jour comme celui-ci.*

— *C'est mon tempérament. Toute cette pompe est très jolie, j'imagine. C'est cette histoire de Grande Alliance qui me préoccupe. Tout le monde ici vient de lutter contre la mort et de partager le butin. Les choses n'auront pas la même allure après la première famine, quand les hominidés commenceront à trouver que les dragons mangent beaucoup.*

Le cuivré et les hauts dignitaires hypates échangèrent des révérences et des mots écrits depuis longtemps. Wistala lui en avait récité la plus grande partie, une sorte de marchandage grandiose qui aurait ridiculisé un contrat de nains.

— Je sais que tu ne me dis pas tout, mon compagnon.

— Oui. On parle beaucoup de la splendeur de la Cime d'Argent dans le Lavadôme. Je ne crois pas que mon frère RuGaard, comme il aime à s'appeler, fasse lire pendant ses dîners de nouvelles poésies écrites pour rappeler la folie de ces dragons.

Le cuivré et les divers représentants des races hypates déposèrent de l'amadou sur la flamme éternelle. Les nains y ajoutèrent un produit chimique qui projeta des étincelles bleues, les elfes du bois et les hommes des morceaux de charbon. Wistala et le cuivré, les deux dragons présents, crachèrent.

Ils lui avaient demandé de rajouter lui aussi ses propres flammes pour représenter l'île de Glace, mais il avait refusé l'offre et sa famille ne l'avait pas pressé. De toute façon, il y avait tout juste assez de place au sommet de la ziggourat pour deux dragons, en loger trois aurait été impossible.

— *Devons-nous vivre une seconde Cime d'Argent ? La première nous a-t-elle appris quelque chose ?* dit en pensée Natasatch.

— *La vie de bien des hominidés et de bien des dragons dépend de la réponse à ces questions.*

— *Tu ne peux pas croire que ta sœur est impliquée. Elle pense que tous ces elfes, ces humains et ainsi de suite sont ses égaux. AuRon, si méfiant, sauf une fois : le jour où tu m'as conquise.*

— *Et où j'ai failli te perdre aussi vite. Ce qui m'a d'autant plus appris la prudence.*

— Alors, que devons-nous faire ? Retourner dans notre île et vivoter ? Après avoir vu tout cela, comment nos petits pourraient-ils se satisfaire de jouer à chasser des moutons ? Je voudrais qu'ils connaissent un peu plus le monde.

AuRon renifla. Des senteurs venues de la moitié du monde s'élevaient de la foule. Pas seulement celles de la viande fumée et du pain frais, mais aussi des parfums fleuris ou boisés, des odeurs de métal, de sueur, d'herbes fumées ou cuites, de cette poudre de pierre que les hypates utilisaient tant dans leurs constructions, de chien, de chat, de cheval, d'autres bêtes encore, et par-dessus tout ceci, de dragon. L'île de Glace sentait le mouton, la tourbe et la glace fondue.

— Je ne suis qu'un imbécile. Profitons de cette journée, prenons le soleil, et voyons le rêve de ma sœur devenir réalité. Pour un jour, en tout cas. Peut-être qu'une seule journée leur suffira.

— Le futur est un long chemin qui ondule dans les ténèbres, fit Natasatch.

— D'où tiens-tu cela ? demanda AuRon.

— De mes pensées, en voyant nos petits se tordre le cou pour mieux y voir. Je trouvais cela approprié.

— Ma bien-aimée est devenue une philosophe.

— C'est parce que je suis accouplée à une énigme.

— Une énigme qui t'aime, et ne vit que pour voir nos petits grandir en bonne santé, dit-il en la regardant.

Elle inspira profondément et ouvrit un peu ses ailes.

— Dragonnets, dit Natasatch. Veillez les unes sur les autres et appréciez la cérémonie. Votre père et moi allons voler un petit moment, pour mieux distinguer la suite des événements.

Tous deux s'envolèrent.

Glossaire draconique

Foua : produit sécrété par la poche à feu. Quand il est mêlé aux graisses liquides qui la remplissent puis exposé à l'oxygène, il prend feu.

Griffs : collerettes qui s'abaissent de la crête et des mâchoires d'un dragon pour recouvrir ses oreilles et les points faibles de sa gorge au cours d'un combat.

Laudis : exploits braves et glorieux accomplis par un dragon au cours de sa vie et qui trouvent leur place dans le chant de sa vie.

Prrum : vrombissement qu'un dragon émet pour exprimer sa satisfaction.

Saa : pattes de derrière d'un dragon. Les trois doigts permettent au dragon de se cramponner mais l'ergot n'est guère plus qu'un ornement.

Sii : pattes de devant d'un dragon. Les griffes sont plus courtes et l'ergot est, contrairement aux pattes de derrière, plus proche des autres doigts et opposable. Les doigts, à la forme plus élégante, permettent au dragon de manipuler des objets.

Torf : petit crachat sécrété par la poche à feu afin de produire de la lumière pendant un instant.

Achevé d'imprimer en janvier 2010 par CPI Hérissey à Évreux (Eure)
N° d'impression : 113228